Emmanuel Beule

Irgendwo ist oben

Das Tagebuch

Druckerei Opferkuch

Der Autor sowie der Verlag übernehmen keine Verantwortung und Haftung für eventuelle inhaltliche oder sachliche Fehler.

Emmanuel Beule, Irgendwo ist oben
Veröffentlicht als Taschenbuch, 2017
2. Auflage

www.irgendwo-ist-oben.de

ISBN: 978-3-945380-16-1
Verfasser: Emmanuel Beule
Lektorat: Jasmin Lauer
Korrektorat: Jasmin Lauer, Hans-Peter Beule
Umschlagillustration: Petra Seckler
Verlag und Herausgeber: Druckerei Opferkuch GmbH
Vertrieb: Druckerei Opferkuch GmbH & Emmanuel Beule
Anschrift: Druckerei Opferkuch GmbH, Aalener Straße 10, 73479 Ellwangen

Dieses Buch ist auch als E-Book erhältlich.

Emmanuel Beule, Jahrgang 1974 und wohnhaft in der Nähe von Freiburg im Breisgau, betont kein Schriftsteller zu sein, sondern lediglich der Autor seiner eigenen Krankengeschichte. Aus seinen beruflichen Erfahrungen und der in diesem Buch erzählten Nahtod-erfahrung, schöpft er Kraft für weitere Publikationen und ein Projekt, welches denselben Titel des Buches trägt: www.irgendwo-ist-oben.de. Das Projekt entwickelt sich zu einer Initiative, die sich der Analyse vier verschiedener gesellschaftlichen Interessensgruppen widmet.

Vorwort

In diesem Buch beschreibe ich eine wahre Begebenheit über einen von mir selbst erlebten, sehr schweren Krankheitsverlauf und die anschließende Phase des Genesens.

Ich werde hoffentlich niemanden langweilen, denn Krankengeschichten will man vielleicht nicht hören oder gar etwas darüber lesen. Und dennoch kennen wir alle das Gefühl, krankheitsbedingt leistungsunfähig gewesen zu sein. Oder wir kennen jemanden aus unserer Familie, aus dem Bekanntenkreis – Menschen die mit einer Krankheit gekämpft haben, gleich welchen Ausgang der Krankenverlauf genommen hat.

Ich habe eine sogenannte Nahtoderfahrung gemacht. Dies ist der Grund, über das Leben, die Phase des Überlebens und das Leben danach zu schreiben.

Mein erstes Ziel dieser Lektüre ist:

Die Leser sollen sich unterhalten fühlen, eintauchen in eine Welt, die niemand erleben sollte und die uns doch täglich umgibt. Für viele Menschen unter uns werden die Folgen einer Krankheit zu einer neuen Realität. Zudem will ich allen betroffenen Menschen Mut machen. Als Leser wird man überrascht sein, wer in unserer Gesellschaft von krankheitsbedingten Umständen tangiert oder zumindest daran beteiligt ist.

Der Hauptteil dieses Buches ist belletristisch aufgebaut - in Form eines retrospektivischen[1] Tagebuchs. Der Epilog

[1] zurückblickend

enthält einen Auftakt für ein in Arbeit befindliches Essay, welches Einblicke in unser Gesundheitswesen und weitere gesellschaftliche Themen geben wird. Eine Abhandlung wichtiger Themen, die mich nach meiner Krankheit nachdenklich gestimmt haben.

Das andere Ziel dieses Buches ist es, jetzt klingt es etwas nüchterner,

- Leistungserbringern[2] im medizinischen Umfeld,
- Patienten und den
- Angehörigen

einen ungewöhnlichen Eindruck, über den Verlauf von schweren Krankheiten, aus einer 360 Grad Perspektive (überwiegend aus der Sicht des Patienten und seiner Angehörigen) zu zeigen.

Darüber hinaus könnte dieses Buch auch

- Unternehmen bzw. Unternehmern,
- Versicherungen aller Couleur

Denkanstöße zur Sicherung der ausfallenden Mitarbeiterzeiten und deren Rückkehr an den Arbeitsplatz bieten.

Oft sind die von schweren Krankheiten betroffenen Menschen besorgt über ihre existentielle Zukunft, welche in der Regel mit einem Arbeitsverhältnis bewerkstelligt wird. Umgekehrt können Arbeitgeber besorgt sein, wenn ein Leistungsträger ausfällt und Ersatz nötig wird. Wie kann man das sozialverantwortlich gestalten?

2 Erklärung nachstehend.

Zu den Leistungserbringern gehören alle Mitarbeiter der medizinischen Organisationseinheiten, angefangen bei den Krankenhäusern, Rehabilitationskliniken, Haus- und Fachärzten, Physiotherapeuten, Psychotherapeuten und weitere Einrichtungen wie Krankenversicherungen und Rentenversicherungen. Mit Mitarbeitern der Leistungserbringer sind ausnahmslos alle Menschen in den genannten Organisationseinheiten gemeint[3].

Mit Angehörige meine ich überwiegend die Angehörigen der Patienten. Im bald folgenden Essay wird aber ebenfalls auf die Angehörigen der Leistungserbringer eingegangen.

Wie kann ich Patienten beschreiben? Damit meine ich alle, die eine Krankheit haben oder hatten, egal ob kleine, große, schwere oder leichte Erkrankungen. Um es nicht zu verkomplizieren, verallgemeinere ich den Zustand unter dem Begriff Patient, auch wenn nicht immer ärztliche Hilfe gebraucht wird.

Eine Anmerkung für den Lesefluss:
Die meisten Abschnitte sind in der Vergangenheitsform geschrieben. In manchen Rückblicken habe ich mich dazu entschlossen die Leser tief in die Welt meiner Erlebnisse einzubeziehen, und wechsle bewusst in das Präsens.

Damit das Leseerlebnis flüssig bleibt, habe ich mich entschieden mit einem Symbol auf die wechselnden Erzählperspektiven hinzuweisen, sowie eine andere Schrift zu verwenden.

[3] Manche Ärzte werden ungern Leistungserbringer genannt.

Hier ein Beispiel:

Diese Schrift, Namens *Myriad Pro*, wird verwendet, wenn ich von den Ereignissen in der Vergangenheitsform erzähle. Wird die Zeit und damit Perspektive gewechselt, folgt dieses Limes-Zeichen:

∞

Danach wechselt die Schrift, in Myriad Pro kursiv. Es folgen Ereignisse aus meiner Wahrnehmung und meinen Erlebnissen im Präsens.

Ich wünsche Ihnen eine gute Unterhaltung und anregende Gedanken mit diesem Buch.

Emmanuel Beule

Aufwachen aus der Hölle im Zimmer IV.

Auf die häufig gestellte Frage, ob ich etwas, und wenn ja was ich in meinem zweiwöchigen künstlichen Koma mitbekommen habe, kann ich nur antworten: Nichts.

Zumindest habe ich keine aktiven Erinnerungen an irgendwelche Ereignisse, Schmerzen, Nöte, Ansprachen durch Pfleger, Ärzte oder meine Familie. Dennoch glaube ich zwei Dinge in dieser Zeit unbewusst realisiert zu haben.

Erstens: Es ging um Leben oder Sterben. Das schienen mein Körper und mein Unterbewusstsein verstanden zu haben. Ich greife ein wenig vor, erkläre das Krankheitsbild in Kürze: Eine Lungenentzündung führte zu einem schweren Lungenversagen und aufgrund eines Sauerstoffmangels im Blut erlitt ich eine starke Blutvergiftung.

Zweitens: Ich habe eine Art von ungeahnten Kräften erlebt. Es fällt mir schwer diese Kräfte zu erklären, daher versuche ich sie zu umschreiben. Neben allen medizinisch extremen Momenten, die ich durch die permanenten lebenserhaltenden Maßnahmen erfahren habe, waren da noch größere, energetisch anmutende Wellen an Zuneigung, Liebe und anderen Kräften, denen ich bis dato zu wenig Aufmerksamkeit in meinem Leben eingeräumt hatte.

All die beschriebenen Eindrücke schien ich in einen diffusen, psychotisch-morbiden Traum verpackt zu haben. Ich kann rückblickend nicht sagen, ob ich durchgehend geträumt habe oder nur zum Schluss meines künstlichen Komas, während der Aufwachphase. Gefühlt befand ich mich in einer Ewigkeit aus Dunkelheit und Angst. Im Normalzustand verspüre ich immer Unbehagen in lichtloser Umgebung, was meine emotionale Lage noch verschlimmern sollte.

Ich werde gleich den besagten Traum beschreiben. Damit man ihn besser nachvollziehen kann, oder wem es beliebt deuten möchte, hole ich kurz aus. Und eine weitere dramaturgische Ingredienz muss ich erklären: Vor vielen Jahren brachte ich eine schwierige Beziehung hinter mich. Diese vergangene Partnerschaft scheint sich auf Grund schlimmer Ereignisse, während und nach der Trennungsphase, tief in mein Unterbewusstsein festgesetzt zu haben.

Meine damalige Partnerin hatte sich spektakulär von mir getrennt und einen regelrechten Rosenkrieg angezettelt. Erst Jahre später wurde mir klar, dass sie wahrscheinlich an einer borderline-ähnlichen Krankheit[4] litt. Aus diesem Grund nehme ich sie an dieser Stelle ein Stück in Schutz. Zudem kam bei ihr unter Alkoholeinfluss eine andere Persönlichkeit zum Vorschein: Eine aggressive, diabolische und gewaltbereite Gestalt, die nichts mit der nüchternen und netten Frau am Tage gemein hatte. Leider fehlte es mir an Stärke, diese krankhafte Ausprägung zu erkennen, so dass ich außer Stande war, meiner Ex-Partnerin zu helfen.

Heute tut es mir ein wenig leid, da sie nicht verrückt, sondern krank war. Aber so entstehen Veränderungen im Leben, wie es auch tausendfach in vielen Ehen und Beziehungen passiert. Vor ein paar Jahren heirateten

4 „...eine Persönlichkeitsstörung, die durch Impulsivität und Instabilität von Emotionen und Stimmung, der Identität sowie zwischenmenschlichen Beziehungen charakterisiert ist..." (Herpertz, 2017).

meine Ehefrau und ich und gründeten eine kleine Familie.

Ein halbes Jahr vor meinem Lungenversagen wurde ich von meiner Ex-Partnerin, zu meiner Überraschung, am Telefon beschimpft. Sie war offensichtlich in einem Alkoholrausch und drohte im Wahn meine Familie umbringen zu wollen. Diese verworrene ausgelobte Morddrohung an meine Ehefrau und meine Kinder gerichtet, ging mir eindeutig zu weit.

Ich wusste zwar, dass sich meine Ex-Partnerin bei mir im nüchternen Zustand für ihren Anruf entschuldigen würde, aber dieser Vorfall war mir zu viel. Ich versprach ihr, im Falle einer Wiederholung, eine Anzeige zu erstatten, und machte deutlich keinen weiteren Ausbruch mehr zu dulden. Wie vorausgeahnt, folgte am nächsten Tag die erwartete peinliche Entschuldigung. Seither hatte ich keine Störungen oder Vorwürfe mehr von der Dame – ich nenne sie Rebekka[5] - erdulden müssen.

Dennoch schien sich diese Morddrohung verstörend und weitreichend in meinen Bewusstseinsebenen festgesetzt zu haben.

Ein halbes Jahr später lag ich bereits seit mehreren Tagen ahnungslos in einem künstlichen Koma. Unter den Nebenwirkungen verschiedenster Medikamente, die man für ein künstliches Koma und gegen diverse Schmerzen benötigt, kam der nachstehende Dauertraum zustande.

[5] Name verfälscht.

∞

Es ist dunkel, stockdunkel. Ich werde wach und bemerke Geräusche. Ich befinde mich anscheinend in einem quadratischen Raum, die Wände sind kahl und wirken verputzt, es ist kalt. Es scheint, als könnte ich mit den an die Dunkelheit gewöhnten Augen eine Tür, zwar nur schemenhaft, aber doch, eine Tür in einer der mich düster umgebenden vier Wände erkennen. Just in diesem Moment bemerke ich, dass ich mich nicht mehr bewegen kann und scheinbar gelähmt bin. Ich bin mir allerdings auch nicht mehr sicher, ob ich wach bin oder ob ich träume.

Nur zaghaft erkenne ich feine, hell leuchtende Striche an der kahlen schwarzen Wand, wo ich die Tür vermute. Durch kleine Ritzen fällt Licht ein. Zu wenig Licht, um etwas in diesem Raum zu erkennen. Am oberen Rand der vermeintlichen Tür schimmert es etwas heller. Fast schöpfe ich Mut einen Ausweg aus meiner beängstigenden Lage gefunden zu haben.

Mühsam entkomme ich der kalten Liegefläche und versuche, halb gelähmt, auf den Ausgang zuzugehen. Hoffnung keimt in mir. Mit einem enormen körperlichen Kraftakt gelange ich zur Tür. Im gleichen Moment springt sie mit einem gellenden Knall auf. Das einfallend grelle Licht blendet mich, ich nehme den absurden Lauf eines silbernen Trommelrevolvers wahr, drehe instinktiv und verängstigt meinen Kopf nach links weg. Ich höre die wütende sonore Stimme von Rebekka und aus ihrem sonoren Kehlkopf schallen wirre boshafte Flüche in den Raum.

Jetzt fällt ein ohrenbetäubender Pistolenschuss, es schmerzt dumpf in meinem Kopf, gefolgt von einem alles in mir ertaubenden Schmerz. Ich vernehme eine ungekannte aufsteigende Todesangst in mir und höre Geschrei von anderen bedrohten Personen. Wer sind diese Menschen?

Ich bin von einer Kugel am Kopf getroffen worden und liege gelähmt am Boden. Meine letzten Eindrücke sind schwarzweiße, nicht erkennbare menschliche Konturen. In der sich ausbreitenden Dunkelheit - ist das der Tod? - sickert beeindruckend klares Blut, in einem leuchtenden Rot über mein Gesicht. Symbolkräftig sehe ich nur noch die rote dickflüssige Masse von oben nach unten rinnen, der Hintergrund wird tiefschwarz. Ich folge dem Verlauf des fließenden Lebenssaftes, der in einem immer schmaler werdenden Strich dahinzieht. Sie verendet in einer dünnen roten Linie auf dem schwarzen Hintergrund.

Absurd.

„Bleib wach! Werde jetzt bloß nicht ohnmächtig!", schreie ich in mich hinein.

Ich drohe zu kollabieren, denke nur noch an meine Ehefrau und an unsere Kinder. Ich habe Angst zu sterben, mir wird noch kälter. Aber ich bemerke mit vorangehender Zeit, dass ich weiter lebe. Ich kann mich nicht mitteilen, nicht bewegen und fühle mich unfassbar alleine.

„Bin ich nun querschnittsgelähmt? Habe ich mein Augenlicht verloren? Ist das die Hölle?" Ich schlafe ein. Ich träume von einem See, algengrün, meine Sicht ist verschwommen, mit getrübt geöffneten Augen unter Wasser suche ich die Umgebung ab. Mir wird klar, dass ich nicht in einem See tauche, sondern die Perspektive eines noch ungeborenen Babys in seinem Mutterleib eingenommen habe. Grandios. Offensichtlich befinde ich mich in einem Traum. Ich empfinde die mich einhüllende wässrige, grüne und warme Masse als beruhigend. Ist das der Ausblick unseres dritten ungeborenen Kindes im Bauch meiner Ehefrau?

Dieser absurde Gedanke reißt mich aus dem Traum, ich werde wach, bin wieder in der lähmenden und furchterregenden Dunkelheit, inmitten des Raumes auf einer kalten Liege. Bin ich wieder ganz am Anfang?!

Ich erahne einen Ausgang in der Dunkelheit und das schemenhafte Licht in einem vielleicht vorhandenen Türrahmen. Alles fängt exakt von vorne an.

∞

Dieser Traum begleitete mich bis zu den ersten Erinnerungen meiner Aufwachphase, den ersten Berührungen und Worten meines Vaters. Ich weiß nicht wie oft mich dieser Traum gequält hat, also nur zwei Male oder eventuell die ganzen zwei Wochen über.

∞

Mein Traum wird unterbrochen. Ich vernehme eine vertraute Stimme und eine warme Hand auf meiner Hand. Wärme. Es ist mein Vater. Es ist mein Vater?!

In mir steigt schlagartig Panik hoch, als mir klar wird, nicht mehr in dem Traum gefangen zu sein. Mir wird übel, denn der kausale logische Zusammenhang wird mir deutlich: Das ist jetzt echt, ich bin im Hier und Jetzt, der Realität. Ich muss vor geraumer Zeit von Rebekka angeschossen worden sein und bin schwerverletzt wohl doch nicht gestorben.

Und mir wird furchterregend bewusst: Der während des Überfalls im Hintergrund hörbare Lärm waren die verzweifelten Überlebensschreie meiner Ehefrau und unserer Kinder. Sie versuchte einfach das Leben unsere Kinder und ihr eigenes zu schützen. Wie grauenvoll!

Es besteht kein Zweifel: Ich bin seit geraumer Zeit Witwer und habe zwei wundervolle Kinder verloren. Mit einem weiteren Kind war meine geliebte Ehefrau schwanger. Was für eine Katastrophe.

Ich nehme Schmerzen im Brustkorb und im rechten Arm wahr. Eine völlige Erblindung und der Geruch von verbranntem Fleisch machen mir Angst. Diese körperlichen spürbaren Eindrücke peitschen in mir weitere Panik hoch. Ruhig bleiben. Ich kann nicht richtig sprechen und kann gerade eben ein „Papa?“, hauchen.

∞

Mein Vater trat nach zwei schlimmen Wochen seinen Heimweg an. Er konnte sein Glück nicht fassen. Eigentlich wollte er sich nur kurz von mir verabschieden, da er sein Haus Tage zuvor hätte übergeben müssen. Diese übermächtige bestimmende Angst der letzten Wochen, den eigenen Sohn verlieren zu können, gepaart mit dem schlechten Gewissen wegen einer Hausübergabe abreisen zu müssen - und nun war dieser ersehnte Moment eingetroffen! Endlich hörte mein Vater ein unerwartetes, gehauchtes „Papa".

∞

Er gibt mir behutsam, fast zu leise ein: „Emmanuel?", zurück. Er freut sich, lacht oder weint, ich weiß nicht, was er mir noch sagt, denn ich will nur eins wissen: Wo sind meine Ehefrau und meine Kinder, was ist passiert. Mit voller Anstrengung, Wut und Angst wuchte ich aus mir den Namen meiner Ex-Partnerin heraus und frage panisch: „Papa, hat Rebekka mich erschossen?!"

Mein armer Vater ist völlig konsterniert. Meine geliebte Ehefrau, seine tapfere Schwiegertochter, hat wochenlang jeden Tag an meinem Bett gesessen, das ganze Leid ertragen und meine gesamte Familie gemanagt wie keine andere, und ich nenne den Namen meiner Ex-Partnerin. Mein Vater bewahrt die Ruhe und gibt mir Zeit mich zu sammeln, aber ich schaffe es nicht weiter zu sprechen. Etwas hindert mich daran. Er will mich beruhigen, er kennt ja meinen Angsttraum nicht und sagt dann: „Emmanuel. Du bist schwer krank und hast das Schlimmste geschafft. Du lagst zwei Wochen im Koma und musst die nächste Zeit ganz stark sein…".

Ich soll die nächste Zeit ganz stark sein? Sein letzter Satz zerfetzt meine letzte Hoffnung aus einem Traum erwacht zu sein. Es ist also real. Ich bin ein angeschossenes Wrack, meine Familie ist bereits beerdigt, es gibt kaum noch einen Sinn in meinem Leben. Alles ist wahr, das war es wohl für mich.

Irgendwie schaffe ich es in den nächsten Sekunden die Namen meiner Ehefrau und unserer Kinder zu stammeln, dazu ein: „Papa, und das Baby…?! Wo sind sie nur?" Mein Vater weiß nichts von einem Baby und er ist immer noch perplex, wegen des ersten von mir ausgesprochenen und aus der Vergangenheit bekannten Namen. Er ahnt ja nichts von meinen Existenzängsten.

Er erwidert sanft: „Emmanuel, welches Baby. Was erzählst du da?"

∞

Die Szene spielte sich in nur drei bis vier Minuten ab, aber ich erinnere mich genau an die unausstehlichen seelischen Qualen. Schließlich erklärte mir mein Vater, dass meine Ehefrau, die Kinder und meine Mutter zu Hause seien und mich später noch besuchen würden. Ich wurde etwas wacher.

Endlich wurde mir klar, dass ich etwas anderes Krankhaftes und mich Einschränkendes erlitten haben musste, nicht etwa durch einen Revolver. Demnach waren meine verfügbaren Informationen und Eindrücke falsch. Das war in diesem Moment gut so. Erschöpft und erleichtert schlief ich ein.

Steckbrief Patient.

Ich bin 1974 im westfälischen Münster geboren. In der gleichen Stadt schloss ich an einem bilingualen Gymnasium ein mäßiges Abitur ab, zu sehr beschäftigten mich andere Interessen. Meine Anstrengungen flossen mehr in diverse Sportarten, der Schauspielerei und dem Gesang in einer kleinen Band. Ich war ein Hans-Dampf in allen Gassen.

Nach dem Abitur folgten einige Umzüge. Erst zog ich nach Dresden zum Studieren, drei Jahre später für eine Ausbildung wieder zurück nach Münster und meiner dortigen ersten Festanstellung. Weiter ging es für eine neue Stelle in meine Wahlheimat Freiburg im Breisgau. Um nicht langweilig zu werden, verbrachte ich zwischendurch in München und in Stuttgart meine Lebenszeit, wo ich meine Ehefrau kennenlernte.

Zum Zeitpunkt dieser Erzählung war ich Vater von zwei Kindern[6]. Bis heute bin ich mit einer wunderbaren Frau verheiratet. Sie ist nicht nur meine Partnerin, sondern auch meine beste Freundin, die andauernd irgendwelche Ideen und Geschichten von mir aushalten muss. Meine Vagabundierfreude ist für meine Ehefrau weniger angenehm, zum Beispiel mein damaliger größter Herzenswunsch zurück in den Breisgau zu ziehen.

Die Tatsache in den Freiburger Raum zurückkehren zu wollen, wirkte sich für meine Ehefrau umso dramatischer aus, da ich sie für den Lebensmittelpunktwechsel mit den Worten drängte: „Hier[7] will ich nicht mehr

[6] Mittlerweile sind es drei wundervolle Kinder. Zum Zeitpunkt dieser Erzählung waren es zwei.

[7] Stuttgarter Umland

wohnen bleiben oder beerdigt werden". Zu groß war meine Sehnsucht nach der Toskana Deutschlands, das ich alles daran setzte, in meine alte Wahlheimat zurückzukönnen. Kurzum: Wir zogen in den Breisgau. In der neuen Wahlheimat waren wir auf uns alleine gestellt, ohne Hilfe von Verwandten in der näheren Umgebung.

Nun lebten wir seit zwei Jahren im Markgräflerland, unweit von Freiburg. Unsere beiden Kinder, damals ein vierjähriges Mädchen und ein einjähriger Junge, fühlten sich wohl. Meine Ehefrau bereute den Schritt in die neue Heimat keineswegs, die anfängliche Skepsis schien vergessen.

Beruflich war ich seit Jahren im Außendienst und coachte Mitarbeiter in verschiedenen vertrieblichen Belangen. Es gibt wenige Branchen, die mich nicht interessieren. Der Hans-Dampf in allen Gassen war und ist immer noch in mir.

Neben meiner süßen Familie besteht mein Leben aus Kochen, Reisen, (Er)leben und viel unternehmen, Input, Geschichte, Politik, Musik, Philosophie und, wenn es möglich wäre, noch vielem mehr. Ich möchte gerne ein Vorbild sein, ein guter Ansprechpartner für jede Lebens- und Berufslage, Zuhörer, sowie kreativer Vermittler von zahlreichen Ideen. Manche finden das sehr anstrengend und es ist bestimmt nicht immer einfach mit mir.

Kennen sie die Menschen, die immer wissen, was gut für einen ist? Furchtbar. Wahrscheinlich gehöre ich zu diesen Typen und finde es selbst schrecklich. Immer wieder gelobte ich Besserung und arbeite immer noch an mir.

Warum schildere ich diese persönliche Beschreibung und meine Selbsteinschätzung in diesem Format? Stellen Sie sich vor, Sie tanzten am liebsten auf jeder Hochzeit mit. Sie werden von dem einen oder anderen in ihrem beruflichen Leben hoch angesehen, zumindest haben Sie das Gefühl. Bei geschäftlichen Interessenten wird Ihr Wort, Ihr Verhalten und Ihre Kompetenz regelmäßig honoriert.

Privat ist das etwas anders, aber auch hier ist Vorwärtskommen, eine Rastlosigkeit der tägliche Antrieb; ich sollte mich nur mehr vor meiner Familie zurücknehmen. Gelang und gelingt mir leider zu selten, aber meine Ehefrau wäscht mir, wenn ich übertreibe, den Kopf. Gut so.

Nun kam dieser dramatische Krankheitsverlauf dazwischen, die Lungenentzündung, welche sich unaufhaltsam zum katastrophalen Lungenversagen entwickelte, das sogenannte ARDS[8]. In wenigen Tagen zog eine Krankheit an meinem Antriebsstecker, mein Leben hing an einem seidenen Faden.

Verallgemeinernd wage ich eine Hypothese. Jeder Mensch hat seine Sicht der Dinge, eine innere Einstellung, mit Herausforderungen und Problemen umzugehen. Sei es der ruhige introvertierte Typ, der tiefsinnige Denker, die exaltierten oder die oberflächlichen Menschen, für alle gilt in solchen Umständen vermutlich eine Nennergleichheit: Innerhalb weniger Tage kann sich alles verändern.

8 Akronym ARDS = Acute Respiratory Distress Syndrome

Ein paar Monate zuvor.

Anfang 2014 bin ich in einem Freiburger Krankenhaus[9] an einer Bandscheibe operiert worden. Ein Standard-Eingriff aufgrund meines Rückenleidens. Nach einer Anschlussheilbehandlung[10] ging es mir im Mai 2014 wieder gut und ich startete durch: alles auf Kurs und im Plan.

Unerwartet folgte im gleichen Jahr, Ende Oktober, erneut ein kurzer, heftiger Schmerz, ein bekanntes stechendes Leiden an der Wirbelsäule, andauernd. Ohne Umwege fuhr ich in das bekannte Krankenhaus am Freiburger Lorettoberg. Die Prozedur ist einfach erklärt: Fünf Tage stationärer Aufenthalt in der Orthopädie sollten Linderung herbeiführen.

Die Tasche hatte ich bereits gepackt, und ich konnte für eine Schmerztherapie, mittels einer PDK[11] im Rücken, gleich vor Ort bleiben. PDK steht für einen *Periduralkatheter* und bewirkt eine leichte Narkose über das Rückenmark. Bei dieser Therapieform wird dem von Rückenschmerzen geplagten Patienten für vier Tage ein Katheter oberhalb der betroffenen Bandscheibe gelegt. Mit leicht dosierten Betäubungsmitteln wird der Schmerz unterbrochen, damit man sich wieder aufrichten kann und weitere Maßnahmen stattfinden können.

Die Therapie zeigte Wirkung und es folgte gleich eine Anschlussheilbehandlung in der mir bereits bekannten Rehabilitationsklinik. Vor Antritt der Reha konnte ich noch zwei Tage zu Hause verbringen.

9 Teil eines Regionalverbundes kirchlicher Krankenhäuser.

10 Amtsdeutsch für eine Rehabilitationsmaßnahem in einer Fachklinik. Früher sagte man Kur, heute wird stärker differenziert.

11 Ähnlich wie eine PDA, Periduralanästhesie, bei Geburten.

Am ersten Tag in der Rehaklinik, einem Freitag, gab es um 11:00 Uhr eine Voruntersuchung. Dabei wurde beschlossen, welche Therapien und Anwendungen für mich in Frage kamen. Die ersehnte Freigabe für das angeschlossene Thermalbad erhielt ich auch. Die Klinik ist direkt über einen eigens errichteten Bademantelgang mit einer großartigen Therme verbunden, die ich jederzeit nutzen durfte.

Am ersten Tag der Anschlussheilbehandlung erfolgten keine Anwendungen und somit stand kein Termindruck dem Besuch der Therme im Weg. Nach den wohltuenden Bädern in den Thermalquellen begann abends ein leichter Schmerz in meiner linken Flanke. Undefinierbar hinten am Rücken, im Brustwirbelbereich verursachte etwas einen absonderlichen Reiz. Dieser war wiederum für Bedenken zu unbedeutend. Doch der Schmerz wurde nachts stärker, aber mit den vertrauten Schmerzmitteln versuchte ich weiter zu schlafen.

Am nächsten Morgen gab es Frühstück, ich drehte eine kurze Runde durch den Kurpark und kehrte auf mein Zimmer zurück. Die Schmerzen nahmen nicht ab, aber das war ich bereits durch meinen gebeutelten Rücken gewohnt. Außerdem hatte ich mich auf die Reha-Zeit und die Behandlungen regelrecht gefreut, schließlich brauchte ich nicht operiert zu werden.

Mein festgelegtes Ziel hieß schnell gesunden, um bald wieder Gas geben zu können.

Meine Ehefrau, ihre Mutter und unsere Kinder kamen mich nachmittags besuchen, alles schien in Ordnung.

Wir saßen in einem Kaffee im Kurpark und warteten auf die bestellten Getränke.

Dann ging es los. Wie aus dem Nichts, fallbeilartig, überkam mich ein starkes Schwächegefühl. In wenigen Minuten stürzte ich aus einer Heiterkeit in einen Zustand der totalen Anstrengung gefolgt von Lust- und Kraftlosigkeit. Im wahrsten Sinne des Wortes kam ich mit letzter Kraft auf mein Zimmer und legte mich zum Schlafen hin.

Am Abend wurden die Schmerzen in der linken Flanke immer stärker, und in meiner Brust spürte ich bei jedem Atemzug ein leichtes Rasseln. Dieses Rasseln war noch zu leise, um es mit bloßem Ohr hören zu können, aber in mir fühlte ich es deutlich. Ich wollte auf keinen Fall von einem der Stationsärzte als erkältet befunden werden. In einer Rehaklinik bedeutet der kleinste Verdacht auf einen beliebigen Infekt gleich drei Tage Quarantäne und somit drei Tage keine Anwendungen. Das passte überhaupt nicht zu meinem Plan, schnell wieder einsatzfähig zu werden.

Meine Ehefrau verfolgte das neue Leiden über das Telefon und per WhatsApp[12]. Sie empfahl mir sicherheitshalber nach einem Arzt zu fragen. Ich folgte artig ihrem Vorschlag und bat bei der Stationsschwester um den Besuch eines Arztes. Der nachtdiensthabende Orthopäde und ausgebildete Chiropraktiker renkte mich auf Grund meiner Schmerzbeschreibungen zunächst ein.

Die Herkunft der Flankenschmerzen, im Nachhinein eine angehende Pleuritis[13], schob er wegen meiner

12 Ein kosten oser Textnachrichtendienst auf Mobiltelefonen
13 Fachbegriff für Rippenfellentzündung bzw. Brustfellentzündung

zaghaften Beschreibungen auf einen verschobenen Brustwirbel. In der Tat kam mir das Leid nach den chiropraktischen Einrenkungen gemildert vor, sodass ich für zwei Stunden schlafen konnte.

In den Morgenstunden wurden die Schmerzen immer schlimmer und dehnten sich über meine gesamte linke Flanke aus. Daher erfolgte am Dienstag, vier Tage nach Beginn der Symptome, eine Blutabnahme. Mit einem erhöhten Entzündungswert (CRP[14] = 40, Normalwert < 5) wurde ich sofort in ein Krankenhaus überwiesen. Mit einem Krankentransport wurde ich überführt. Kurz schöpfte ich Mut nur einen Tag im Krankenhaus verbringen zu müssen. Skurriler hätte die Fahrt ins Hospital nicht werden können. Ich wies dem ortsunkundigen Fahrer des Rettungswagens, liegend und rückwärtsfahrend, den Weg nach Freiburg.

Im Krankenhaus angekommen ging alles sehr schnell. Intravenös erhielt ich weitere Schmerzmittel und bekam verschiedene Antibiotika zugeführt. Am Tag darauf habe ich sogar nochmal geduscht, ich wollte absolut keine Schwäche zeigen. Meine Atmung wurde zunehmend erschwerter, die Sättigung des Sauerstoffs in meinem Blut nahm ab und der Entzündungswert stieg bis Freitag auf 380 an.

Die Stationsärzte wollten mich am Freitagnachmittag zur Überwachung auf die Intensivstation verlegen, doch ich wiegelte entschlossen ab. In Wahrheit, und so habe ich es damals auch meiner Frau mitgeteilt, hatte ich bereits große Angst die Intensivstation nicht lebend zu verlassen. Warum ich diese Gedanken hatte, kann ich nicht sagen, sie waren einfach da.

14 Creaktives Protein im Blut ist ein Indikator für Entzündungen.

Nach einer angeregten Diskussion mit zwei Ärzten und einem konsultierendem Telefongespräch mit meiner Ehefrau, hatte ich schließlich einer Verlegung auf die Intensivstation eingewilligt.

Mein Krankenbett wurde gerade von Pflegern und Ärzten auf die Räder gebockt, während ich noch einen letzten Versuch unternahm witzig zu sein. Von da an erinnere ich mich vorläufig an nichts mehr.

Um mich herum wurde es Nacht, nichtsahnend folgten zwei Wochen Überlebenskampf in einem künstlichen Koma.

Zimmer IV – Dunkelheit.

Während meines künstlichen zweiwöchigen Tiefschlafs habe ich nichts von den Behandlungen oder Besuchen meiner Angehörigen mitbekommen, zumindest kann ich mich an nichts erinnern und kann von keinen Eindrücken berichten. Ich habe schlicht gesagt überhaupt nichts registriert.

Nachdem ich mit meiner Ehefrau die Überwachung auf der Intensivstation besprochen hatte und nach meiner Einwilligung verlegt wurde, rief sie am Samstagmorgen[15] im Krankenhaus an. Normalerweise meldete ich mich recht früh am Morgen oder schickte ihr bereits nachts Nachrichten über meinen Zustand mit meinem Mobiltelefon.

Sie wurde kurzerhand informiert, dass ich an diesem Morgen um 5:00 Uhr in ein künstliches Koma verlegt wurde, da sich mein Zustand verschlechtert hatte. Sie solle bitte noch warten, da eine Verlegung in ein anderes Freiburger Krankenhaus, im selben Verband, abgeklärt wurde. Um 11:00 Uhr bekam Sie dann die Information, dass ich bereits auf dem Weg in das Partnerkrankenhaus war. In welchem Zustand ich mich befand, konnte man ihr jedoch nicht sagen.

Im anderen Klinikum angekommen, haben sich die Mitarbeiter der Intensivstation weiter um mich gekümmert. Meinem Zustand geschuldet, war das erste Kennenlernen ziemlich einseitig. Ich befand mich in einem künstlichen Tiefschlaf, in tiefer Finsternis, und bekam nichts von der Betriebsamkeit mit. Sie verkabelten mich mit intravenösen Zugängen, schlossen eine

[15] 8. November 2014

Herzlungenersatzmaschine, kurz eine ECMO-Anlage[16], an meinem Bein und meiner Halsschlagader an und ein Beatmungsgerät, welches durch Schläuche über meinen Mund die Lungen weiter versorgte. All das erfuhr ich erst Wochen später. Alles was auf der Station vom Empfang und über die folgenden zwei Wochen mit mir gemacht wurde, ging an mir vorüber.

Für diese mir unbekannte Zeit waren meine Angehörigen gefragt. Sie erzählten mir alles nach meinem Erwachen. Ihre Ängste und ihre Kämpfe um mich, aber auch ihren Alltag mit dieser ungewöhnlichen Extremsituation.

Nun der weitere Verlauf der Reihe nach.

Spannend ist das spontan entstandene Tagebuch meiner Ehefrau, welches sie auf Anraten unseres Hausarztes, direkt an mich gerichtet, geschrieben hat. Auch wenn meine Ehefrau, meine Eltern und die Mitarbeiter des Krankenhauses lange nicht wussten, was aus mir werden sollte, hat es meiner Ehefrau wahnsinnig geholfen, die Zeit mit einem Tagebuch zu überbrücken. Sie konnte mich anschreiben, mir ihre Nöte berichten und sich die Sorgen von der Seele schreiben, die Sorgen mit mir teilen, als ob es ein Stück Alltag wäre.

Nach diesem Kapitel folgen die an mich gerichteten Emails in leicht gekürzter Form. Zwischen den Zeilen kann man lesen, wie gut es meiner Ehefrau tat, die täglichen Erlebnisse zu beschreiben, so tragisch sie nun einmal waren. Auch die besondere, meiner Familie entgegengebrachte Einfühlsamkeit aller auf der Station

[16] ECMO steht für extrakorporale Membranoxygenierung bzw. ExtraCorporaleMembranOxigenierung

um mich kämpfenden und arbeitenden Pfleger, Physiotherapeuten und Ärzte kann man aus den Tagebüchern herauslesen.

Meine Ehefrau und meine Eltern berichteten mir immer wieder von dem außergewöhnlichen, beeindruckenden zwischenmenschlichen Esprit aller Mitarbeiter dieser Intensivabteilung. Das war ein wesentlicher Faktor für meine Familie, nicht in Panik zu geraten und die Fassung zu verlieren. Trotz aller intensivmedizinischen Versorgungen, trotz des Drucks, für den schwerkranken Menschen da zu sein, dabei auch noch über die Maßen Zeit für den Beistand der Angehörigen zu finden, all das bedurfte von allen Mitarbeitern ungeheuerlicher Kraft.

Meine Verwandten beschrieben eindrucksvoll, mit welchem Einfühlungsvermögen auf die Ängste der Angehörigen eingegangen wurde. Schließlich ist man als Laie und Nicht-Mediziner komplett auf das Wissen und die Taten bis dahin fremder Menschen angewiesen. Plötzlich planen diese Menschen Maßnahmen, die über Leben und Tod entscheiden können. Wenn es dann in solchen Extremsituationen noch für zwischenmenschliche Momente reicht, kann man nicht mehr verlangen. Durch Zuneigung nimmt man den Angehörigen gewaltigen Druck von den Schultern. Sie bekommen die Zeit eingeräumt mitzukämpfen, so intensiv, wie es vielleicht nur die wenigsten Menschen unter uns kennen.

Gestern schien der Alltag noch normal und plötzlich befanden sich meine Angehörigen in einem Zimmer voller piepsender, geräuschintensiver Geräte und in einer völlig surrealen Situation. Der Patient, der Ehemann, der Sohn – also ich – lag regungslos und nicht mehr ansprechbar, von Wassereinlagerungen aufgedunsen und halbnackt da. Meiner Familie wurde immer wieder und wieder erklärt, was an mir installiert wurde. Nachdem die medizinischen Geräte und Anschlüsse erläutert waren, kamen die neuen Aufgaben auf sie zu. Man sollte ruhig und gerne mit mir reden, mich streicheln und einfach für mich da sein.

Natürlich waren anfängliche Berührungsängste vorhanden, denn wie sollte man sich verhalten, wenn Pfleger mit im Raum standen, an mir arbeiteten und man mir gerade etwas Persönliches erzählen wollte? Und es war immer jemand mit im Raum. Die Summe aller Eindrücke quälte meine Liebsten so sehr, dass sie manchmal einfach nur weinen wollten, weil es so belastend war. Meine Angehörigen mussten schnell lernen, mit der neuen Lebenssituation umzugehen.

Meine Ehefrau erzählte mir täglich, an meinem Bett hockend, tapfer von ihrem Tagesablauf, unseren Kindern und ihren Gefühlen, dabei immer achtgebend, mir ja nur Gutes zu erzählen. Sie versuchte mich irgendwie zu erreichen, um mir Hoffnung zu machen. Gleichzeitig quälte Sie es ungemein, keine Antworten von dem sonst so wortreichen Ehemann zu erhalten.

Sobald meine Ehefrau nach Hause zu den Kindern musste, hielten meine Eltern abwechselnd in weiteren Schichten die Stellung. Meine Mutter sprach mit mir auf Französisch, damit ich auf diese Weise so normale Bedingungen und Impulse wie im gesunden Zustand erhielt. Mein Vater, sonst der eher pragmatische Typ, war der Einzige, dem ich auf seine Bitte einmal die Hand drückte. Er wertete es als Zeichen so lange bei mir zu bleiben, bis ich wach würde, festen Glaubens, mir Kraft durch seine Anwesenheit zu spenden. Drei meiner vier Schwestern kamen von überall her. Sie wollten mir ebenfalls Kraft schenken, und ich kann sagen: Es hat funktioniert.

Übrigens sind meine Eltern seit fünfunddreißig Jahren geschieden und hatten sich bis dahin nicht sonderlich viel zu sagen. Man könnte einen Roman oder einen kitschigen Film mit den Geschichten aus diesen verrückten zwei Koma-Wochen füllen. Die Leser, Zuschauer und Kritiker würden über die Dramaturgie und Darstellungen herziehen, vernichtende Urteile sprechen. Ich würde dem fiktiven Publikum erwidern, zuvor Gleiches gedacht zu haben. Aber das echte Leben schreibt offensichtlich die skurrilsten Drehbücher.

Meine Ehefrau, unsere Kinder, meine Eltern, sowie drei von meinen vier Schwestern lebten in unserer beschaulichen Wohnung gemeinsam unter einem Dach. Sie mussten sich arrangieren und einen sehr intensiven Teil ihrer sonst völlig unterschiedlichen Lebensweisen zusammen verbringen. Ich erspare hier den Lesern die ganzen romantisch anmutenden Geschichten, aber eins ist an dieser Stelle besonders hervorzuheben: Sofern meine Familie nicht bei mir sein konnte, nutzten sie die Zeiten zwischen den Besuchen auf der Intensivstation zur Erholung, versuchten die Sorgen im Krankenhaus zu lassen. Sie haben den Mitarbeitern vertraut.

Vertraut, weil diese Intensivstation nicht nur sehr gut ausgestattet war, sondern insbesondere, weil man mit meinen Angehörigen gesprochen hat und ihnen zeigte, dass ich durch die besten Hände betreut wurde.

Herz und Wissenschaft arbeiteten in der Abteilung gemeinsam am Patienten und für die Angehörigen. Diese Einstellung bildete das nötige Vertrauen, sich wichtige Verschnaufpausen von den Ängsten zu genehmigen. Jeder von meinen Angehörigen hatte in der großen Not auch mal Pausen nötig. Medizinisch konnten sie nichts ausrichten, ihre einzige Aufgabe war es, für mich da zu sein, ohne eine ersehnte Rückmeldung zu bekommen. Das war hart.

Eine Nachtschwester verriet mir später, dass die Pflegerinnen und Pfleger in Abwesenheit meiner Familie mit mir weiter gesprochen haben. Sie haben sich um mich gekümmert und mich neben der komplexen medizinischen Versorgung auch über andere Wege mit Zuspruch und Nettigkeiten am Leben erhalten. Mittlerweile bin ich überzeugt, und ich bin weder gläubig noch spirituell veranlagt, dass diese zwischenmenschliche Hilfe einen wesentlichen Teil zu meiner Genesung beigetragen hat.

Email-Tagebuch meiner Ehefrau.

Mittwoch, 12.11.2014, Tag 5[17]

Mein lieber Emu[18],

Heute war ich bei unserem Hausarzt, um mir eine Krankmeldung zu holen. Ich habe ihm erzählt, dass ich so traurig bin, weil ich dich nicht einmal anrufen und dir etwas erzählen kann. Er brachte mich auf die Idee, Dir alles aufzuschreiben. Wenn du wieder wach bist, kannst du alles nachlesen.

So, nun bekommst du jeden Tag Emails von mir und die Erste wird wohl etwas länger werden, da ich ja erst bei Tag 5 anfange.

Die letzten Tage war hier ganz schön was los.

Gleich nachdem ich am Samstagmorgen erfahren habe, dass deine Lunge ausgesetzt hat, und du ins künstliche Koma gelegt wurdest, klingelte das Telefon und deine Mama war dran. Sie fragte mich direkt, wie es dir ginge. Ich erzählte ihr, dass du in einer lebensbedrohlichen Situation bist und ihr war sofort klar, dass sie so schnell wie möglich zu uns kommen muss[19].

Ich habe im ersten Krankenhaus deine Sachen abgeholt und war um etwa zwei Uhr im neuen Krankenhaus, um dich endlich zu sehen. Meine Mama blieb in der Zeit bei unseren Kindern.

17 Leicht gekürzte und anonymisierte Fassungen der Briefe.
18 Kosename
19 Aus der Bretagne, Frankreich, 12 Stunden für die Anreise

Zunächst konnte ich über eine Stunde nicht zu dir, da sie noch alle Geräte richtig an dir anschließen mussten. Dafür haben mir die beiden behandelnden Ärzte alles genau erklärt und mir die Schichtaufnahme deiner Lunge gezeigt.

Der linke Lungenflügel war durch und durch weiß. Der Rechte hatte dagegen nur wenige entzündete Stellen. Sie erklärten mir die Funktion der künstlichen Lunge, dass du eine schwere Blutvergiftung von der Lungenentzündung hast und eine hohe Dosis kreislaufstabilisierender Mittel bekommst. Und sie sagten mir auch, dass sie solche Lungenbilder von einem jungen Patienten wie dir auch vom H5N1 Virus kennen. Ansonsten passiert dieser schwere Krankheitsverlauf nur sehr selten. Ich war etwas beruhigt, dass sie offensichtlich ein wenig Erfahrung mit deiner Situation hatten.

Endlich durfte ich dich sehen und ich war erleichtert und traurig zugleich. Endlich konnte ich bei dir sein und dich berühren, aber du warst blass und kalt. Deine Krankenschwester war sehr nett und machte mir Mut. Sie sprach viel mit mir über deine Situation, aber auch über meine Situation mit unseren Kindern. Alle waren in der Abteilung sehr betroffen.

Leider musste ich viel zu schnell wieder gehen, um bei unseren Kindern zu sein. Am Abend rief ich deinen Papa an und er wollte natürlich auch so schnell wie möglich bei uns sein[20]. Deine Mama gab mir später Bescheid, dass sie und deine Schwester aus Grenoble, etwa zeitgleich am Sonntagabend am Freiburger Bahnhof ankämen.

20 600 km Anreise

Am nächsten Tag, am Sonntag, rief ich gleich um halb sieben im Krankenhaus an, um zu wissen, wie die Nacht verlaufen ist. Zum Glück war alles soweit ganz gut. Zumindest nicht schlechter. Sie konnten die Dosis der kreislaufstabilisierenden Mittel schon reduzieren.

Abends fuhr ich wieder zu dir. Es tat so gut bei dir zu sein! Du warst nun warm und hattest wieder etwas Farbe am ganzen Körper, sahst wieder lebendiger aus. Die Ärzte und Pfleger sprechen viel mit mir und erklären mir immer alles super. Sie waren mit dem Schritt, den du von Freitag auf Samstag gemacht hast, ganz zufrieden.

Als ich wieder im Auto war und mein Handy einschaltete, sah ich eine weitere Nachricht von deiner anderen Schwester[21] *aus Münster. Sie und dein Papa kamen am Sonntag um halb fünf bei uns an und waren bereits da, als ich von dir zurück nach Hause kam. Wir suchten den beiden eine Übernachtung, sie checkten ein, gingen dich besuchen und holten deine Mama und andere Schwester vom Bahnhof ab. Deine Mama kam eine Stunde früher an und konnte dich somit auch noch besuchen gehen! Sie waren alle erleichtert bei dir und bei uns sein zu können.*

Montagmorgen war unser Töchterchen ganz überrascht, als plötzlich Oma aus Frankreich beim Frühstück hinter ihr stand. Sie war ihr gegenüber aufgeschlossen, nicht wie sonst so verschüchtert, und hat sich gefreut. Unser Sohnemann ist wegen seines Hustens noch zu Hause geblieben. Im Kindergarten fragte man mich, wie es dir geht. Ich wurde sehr traurig und erzählte, dass du nun auf der Intensivstation liegst.

21 Väterlicherseits

Zurück zu Hause wollten wir natürlich alle wissen, wie es dir geht und nach unserem morgendlichen Anruf auf der Station wussten wir, dass es wieder einen kleinen Schritt nach vorne ging. Endlich hatten sich auch die Entzündungswerte im Blut verbessert.

Am Dienstag kam auch mal meine Mama mit ins Krankenhaus. Sie wollte dich auch noch gerne besuchen, bevor Sie dann am Mittwoch nach Hause fuhr[22]*. Es tat auch ihr gut, gleichzeitig weh, dich so zu sehen und zu verstehen, in welcher Lage ich mich befand.*

Es hatte ein Pfleger Dienst, den ich vorher noch nicht kannte. Aber auch er war sehr nett und aufgeschlossen und erzählte uns von seinen beiden Kindern, die schon 10 und 14 sind. Und von seiner Pubertät als Punk Rock Gitarrist in einer Band. Ich hatte ein gutes Gefühl auch auf der Intensivstation mal lachen zu dürfen, da ich wusste, dass du genau das brauchst.

So, nun sind wir endlich bei heute angekommen.

Wie schon erwähnt, war ich bei unserem Hausarzt, um mir eine Krankmeldung zu holen. Wie immer habe ich mich bei ihm als Arzt gut aufgehoben gefühlt. Er wusste noch nichts von deinem Zustand und war natürlich über meine Erzählungen schockiert. Er wollte mich noch die ganze nächste Woche krankschreiben, du kennst mich, wir konnten uns auf Montag einigen. Ich wollte ein leichtes Beruhigungsmittel und er gab mir ein Prospekt von einem pflanzlichen Kombipräparat mit. Es ist genau das

[22] 250 km von uns wohnhaft

richtige Beruhigungsmittel für mich. Er machte mir Mut und ließ dir Grüße ausrichten.

Dein Papa ging am Vormittag zu dir. Wir verabredeten, dass er unsere Kleine vom Kindergarten abholt. Ich fuhr mit deiner Mama um halb zwei zu dir. Erst ging Sie zu dir und ich nutzte die Pause im Krankenhauscafé. Dann wechselten wir uns ab. Sie kam etwas aufgeregt herunter, da die Ärzte und Pfleger dich nun öfter am Tag wecken wollten um deine Reflexe zu testen und du bei ihr schon ein wenig am Aufwachen warst. Als sie ging und dir sagte, dass ich gleich komme, gingen wohl deine Augenbrauen nach oben und sie freute sich über deine Reaktion.

Ich kam zu dir, hielt wie immer deine Hand und sagte „Hallo". Wie immer erzählte ich, dass alles ok ist, es den Kindern gut geht und du dich einfach ganz viel ausruhen musst, um wieder gesund zu werden. An deinen Augen erkannte ich, dass du weinen mochtest. Dann verzog sich auch dein Mund und eine Träne floss aus deinem Auge. Ich fand es schön deine Reaktion zu sehen, aber auch traurig, dass es dir so schlecht ging. Sie ließen dich wegen der kleinen Aufregung schnell wieder einschlafen. Ich war noch eine Stunde bei dir. Es fällt mir immer schwer mich von dir loszureißen.

Als deine Mama und ich nach Hause kamen, war dein Papa allein mit den beiden Kindern und die beiden kletterten auf ihm herum. Er hat das richtig toll gemacht, war aber sicher auch froh über die Ablösung.

Wir haben zusammen Abendessen gemacht und Wein getrunken. Nun fängt die Situation an etwas komisch zu werden. Ich weiß nicht, ob du es bemerkt hast, aber nun sind nur noch dein Vater, deine Mutter und ich hier. Deine Eltern und deine Frau. Mit unseren Kindern die wichtigsten Menschen in deinem Leben. Das ist unglaublich schön - und auch merkwürdig.

...

Donnerstag, 13.11.2014, Tag 6

Mein lieber Emu,

Heute Morgen ging es mir etwas besser. Ob das am Beruhigungstee liegt?
Ich habe dir noch gar nicht alles von Mittwoch erzählt.

Nochmal kurz einen Tag zurück.

Ich habe endlich deinen Ehering zurückbekommen! Am Sonntag musste ich kurz vor deiner Zimmertür warten. Da du so viele Wassereinlagerungen hattest, fragte ich mich, und später die Pfleger, wo eigentlich der Ehering ist. Es wurde erst vermutet, dass er noch im anderen Krankenhaus sei. Aber irgendjemand hat ihn am Samstag bei deiner Einlieferung wohl automatisch abgezogen und in der Schublade im Nachttisch festgeklebt. Der Pfleger von Dienstag hatte sich nochmal auf die Suche gemacht und bei uns angerufen, nachdem ich ihm erzählte, dass im anderen Krankenhaus niemand etwas von dem Ring wusste. Ich trage ihn nun um meinen Hals und habe dich damit immer bei mir!

Die Pflegerin von Mittwoch sagte mir, ich könne dir auch Musik mitbringen. Als erster Gedanke kam mir die Zauberflöte[23] in den Sinn. Mein zweiter Gedanke war jedoch, ob es dich mit der Erinnerung an unsere Tochter nicht zu traurig machen würde. Ich erzählte es einer Freundin, die mich am Abend zufällig anrief und sie gab mir den guten Tipp auf meinen ersten Instinkt zu hören. Es sei in diesem Fall wie mit kleinen Kindern und ich könne ja noch eine zweite CD mitnehmen. Der Tipp hat mir sehr geholfen.

Sie ließen dich wieder etwas wach werden, während ich bei dir war, aber du schienst sehr müde und kamst nicht ganz zu dir. Vielleicht hast du dich auch auf das Mitatmen konzentriert. Du hast drei Mal versucht die Augen zu öffnen, als wir dich ansprachen, aber es ging dir nicht gut, denn du musstest immer wieder stark husten und die Pflegerin musste dich absaugen. Dann hat sie das Schlafmittel wieder erhöht.

Du tatest mir so unendlich leid. Ich hoffe du kannst dich nicht mehr an das Gefühl erinnern, denn es hat dich sehr gequält…

…So ging auch dieser Tag zu Ende…

Gute Nacht!

Freitag, 14.11.2014, Tag 7

Hallo mein lieber Emu,

Heute ging es mir nicht so gut. Vielleicht lag es daran,

[23] W. A. Mozart

dass unsere Süße um halb vier nach mir gerufen hat und in unserem Bett lange brauchte um wieder einzuschlafen. Sie wollte sogar aufstehen und einmal fragte sie "wann kommt Papa wieder". Ich glaube, sie hat dich im großen Bett zum Kuscheln vermisst. Ich sagte ihr, dass ich das nicht weiß, sie dir aber morgen im Kindergarten ein Bild malen könnte.

Ich glaube, tagsüber verdrängt sie deine Abwesenheit. Sie fragt eher selten nach dir und gibt sich mit einer einfachen Antwort schnell zufrieden. Aber sie hängt auch sehr an mir, wenn ich zu Hause bin.

Heute war ich den ganzen Tag nervös, zittrig und den Tränen nahe. Aber man hat nun mal gute und schlechte Tage.

Ich habe deine Chefin informiert und heute Abend habe ich noch mit einer Kollegin von dir telefoniert. Sie klingt wirklich nett, war aber nach meinen Erzählungen sehr gefasst. Sonst weiß niemand in der Firma, was mit dir gerade passiert, das halte ich im Moment für angebracht.

Gestern haben Sie die künstliche Lunge ein wenig zurückgenommen und es hat super geklappt. Das werden sie nun Tag für Tag machen, um deinen Körper von ihr zu entwöhnen. Wenn sie am Sonntag oder Montag von dir abgenommen werden kann, ist schon ein riesiger Schritt geschafft.

Stück für Stück habe ich im Laufe der Woche den Leuten Bescheid gegeben, die ich auf dem Startbildschirm deines Handys gesehen habe.

Deine Mama war heute nach dem Besuch bei dir glücklich mit einem Arzt gesprochen zu haben, der ihre sprachlichen Verständnisprobleme verstand und ihr mit Fachbegriffen deine Situation besser erklären konnte, als andere vorher mit der Laiensprache. Er schien sich im Französischen etwas auszukennen.

Dein Papa freute sich, dass du ein wenig wacher warst, als er da war und du seine Hand gedrückt hast.

Nun liege ich schon im Bett. Unsere Süße ist heute Abend endgültig in unser Schlafzimmer eingezogen.

Gute Nacht und bis morgen. Ich drücke dich ganz fest!

Samstag, 15.11.2014, Tag 8

Guten Morgen mein lieber Emmanuel,

Heute passiert etwas Komisches. Dein Papa zieht heute auch bei uns ein und passt mit deiner Mama zusammen auf unseren Sohnemann auf. Deine Mama bereitet eine Quiche uns für heute Abend vor.

Ist es nicht seltsam, die Beiden unter einem Dach mit einem kleinen Jungen, der aussieht wie du und Sie bereitet französisches Essen zu?

So, jetzt ist es wieder Abend und ein weiterer Tag geht vorüber. Der Besuch bei dir im Krankenhaus hat mich traurig gemacht. Der Arzt sagte mir, dass das Lungengerät nicht wie geplant in den nächsten zwei Tagen abgenommen werden kann, denn das Röntgenbild von heute weist eine zu geringe Besserung auf. Deine Lunge regeneriert sich nur ganz langsam. Aber sie regeneriert sich und das ist die Hauptsache. Bisher hast du nie einen Schritt zurückgemacht, nur vorwärts oder keine Veränderung und dafür sind wir dankbar und versuchen weiter geduldig zu sein.

Wir haben heute zusammen Hermann van Veen und Jacques Brel angehört. Das war sehr schön.
Es ist 21:53 Uhr. Unser Kleiner ist nicht eingeschlafen und spielt jetzt noch mit Opa im Wohnzimmer. Dafür ist unsere Kleine ziemlich schnell in unserem Bett eingeschlafen. Ich werde mich jetzt auch langsam auf den Weg ins Bett machen.

Gute Nacht und bis morgen!

Ich küsse dich!

Sonntag, 16.11.2014, Tag 9

Hallo mein schlafender Krieger,

Neun Tage liegst du schon in diesem Schlaf. Langsam gewöhne ich mich etwas an den neuen "Alltag" und habe das Gefühl, die Intensivstation ist mein zweites Zuhause. Ich merke, dass ich schon ganz anders, vertrauter, mit

Ärzten und Pflegern kommuniziere und überlege mir ihnen einen langen Dankesbrief zu schreiben, wenn das hier geschafft ist. Das Team ist so super!

Je länger ich mit deinen Eltern zusammen bin, desto mehr bemerke ich, was du von wem hast. Und manchmal muss ich wieder lachen.

Vielleicht möchtest du wissen, was du in den letzten Stunden für einen Fortschritt gemacht hast. Nachdem der gestrige Tag ja für uns alle etwas enttäuschend war, ging es heute wieder einen Schritt voran. Die ECMO-Maschine konnte weiter reduziert werden. Sie hoffen, dass sie sie morgen abnehmen können, denn langsam setzen die Nebenwirkungen ein. Du hattest gestern schon Nasenbluten und es wurden Blutungen an den Öffnungen deiner ganzen intravenösen Zugänge bemerkt. Dazu ist deine Blutgerinnung nicht gut, was mit diesem Gerät zusammenhängt.

Ich wurde über eine perkutane Dilatations-Tracheotomie[24] aufgeklärt und habe mich mit deinen Eltern dafür entschieden. Schließlich meinte der Arzt, dass es risikoreicher ist, die Beatmung durch den Mund so lange zu erhalten, wie du sie benötigen wirst. Ich denke dabei auch an deinen Job und wie wichtig es auch ist, dass deinen Stimmbändern nichts passiert. Ich hoffe, es geht alles gut.
Und noch eine wunderschöne Nachricht: Deine älteste Schwester[25] wird nun auch herkommen! Ich freue mich auf sie. Sie ist super nervös und muss dich sehen, auch

24 Luftröhrenschnitt um die Versorgung der Lunge aus dem Mund über einen direkten Zugang am Hals zu gewährleisten.

25 Aus der Bretagne, Frankreich, 12 Stunden Anfahrt.

wenn sie nur drei Tage bleiben kann. Es ist einfach für uns alle schrecklich, nichts mehr von dir zu hören. Ich weiß, wie es ihr geht.

Und jetzt bittet deine Mama deinen Papa darum, deine Schwester gemeinsam vom Bahnhof abzuholen und Freitagmorgen um 6:45 Uhr wieder hinzubringen. Ich hätte den Aufnahmeknopf drücken sollen. Das ist echt nett hier - mit den beiden.

So, jetzt muss ich schnell ins Bett.

Gute Nacht und bis morgen!

PS: Dein Papa checkt auf dem Laptop deiner Mama seine Mails. Außerdem hören wir zusammen französische Musik. Skurril, und wieder unheimlich schön.

Montag, 17.11.2014, Tag 10

Mein lieber schlafender Mann,

Heute Morgen haben wir eine gute Nachricht aus dem Krankenhaus erhalten, die uns alle erst mal sehr erleichtert. Das ECMO-Gerät wurde dir bereits gestern Abend abgenommen und deine Werte waren seitdem stabil und wie sie sein sollen. Sie denken noch darüber nach, die Beatmung heute noch auf die Tracheotomie umzustellen.
Ich ruhe mich gerade etwas aus. Morgen möchte ich wieder arbeiten und habe auch bereits mit meiner Chefin gesprochen. Wir versuchen es. Ich fühle mich eigentlich ganz gut dabei, blöd ist nur, dass ich morgens wieder

früher aufstehen muss. Die letzten Tage haben unsere Kinder auch etwas länger geschlafen. Wir vermissen dich so sehr. Immer wieder denke ich daran, dass du einfach plötzlich kerngesund bei uns zu Hause bist. Und dann kommt die Wahrheit zurück, dass es noch ein langer Weg bis dahin ist. Bis Weihnachten sind es noch fünf Wochen. Ob du bis dahin wieder zu Hause bist? Dein Papa hat sich schon eine Wohnung für die Weihnachtstage in unserer Nähe gebucht.

In einer guten Stunde fahre ich zu dir. Ich warte heute ganz ungeduldig darauf.

So, es ist 21:37 Uhr. Der Besuch bei dir tat mal wieder gut und sogar noch besser. Das ECMO Gerät ist nicht mehr da und du brauchst kein Heparin mehr. Die Luftröhrenpunktion konnte heute noch nicht durchgeführt werden, da die Blutgerinnung noch zu hoch ist, aber das wird sich nun verbessern, ohne das Gerät und das Heparin. Sie versuchen es morgen. Die Pfleger begegnen mir fröhlich, was ich als gutes Zeichen werte.

Du tust mir trotzdem immer wieder sehr leid. Das Leben um dich herum geht einfach weiter und du bist so stillgelegt. Aber es ist auch gut so. Deine Lunge braucht Zeit um sich zu erholen. Ich hoffe nur, dass es dir nicht mehr allzu schlecht geht, wenn sie dich richtig wecken. Darum schlafe lieber noch eine Zeitlang.
Ich werde es auch bald mit unseren Nachtgespenstern versuchen.

Gute Nacht und schöne Träume!

Dienstag, 18.11.2014, Tag 11

Mein lieber schlafender Engel,

Heute war ich ja wieder arbeiten. Es war ganz ok. Ich war erstaunlicherweise sicherer in meiner Arbeit, als ich es mir zugetraut hätte. Aber ich war auch etwas zittrig und in Gedanken immer nur bei dir. Von wegen Ablenkung. Schließlich wusste ich nicht, ob sie dir die Beatmung nun schon an deine Luftröhre legen und ob das auch wirklich gut geht. Und dann hatte ich ständig den Geruch der Salbe in der Nase, die sie dir immer auf die Lippen machen, damit diese nicht austrocknen.

Meine Chefs waren sehr lieb. Sie haben mich ins Büro geholt und ganz lieb mit mir gesprochen. Wie es dir geht, wie es mir geht, und dass ich ruhig langsam machen soll. Das tat gut. Die sind echt super.
Leider kam ich heute etwas später zu dir, aber es war alles ok. Die Beatmung wurde tatsächlich heute Morgen umgelegt und es ging alles gut soweit. Die Werte sind auch weiter stabil. Du machst das so super!

Heute habe ich deine Krankengymnastin getroffen. Sie hat deine Arme und Beine bewegt und ich hatte das Gefühl, als hättest du alles mitbekommen. Deine Augen haben immer wieder geblinzelt, du hast geschluckt und gehustet. Dennoch brauchen wir weiterhin Geduld. Viel Geduld, bis du soweit bist, dass du richtig bei uns sein kannst.

Unsere Süße hat mir heute wieder ein neues Bild für dich mitgegeben. Es wurde auch gleich wieder aufgehängt.

Heute hat einer unserer ehemaligen Kollegen aus Stuttgart angerufen. Ich soll dich ganz lieb grüßen. Auch er denkt an uns! Er hatte wohl letztes Jahr einen Leistenbruch, der operiert wurde und im Aufwachraum hat er plötzlich keine Luft mehr bekommen. Er sagt, dieses Gefühl wird er nie wieder vergessen. Ich hoffe, du kannst dich nicht mehr daran erinnern. Ich kann erahnen, was du vor elf Tagen durchgemacht hast. Eine ganz schlimme Vorstellung für mich.

So, ich bin jetzt sehr erschöpft und morgen folgt wieder ein durchgeplanter Tag. Ich gehe arbeiten, zum Amtsgericht und dann zu dir!

Gute Nacht und bis morgen!

Dicke Küsse.

Mittwoch, 19.11.2014, Tag 12

Na, du mein schlafender Ritter,

Es ist schon neun Uhr abends und ich bin unheimlich müde. Heute Morgen musste ich unsere beiden süßen Kinder um zehn nach sieben aufwecken, da sie einfach nicht wach geworden sind.

Ich war heute nach der Arbeit beim Amtsgericht und habe einen Betreuungsausweis über dich erhalten. Die Frau war sehr nett. Sie stellt noch einen Antrag auf eine Vermögensvollmacht. Ich hoffe ja, dass du noch vorher auf-

wachen kannst. Nach diesem Termin war ich bei dir. Heute haben sie bei dir schon das Schlafmittel[26] *weiter runter gesetzt. Sie entwöhnen dich nun auch von den Opiaten und haben dir einen neuen Zugang gelegt, da du seit gestern wieder fieberst und der Hauptzugang schon 12 Tage alt ist.*

Außerdem testen Sie nun, ob noch Bakterien im Blut sind, da sie gerne das Antibiotikum absetzen möchten. Das Ergebnis braucht aber 2-3 Tage. Gestern haben sie noch eine Röntgenaufnahme wegen der Tracheotomie gemacht. Es sollte alles ok sein. Die Lunge sieht auch noch etwas besser aus als am Samstag, aber so ganz auf Röntgenbilder wollen sie sich dabei nicht verlassen.

Auf dem Heimweg hatte ich ganz kurz das Gefühl, du würdest zu Hause auf mich warten. Ich habe es vorhin deinem Papa erzählt und er meinte, ihm ging es kürzlich ähnlich, als er vor unserem Haus stand. Komisch was das Gehirn manchmal so mit einem treibt, oder?

Heute haben wir alle zusammen zu Abend gegessen.

Ich wünsche dir eine gute Nacht und schicke dir ganz viele Küsse.

Donnerstag, 20.11.2014, Tag

Mein lieber Kämpfer,

Heute hast du verzweifelt versucht mit mir zu sprechen.

[26] Dormicum

Du bist gerade in der Aufwachphase. Die Dormicum-Gabe ist nun auf 8 ml/h[27] halbiert worden. Ich stelle es mir wie die Aufwachphase nach einer OP vor, nur dauert sie diesmal 2 bis 3 Tage.

Du bist noch sehr benommen und du tatest mir so leid. Ich konnte von deinen Lippen ablesen, dass du Hilfe suchst. Es muss für dich wie ein Albtraum sein. Du sprichst und es kommt kein Ton heraus. Außerdem fühlst du dich wahrscheinlich noch sehr schwammig. Und zu guter Letzt bist du auf Entzug von den Opiaten. Dadurch schwitzt du sehr schnell. Ich hoffe, du erinnerst dich nicht mehr daran, wie es dir heute ging.

Es tut mir so leid, dass ich dir nicht helfen kann, aber ich bin sicher, dass du dort in guten Händen bist. Ich habe immer versucht dir genau zu sagen und dir alles zu erklären, warum alles gerade so für dich ist. Allerdings bin ich nicht sicher, ob du das in dem benommenen Zustand auch verstehst.

Ein Arzt nahm mir heute einen großen Stein vom Herzen, als er sagte, ihr Ziel sei, dass du Weihnachten zu Hause bist. Das ist auch mein Ziel.

Seit gestern bauen sie überall Weihnachtsbäume auf und im Moment macht es mich furchtbar traurig. Aber ich gebe die Hoffnung nicht auf! Die Ärzte sind ja auch optimistisch. Wenn alles gut geht, bist du auch bis Mitte nächster Woche die Beatmung los! Wir Alle drücken dir die Daumen!

27 Für die Fachkräfte: Das ist kein Irrtum. Tatsächlich war die Höchstdosis bei 16 ml/h.

So, jetzt gehe ich auch langsam wieder schlafen.

Gute Nacht! Ich hoffe, du kannst auch schlafen.

Freitag, 21.11.2014, Tag 14

Hey du,

Meine Nacht war leider nicht so gut und ich bin sehr müde. In der Arbeit lief dennoch alles gut. Hier zu Hause auch, alles hat mal wieder gut geklappt.

Heute musste ich auch nicht so lange vor der Tür der Intensivstation warten, bis ich zu dir konnte. Die Krankengymnastin war mit einer Schülerin bei dir. Du warst wieder wach, aber noch sehr benebelt und hast wieder versucht zu sprechen und zu kommunizieren. Außerdem wolltest du immer wieder aufstehen. Heute durftest du wieder selbst trinken, wenn auch zunächst aus einer Schnabeltasse. Du konntest leider deine Hand noch nicht genug koordinieren, um sie selbst zu halten, aber das ist nicht schlimm.

Der Pfleger war wieder sehr nett und hat sich viel um dich gekümmert. Er hat dich auch aufgesetzt und ich konnte dir den Rücken abwaschen, da du sehr viel durch die Medikamente schwitzt, die dir gerade entzogen werden.

Es geht weiter bergauf! Wir freuen uns auf dich!

Heute halte ich es kurz, da ich wirklich ins Bett muss.

Ich hoffe, du hast eine gute Nacht!

Bis morgen und viele dicke Küsse.

Samstag, 22.11.2014, Tag 15

Mein kleiner Prinz,

Ein weiterer Tag geht zu Ende. Unsere Kinder haben heute Morgen bis halb acht geschlafen. Das war schon mal recht gut für mich. Wir haben den Samstagmorgen genutzt und zu dritt lange im Bett gekuschelt. Dann habe ich die Kinder und mich fertig gemacht. In dieser Zeit sind auch Opa und Oma aufgestanden. Opa, dein Papa, ist dann mit unserer Süßen zusammen Brötchen holen gegangen und ich habe noch unsern Kleinen gebadet. Nach dem Frühstück ist dann dein Papa zu dir ins Krankenhaus gefahren, um sich bei dir zu verabschieden, denn er muss unbedingt zu sich nach Hause fahren – sein Haus übergeben.

Nach dem Mittagessen kamen meine Eltern an und unsere Kinder haben sich sehr gefreut. Deine Mama und ich sind dann zusammen zu dir ins Krankenhaus gefahren.

Heute war es bei dir im Krankenhaus richtig schön. Wir haben viel gelacht. Ich habe dir Calvin und Hobbes und Karneval der Tiere mitgebracht, aber wir sind in der ganzen Stunde gar nicht dazu gekommen etwas anzuhören oder etwas zu lesen.

Zuerst sollte ich dir eine Cola holen. Du dachtest, sie würde dich aufputschen. Dir war sicher noch nicht bewusst, an welchen Medikamenten du noch hingst. Du konntest heute mit einer Sprechhilfe mit mir reden. Das war toll und lustig. Als Erstes fragtest du nach unserer Tochter. Ich hatte dir ein Foto von beiden Kleinen mitgebracht. Das hat dich gefreut. Dann fragtest du, wie ich dich gefunden hätte. Diese Frage verstand ich erst mal nicht und sagte dir, dass du erst mal in einem anderen Krankenhaus mit einer Lungenentzündung lagst. Das wusstest du nicht mehr. Aber es war dir auch egal. Denn du fühltest dich von den Medikamenten wie betrunken.

Du hast auch etwas gelallt und bist immer mal wieder eingedöst, aber das war überhaupt nicht schlimm. Es war schön mit dir sprechen zu können und zu sehen, dass es dir besser geht.

Ich denke, wenn die Medikamente aus deinem Körper raus sind, wird sich einiges für dich ändern. Aber mach dir keine Sorgen. Es ist alles gut gelaufen und wir haben das alle zusammen super geschafft. Die Hauptsache ist, dass du wieder gesund wirst! Und dass es dir jetzt so viel besser geht. Heute ist mir ein Felsen vom Herzen gefallen!

Deine Eltern waren so ein super Team! Aber dein Papa muss jetzt endlich mal das Haus abgeben und zurück nach Münster fahren. Er war ja nun auch schon zwei Wochen hier. Er ist gut zu Hause angekommen.

So, jetzt gehe ich auch wieder schlafen. Mal sehen, was die Nacht so bringt.

Ich liebe und vermisse dich, aber jetzt bin ich mir sicher, dass alles wieder gut wird!

Sonntag, 23.11.2014, Tag 16

Huhu mein tapferer Kranker,

Heute ist der Tag, an dem dir alles bewusst geworden ist. Das Dormicum wurde abgesetzt und die Beatmung konnte heruntergesetzt werden. Du hast mich vom Stationstelefon angerufen und wolltest gerne dein Handy haben. Ich habe mich sehr darüber gefreut, dass du telefonieren konntest.

Als ich dann endlich bei dir war, haben wir über alles gesprochen und du hast viel geweint. Ich wusste, dass dieser Moment kommen würde, aber dass er so schnell da ist, hätte ich nicht gedacht. Das war schön und traurig zugleich.

Wir konnten die Wochen vor deinem Koma rekonstruieren. Ich hätte dich so gerne mit nach Hause genommen. Aber im Krankenhaus hast du wirklich mehr Ruhe und Pflege. Du bist noch nicht soweit. Nur dein Kopf ist es und das passt für dich natürlich nicht zusammen.

Deine Mama war auch sehr froh, endlich wieder mit dir sprechen zu können. Ich glaube, es tat euch beiden gut. Zwei deiner drei wichtigsten Frauen waren im richtigen Moment bei dir. Unser Töchterchen durfte ja noch nicht zu dir. Es tat uns sehr leid, dich mit dem Kummer und den Ängsten allein lassen zu müssen. Aber du warst so müde, musstest dich ausruhen und wir mussten wieder zu unseren Kindern.

Jetzt mal zu unserem Tag. Es ist 21:08 Uhr und unser Sohn sieht es nicht ein, einzuschlafen.

So, nun muss ich mich auch langsam fertig machen.

Ich freue mich schon darauf, dich morgen wieder zu sehen!

Ich liebe dich![28]

[28] Hier endet das Tagebuch. An dieser Stelle sei angemerkt, dass unser Durchhaltevermögen, der Antrieb diese schwere Phase zu schaffen, wundervoll in einem Lied von Anna Depenbusch zusammengefasst und in der Anlage abgedruckt ist.

Zimmer IV – weiter Aufwachen.

Mein Schlaf wurde durch eine zärtliche Berührung unterbrochen. Leider konnte ich immer noch nicht richtig sehen, aber ich erkannte meine Ehefrau an ihrer Haut und an ihrer Stimme. Ihre Hand fühlte sich gut an, mir war zum Heulen zumute. Die Wärme ihrer Hand erinnerte mich an die erste Berührung meines Vaters und so erinnerte ich mich wieder an seinen Besuch, nur nicht an sein Gesicht. Einzig seine Hand, wie die meiner Ehefrau, hatte ich wohlig wärmend in Erinnerung. Aber warum war ich hier, nicht Zuhause, in diesem misslichen und unbeweglichen Zustand?

Meine Ehefrau erläuterte mir geduldig immer wieder und wieder, was mit mir passiert war. Wir rekonstruierten die Gespräche beziehungsweise all die Momente vor meinem künstlichen Koma, im anderen Krankenhaus, aber ich war außer Stande mir etwas zu merken. Gleichwohl versuchte ich vorzugeben, dass es mir gut ging und dass man sich um mich nicht sorgen müsse. Ich versuchte auch, eher erfolglos, etwas witzig zu sein. Meine routinierten rhetorischen Sprachkniffe, um etwas spannend oder lustig auszumalen, funktionierten nicht, sie waren nicht abrufbar. Irgendetwas anderes hatte die Kontrolle über mich erlangt. Ich war nicht mehr der Alte.

Eine tsunamiähnliche Gefühlswelle ergriff mich und riss mich aus der medikamentösen Trance. Welches Leid hatte meine Ehefrau wegen mir erfahren und welche Ängste ausstehen müssen? Ich wollte das nicht wahrhaben, alles war so verrückt, unreal.
Um der betäubenden Wirkung der Medikamente zu entgehen, verlangte ich nach einer Cola. Einer Cola?!

Eigentlich ein Getränk, welches ich selten bis nie trank. Ich erinnere mich gut an die Worte meiner Ehefrau. Ohne diesen sanften Ton oder der vorsichtigen Wortwahl hörte ich sie mit einem Lächeln sagen: „Du willst dich mit der Cola wach machen, stimmt's?" Und ja, genau das wollte ich, sie hatte mich durchschaut.

Ich erwiderte, dass ich mich wie betrunken fühlte und man mir möglicherweise Alkohol verabreichte. Ich bat meine Ehefrau darum, ein Auge auf die Pfleger zu halten. Mein Verdacht: Ich erhielt unerlaubterweise Wein von jemand aus deren Reihen. Doch meine Erinnerungen an Trunkenheit passte nicht ganz zu meinen Gefühlen. Ein paar Sekunden lag ich plan und konnte die Augen unter Kontrolle halten, aber schon im nächsten Moment folgte eine unsichtbare Welle von links oder auch mal von rechts. Mir war ständig schwindelig. Mir war nicht klar, ob sich das Bett, das Zimmer oder gar das ganze Haus um mich drehte. In einer kindlichen Logik verstand ich, dass ich mich in einer ausweglosen und widerlich zu ertragenden Situation befand. Nichts drehte sich um mich, es war fatal.

Rückblickend ist die Beschreibung eines kindlichen Verhaltens und Denkmusters absolut zutreffend. Zwar war der passive Wortschatz erheblich größer als der eines Kindes, aber mein Verstand wurde auf ein wesentliches Minimum reduziert. Solange meine Bezugspersonen im Raum waren, schien alles in Ordnung zu sein und alles andere war mir zunächst egal.

Erst musste ich begreifen, was passiert war. Der Routine der einzelnen, immer wiederkehrenden und fremden Personen in meinem Raum konnte ich nicht folgen. Ich machte zunächst einfach alles mit. Die mir in meinem Leben engste und wichtigste Person war bei mir, was sollte mir also passieren? Ich nickte immer wieder gegen meinen Willen ein und aus heiterem Himmel schien meine Ehefrau weggegangen zu sein. Die Situation um mich herum schien unkontrollierbar und ich versuchte, mich auf mein Umfeld zu konzentrieren. Irgendetwas in mir war stärker und zog mich in alle Richtungen – gedanklich und körperlich. Und dann bekam ich von fremden Menschen Anweisungen nicht zu versuchen aufzustehen und die Ruhe zu bewahren.

Alle Eindrücke waren in diesem aufwachenden Moment mit einer Art weichzeichnendem Filter belegt. Egal was oder wen ich mir anschauen wollte, alles drehte sich, huschte aus meinem Blickfeld oder war in mehrfacher Ausfertigung zu sehen. Letzteres ließ mich übrigens tagelang in dem Glauben, an über achtundzwanzig Perfusoren[29] gehangen zu haben. Zu diesem Zeitpunkt konnte ich immerhin wieder hören, über meine Haut fühlen und verschwommen sehen. Nachdenken, zumindest ein wenig, schien ebenfalls wieder möglich.

Ein einschlägiges Gefühl ist mir bis heute gegenwärtig. Wenn ich von einem Pfleger angesprochen wurde und ihm zugehört hatte, glaubte ich die Botschaft verstanden zu haben. Doch wenige Sekunden später vergaß ich die gerade erhaltenen Informationen. Ich konnte einen dementen Zustand stark wahrnehmen und empfand es als eine unheimliche Belastung, mir keinerlei Dinge merken zu können.

Ich begann immer wieder etwas Neues an mir oder in meiner Umgebung zu bemerken. Ich schaffte es nicht mir ein Bild über meine gesamte Lage zu verschaffen. Ich hatte jegliche Kontrolle verloren. Es gab kein Ent-

29 Zur langsamen intravenösen Verabreichung der Medikamente.

rinnen vor dieser bitterlichen Wahrheit. Nach und nach schien die neue Realität zu mir ins Bett zu kriechen.

Da ich mich nicht sehen konnte und sowohl rechts als auch links nur Kabel wahrnahm und zahlreiche Maschinen surrten, versuchte ich mich mit einer Hand abzutasten. Ich wollte zumindest erspüren, wie es um mich stand.

Als Erstes ertastete ich eine monströs groß wirkende Kruste in meinem rechten Mundwinkel. Katheder, EKG-Pflaster, intravenöse Zugänge an beiden Händen und am Unterarm, eine kleine Sauerstoffbrille an der Nase und eine befremdende Apparatur an meinem Hals, sowie eine fremdgesteuerte Atmung sollten mir erst in den nächsten beiden Tagen bewusster werden. Zurück zur Kruste an meinem Mundwinkel.

Durch die äußere Beatmung wurde mir ein Atem-Rhythmus vorgegeben. Daran musste ich mich erst gewöhnen, denn dadurch wurde ich beim Sprechen behindert. Aus heiterem Himmel stand meine Ehefrau wieder an meinem Bett und sprach beruhigend mit mir. Vielleicht bemerkte sie meine körpereigenen Untersuchungen und erkannte meine Sorge um die blind ertastete Kruste. Ich wollte meiner Ehefrau etwas sagen, ihr meine Gedanken mitteilen. Sagen wollte ich: „Hat mir jemand den Mund aufgeschnitten? Habe ich Herpes?“, übrig blieb nur ein erschöpftes: „Was ist das an meinem Mundwinkel?“ Meine Ehefrau war von den vielen Fragen und Antworten erschöpft. Meine ausgeprägten Eitelkeiten kennend, antwortete sie mit dem Satz: „Mach dir keine Sorgen, das ist nicht schlimm. Das erklären dir bestimmt die Pfleger.“ Offensichtlich habe ich keine Pfleger nach dem Grund der

Kruste befragt, die Antwort sollte drei Wochen auf sich warten lassen. Zur Pflege der Wunde bekam ich einfach eine Salbe.

Meine Ehefrau nahm das Gespräch wieder auf. Ich erfuhr von meiner wartenden Mutter im Krankenhauscafé und dass sie mich später besuchen würde. Diese Information war zu viel des Guten, denn meine Mutter wohnte sehr weit weg von uns. Mit ihr hatte ich überhaupt nicht gerechnet, es erschien mir völlig irrational.

In der Zwischenzeit erhielt ich die ersehnte Cola. Über eine Schnabeltasse, die ich selbst nicht halten konnte, strömte die kohlensäurehaltige Cola in meinen Mund. Leider empfand ich nicht den erwarteten, süßliche Geschmack und die Kohlensäure brannte beim Schlucken im Hals. Dennoch wollte ich mehr, alles schnell austrinken, schließlich sollte die aufputschende Wirkung des Koffeins zur Erlangung meines vollen Bewusstseins führen. Doch das Gegenteil trat ein und ich döste erschöpft vor mich hin.

Die Verabschiedung von meiner Ehefrau und den ersten Besuch meiner Mutter bekam ich nicht mehr mit. Das medikamentös bedingte Delirium war noch zu stark und ich waberte wie eine Meduse im Meer gedankenlos vor mich hin.

∞

Zimmer IV – Aufwachen, wieder sehen.

Wie aus dem Nichts erwache ich wieder. Alles um mich herum ist noch etwas trüb und dunkel, meine Augen gehen nicht richtig auf. Ich spüre eine Hand auf meiner Stirn. Die Hand streichelt mich und ich fühle mich gut. Ich ahne nicht, dass mir nur der fiebrige Schweiß abgewischt wird. Eine freundliche Stimme fragt mich, ob ich da sei. Und tatsächlich, ich werde richtig wach und kann meine Augen endlich öffnen.

Es ist hell und ich kann nur schemenhaft etwas erkennen. Wie viele Stunden ich wohl geschlafen habe? Ich weiß es nicht. Es ist alles so merkwürdig fremd hier und doch ist mir klar, wo ich mich befinde. Ein weiblich klingendes, freundliches und überraschtes „Herr Beule, können Sie mich sehen?“, holt mich in das Hier und Jetzt. Langsam fange ich an, einzelne Gegenstände um mich herum zu erkennen. Ich blicke in fremde blaue Augen, und sammele mich.

Eine junge Frau steht an meinem Bett. Jetzt sehe ich alles kariert, blaue und rote Farben erfasse ich zuerst. Meine Augen fallen immer wieder zu oder zumindest kommt kein weiteres Bild in meinem visuellen Kortex an. Dann wirkt alles schwarzweiß gestreift, keine Ahnung, ob der Moment gerade eben noch bunt war oder ob ein Kurzschlaf mein Zeitgefühl durcheinanderbringt. Ich versuche zu antworten, doch es fällt mir schwer zu sprechen. Eine zweite Frau ist in mein Zimmer getreten. Plötzlich entfacht in meinem Kopf ein neuronales Feuerwerk.

Zuerst: Ich will nicht krank sein. Den beiden fremden Damen werde ich dreimal nicht anmerken lassen, wie schlecht es mir gerade geht. Mein Plan ist mich aufzurichten, Fragen zu stellen und einfach zu reden. Reden. Ich will sehr viele Fragen gleichzeitig stellen und damit signalisieren, dass alles mit mir in Ordnung ist. Ich bin wild, hektisch und meine Lage verunsichert mich.

Ein starker Bewegungsdrang übernimmt die Kontrolle über mich. Wieder überkommt mich dieses unglaublich kindliche Gefühl. Ich fühle mich wie ein frischgeschlüpftes Küken und ich erkenne die Pflegerin mit den blauen Augen. Vorhin war sie mal zweifarbig kariert, nun erkenne ich eine blaugrüne Berufskleidung an ihr. Ist sie schon wieder in meinem Zimmer oder war sie gar nicht weg? Ich habe keine Ahnung, warum sie sich so viel um mich kümmert. Ich brauche viel Sicherheit und beschließe mich an sie zu binden, eben wie ein frisch geschlüpftes Küken.

∞

Interessant finde ich heute, dass mir in der Aufwachphase der Raum komplett anders aufgeteilt vorkam. Ich war lange felsenfest davon überzeugt, zuvor in einem anderen Zimmer gelegen zu haben. Absurd.

∞

Die Tür zu meinem Zimmer ist wohl direkt hinter meinem Kopfende, sodass immer eilig irgendwer in mein Zimmer kommt, sobald ich den roten Knopf in meiner Hand drücke. Und ich drücke diesen Knopf oft, denn mit mir stimmt etwas nicht. Alles, was ich erkennen kann, blitzt wie unter einem Stroboskop auf, nur in immer längeren Abständen. Es ist fürchterlich. Ich fühle mich aufgewühlt. Es wird Nacht. Ich komme mir einsam vor und rufe innerlich nach Beistand. Bloß nicht alleine sein. Bloß nicht mehr zurück in diese Dunkelheit aus meinem Traum. Ich erinnere mich immer mehr an den furchterregenden Albtraum. Zum Glück hat mein Vater mich geweckt. Mein Vater?

Stimmt, meine Ehefrau erzählte davon, dass meine Eltern hier seien. Wie war das wohl für meinen Vater, als ich so panisch und verängstigt war? Als Erstes schrie ich den Namen meiner Ex-Partnerin aus und redete wirres Zeug. Ich muss ihn unbedingt sprechen, um ihm eine Auflösung meines merkwürdigen Verhaltens zu erklären.

An meiner Haut ist es kalt und doch ist mir von innen heiß. Ich habe Durst, aber will nichts trinken. Ich will sprechen, aber es ist sehr schwer. Ein geräuscharmes Gerät neben mir – nein, verbunden mit mir - verhindert spontanes Sprechen. Meine Atmung wird von außen diktiert.

Jedes einzeln erfasste Bild wird mir nun bewusst. Hier links, neben meinem Kopf, steht ein Beatmungsgerät, hinten rechts von mir surren ein paar Perfusoren vor sich hin und hinter mir sind noch andere Lichtquellen, die ich nicht genauer erkennen kann. Ein Monitor über meinem Kopf wirft ebenfalls grau-mattes Licht von sich. Aber egal wie sehr ich mich anstrenge, es ergibt sich immer noch kein klares zusammenhängendes Bild meiner Lage. Der nebulöse Rausch meiner Medikamente ist so stark, dass meine Auffassungsgabe nicht ausreicht, um auch nur eine Minute zusammenhängende Momente zu erfassen. Jede neue Wahrnehmung überschreibt ältere Gedanken. Fühlen sich vielleicht Säuglinge oder Kleinkinder so, wie ich mich gerade erfahre? Alle meine Gedanken fegen haltlos durch mich hindurch, ich kann sie regelrecht davonfliegen sehen, nicht erfassen und sie hinterlassen kaum bis keine Spuren. Alles fängt hier immer wieder von vorne an.

∞

Dieser Tag war unglaublich intensiv, ein Panoptikum an wirren Eindrücken und Gefühlen, ein Tag ohne Grenzen zwischen bewussten und unbewussten Welten. Mein limbisches System[30] schien rein gar nichts mehr filtern zu können. Jeder Impuls meiner reaktivierten fünf Sinne führte mich in ein gedankliches Chaos. Ich konnte nicht nachvollziehen, was wirklich passierte, wer in dem Raum wann und für wie lange bei mir war, und was ich versucht habe zu machen. Nur an eines erinnere ich mich genau: Ich habe ständig eine leichte Hektik in mir und um mich herum gespürt.

Ich wollte wohl sehr viel auf einmal und nicht alle Beteiligten waren meiner Meinung beziehungsweise von meinen Ideen überzeugt. Ich erinnere mich auch an Stimmen, die mich eindringlich zu mehr Geduld und Ruhe aufforderten. Ich wüsste gerne, was ich für abstruse Fragen gestellt haben muss und wie die entsprechenden Antworten lauteten [Oder will ich das lieber nicht?].

30 Steuereinheit unserer Emotionen und Eindrucksfilter

Am späteren Abend wurde ich erneut wach und ich kam mehr und mehr zu mir. Die Pflegerin vom Nachmittag, welche mich so freundlich zurück im Leben begrüßt hatte, stand vis-à-vis meines Bettes. Sie arbeitete an einer erhöhten Arbeitsplattform, unterhalb eines innenliegenden Fensters zum Zimmer III. Sie schien etwas zu richten und bemerkte nicht, dass ich ihr zuschaute. Meine im Liegen ausgeführten Beobachtungen wurden ständig durch auseinanderdriftende Bildwahrnehmungen gestört. Meine Augen hatten schwer damit zu kämpfen, ein dreidimensionales Bild zu halten, um der Pflegerin genauer bei ihren Tätigkeiten folgen zu können. Ich verstand nicht, was vor sich ging.

Um sie besser sehen zu können, versuchte ich mich aufzurichten, allerdings ohne den Hauch einer Chance. Ich war zu schwach. An meiner rechten Seite befand sich eine gitterbettähnliche Vorrichtung, ein etwas größerer Ausfallschutz als an anderen Krankenhausbetten. An diesem Element befanden sich integrierte Knöpfe um verschiedene bewegliche Module am Bett zu verstellen. Mit einem Knopf konnte ich die Rückenlehne in Bewegung bringen und es gelang mir, mich halbwegs aufzurichten. Vielleicht hätte ich das nicht tun sollen.

Die Pflegerin drehte sich wegen der mechanischen Geräusche meines Bettes zu mir um. Mit sanfter Stimme stellte sie fest: „Herr Beule… sind Sie wieder wach? Das ist ja schön." Mit wenigen Schritten kam sie links zu mir ans Bett. Sie lächelte und setzte an, mir etwas zu sagen. Leider kam mir in der aufrechten Position mit einem gewaltigen Stoß die zuvor verspeiste Cola hoch. Unhaltbar erbrach ich mich über der Pflegerin. Mir war es schon im Akt der Vollrichtung unglaublich peinlich, dass ausgerechnet meine erste Begegnung von mir brustabwärts bis zum Schuhwerk vollgespuckt wurde. Es gab allerdings keine andere Möglichkeit mehr die Situation zu retten. Es war zu spät. Bei dem Versuch mich zu entschuldigen machte ich alles nur noch schlimmer. Es kam immer weiter etwas hoch. Ich spie immer weiter.

Erstaunlicherweise erinnere ich mich an die typisch blaue Dienstkleidung der von meiner unverdauten Cola getroffenen Dame. Ob sie mit einer Einwegplastikschürze geschützt war, ist mir bis heute ein Rätsel, ich glaube es aber nicht. Ich hoffte auf das Innigste, dass das Krankenhaus Ersatzkleidung für die arme Frau bereithielt. Die wenigen Sekunden dieses Durcheinander dauerten für mich eine Ewigkeit.

Wie beschrieben, versuchte ich, mich für den unfreiwilligen Zielort meines Erbrochenen zu entschuldigen. Umso frappierender fand ich den Satz: „Alles gut Herr Beule, machen Sie ruhig weiter…". Die Pflegerin reichte mir einen speziellen Spuckbeutel und ich erbrach mich weiter.

Warum blieb die Frau in dieser wahrlich speiüblen Gesamtlage so nett und ruhig zu mir? Meine allgemeine schlechte Verfassung unterbrach jegliche weiteren Gedanken, ich fiel zurück in meine Matratze und erholte mich von dem Kraftakt. Für wenige Minuten schien ich alleine auf meinem Zimmer IV, meine Pflegerin musste sich umziehen gehen. Ich hoffte sehr, dass sie wenigstens außerhalb meiner akustischen Reichweite enorm über mich und die Situation fluchen würde.

Nur wenige Minuten später übermannte mich eine irrsinnige innere Kälte. Mein Kreislauf und meine Körpertemperatur wechselten von einem Extrem ins andere. Meine frisch umgezogene Pflegerin war mit meinen Vitalwerten unzufrieden und besorgte ein weiteres Gerät auf mein Zimmer. Mit Hilfe des speziellen Apparates wurde warme Luft unter meine Bettdecken geblasen. Nach einiger Zeit half die warme Luft meine Körpertemperatur und mein Wohlbefinden wieder herzustellen. Es war Zeit für einen Dienstwechsel und das Personal für die Nachtschicht übernahm die Überwachung der Station.

In dieser Nacht plagten mich gewaltige Temperaturschwankungen und die Nachtschwester hatte einiges mit mir zu tun. Unangenehm wurde es mir mit dem unfreiwillig angezogenen Leibchen, welches ich nur von Operationen her kannte. Wie ein bis zu den Knien reichender Schlafrock, sehr dünn und am Rücken offen, trug ich seit über zwei Wochen solche OP-Hemden. Die Nachtschwester legte zwei weitere große Handtücher über mich und wickelte mich an den Seiten leicht darin ein. Ich fror weiter über meine Beine. Die Kälte nagte an meinen Nerven und stieg mir zu Kopf. Ich fühlte mich der Situation hilflos ausgesetzt, empfand nicht die Hilfe zu bekommen, die ich gebraucht hätte.

Die Nacht entwickelte sich zu einem nicht enden wollenden Fiasko. Damit ich in einem Notfall jederzeit und so schnell wie möglich hätte versorgt werden können, blieben die Zimmertür und eine Schleusentür zu meinem Zimmer permanent geöffnet. Direkt an meinem Zimmer, zwischen den beiden Türen, stand eine industrielle Spülmaschine zur Reinigung von Urinierflaschen. Sie lief hygienebedingt regelmäßig für ein paar Minuten und die von der Maschine abgesonderten Geräusche kamen mir jedes Mal wie ein vorbeifahrender Güterzug vor. Durch die Laute wuchsen in mir schrecklich aufreibende, unkontrollierbare und beängstigende Gefühle.

Die Intensivstation war im Nachtmodus. Es wurde insgesamt dunkler und immer leiser. Sehr leise. Zu leise. Das Wechselbad aus Kälte und Wärme, eine sich in mir nach und nach steigernde Unruhe vor der Ruhe, hielten mich die halbe Nacht wach. Im Delirium schlief ich hin und wieder ein, wurde jedoch immer wieder vor Kälte und diffusen Schmerzen wach.

Zimmer IV – Tag II, Rauschen und Rausch.

Benommen wachte ich am ersten Sonntagmorgen nach Tag I auf. Alles schien vernebelt und ich fühlte mich erschöpft. In meiner Brust brannte es wie Feuer. Mir kam es vor, als sei ich in einem anderen Zimmer aufgewacht, als ich eingeschlafen war. Ich vermutete in der Nacht, ohne mein Wissen, verlegt worden zu sein[31]. Zu meiner linken Seite arbeitete ein Mann still an der Beatmungsmaschine. Der Fremde verschaffte sich einen Überblick meiner Vitalwerte am Monitor über mir. Als er meine kleinen Regungen bemerkte, begrüßte er mich freundlich. Er wartete die Beatmungsmaschine und füllte an der Seite scheinbar Zubehör auf.

∞

Mein neuer Pfleger ist sehr ruhig und strahlt auf mich eine unglaubliche Gelassenheit und Professionalität aus. Das tut gut, denn ich bemerke jetzt viel deutlicher meine missliche Lage. Ich bin in der Tat schwer krank und liege nicht umsonst in diesem Bett. Der Pfleger erklärt mir die umstehenden Geräte, die mit mir verbunden sind. Irgendwie verstehe ich es nicht, aber die Art und Weise, wie er es mir sagt, lässt mich ahnen, alles hat wohl seine Richtigkeit. Nach einer Ankündigung, ebenfalls etwas an mir reinigen zu müssen, entfernt er einen Verschluss an meinem Hals.

Schlagartig setzt meine Atmung aus, die Luftzufuhr ist abgeschnitten. Panik bricht in mir aus. Die Luft ist weg, meine Atmung funktioniert nicht mehr. Was hat der Mann

[31] Meine Ehefrau versicherte mir später, dass mich das Zimmer IV seit dem ersten Tag im Krankenhaus beherbergte.

da gerade getan? Ist das alles richtig? Das sind jetzt meine drängendsten, angsterfüllten Fragen. Ich kann nicht sprechen. Meine Angst zu ersticken explodiert ins Unermessliche. Der einzige Impuls ist jetzt fliehen. Ich gebe Zeichen mit der Hand, versuche meine Beine aus dem Bett zu schleudern.

Unmissverständlich erhalte ich die Ansage: „Herr Beule, machen Sie bitte Ihre Füße wieder ins Bett!". Kaum ist der Verschluss wieder an meinem Hals, setzt meine Atmung von alleine und unproblematisch wieder ein.

Was war das gerade für ein furchterregendes Erlebnis?! Kann das wirklich sein? Kann die Atmung einfach so aufhören? Wieder realisiere ich, woran ich eigentlich bin. Ich hänge an einer lebenserhaltenden Maschine. Das passiert doch nur in schlechten Filmen, aber doch nicht mir, oder? Meine Gedanken sind deutlich klarer als am Vortag, doch immer noch wirr. Gerade das letzte Ereignis hat mich kalt erwischt.

Was war noch einmal gestern, war wirklich mein Vater da? Was hatte mir meine Ehefrau gleich erzählt? Meine Mutter sei auch da? Ich kann mich nicht richtig an die gestrigen Ereignisse erinnern, komme mir verloren vor. Der Pfleger untersucht nochmal die Verschlusskappe meines Zugangs am Hals und fragt mich mit einem erstaunten Gesicht, warum die Kappe verschmutzt sei. Mir fällt ein, dass ich mich übergeben musste. Wie peinlich. Dabei muss die Verschlusskappe etwas abbekommen haben. Er säubert sie oder tauscht sie aus, das kann ich nicht erkennen.

Ich bekomme aus meinen Erinnerungen nur kleine Puzzleteile zugeteilt, keines will mit den anderen zusammen passen. Wo bin ich und was mache ich hier eigentlich genau!?

Es folgt die erste Visite. Als erfahrenerer Krankenhauspatient scheint mir die Runde ungewöhnlich groß und die Schar an Ärzten, Pflegern und anderen mir unbekannten Aufgabenträgern ist unüberschaubar groß. Die Sinne mögen mich täuschen, gefühlt stehen acht, eher zehn Menschen vor meinem Bett. Jedem meiner Gegenüber ist eine deutliche Erleichterung anzusehen und es ist fast familiär freundlich, man scheint mich zu kennen. Zum Teil sehe ich lächelnde, aber auch sehr ernste Mienen. Mir wird behutsam irgendetwas erklärt, wovon ich inhaltlich nur die Hälfte oder sogar noch weniger verstehe. Auch als ich die Fragen stelle, verstehe ich die Antworten nicht richtig.

Dafür wird jetzt einfach lauter mit mir gesprochen. Spontan vermute ich die Ursache in einer Art beruflichem Reflex, der einen bei Bedarf lauter und deutlicher sprechen lässt. So wie man es eher mit älteren Patienten macht, deren Auffassungsgabe nicht mehr so gut ist.

∞

Ist Ihnen schon mal aufgefallen, dass die meisten Menschen beispielsweise mit Ausländern gerne lauter und langsamer sprechen, weil sie glauben, dadurch besser verstanden zu werden? Mir ging es in diesem Moment ähnlich. Ich kam mir fremd und unverstanden vor.

∞

In Gedanken sage ich zu mir „Hallo, einen Moment bitte?! Ich spreche durchaus eure Sprache, aber ich verstehe nicht was ihr da redet."

Es ist so absurd. Ein Arzt sagt, ich solle Weihnachten wieder zu Hause sein, das habe man meiner Ehefrau fest versprochen. Was sagt er mir da? Es ist doch noch Anfang November[32] und ich fühle mich trotz der Umstände erstaunlich fit. Warum sollte ich noch so lange im Krankenhaus bleiben? Ich liege jetzt zwar noch im Bett, gut, aber bestimmt werde ich in drei oder vier Tagen aufstehen und nach Hause gehen können. Oder?

Da fällt das erste Mal das eindringliche Wort vom Chefarzt der Abteilung: Nahtoderfahrung. Er sagt: „Ich habe ihnen Professor K. bestellt, ein Psychologe, damit sie mit ihm über ihre Nahtoderfahrungen sprechen können…" Ob ich noch Angst habe? – kurze Pause. Nachdenken. „Ja, das habe ich.", erwidere ich.

In mir breitet sich eine Urangst aus, noch heute sterben zu müssen. Auch wenn ich vielleicht gerade die schlimmste Phase hinter mir habe, ich fühle mich doch irrsinnig bedroht. Die Medikamente, die Beatmungsmaschine, meine nichtanwesende Familie, ein fulgurativer[33] Urknall aller möglichen Ängste macht sich in mir breit. Was ist mit meinen Kindern, meiner Ehefrau, meiner Arbeit und unse-

32 War es nicht mehr, es war schon der 24.11.2014.
33 Aus dem Nichts.

rer Zukunft? Jetzt bloß nicht einknicken und vor den ganzen Menschen anfangen zu weinen.

∞

Kaum hatten die mir unbekannten Menschen den Raum verlassen, weinte ich bitterlich. Die folgenden Tage wurden die intensivsten und schlimmsten Stunden meines Lebens. Stündlich lernte ich neue und nette Gesichter kennen. „Hallo, Sie kennen mich nicht, aber ich Sie. Ich habe Sie auch in den letzten beiden Wochen betreut und auch mal gewaschen. Schön, dass es Ihnen wieder so gut geht. Wir haben alle um Sie und mit Ihrer Familie gebangt." Immer wieder kamen weitere neue Menschen zu mir, alle waren unglaublich nett und ehrlich zu mir; Wegen mir.

Wegen mir?!

∞

Warum nur? Ich bitte den Pfleger mir mein Handy zu geben. Er sagt, ich hätte keins dabei, was ich fast nicht glauben möchte, denn mich gibt es nicht ohne Mobiltelefon. Er wählt freundlicherweise mit dem schnurlosen Stationstelefon die Nummer meiner Ehefrau und gibt es mir in die Hand. Da meine Ehefrau nicht abhebt, will ich es ein wenig später selbst probieren.

Eigentlich muss ich nur die Wahlwiederholungstaste drücken, die mit den zwei überschneidenden Kreisen, wie auf jedem modernen Telefon. Jetzt merke ich erst, wie stark die Medikamente auf meine Sinnesorgane einwirken. Es ist kaum möglich eine Taste auf diesem schnurlosen Telefon zu drücken beziehungsweise zu treffen. Erst dreht sich alles, im nächsten Moment wird alles unscharf. Meine Feinmotorik funktioniert nicht. Egal. Erst zu Hause anrufen. Irgendwie die Taste treffen. Nachdem ich je dreimal auf dem Festnetz und auf dem Mobiltelefon meiner Ehefrau angerufen habe, gebe ich auf.

∞

Die Arme hatte nicht damit gerechnet, dass ich mich Zuhause melden würde, geschweige so vehement. Zum ersten Mal nach zwei Wochen hatte sie ihr Mobiltelefon nicht dabei. Nur ein kleiner Spaziergang mit den Kindern und nach ihrer Heimkehr leuchteten drei Anrufe in Abwesenheit auf dem Festnetz und auf ihrem Mobiltelefon. Kurz zuckte meine Ehefrau zusammen, denn ein Anruf aus dem Krankenhaus konnte nichts Gutes bedeuten. Aufgeregt rief sie die bekannte Nummer zurück.

∞

Der Pfleger ist zufällig in meinem Zimmer und reicht mir das Telefon, meine Ehefrau ist am anderen Ende der Leitung. Nach einem kleinen benommenen „Hallo.", hauche ich in die Sprechmuschel: „Kannst du mir mein Handy bitte mitbringen?" Meine Ehefrau ist erleichtert. Wenn das alles sein sollte.

Just überrollt mich die Sorge, ohne Versicherungsschutz hier zu liegen. Wie wollen die nur alles Geleistete aus den vergangenen zwei Wochen abrechnen? Kennen die Men-

schen hier meinen Versicherungsstatus? Ich will dem Pfleger unbedingt erklären, wie meine Versicherung heißt und wie mein Versicherungsschutz eingestuft ist. Er gibt mir gleich zurück, dass in dem Patientenbuch alles festgehalten ist. Mir ist zu diesem Zeitpunkt völlig schleierhaft, wie er das wissen kann. Schließlich bin ich ja nicht mehr im alten Krankenhaus, sondern in diesem Neuen hier. Es treibt mich die Sorge, die ganzen Behandlungen nicht zahlen zu können, denn vielleicht ist meine Versicherung mit der ganzen Vorgehensweise nicht einverstanden?

Meine Gedanken werden von einer eintretenden Pflegerin unterbrochen, die mich fragt, ob ich hungrig bin.

∞

Ich erinnere mich nur vage an das erste Essen, vielleicht verwechsle ich auch etwas. Als Erstes bekam ich eine rote Götterspeise serviert. Normalerweise kann ich nicht genug von Götterspeise bekommen, auch wenn ich eher die grüne bevorzuge, aber an diesem Tag wollte ich zunächst alles brav mitmachen. Noch war mir nicht klar, dass ich seit über zwei Wochen keine feste Mahlzeit zu mir genommen hatte und ausschließlich über einen Schlauch künstlich ernährt worden war.

Gleich mit dem ersten Löffel im Mund verschwand mein Appetit. Mit ein wenig Überwindung und Zuspruch versuchte ich die labbrige Masse herunter zu schlucken, musste jedoch feststellen, dass die angebotene Götterspeise nichts mit der sonst so süßen ungesunden Masse gemein hatte. Es schmeckte salzig, nicht wie erwartet himbeerig oder süß. Es war einfach nur ekelhaft.

Der Schluckprozess wurde durch etwas Störendes und Drückendes in meinem Hals gehemmt. Als dann das wenige Essen in meinem Magen ankam, vernahm ich ein schmerzvolles Gefühl, als ob jemand den Zugang zu meinen Magen zusammenquetschte. Ich lehnte die restliche Götterspeise schließlich ab. Alternativ wurde mir ein Schokoladenpudding angeboten.

Lust- und appetitlos konnte ich den motivierenden und besorgten Worten meiner Betreuerin nicht ausweichen. Ich versprach ihr, es wenigstens auszuprobieren. Nach einigen Minuten servierte sie mir warmen Schokoladenpudding in einer Suppenschüssel. Als ich die synthetische Masse aus Instantpulver sah und den Geruch einatmete, musste ich dankend ablehnen. Mir war schlecht. Ich spürte in mir nur noch eine tiefe Leere und absolute Lustlosigkeit.

Als mir zur Abwechslung ein Radio angeboten wurde, verneinte ich abermals. Ich wollte unter keinen Umständen schlechte Nachrichten hören. Keinerlei negative Informationen sollten zu mir dringen. Selbst vor einer Staumeldung hatte ich Angst, konnte doch ein verheerender Unfall mit tragischen Schicksalen diesen Stau verursacht haben. Bereits die Vorstellung, traurigere Nachrichten vernehmen zu müssen, führte zu Herzrasen. Mein Interesse an politischen und geschichtlichen Ereignissen verbat ebenfalls jede Information von außen. Meine Befürchtungen vor dramatischen politischen Veränderungen sind seit Kindesbeinen ausgeprägt. Ich wollte überhaupt nichts aus dem Zeitgeschehen hören, alleine wegen der Angst vor der Angst.

Ich zerbrach mir den Kopf und dachte an meine letzten Eindrücke des Weltgeschehens, vor dem Koma. Terror, Kriege, Wirtschaftskrisen, gesellschaftlich auseinanderdriftende Kraftfelder dominierten die Schlagzeilen. Skandale und Krisen, wie das verschuldete Griechenland, wurden von der Presse ins Unermessliche ausgeschlachtet. Gedanklich blieb ich in der gebeutelten hellenischen Republik stehen und fragte mich, ob ich dort unter den politischen und wirtschaftlichen krisenhaften Bedingungen überlebt hätte. Die Spekulation rieb mich auf und ich verfiel tiefer in lethargische Überlegungen.

Akut schien die westliche Welt von der russischen Re-Annexion der Krim überfordert, überall entlang der NATO[34]-Grenzen lauerten potentielle Krisenherde. Unruhen in der Ukraine und ein möglicher Krieg gegen Russland rückte in den medialen Fokus. Das beklemmende Bedrohungsgefühl aus der Zeit des Kalten Krieges erwachte aus einem vergessenen Tiefschlaf. Meiner Ansicht nach wandelte sich die Nachfrage unserer Informationskultur auf ein bierdeckelgroßes Schlagzeilenniveau, aus welchem die Konsumenten die Nachrichten ableiteten. Der seriöse Journalismus wich den oberflächigen Reportagen, die nicht mehr recherchebasierende Fakten aufdeckten, sondern Depeschen mit höchstmöglicher Auflage oder Klickraten im Internet verkauften.

Ich gab den Konsumenten die Schuld und in meinem Selbstmitleid sah ich die Welt auf einen Abgrund

34 North Atlantic Treaty Organization, zu Deutsch Organisation des Nordatlantikvertrags

zufahren. Wegen meiner kritischen Grundanschauung entschied ich mich dazu, auf nervenaufreibende Informationen von außen zu verzichten. Ich spürte eine unruhige Haltung in allen Belangen und war umgeben von einem unerklärlichen Rauschen. Mein Zimmer IV bildete die aktuelle Realität, auf die es sich zu konzentrieren galt.

Ich fing an meine Umgebung zu erkennen und Zusammenhänge zu verstehen, schaute mich neugierig um. An der Fensterscheibe zum Nachbarraum klebten drei gemalte Bilder meiner Kinder. Daneben hing ein Foto von ihnen, als wachten sie die ganze Zeit über mich. Über drei Wochen hatte ich meine Kinder nicht gesehen und sie nicht ihren Vater. Fassungslos erstarrte ich in Demut, der vorangegangene Weltschmerz löste sich auf. Wieder musste ich weinen.

Nach einer Weile verstand ich, dass ich nicht der einzige Patient auf der Intensivstation war. Nebenan, hinter den Bildern meiner Kinder, herrschte Betriebsamkeit. Ich machte zwei Betten aus und konnte immer wieder die Silhouette meiner Pflegerinnen vom Vortag erkennen. Was war dort wohl los?

Bestimmt mussten auch dort Angehörige per se, binnen weniger Zeit mit einer im alltäglichen Leben unvorstellbaren Situation zurechtkommen. Meine Gedanken überschlugen sich. Ist in meinem Raum vielleicht schon mal jemand gestorben? Absurde Fragen reihten sich aneinander, ich fand keine Lösungen und wurde immer wirrer. Es begann ein Trip, welcher sich später als ein drogenähnlicher Rausch durch die verabreichten Schlaf- und Schmerzmittel herausstellte. Ich konnte kaum die Realität von Träumen oder Phantasien unterscheiden.

Den Besuch meiner Ehefrau erlebte ich in Trance, was ich zwar deutlich spürte, aber nicht zum Ausdruck bringen konnte. Umso unangenehmer fühlte sich der Kampf zwischen der Realität und der Träumerei an. Ich hatte Schwierigkeiten, die unterschiedlichen mentalen Gezeiten auseinanderzuhalten. Während sich meine Ehefrau die Jacke auszog, versuchte ich ihr meine Not zu schildern. Ohne Erfolg. Alle Gespräche und Gesten um mich herum waren merkwürdig verschleiert. Sie gab der diensthabenden Pflegerin eine Tüte mit bretonischen Spezialitäten, ein Geschenk meiner ältesten Schwester aus der Bretagne.

Obwohl mir nach meinem ersten Erwachen berichtet wurde, wer alles zu Besuch gekommen war, konnte ich die Tatsachen immer noch nicht begreifen. Meine beiden Schwestern mütterlicherseits, die 10 Jahre und 19 Jahre jünger sind als ich, waren noch nie in Deutschland. Wir sind immer zu ihnen gefahren. Und warum sollten sie bei mir gewesen sein, während ich nichts mitbekommen konnte? Die logische Konsequenz musste sein, dass ich mich irrte, und meine älteste Schwester die Kekse per Post geschickt haben musste. Das erschien mir logisch.

Meine Ehefrau setzte sich zu mir, hielt meine Hand und sprach mit mir. Ich verstand nichts. Später erhielt ich mein Mobiltelefon und die passenden Kopfhörer dazu, begriff jedoch nicht mehr, warum ich ein Telefon benötigte. Immer wieder kamen Pfleger herein und trafen selbstverständlich Maßnahmen an den Geräten um mich herum. Meine Ehefrau hatte sich an die Arbeitsweise gewöhnt, aber für mich war das ungewohnt und es überforderte mich. Einer der Perfusoren schlug Alarm, das sonore Piepen bereitete mir Angst. Meine Ehefrau drückte meine Hand und versprach mir, dass ich in keiner Gefahrenlage sei. Ein Medikament ging zu neige und würde bestimmt direkt ausgetauscht werden. Mir fiel es schwer ihr zu glauben, die Eindrücke lasteten schwer auf mir.

Ich schilderte ihr mein Leid von den kräftezehrenden Nächten, in denen ich von meinen Ängsten, im Schlaf zu ersticken, geplagt wurde, und erzählte ihr von meinen ersten Wahrnehmungen, den vagen Erinnerungsfetzen und der peinlichen Begegnung mit der Pflegerin am Vortag. Meine Ehefrau lachte ein wenig über meine Erzählungen, was mich nicht störte. Im Gegenteil, es war schön sie glücklich und gelöst zu sehen. Sie beantwortete immer wieder meine Fragen. Wie oft ich die gleichen Fragen gestellt habe, weiß ich nicht mehr. Es war einfach nur verrückt, denn mir fehlten unwahrscheinlich viele Erinnerungen.

An diesem Tag schüttelten mich immer wieder starke Weinkrämpfe. Meine Ehefrau erzählte von ihren Ängsten, den Sorgen und dem gemeinsamen Leben mit meinen Eltern und Schwestern unter einem Dach. In unkontrollierbaren Schüben wurde ich immer wieder von Schuldgefühlen geplagt. Ich entschuldigte mich ständig bei meiner Ehefrau, ihr das Ganze angetan zu haben. Bis heute habe ich keine Minute um mich geweint. Mir taten meine Ehefrau, meine Eltern, meine Schwestern und besonders unsere Kinder unendlich leid. Um jemanden so schrecklich bangen zu müssen, vollkommen machtlos den medizinischen Kompetenzen wildfremder Menschen ausgesetzt zu sein, war für mich eine fürchterliche Vorstellung. Auch dazu stellte ich meiner Ehefrau fortlaufend die gleichen Fragen. Was hatte sie gefühlt, wenn sie mich stets regungslos vorfand? Wie kam sie im Alltag zurecht und wie haben alle den immensen Druck ausgehalten? Geduldig beantwortete sie mir jede Frage, egal wie oft ich diese wiederholte.

Langsam verstand ich, dass viele Menschen um und für mich gekämpft hatten. Diese Kämpfe wurden nicht nur mit medizinischen Mitteln und Können geführt, sondern mit Geduld und Zuwendungen, Fürsorge und Liebe. Das zu erkennen war für mich überwältigend, teilweise aber auch beschämend. Ich schämte mich nicht dafür geliebt zu werden, das war ein sehr schönes Gefühl. Aber auf die ganzen Bemühungen nichts erwidern zu können, empfand ich als schrecklich, fast demütigend. Warum empfand ich Schmach? Vielleicht lag es an meiner Einstellung, mich lieber um andere Menschen kümmern zu wollen, als bekümmert zu werden.

Ich gab des Öfteren den Gastgeber und verwöhnte unseren Besuch auf kulinarische Weise. Ich konnte stundenlang kochen und genoss es, mit Freunden beim Essen eine gute Zeit zu verbringen. Mindestens genau so wichtig waren mir ausgiebige Spaziergänge in der Natur, Kulturen zu erleben, die Welt zu entdecken, um die geborgenen Schätze mit Freunden zu teilen. All das fehlte mir im Krankenhaus. Ich hatte schlicht das Gefühl nichts zurückgeben zu können. Die Atmosphäre aus Erlebnissen hielt ich gerne an verschiedenen Merkmalen fest, damit ich sie mir besser in Erinnerung rufen konnte.

Oft speicherte ich innerlich die Gerüche einer Umgebung ab. Die Wärme oder Kälte auf der Haut, einen Geschmack, Geräusche oder einzigartige Eindrücke von Licht- und Farbspielen, die Reaktionen von Menschen, von solchen detailreichen Erinnerungen konnte ich immer lange zehren. Diese Art zu denken und zu leben waren mein Lebenscredo. Und nun lag ich da, angebunden an Schläuchen und völlig hilflos, angewiesen auf die Hilfe anderer. Besorgt stellte ich mir die Frage, ob ich in Zukunft zu mir zurückfinden würde. Körperlich befand ich mich in einer miserablen Verfassung und geistige Anstrengungen schienen unmöglich. Doch das waren nicht meine einzigen Sorgen.

Ich erzählte meiner Ehefrau nicht schlafen zu wollen aus Angst, nicht mehr aufzuwachen oder im Schlaf ersticken zu können. Außerdem plagten mich unvorstellbare Träume oder Halluzinationen, sobald ich die Augenlider schloss. Etwas später kam meine Mutter hinzu. Endlich realisierte ich ihre Anwesenheit. Meine Ehefrau und meine Mutter boten mir an etwas zu schlafen. Sie verstanden meine Sorgen und versicherten mir, auf meine Atmung zu achten, während ich schlief. Ich wollte nicht in deren Beisein schlafen, zu wertvoll schien mir die gemeinsame Zeit. Doch das Gefühl, mich unter Beobachtung der beiden ausruhen zu können, war gut und so versuchte ich es.

Mit Schließen der Augenlider fiel ich sogleich in einen dieser kräftezehrenden Träume, ohne dass ich mich an Details erinnern kann. Nach nur kurzer Zeit wurde ich wieder wach. Geplagt von den Träumen, bemühte ich mich wach zu bleiben und versuchte mich in einer Unterhaltung mit meinem Besuch. Nach einer Weile musste meine Ehefrau nach Hause fahren. Meine Mutter blieb länger und sprach mit mir weitestgehend auf Französisch, meiner zweiten Muttersprache, und auch meine Antworten waren überwiegend auf Französisch. Dies beruhigte meine Mutter, da es durch den künstlichen Tiefschlaf zu verschiedensten neurologischen Störungen hätte kommen können.

Draußen war es mittlerweile dunkel. Meine Mutter schilderte mir den Alltag der letzten Tage mit ihren Enkeln, ihrer Schwiegertochter und ihrem Exmann. Schließlich erzählte sie sehr lange und umfangreich von den unglaublichen Leistungen meiner Ehefrau. Alles klang so absurd, mal witzig, dann harmonisch, locker und aus meiner Sicht völlig unstrukturiert. Höflich hörte ich zu, denn ich merkte, wie erleichtert und befreit sie redete. Außerdem hielt mich die Unterhaltung wach und ich brauchte in keinen Schlaf mit schlimmen Bildern zu fallen.

Ich fand es schleierhaft, wie sie so kurzfristig aus der Bretagne herkommen konnte, wie sie von meiner Lage erfahren hatte. Sie zitierte aus der E-Mail, unserem letzten Kontakt, kurz bevor ich im anderen Krankenhaus auf die Intensivstation verlegt wurde. „...Ich bin zu schwach, kannst du kommen und meine Ehefrau unterstützen?" Tatsächlich hätte ich meine Mutter nie um diese Art von Unterstützung gebeten, da der Weg aus der Bretagne zu uns viel zu aufwändig und zu teuer ist. Für sie war diese Nachricht das Alarmzeichen, das definitiv etwas nicht stimmte und ihre Hilfe unverzichtbar machte.

An diesem Abend wollte ich sehr viel von meiner Mutter wissen. Am wichtigsten war mir etwas über den

Zustand meiner Ehefrau zu erfahren. Ich bat meine Mutter um eine Einschätzung über ihren Gemütszustand, zumal sie wegen mir, zwei Jahre zuvor, ihre Heimat verlassen hatte. Damals wollte ich unbedingt zurück in meine alte Wahlheimat, den Breisgau, der mediterranen Oase Deutschlands. Meine Ehefrau hatte alle ihre Freunde und ihre Familie zurückgelassen, um ein neues Leben mit mir anzufangen. Ich hatte ihr versprochen immer für sie da zu sein, in jeder Lebenslage und egal was komme, an ihrer Seite zu stehen. Und nun?

Offensichtlich konnte ich mein Versprechen nicht halten. Es geschah umgekehrt und meine Ehefrau war diejenige, die sich um die Familie kümmerte. Innerhalb weniger Stunden musste sie um unsere gemeinsame Zukunft bangen und meinen Eltern Hiobsbotschaften überbringen. Im weiteren Verlauf managte sie den Alltag mit unseren Kindern, mit meinen angereisten Eltern und durfte auch noch eine Vormundschaft über mich beim Amtsgericht beantragen. Nach ihrer Arbeit, den täglichen Besuchen an meinem Krankenbett stand sie liebevoll unseren Kindern zur Verfügung, ohne ihre Besorgnisse an die Kleinen weiterzugeben. Damit nicht genug, denn meine Ehefrau hatte kürzlich den Arbeitgeber gewechselt und befand sich in der Probezeit.

Meine Mutter erzählte mit Inbrunst und voller Liebe von meiner Ehefrau, dass ich staunend zuhörte und kaum fassen konnte, was sie alles in der kurzen Zeit erleben musste. Dieses Ereignis verband die Familie eng, so wie ich es mir immer gewünscht hatte. Und nun vollbrachten meine Angehörigen alles ohne mich?

Es klang beinahe schön und romantisch. Aus den kurzweiligen, romantischen Gedanken wurde ich jäh herausgerissen, als mir deutlich wurde, welche Qualen meine Eltern durchgemacht hatten. Ich versuchte jedes erdenkliche Detail zu hinterfragen.

Meine Mutter berichtete von ihrer quälend langen Zugfahrt. Ständig drehte sich die Nachricht in ihrem Kopf, dass es um mich sehr schlecht bestellt war und eine akute Lebensgefahr bestand. Künstliches Koma, Herz-Lungenersatzmaschine und künstliche Beatmung – das war mächtig. Zur gleichen Zeit befand sich mein Vater auf dem Weg zu mir, ebenfalls mit der Unklarheit und der Angst, seinen Sohn möglicherweise nicht mehr warm vorzufinden. Wie schrecklich musste dieses Gefühl für Eltern sein?

Ich war selbst Vater von zwei Kindern. Mit einem Schlag wurden mir die Sorgen meiner Eltern aus den beiden vergangenen Wochen bewusst. Wieder flossen Tränen. Alles wurde mir zu viel und ich konnte den Worten meiner Mutter fast nicht mehr folgen. Mich erfasste eine heillos überfordernde Flut an Informationen.

Der erste Abend verging viel zu schnell und meine Mutter musste terminlich gebunden mit dem Zug nach Hause fahren. Ich blieb traurig zurück. Etwas später rief ich meinen Vater an. Er war verblüfft mit mir sprechen zu können, war am Vortag seiner Abreise diese Möglichkeit noch undenkbar. Doch dank eines Sprachaufsatzes an meiner Tracheotomie konnte ich relativ normal sprechen. Wir plauderten ein wenig. Durch die Hörmuschel nahm ich seine Erleichterung wahr und einen Hauch von Traurigkeit, konnte ihn jedoch an dem Abend nicht darauf ansprechen. Ich war zu erschöpft und wir vertagten weitere Unterhaltungen auf die nächsten Tage.

∞

Wahnsinn! Was haben meine Eltern und meine Ehefrau in den zwei Wochen meiner geistigen Abwesenheit nur durchgemacht? Ich bin völlig irritiert. Nun bin ich wieder alleine auf meinem Zimmer und die Beatmungsmaschine, sowie ein Monitor zur Überwachung meiner Vitalwerte sind die einzigen hörbaren Geräusche um mich herum. Ich will nicht alleine sein, aber auch auf keinen Fall vor den fremden Leuten hier weinen.

Soll ich den Knopf drücken, damit jemand kommt? Was könnte ich denn haben, weshalb sich jemand um mich kümmern muss? Es fällt mir nichts ein, ich bin von tiefer Traurigkeit überwältigt und erschöpft, schlafen wäre nun gut. Ich schließe die Augen.

Vor mir öffnet sich eine unendliche dunkle Weite. Ich schwebe schwerelos über einem großen, realistisch anmutenden, schwarzen Bild. Erstaunlicherweise kann ich über das Gespräch mit meiner Mutter nachdenken und fliege gleichzeitig weiter durch dieses dunkle Gemälde. Merkwürdig. Das gerade noch zweidimensionale Bild wird größer und wölbt sich, ja, es wölbt sich um mich herum und ich tauche immer tiefer in diese dunkle Masse hinein. Wie ein Astronaut schwebe ich durch die Dunkelheit und in der Ferne bemerke ich kleine weiß-leuchtende Punkte. Es ist so real. Ich bin bekleidet. Benötige ich nicht einen

Schutzanzug in dieser Umgebung? Kann das möglich sein?

Ich schaue nach links, nach rechts und befinde mich tatsächlich im Weltall. Umso erstaunlicher empfinde ich es, ohne jede Atemhilfe und Sauerstoff auskommen zu können. Ich nehme tiefe Atemzüge. Auf einmal geht es mit einem Ruck, wie in einer Achterbahn, los. Rasend fliege ich durch die Leere und mir begegnen riesige Planeten.

Die Farbvielfalt ist beeindruckend klar, der Ring um einen Planeten aus Gestein ist bis auf das kleinste Detail zu erkennen. In der Ferne sehe ich farbige Galaxien, zuerst orange-feurig rote Nebel, dann, in allen denkbaren Farben, unterschiedlichste Sonnensysteme mit bunten umkreisenden Planeten. Es ist ein wunderschöner surrealer Ausflug. Die Masse an Bildern fängt an mich zu überfordern, es brummt in meinem Schädel und ich öffne abrupt meine Augen.

Die irdische Gravitation hat mich zurück und ich fühle mich in mein Bett gepresst. Dieser Traum war in der Traumphase schön, bizarr, interessant und deutlich kräftezehrend. Was war das? Diese Bilder waren so gewaltig und detailliert, mein ganzer Kopf rauscht vor Anstrengung. Ich muss kurz die Augen schließen und mich ausruhen.

Jetzt befinde ich mich in einer Höhle. Es ist eine große Grotte. Ich erkenne deutlich die Strukturen von Gestein, lehmige Farben. Auch hier ist es dunkel, aber gerade hell genug um die Wände zu erkennen. Ich betrachte Male-

reien von Ureinwohnern. Jagdszenen, wie in französischen Grotten entdeckt, zieren eine ganze Wand. Ich bemerke einen weichen Untergrund und liege offensichtlich auf einem Tierfell. Die feinen Haare oder Borsten dieses Fells spenden mir Wärme und schützen mich vor dem kalten lehmig-erdigen Boden. Ich kann die Struktur jeder einzelnen Borste erkennen, in unterschiedlichen matten Farbverläufen, nur auf welchem gehäuteten Tier ich liege, erschließt sich mir nicht.

Unweit von mir knistert es. Ich sehe langsam auf und ein Schreck fährt in meine Glieder. Unweit von mir liegt ein schlafender Bär vor einem Lagerfeuer. Die ledrig strukturierte Nase ist feucht und die Nüstern öffnen und schließen sich mit den Atemzügen des imposanten Bären. Die geschlossenen Augen dieses großen braunen Raubtiers zucken bei jedem Knistern des Feuers. Die dicken Augäpfel unter den Lidern scheinen aktiv hin und her zu rollen. Ich erkenne die feinen Haare des braunen Fells, so als untersuchte ich es mit einer Lupe. Wieder fährt mir fürchterliche Angst in meine Knochen. Was passiert, wenn dieser Bär wach wird? Warum bin ich in dieser Höhle? Bin ich eingelagertes Futter, so wie ein Joghurt im Kühlschrank?

Ein Sog zieht mich aus dem Bild und ich fliege rückwärts aus der abwegigen Szene, das Feuer und den Bären immer fest im Blick. Knisternd fliegen Funken aus dem Feuer in die dunkle Höhe dieser Behausung. Ich fühle mich verstärkt beängstigt, da der Raum um mich immer schwärzer wird. Die Szene löst sich immer weiter in einer umgebenden schwarzen Tiefe auf. Der Geruch des nassen Bären-

fells liegt noch in der Luft und schließe erschöpft die Augen.

Mit einem festen Ruck wird mein Körper wieder in das Bett gedrückt. Ich bin zurück auf meinem Zimmer, angeschlossen an all den Schläuchen. Beinahe empfinde ich die Situation in meinem Zimmer beruhigend. Ich frage mich, ob ich vielleicht nicht träume, sondern halluziniere.

Bloß nicht mehr die Augen schließen! Zu groß ist die Anstrengung bei diesen umfangreichen realanmutenden Erlebnissen.

Ich rufe nach einer Pflegerin, der Nachtschwester, und versuche sie in ein Gespräch zu verwickeln. Vielleicht kann sie mir helfen aus diesem Dilemma zu entkommen. Ich bekomme ein paar wärmende Worte zugesprochen, aber auch den Hinweis, dass meine Träume durch die Medikamente normal seien und sich das Ganze noch eine Weile hinziehen kann. Ich frage, ob ich mich auch mal auf die linke Seite legen könne, da mich auf der rechten Seite etwas schmerzhaftes vom Schlaf abhält. Meine Nachtpflegerin antwortet mit einem „Selbstverständlich können sie das.", und ich frage sie, ob es nicht gefährlich sei, auf der kranken kollabierten Lungenseite zu liegen.

Die Antwort ist kongenial, wenn auch nicht befriedigend, da in mir die Angst zu sterben viel zu groß ist. Aber sie hat Recht, es ist irgendwie einleuchtend: „Herr Beule, probieren Sie es aus. Es wird Ihnen nichts passieren. Und wenn, dann lieber hier bei uns, da sind sie sicher. Machen sie sich keine Sorgen."

∞

In dieser Nacht beschäftigte mich die Frage nach meiner Arbeit. Das Verhältnis zu Kollegen und Geschäftspartnern war überdurchschnittlich gut. Erst kürzlich hatte ich die Verantwortung für ein Team übernommen und war vertraglich für das Coaching einer weiteren Abteilung zuständig. Da ich bereits Anfang des Jahres mit einer Bandscheibenoperation ausgefallen war, fragte ich mich, wie die neue Geschäftsführung den zweiten Ausfall bewerten würde? Noch befand ich mich in einem befristeten Arbeitsverhältnis und durch eine schwere Krebserkrankung unseres Firmengründers und Inhabers war meine berufliche Zukunft ungewiss.

Eine junge eingesetzte Geschäftsführerin stellte mich vor eineinhalb Jahren ein, weil sie damals genau mich wollte. Es standen Umstrukturierungen an und aus meinen beruflichen Erfahrungen sollte das Unternehmen profitieren.

Umstrukturierungen sind in allen Unternehmungen und Organisationseinheiten immer unangenehm und unbequem. Mein Part war es unter anderem, die Schwachstellen im Vertrieb aufzudecken und Änderungen herbeizuführen. Meine Vorgesetzte und ich waren uns nicht immer einig und so legte sie mir ständig irgendwelche Hindernisse in den Weg, mal tollpatschig, mal bewusst. Warum sie sich so verhielt, wurde mir erst später klar. Nun musste ich ausgerechnet sie, meine Vorgesetzte und neue Geschäftsführerin, am nächsten Tag anrufen. Nur sie konnte ich über meine Zukunft in dem Unternehmen befragen. Schrecklich.

Aus meinen Existenzängsten entwickelte sich Wut. Ich fühlte mich unwahrscheinlich machtlos und handlungsunfähig. Ich hätte sicherlich um meine berufliche Zukunft kämpfen müssen, doch ich steckte gerade vollständig in einem viel wichtigeren Kampf fest. Zeitgleich schwebten die Worte meines Vaters „du wirst eine schwere Zeit vor Dir haben" dröhnend und schwer in meinem Kopf umher. Ich, der sonst so leistungsorientierte, manchen um Monate oder Jahre vorauseilende, hemdsärmelige Visionär, war nun nicht mehr in der Lage der Gebende zu sein, sondern musste mich als Bittsteller und Hilfsbedürftiger am Ende einer imaginären Warteschlange einreihen. Es war furchtbar.

Wieder fielen meine Augen zu. Der Schmerz in meinem rechten Arm und meiner Schulter wurde immer stärker. Halbwach und gegen die Müdigkeit kämpfend, fragte ich mich, was mit diesem Arm während meines Komas geschehen sein könnte. Hatte an der morgendlichen Visite ein Arzt nicht gesagt, dass ich ganz gesund würde und nur ein paar beeindruckende Narben als Erinnerung mitnähme?

Ja, genau das hatte er am Morgen während der Visite vor allen anwesenden Kollegen an meinem Bett gesagt.

∞

Schnell ertaste ich meinen Körper auf mögliche Narben, suche nach Hinweisen auf mögliche Eingriffe während meiner langen Auszeit. Die Kanülen in meinen Händen sind mir bei den Untersuchungen an meinem Rücken und meinem Schultergelenk hinderlich. Es geht nicht, wie ich es mir vorstelle.

Gut. Nicht gut. Wo sind die ganzen Narben? Vielleicht hat man mir am Rücken die linke Seite geöffnet, um besser an die kollabierte Lunge zu kommen? Mit einem Schnitt mittig von den unteren Brustwirbeln quer, links hoch bis unterhalb meines Schlüsselbeines? Das klingt logisch, so konnten sie meine kranke Lunge direkt untersuchen und vielleicht am Objekt heilende Maßnahmen ergreifen. Ich bin überzeugt davon, einige operative Eingriffe zu der Zeit meines Komas erhalten zu haben. Nur will mir dies keiner sagen. Warum nicht?

Mein rechter Arm ist wie gelähmt und ich komme mit der rechten Hand nicht weiter als über mein Brustbein und kann somit meinen Rücken nicht nach den vermuteten Narben ertasten. Vielleicht sind bereits die Fäden oder Klammern gezogen worden und dadurch merke ich auch keinen Druck auf der von Skalpellen zerschnitten und wieder zugenähten Haut. Der linke Arm hingegen funktioniert schmerzfrei und ich komme bis an meine rechte Schulter. Sie brennt wie Feuer und der Schmerz strahlt bis in den Unterarm und tief in meinen Rücken aus. Ich taste meine Schulter ab, auch hier keine Klammern oder Fäden von einer Naht.

Verdammt! Man hat mir doch wohl nicht auch noch die rechte Schulter operiert und die Fäden bereits entfernt?!

∞

Gestresst kam ich zu mir. Offensichtlich wurden meine Halluzinationen immer stärker, Realität und Traumwelt waren kaum zu unterscheiden. Diese Phasen wurden immer anstrengender und zwangen mich, erschöpft in unerwünschte Schlaf- oder Wahnphasen zu fallen. Kaum fielen mir die Augen zu, starteten die nächsten traumartigen Momente und ich fand mich in einem der absurdesten Vorstellungen wieder.

∞

Mit einem Krankentransporter werde ich in das neue Krankenhaus gebracht, die Stimmung mit den Rettungswagenfahrern ist gelassen und entspannt, wir witzeln sogar. Sie wissen nicht auf Anhieb wo ich hin muss. Ich werde zwar als Notfall betrachtet, befinde mich aber nicht in akuter Lebensgefahr. Mir ist nicht klar, was mir fehlen soll, aber es muss was Ernstes sein.

In einem Rollstuhl fahren mich die beiden Begleiter durch die Gänge und es ist wieder spürbar kälter. Ich kann jeden Gang, die Türen und an uns vorbeilaufende Menschen erkennen. Die Farben sind völlig normal, alles ist extrem real. In einem Wartesaal der Onkologie machen die beiden Burschen mit mir halt. Ich bekomme Bedenken, denn ich fühle nun ein Brennen in der linken Brust und einen starken Schmerz in meinem rechten Arm oder in der Schulter, genauer kann ich das nicht definieren.

Wir sind auf der Station Onkologie? Ja. Vorsichtig halte ich Ausschau nach meinem an Lungenkrebs erkrankten Chef. Ist er vielleicht hier? Ich würde ihn gerne sprechen, fragen wie es ihm geht, aber ich will ihm auf keinen Fall meine Lage erklären müssen, schließlich werde ich doch gleich woanders hingebracht. Oder sind die beiden Begleiter nur nett zu mir und ich gehöre auch auf die Station der Krebskranken? Meinen Chef kann ich nicht entdecken und ich bin froh darüber, vielleicht geht es ihm besser und er ist bei sich zu Hause. Ich werde wieder abgeholt und wir fahren weiter durch die Gänge dieses Krankenhauses.

Alles geht sehr schnell. Ein Chefarzt aus einer anderen Abteilung erzählt mir von seinem dreiarmigen Sohn und dass er entschieden hat, mir den überflüssigen Arm zu spenden und zu transplantieren. Ich kann die Großzügigkeit und mein Glück kaum fassen. Wer hat schon das Glück einen Spender gleich für einen ganzen Arm zu finden? Einen Spender, der nicht verunglückt und verstorben ist. Glück für uns beide, den Spender und mich als Empfänger. Ich frage mich nicht einmal, warum ich einen neuen Arm benötige. Es klang gerade so selbstverständlich.

Der Arzt ist arabischer Herkunft, ich bin mir nicht sicher, woher er stammt. Ist er ein geflohener Perser, ein Ägypter oder vielleicht ein Palästinenser? Ich werde in eine Narkose versetzt und ein Anästhesist lächelt mir ein letztes Mal zu.

Im Zimmer IV werde ich wach und merke wieder aus einem dieser irren Träume erwacht zu sein. Die Sache mit meinem Chef geht mir nah und ich merke einen starken pulsierenden Schmerz in meinem rechten Arm. Ich bin jetzt wieder im echten Hier, in diesem Bett auf der Inten-

sivstation. Ja, es ist wegen der Lunge, aber mit meinem rechten Arm stimmt auch etwas nicht.

Hat diese Operation stattgefunden? Habe ich nicht geträumt, sondern mich vielleicht einfach nur erinnert? Warum hat mir niemand während der Visite davon erzählt? Ich denke nach, doch die Schmerzen betäuben meine Sinne. Von einer Nachtschwester erhalte ich erneut Schmerzmittel, aber die gewünschte, lindernde Wirkung tritt nicht ein. Wieder döse ich vor mich hin und meine Gedanken drehen sich um meinen pulsierenden Arm.

Ich kann nicht mehr schlafen und das quält mich. Aus Langeweile, Verzweiflung und totaler Einsamkeit beginne ich mit meinen Extremitäten zu kommunizieren. Meine Beine frieren angesichts des zu kurzen OP-Leibchens, nehmen sich aber mit Bedacht auf den vermeintlich neuen rechten Arm ein wenig zurück. Im Dialog mit meinen eigenen Körperteilen sinnieren wir über die Herkunft des neuen transplantierten Arms.

Wir fragen uns, ob es die Möglichkeit gibt, die Gefühle und Erlebnisse eines Organspenders zu übernehmen? Wir, also mein linker Arm und meine Beine, sind uns sicher: Ja, man kann die Erlebnisse eines Organspenders erben. Und uns wird eines klar: Es handelt sich um einen palästinensischen Arm, den wir gleich liebevoll „arabischen Arm" taufen.

Wie in Trance durchlebe ich ein erlebtes Trauma meines Organspenders. Der arme Junge hatte einen Bombeneinschlag der Israelis überlebt und sollte in Deutschland zur

Ruhe kommen. Ich empfinde eine große Wut auf all die idiotisch-fanatischen Eskalationen in dieser Welt, ohne dabei Partei zu ergreifen. Radikale Menschen gibt es leider überall und ich lehne jede Seite des Terrors oder von Fundamentalismus ab. Und nun bin ich mit einem der Opfer körperlich verbunden. Ist das nicht skurril? Der Spender-Junge war zur falschen Zeit am falschen Ort und hatte mit viel Glück körperlich unverletzt überlebt. Aber seine seelisch traumatisierten Eindrücke wurden mit dem Arm auf mich übertragen.

Immer wieder sehe ich das Bild einer in einem Wohnhaus detonierenden Bombe. Ein Aschetrichter aus zerfetzen Hauselementen schießt fünfzig Meter hoch in den Himmel. Erst höre ich einen dumpfen Schall und wenig später erreicht mich eine leichte Druckwelle, zeitverzögert zur aufsteigenden Staubwolke über dem zerstörten Haus. Es regnen Asche und Putz prasselnd vom Himmel auf mich nieder. Alles ist nun sehr ruhig. Ich warte auf Geschrei, aber es passiert nichts mehr.

Ich wache wieder auf und nicke immer wieder ein. Es dreht sich alles um diesen transplantierten Arm. Im halbdunkeln Zimmer untersuche ich meinen neuen Arm, halte mit halb gestreckten Armen beide Hände parallel und mit gestreckten Fingern nebeneinander vor mein Gesicht. Ich wundere mich über die frappierende Ähnlichkeit der einen mit der anderen Hand. Was für ein Zufall und Glück ich habe, auch noch der originalen linken Hand so ähnelnde Finger in der gleichen Hautfarbe am neuen Spenderarm erhalten zu haben.

∞

Erst am Ende des nächsten Tages wurde mir klar, dass diese Geschichte falsch war. Etwas anderes musste mit meinem Arm passiert sein. Aber die Nacht war noch nicht vorbei.

Mit aller Gewalt kämpfte ich gegen ein erneutes Einschlafen. Das in mattes Licht getauchte Zimmer IV, mit den leisen Geräuschen der Maschinen, war mein neues Zuhause. Die Schmerzen im rechten Arm und in der Brust konnten die Müdigkeit nicht überwinden und ich fiel wieder in einen schlafähnlichen Zustand.

∞

Ich höre das Surren von Elektrospulen, welche eine geballte Kraft aufnehmen, um größere Stahlelemente in Bewegung zu setzen. Mit einem Schlag setzt sich eine gewaltige Zeitungsdruckmaschine in Gang. Ich kann die Größe dieser gigantischen, aus graugrünem Stahl gegossenen Maschine nicht erfassen.

Eine überdimensional große Papierrolle am Einzug dieser Zeitungsdruckmaschine beginnt sich zu drehen. Mit ohrenbetäubendem Lärm verschlingt die Maschine das abrollende Papier. An mir sausen in einem hohen Tempo die frisch gedruckten Zeitungsartikel auf der noch weiterzuverarbeitenden Papierrolle vorbei. Eine innerliche Überforderung und Reizüberflutung treibt die Kapazität meines Gehirns an seine Grenzen.

Die Zeitungsfarbe ist sepia-gelb und die vorüberziehenden Schriften erscheinen in einem Tiefschwarz. Fast auf jeder Seite erfasse ich zu den Artikeln passende und in Punktrastern gedruckte Fotos. Ich kann jede Überschrift lesen, trotz der rasend schnellen Druckgeschwindigkeit kann ich sogar ganze Textpassagen aufnehmen.

Es bilden sich immer größere Informationsketten und Bilder, die ich verarbeiten muss. Immer zwanghafter muss ich jedes Bild begutachten. Die Maschine druckt immer schneller und es wird immer lauter. Es gibt kein Entrinnen. Mein Puls rast, mein Gehirn fleht um eine Auszeit, doch die Situation lässt sich nicht unterbrechen. Es ist einfach nur noch schrecklich.

∞

Nach einer gefühlten Ewigkeit wachte ich völlig verschwitzt auf. Nur kurz konnte ich mich in meinem Zimmer IV orientieren. Trotz gewaltiger Angst wieder einzuschlafen fielen mir die Augen erneut zu.

Diesmal schien ich in einen ruhigeren Traum überzugehen und ich erinnere mich, wie ich mit mir selbst sprechen konnte. Zunächst war es ein angenehmer, dunkler und lautloser Traum.

Eine Art überdimensional großer Bildschirm stand vor mir. Er war noch nicht fertig konstruiert. Nach und nach wurde mir klar, dass ich das Geschehen rund um die Entstehung des Bildschirmes mit meinen Gedanken beeinflussen konnte. Anfänglich waren da keine konkreten Bilder. Ein Farbspiel aus türkisen und blauen Mustern, ohne erkennbare Rhythmen, waberten auf der Bildschirmoberfläche vor sich hin. Plötzlich kam Dynamik in das Bild.

Zunächst wurde mein Blick auf einen dicken schwarzen Strich gelenkt, unten links startend. Wie in einem Hollywood-Film flog ich auf diesen Streifen zu, nur noch auf den dicken schwarzen Strich fokussiert, während die Farben rechts und links verblassten. Mit einem Mal nahm der Strich eine dreidimensionale Form an. Es bildete sich eine Art organischer, sich selbst verbessernder Bildschirmrahmen. Unter Begleitung von tiefen, brummenden Bässen wuchs er in die Höhe und Breite.

Ich schien diesen Rahmen mit der Kraft meiner Gedanken zu entwerfen und gleichzeitig zu konstruieren. Meine Augen waren so dicht an dem Rahmen fixiert, dass ich den aufgestrichenen Klarlack auf dem schwarzen Kunststoff erkennen konnte. Von weitem sahen solche Rahmen glatt und edel aus, doch in meinem Traum sah ich jede noch so kleine Struktur des darunter liegenden Kunststoffes, zwar glatt, aber eben nicht perfekt verarbeitet. Der Klarlack schien mit einem dünnborstigen Pinsel aufgetragen und auch der Pinselstrich des Lackes war gut erkennbar.

Mit zunehmender Geschwindigkeit rauschte ich an dem mitwachsenden Rahmen entlang und entdeckte jede noch so kleine Pore. Als sich der Rahmen endlich zu einem vollendeten Bildschirmrahmen schloss, erkannte ich, einen neunen Typ Flachbildschirm entwickelt zu haben.

In höchster Auflösung wurde eine einfache Animation auf dem Display abgspielt. Sich ineinander verkeilende, dabei schrumpfende rote Rechtecke formierten sich zu einem durchgehenden waagerechten Strich auf weißem Hintergrund. Ich schien gedanklich eine sinnfreie Werbung für den Bildschirm zu entwerfen und gleichzeitig zu projizieren. Der Vorgang wiederholte sich zwei bis drei Male und die immer detailreicheren Eindrücke wurden zu anstrengend für mich. Es gelang mir wieder aufzuwachen. Der vermeintliche Schlaf war erneut einfach nur grauenhaft und kräftezehrend.

Die Nacht überstand ich halb wach und schlief die letzte Stunde vor der Frühschicht erschöpft, dafür traumfrei durch.

Zimmer IV - Aufstehen

Am nächsten Morgen wurde ich von dem gleichen Pfleger des Vortages geweckt. Er tastete gerade meine Hand und meine Finger ab. Er stellte mit erstaunter Stimme fest, dass meine Hände gut und glatt aussahen. Ich erfasste orange-rot-gelbliche, in Jod getränkte Hände und das fand ich überhaupt nicht gut aussehend. Auf meine Frage, was sich so gut entwickelt hatte, erklärte mir der Pfleger, wie schnell das Wasser aus meinen Händen gewichen sei. Das verstand ich zu diesem Zeitpunkt nicht und beließ es dabei.

Gleich darauf fiel mir ein überdimensional großer Stuhl zu meiner rechten Seite auf. Doch bevor ich in diesen Stuhl sollte, war Lungenhygiene angesagt, denn zäher Husten hinderte mich an einer reibungslosen Atmung. Neben mir wurde das Beatmungsgerät gerichtet und auch mein Beatmungszugang sollte gereinigt werden. Der Aufsatz der Beatmungsmaschine wurde von meinem Kehlkopf entfernt. Die Atmung setzte aus und ich sollte stark husten. Über die künstliche Öffnung führte der Pfleger etwas in meine Bronchien ein. Mit ausgestreckter Hand gestikulierte ich an meinem Kehlkopf hin und her. Ich versuchte auf meine Atemnot aufmerksam zu machen, wie ein Taucher, dem die Sauerstoffzufuhr ausgeht.

Der Pfleger wies mich an zu atmen, doch ich schaffte keinen Atemzug. Ich vernahm ein lautes Absauggeräusch sowie ein unsägliches Brennen in meiner Brust. Meine Bronchien wurden abgesaugt. Der Absaugprozess wurde beendet und der Verschluss wieder auf den Hals geschraubt, sodass ich weiteratmen konnte. Von der Nacht benommen, ließ ich die Prozedur weiter über mich ergehen und machte mir keine weiteren Gedanken. Abgesehen von den starken Schmerzen in meinem Körper und den unterschiedlichen Halluzinationen schien ich in diesem Zimmer in Sicherheit zu sein. Das war bereits viel wert.

Mich faszinierte die Gelassenheit meines Betreuers. Mit einer stoischen Selbstverständlichkeit erklärte er mir, dass ich in den großen Stuhl umziehen sollte. Behutsam wurden zunächst alle an mir angeschlossenen Schläuche sortiert und auf meine rechte Seite gelegt. Es waren wirklich viele Schläuche und Anschlüsse, die aus mir ragten. Erst sollte ich mich auf die Seite legen, um mich dann aufzurichten.

Das erste Mal seit meinem Erwachen vor zwei Wochen saß ich mit baumelnden Beinen auf meiner Bettkante. Sachte stellte ich meine Füße auf den Boden und spürte leicht stechende Impulse unter den Fußsohlen. Es waren keine schlimmen Schmerzen, mehr eine Art Kribbeln, wenn das Leben in eingeschlafenen Beinen zurückkehrt. Nochmals wurden Schläuche an mir sortiert. Es war unmöglich selbst aufzustehen. Weder hatte ich die Kraft, geschweige denn einen funktionierenden Gleichgewichtssinn. Nach einer kurzen Anweisung wurde ich beherzt in den großen Stuhl gehievt. Mein Rücken und mein Arm schmerzten dabei so sehr, dass ich nur noch den Wunsch hatte schnellstens in mein Bett zurückzukehren.

Es folgte eine Hiobsbotschaft. Ich sollte mindestens eine, besser zwei Stunden in diesem Stuhl sitzen bleiben, dies sollte für die Belüftung der Lunge ideal sein. Wegen der ganzheitlichen Fürsorge mochte ich nicht widersprechen. Auch wegen der offenen Fragen rund um meinen schmerzenden Arm hielt ich mich zurück.

Ich vermutete, den Mitarbeitern in dieser Abteilung war es nicht recht, dass sie den Spender meines arabischen Arms indirekt kannten und ich wollte es mir mit niemandem verscherzen. Der Pfleger fragte, ob mir etwas fehlte und ich merkte an, dass ich vor Kälte friere. Außerdem hatte ich Bedenken aus dem Stuhl zu fallen, weil sich alles um mich herum drehte. Der Pfleger kippte den Stuhl leicht nach hinten, das sollte mich stabilisieren, deckte mich zu und installierte den Warmluftspender unter meiner Decke. Er hatte keine Bedenken, dass ich aus dem Stuhl fallen könnte, und verließ schließlich für einen anderen Patienten den Raum.

Bohrend-betäubende Schmerzen jagten durch meinen Körper. Am liebsten wäre ich aus diesem Stuhl aufgestanden und alleine zu meinem Bett gelaufen. Dazu hingen allerdings nicht nur die Kabel hinderlich im Weg, auch meine mangelnde Kraft erkannte ich als einen zu großen Risikofaktor. Auf mein Klingeln kam eine mir noch unbekannte Pflegerin in den Raum und ich bat um die sofortige Rückverlegung in mein Bett. Sie versprach mir, dass Ralf[35] bald zurückkäme und er mir dann bestimmt in mein Bett zurückhelfen würde. Nach wenigen Minuten wurde mir vor Schmerzen schlecht und ich wimmerte verzweifelt „Ralf… ohhh… Ralf, bitte komm!!“

Mir war es ein wenig unangenehm seinen Vornamen zu rufen, doch in meiner Verzweiflung kam ich nicht mehr auf seinen Nachnamen. Nach wenigen Minuten kam er ins Zimmer zurück und erlöste mich von dem Stuhl. Er

[35] Name geändert.

wirkte über meinen Abbruch ein wenig enttäuscht. Ich fühlte mich hingegen schuldig, da er sich so viel Mühe gemacht hatte, mir ein freieres Atmen zu ermöglichen.

Kurze Zeit später erhielt ich Besuch eines Arztes. Er untersuchte mich, befragte mich nach meiner Nacht und meinem Wohlbefinden. Er ließ sich Zeit und es tat mir gut, ihm meine Ängste anzuvertrauen. Etwas später folgte eine Visite. Wieder war der Raum gut gefüllt, vielleicht vier oder fünf Ärzte plus Gefolgschaft.

Der mich zuvor untersuchende Arzt gab meine Vitalwerte in die Runde und machte einen kurzen Abriss aus seinen vorhergehenden Untersuchungen. Er fasste seine Beobachtungen aus seiner Anamnese zusammen, glich die Informationen mit den Pflegern und der Nachtschwester im Team ab. In seiner Routine gab er meine ihm anvertrauten Angstzustände preis, was mir in dem Moment ungeheuerlich peinlich war und fast wie ein Vertrauensbruch vorkam. Einerseits wollte ich vor der versammelten Truppe keine Ängste zeigen, andererseits wollte ich diese Ängste nicht wahrhaben. Ich interagierte, dem Arzt ins Wort fallend, und versuchte die Ängste kleinzureden.

Ausnahmslos starrten mich alle verdutzt an. Niemand befand meine Ängste als schlimm, peinlich oder störend. Das war für diese Menschen scheinbar vollkommen normal. Mir wurde von einem anderen anwesendem Arzt mitgeteilt, in welcher prekären Lage ich mich befand und meine Gefühle absolut normal seien. Was mir Angst einflöße, wollte er wissen. Ich erwiderte beschämt Angst vor einem zweiten Ausbruch mit den bekannten fatalen Folgen zu haben. Wieder ins Koma zu müssen und meinen Angehörigen nochmals einen Schrecken einzujagen, ja vielleicht sogar zu sterben.

Man wiegelte freundlich und bestimmend ab, die Wahrscheinlichkeit erneut so schwer zu erkranken, sei minimal. Allerdings sollte ich sehr vorsichtig sein, denn ein Keim reiche aus, um die ganze Chose von vorne zu starten. Ich dachte nur: „Moment!?".

Kurz musste ich über die letzte Aussage nachdenken. Die Wirkung dieser gegensätzlich getroffenen Aussagen und gleichzeitig doch wichtigen Warnung kamen erst nach der Visite vollends bei mir an. Es beschlich mich immer intensiver der Gedanke, bloß nicht an einer banalen Erkältung zu erkranken. Und um die Jahreszeit, die Hochzeit der Erkältungen, ließ es sich schwer vermeiden, mit erkälteten Menschen in Kontakt zu kommen. Später erhielt ich mein Frühstück, welches ich verweigerte. Als Alternative erhielt ich einen kalorienhaltigen Proteindrink, doch auch dieser schmeckte mir nicht. Ich mochte rein gar nichts zu mir nehmen.

Gegen 10:00 Uhr konnte ich endlich bei meinem Arbeitgeber anrufen und meine Zukunftssorgen der vergangenen Nacht angehen. Den Aussagen meiner Ehefrau zufolge, zeigten sich die eingeweihten Kollegen von meinem Krankheitsbild bestürzt. Im Dezember sollte ich ein fünftägiges Vertriebsseminar leiten und Geschäftsführer von Partnerunternehmen in die neue Vertriebsstrategien und -methoden unseres Produktes einweisen.

Benommen und gleichzeitig bestrebt nicht zu lallen, eröffnete ich unserer Geschäftsführerin den geplanten

Termin wahrscheinlich nicht rechtzeitig wahrnehmen zu können. Ich beteuerte, so schnell wie möglich zurück an meinen Arbeitsplatz kehren zu wollen. Ich hatte bereits den Verdacht, von ihr aus dem Wege geräumt werden zu können, denn nicht selten waren meine Fragen zur Unternehmenskultur zu unbequem für sie. Denn, davon war ich überzeugt, bedeutete eine neue Unternehmensausrichtung auch die Anpassung der Unternehmenskultur. Sie beteuerte am Telefon, ich solle mir keinerlei Sorgen machen und schnell gesund werden, da das Unternehmen mich bräuchte. Für den Moment war ich sichtlich erleichtert, der Job schien gesichert.

Immer wieder wurden die Pfleger durch das Piepsen der angeschlossenen Geräte in mein Zimmer gerufen. Mal wurden Perfusoren getauscht, das Bett gerichtet oder Blut abgenommen. Diese Momente wurden mit netten Smalltalks gefüllt und überbrückten die lange Zeit des Wartens auf meine Ehefrau. Zwischendurch rief ich erneut meinen Vater an und wir konnten viel miteinander sprechen. Die hörbare Erleichterung meines Vaters tat mir gut.

Später besuchte mich eine Physiotherapeutin. Sie erklärte mir, während meines Tiefschlafs Bewegungsübungen mit mir gemacht zu haben, und dass wir nun anfangen würden, meine Muskulatur aktiv aufzubauen. Ich kannte das Grundprinzip bereits im Bett mit Gymnastikübungen anzufangen von meinen Bandscheibenoperationen. Doch ich ahnte nicht, zu welchen enormen, degenerativen Einschränkungen zwei Wochen absolute Bewegungsunfähigkeit führen konnten. Wegen der anhaltenden Wirkung beziehungsweise des Ausschleichens diverser, bewusstseinshemmender

Medikamente war ich immer noch nicht voll aufnahmefähig.

Immer wieder wurde ich neu angeleitet mit meinen Beinen eine Bewegung in die eine oder andere Richtung vorzunehmen. Nach den ersten motorischen Übungen erhielt ich ein kleines, handliches, durchsichtiges Gerät zur Stärkung der Atemmuskulatur. Über ein kleines Mundstück bestand eine Verbindung zu einem Dreikammer-System, in welchem eigelb-große blaue Plastikbälle lagen.

Über das Mundstück sollte ich tief und lange Luft einziehen, um möglichst alle kleinen Bälle vom Boden an die Decke des Behältnisses zu saugen. Bei den ersten Versuchen kam lediglich der erste kleine Ball zur Hälfte hoch. Um das gesetzte Ziel zu erreichen, war mehr Saugkraft von Nöten. Ich übte fleißig, doch nur der erste Ball erhob sich und das recht wenig. Das Bild um den Zustand meiner Lunge wurde um ein weiteres Puzzleteil ergänzt und ich erschrak vor der enormen Kraftlosigkeit.

Am Vormittag wurde auf eigenen Wunsch der Blasen-Katheder entfernt. Jeder gezogene Schlauch senkte eine Infektionsgefahr und bedeutete einen Schritt in die Normalität. Der Nachteil ergab sich wenig später, denn liegend in eine eigens für Männer angefertigte Flasche urinieren zu müssen, ist mühsam und nicht risikolos. Es kam anders und es kündigte sich die erste Darmentleerung an.

∞

Ich klingle und hoffe, bald von einem Pfleger aufgesucht zu werden. Es pressiert ein wenig, denn ich habe überhaupt nicht mit Stuhlgang gerechnet. Wie schnell man sich daran gewöhnt, ohne Stuhlgang auszukommen. Interessant. Die Tür geht auf.

Zu meinem Entsetzten kommt kein Mann herein, sondern eine Frau, meine so vertraute und von mir vollgespuckte Pflegerin. Sie hat Dienst und wir werden nun vermutlich dieses biologisch unausweichliche Unterfangen zusammen meistern müssen. Mein Alptraum Nummer eins ist es, mein Geschäft in einer Bettpfanne vollrichten zu müssen. Mir kommen Erinnerungen hoch, dass ich das wohl oder übel bereits ausprobiert hatte – hier oder im anderen Krankenhaus. De facto ist eine Bettpfanne nichts für mich und hoffentlich schiebt sie mich gleich zu einer Toilette.

Meine Pflegerin ist wie immer voll bei der Sache und richtet mir ihr Verständnis aus, ebenfalls nicht in einer Bettpfanne ein Geschäft vollrichten zu wollen. Pfiffig rollt sie einen Stuhl an mein Bett und ich freue mich auf die Toilette gefahren zu werden. Aber was machen wir mit den ganzen Kabeln und Anschlüssen an mir? Sie schaut nett und freundlich zu der rollenden Sitzgelegenheit und ich verstehe sogleich, doch nicht aus dem Zimmer gefahren zu werden.

Die Sitzfläche ist hochgeklappt und ein viel zu kleines Loch ermöglicht, wie an einem mittelalterlichen Abort, eine kleine gelbe Plastikwanne zu treffen. Zunächst muss ich aus meinem Bett auf die rollende Latrine kommen. Die

Dame stellt sich vor mich, ihre Beine leicht gespreizt und fest in den Boden gestellt, mit geradem Rücken und den rechten Arm gebeugt vor sich haltend. Ich soll mich an dem Arm festhalten, mich an ihr hochziehen und dann aufstehen.

Wie soll das gehen? Mit meinem Gewicht kann ich mich unmöglich an diese zierliche Frau hängen. Ich denke an ihren Rücken und teile ihr meine Meinung mit, ihre Idee für keine gute zu halten. Ich solle ihr nur vertrauen und in der Tat, sie hält mich. Ganz alleine. Meine Beine geben nach wenigen Sekunden nach und zittern, sie sind vollkommen kraftlos. Ich lasse mich in einem 90 Grad Winkel auf den Stuhl fallen und bin erst einmal am Ort meiner aktuellen Not angekommen. Die baumelnden Kabel werden von meiner Pflegerin nachjustiert, die Sauerstoffbrille gerichtet und ich darf loslegen.

Ich kann nicht. Mir wird alles zu viel. Ich sitze an einem Fenster, gegenüber ist eine Fakultät der Universität, in welcher ich Studenten an Tischen ausmachen kann. Draußen sehe ich zum ersten Mal das normale Leben. Ich kämpfe hier seit Wochen gegen ein Lungenversagen, einer Sepsis und nun gegen diese Scham, vor einer fremden Frau koten zu müssen. Ich unterdrücke mit aller Gewalt meine Lust zu weinen und verlange schnell noch eine Urinierflasche, da ich in der Regel beides gleichzeitig oder zumindest nacheinander verrichten muss. Die Urinierflasche ist nötig, da das kleine besetzte Loch gerade groß genug für den After ist. Schön ist das nicht.

Nachdem ich die Flasche bekomme, scheint die Pflegerin meine Not zu erkennen und lässt mich kurz alleine. Nach zwei Wochen, so wird es mir gerade klar, kann nicht viel in mir sein. Es fühlt sich leicht an und das wenige in mir verlässt sanft meinen Darm. Ich bin froh, überhaupt Stuhlgang zu haben, denn ich weiß, wie viele Patienten nach normalen Narkosen mit der Darmflora zu kämpfen haben. Es ist ein gutes Zeichen.

Normalerweise reinigt man sich jetzt unten herum selbst und legt sich wieder in sein Bett. Wegen der viel zu kleinen Öffnung an meinem mobilen Abort und da alleine aufzustehen unmöglich ist und noch dazu die intravenösen Zugänge an meinen beiden Händen im Wege sind, ist ein eigenes Säubern ausgeschlossen. Die nächste emotionale Katastrophe bahnt sich an.

Meine Pflegerin kommt wieder herein und fragt mich, ob ich fertig bin. Ja, bin ich. In mir tobt ein Sturm aus Scham und meine Ratio schafft es nicht, diesen Umstand als normal für die junge Dame und für mich zu erklären. Ich frage sie unbefangen, wie ich nun untenherum sauber werden soll. Sie antwortet, als sei es das Natürlichste der Welt: „Herr Beule, stellen Sie sich hin. Ich helfe Ihnen dabei."

Ich versuche aus dem Sitz zu kommen, meine Muskeln sind zu schwach. Erstmalig nach meinem vierten Lebensjahr wird mir gleich der Po abgewischt werden. Ich kann es nicht fassen, eine Demütigung auf ganzer Linie. In den Stand gelangt, merke ich in meinen Beinen die totale Kraftlosigkeit. Ich halte mich seitlich am Ausfallschutz meines Bettes fest und mein ganzer Körper vibriert und zittert.

Rechts von mir auf dem Fensterbrett sehe ich eine kleine Box mit Feuchttüchern, so wie wir sie mitnehmen, wenn wir einen Ausflug mit unseren Kindern machen. Die Pflegerin nimmt jetzt ein Tuch und wird mich gleich damit säubern. Ich kann nicht mehr, ich fange schluchzend an zu weinen. Ich fühle mich wie ein uralter Mann der sich eingekotet hat und fort an, den Rest seines Lebens, auf fremde Hilfe angewiesen sein wird. Und ich bin doch erst vierzig. Wird das immer so bleiben?

Meine Pflegerin fasst mir sanft auf den Rücken, zwischen die Schulterblätter und streichelt mich zwei drei Mal und betont: „Herr Beule, das ist schon in Ordnung, das gehört zu meinem Job. Ich bin dafür da. Ich helfe Ihnen und das ist wirklich nicht schlimm." Es klingt so rational, fürsorglich, logisch, intim und gleichzeitig distanziert, eine Kombination, die mir bis soeben völlig unmöglich erschien. Es ist jedoch einleuchtend.

Ich kann zurück in mein Bett. Nur mein glucksendes Nachseufzen erinnert mich an den Weinkrampf. Sie hat ja so Recht. Das Eis ist gebrochen. Endlich habe ich verstanden, dass man mir hier gerne hilft. Vorbei die Scham.

∞

Seit diesem Tag konnte ich immer mehr nachvollziehen, was für eine unglaubliche Leistung von allen Menschen auf dieser Station vollbracht wurde. Die

Arbeit am Patienten erfolgte stets selbstverständlich - na gut, mag der eine oder andere Leser denken, das ist deren Job. Aber da war noch etwas Anderes, Unsichtbares, was mir als Patient einfach nur guttat. Und Gleiches brachte das Team scheinbar auch für meine Angehörigen auf. Welch großartige Menschen waren das und woher nahmen sie nur diese ausdauernde Kraft?

Obwohl man sich noch nie gesehen hatte und einfach nur ein Patient von vielen war, behandelte uns hier niemand wie eine Nummer aus einem nummerierten Zimmer. Alles schien ambitioniert und herzlich[36]. Natürlich gab es auf dieser Station auch täglich tragische Momente, wenn Menschen verstarben, um die man gekämpft hatte. Wie ging man mit den Angehörigen um, die in ihrer Trauer verzweifelt und vielleicht mit Vorwürfen an die Betreuungsteams herantraten?[37] Ich wollte diese Fragen unbedingt beantwortet bekommen.

36 Später habe ich erfahren, dass Mitarbeiter die medizinischen Fälle nach Zimmernummern einteilten, weniger nach Patientennamen.

37 Siehe Teil II, weitere Erkenntnisse zum Gesundheitswesen.

Zimmer IV - Glauben, Spiritualität, das Vaterunser.

Wenn man wie ich, die Kirche, die Religion und den Glauben als solche aufgegeben hat, dann sind lebensbedrohliche Momente sicherlich Zeiten, in denen man vieles, wenn nicht alles, genauestens hinterfragt.

In den vergangenen Jahren habe ich für mich die Agnostik[38] entdeckt und konnte somit wunderbar religiöse Menschen religiös sein lassen und brauchte mir bis dahin keine Frage mehr zu stellen, ob es einen Gott gibt oder nicht. Als Agnostiker ist man nicht gegen Gott, man wartet auf den Beweis, dass es ihn gibt oder eben nicht. Ebenso lag es mir fern, anderen Mitmenschen meine unbestimmte Haltung und Überzeugung gegen Religionen und deren Institutionen aller Glaubensrichtungen zu oktroyieren, da dies nur zu Streitigkeiten führen kann. Das heißt nicht, dass ich deshalb Dialogen oder Diskussionen zum Thema Religiosität aus dem Weg gehe.

Ich habe eine ungezwungene katholische Erziehung genossen und mit neun Jahren die heilige Kommunion empfangen. Für meine, nach dem Lungenversagen folgende Erfahrung auf der Intensivstation ist vorab ein kleiner Ausflug in meine religiöse Vergangenheit nötig.

Wie bereits erwähnt, haben sich meine Eltern getrennt, als ich etwa drei Jahre jung war. Meiner Mutter zog zurück nach Frankreich und ich wuchs bei meinem Vater auf. Mein alleinerziehender Vater hatte sich bemüht, Beruf, Mutterersatz, Erziehung und Liebe

38 Agnostiker halten Gottes Existenz für ungeklärt und akzeptieren Theismus und Atheismus. Agnostizismus ist demnach eine Art philosophische Haltung.

unter einen Hut zu bekommen. Ende der siebziger Jahre, und den folgenden fünfzehn Jahren, war ein alleinerziehender Vater selten anzutreffen und hatte gesellschaftlich keinen leichten Stand.

Viele Wochenenden verbrachte ich bei meiner Großmutter väterlicherseits. Sie betete mit mir jeden Abend und es gab fast nichts Schöneres für mich, als mit ihr in den Gottesdienst zu gehen. Ungeduldig hatte ich die Zeit für meine heilige Kommunion herbeigesehnt, schließlich wollte ich ein vollwertiges Mitglied der katholischen Gemeinde werden. Mit neun Jahren sollte ich endlich während der Messe die Hostie empfangen dürfen. Ich wollte einfach richtig katholisch sein, noch frei von den Gedanken, dass es auch andere Glaubensrichtungen gab.

Bereits damals habe ich das Verhältnis von Schicksal und Gottes Willen kritisch hinterfragt. Mir leuchtete ein, dass Gott ein gutes Wesen, ein guter Übervater für den Menschen sein sollte. Ebenso hatte ich verstanden, dass uns durch ein frommes Leben ein Paradies zusteht und wir uns trotz der Endlichkeit des Lebens allesamt dort wieder treffen würden.

Parallel wurde mir aber immer deutlicher, dass mein Leben nicht nur endlich war, sondern ich in dieser eingeschränkten Zeit unbedingt meine Mutter häufiger sehen und bei ihr sein wollte. Gleichzeitig wollte ich auch nicht auf meinen Vater verzichten. Die Lage war verzwickt und die für mich naheliegende Frage lautete: „Wenn es einen Gott gibt, warum lässt er dann meine Lage zu?"
Die biblische Antwort war mir zu simpel. Demnach tragen die Menschen die Verantwortung für ihr eige-

nes Handeln, und Gott überließ den Menschen mit dieser Gewissensschuld sich selbst.

Warum sollte ich für die Entscheidungen anderer mit büßen? Somit entscheiden wir Menschen bereits seit langer Zeit, was wir aus uns machen oder auch nicht. Doch mir reichte diese Antwort nicht. Aus meiner kindlich verletzten Weltanschauung hat sich bis heute wenig an meiner Haltung verändert. Weitere Zweifel an meiner zugeteilten Religion ergaben sich während der Vorbereitungen zum Empfang der heiligen Kommunion.

Obwohl der Kommunionsunterricht schön war, wurden von mir kritisch gestellte Fragen nicht zugelassen. Mein erster kritischer Höhepunkt ergab sich zu meiner ersten Beichte, als die wichtigste Vorbereitung auf das in diesem Lebensabschnitt herbeigesehnte Ereignis. Wir Kinder wurden zur ersten Beichte eingeladen und sollten uns gut überlegen, was wir Ungehorsames oder Böses zu beichten hätten.

Zynisch und vorlaut bemerkte ich am Vortag der Beichte wohl der mit dem größten zeitlichen Aufwand zu sein, schließlich hätte ich da einiges im Koffer. Mit dieser Aussage wurde ich auf den letzten Platz der Erstbeichtlinge verlegt, damit die anderen Kinder nach mir nicht so lange warten bräuchten. Der pädagogische Erfolg war bereichernd, mein Scherz wurde ärgerlicherweise zu ernst genommen.

Am Tag der Beichte erinnere ich mich an die nicht enden wollende Wartezeit in der Bank meiner Kirche. Wir mussten leise sein und es war kalt. Im Prinzip war mir überhaupt nicht klar, was ich an diesem Ort machte. Ich hatte nichts zu beichten. Mir kam es lächerlich vor, schließlich kam ich mit meinem ersten intellektuellen Gedanken zu der Erkenntnis, dass ein paar Erwachsene vor mir es sicherlich nötiger hatten, eine Runde mit dem Pastor über ihre Sünden zu sprechen. Als ich endlich dran kam, wuchs mein Optimismus doch noch etwas Wundersames erleben zu können.

Der Pfarrer war ein charismatischer Mensch und trotz seines hohen Amtes begegnete er mir menschlich auf Augenhöhe. Für mich ist das eine bemerkenswerte Erinnerung. Der Würdenträger war menschlich. So hatte ich das zuvor noch nie gesehen. Bei seiner Frage, was ich denn gerne beichten würde, verschlug es mir die Sprache. Bis dahin hatte ich ein freies Leben geführt und gleichzeitig fühlte ich mich durch die Situation mit meinen getrennten Eltern eingesperrt. Aber hatte ich bis dato gesündigt? In meinen Augen gab es nichts zu beichten.

Erschreckenderweise griff ich in der Sakristei zum letzten Notnagel und bediente mich einer ungeheuerlich schlechten Lüge. Ich erfand spontan eine Geschichte um eine fiktive Geburtstagsfeier. Ich gab an, einen Jungen nicht eingeladen zu haben und ihm meine Feier verheimlicht zu haben. Bei einer angeblichen Konfrontation zwischen dem vermeintlich nicht eingeladenen Jungen und mir, hätte ich dann behauptet, ihn einfach vergessen zu haben. Die Reaktion vom Pfarrer war durchaus weltlich und menschlich. Er befand mein schlechtes Gewissen als völlig harmlos und empfahl mir, dem Jungen beim nächsten Treffen die Wahrheit zu sagen. Als Belohnung bekam ich ein bronzenes Kruzifix und sollte am Altar das *Vaterunser* beten.

Wie verfahren ist der Moment, in dem man mit einer Lüge seine erste Beichte besteht? Um meine Freude auf die heilige Erstkommunion nicht zu trüben, verdrängte ich das Ereignis bis zum Kommunionstag. Der Tag meiner Erstkommunion führte zum ersten Bruch zwischen der Religion und mir. Fast meine gesamte Familie kam zu Besuch und huldigte dem wichtigsten Tag in meinem kurzen Leben. Die Messe, die Erstkommunion, ein anschließend freundlicher Empfang durch unsere Nachbarn, die den gesamten Eingangsbereich und das Treppenhaus geschmückt hatten, alles deutete stark auf das erfüllte Ziel hin, nun ein richtiger Katholik zu sein.

Dann kam es zu einer veritablen Geschenkeorgie. Ich erhielt von allen Gästen tolle Präsente und für einen neunjährigen Jungen unglaublich viel Geld. Bereits am Abend beschlich mich der ungeheuerliche Gedanke, dass mit dieser Geste an übergroßzügigen Geschenken etwas nicht stimmen konnte. Es war gehörig nett von meiner Verwandtschaft, aber irgendwie passte es nicht zu dem, was ich über Jesus im Religionsunterricht und von meiner Großmutter gelernt hatte.

Hatte Jesus nicht gegen die wirtschaftlichen Machenschaften, der Gottlosigkeit der damaligen Israelis gewettert und sich des Judentums geschämt? Bestand zu seiner Zeit, vor zweitausend Jahren nicht schon ein erstes merkantiles System, welches Jesus kritisierte und versuchte zu bekämpfen? Seine Botschaft war doch die Nächstenliebe und nicht sich vom Geld und dem Konsum, Krediten und derer Verbindlichkeiten verleiten zu lassen? Und nun stand ich da am Tag meiner Kommunion. Meine Mutter konnte zu meinem wichtigsten Fest nicht kommen, meine Verwandtschaft erfüllte pflichtbewusst dem Kommunionskind jeden vermeintlichen Wunsch. Mit dem katholischen Christentum hatte das nicht viel zu tun.

Dieses einprägende Erlebnis eröffnete für mich ein langen inneren Diskurs zwischen den Religionen, dem Glauben und der Welt, wie sie außerhalb der Kirche verlief. Mit den Jahren, bis heute, verfeinerte ich meine Gedanken und belasse es bis auf Weiteres mit dem Agnostizismus. Die Grundsätze einiger Religionen wie der Nächstenliebe, der der zehn Gebote kann man leben und umsetzen, ohne Teil dieser Religion zu sein und ohne anderen Menschen ihre Religion austreiben zu wollen.

Und plötzlich widerfuhr mir eine lebensbedrohliche Extremsituation. Um Haaresbreite verlor ich mein Leben. Meine Ehefrau und meine Eltern und viele Freunde zittern um mich, einige beteten sogar für mich. In meiner Zeit des Tiefschlafes haben mir nahe Menschen zu spirituellen und religiösen Hilfsmitteln gegriffen und mir anschließend viel darüber erzählt. Ich lag in meinem Bett und Gedanken kreisten wild in mir umher.

Am dritten Tag war ich endlich wieder mehr bei mir und konnte mich geistig besser sammeln. Jemand klopfte vorsichtig an der Tür. Es war noch weit vor der Besuchszeit und ich freute mich auf einen spontanen Besuch meiner Ehefrau oder meiner Mutter. Zu meiner Überraschung kam eine geistliche Ordensschwester in mein Zimmer. Sie war über achtzig, schob eine Gehilfe mit sich und fragte mich mit brüchiger, heiserer Stimme, ob ich sie empfangen wollte. Ich war irritiert, zumal ich niemals mit dem Besuch einer Ordensschwester gerechnet hatte. Ich fühlte mich ihres Besuchs nicht würdig und wollte den Menschen, die ihre geistliche Hilfe mehr benötigten als ich, die Zeit nicht rauben.

Die Ordensschwester kam an mein Bett und ich wollte ihr leicht verdattert auf der Bettkante meines Bettes einen Platz zum Sitzen anbieten. Sie verwies mit einer eleganten Geste auf ihre rollende Gehhilfe und setzte sich auf ein eigens dafür vorgesehenes Brettchen zwischen den Handläufen. Ihre Stimme und Körperhaltung deuteten auf ihr langes Leben hin. In ihrem Gesicht entdeckte ich etwas Frisches, Frommes und Einfühlsames. Sie nahm ungefragt meine Hand und war erstaunlich kräftig.

Ihre dürre Hand hielt mich fest und ich wurde in meiner Lage erstaunlich unsicher. Die Dame brach das kurze Schweigen mit der Frage, wie es mir nun ginge. Meine Antwort war wirr und wahrscheinlich sehr ehrlich. Mit aller Kraft konzentrierte ich mich auf meine Wortwahl, denn ich verstand ihren Besuch nicht. Die Ordensschwester erzählte mir leise, wie stark sie meine Familie in den letzten Tagen erlebte und dass sie selbst viel für mich gebetet hatte. Nach einem Smalltalk fragte sie mich, ob ich mit ihr ein *Vaterunser* beten möge.

Ein Schamgefühl überkam mich. Bis hierher hatte ich mich noch nie geschämt, aus der Kirche ausgetreten zu sein, ich war sogar ein wenig stolz darauf. Meine Argumente waren schlüssig und selbst ein mir nahestehender Pfarrer war mit meinen Argumenten, mehr oder weniger, einverstanden. Er ließ mich ziehen.

Zum ersten Mal, nach einunddreißig Jahren, fühlte ich mich einer echten Beichtstunde würdig. Ich sammelte mich, ordnete meine Wortwahl und beichtete, nicht mehr der katholischen Konfession anzugehören, nein, auch keiner anderen Religion würde ich folgen. Mir tat es leid dieser großen Dame, die den Großteil ihres Lebens ihrem Orden und vielen notleidenden Menschen gewidmet hatte, nun von meiner Irreligiosität berichten zu müssen. Auf die Frage, ob ich an Gott glaubte, vermochte ich die läppische Agnostik anzubringen.

Die Ordensschwester drückte meine Hand noch fester zu und sagte: „Wissen Sie, es ist egal wie der Gott heißt, Jehova, Gott, Allah oder anders – ich sage Ihnen eins: Wir sind alle Gotteskinder." Dann wollte sie das *Vaterunser* beten. Wenn ich möge, sollte ich Mitbeten, das sei schon in Ordnung. Diese spirituelle Begegnung, diese reine Nächstenliebe, beschäftigte mich noch sehr lange, noch viele Monate später. Und manchmal auch noch heute.

Am gleichen Tag erzählte ich meiner Ehefrau von dem spirituellen Beisammensein. Sie gab mir daraufhin ein Kreuz, welches sie schon länger über mein Bett hängen wollte. Sie hatte es bis dahin unterlassen, da sie meine Einstellung kannte. Von diesem Tag ließ ich das Kreuz über mir hängen. Allerdings empfand ich das Kreuz eher als einen Verbindungspunkt zu meiner Ehefrau, als einen Verbindungspunkt zum Urheber dieses Kreuzes. Und trotzdem, am selben Tag beteuerte ich wieder in die Kirche eintreten zu wollen. Ich wollte dies unseren Kindern und meiner Ehefrau zu Liebe verrichten, da ich das Gefühl einer großen solidarischen Gemeinschaft wahrnehmen konnte.

Ab diesen Tag, dem Tag III nach dem Erwachen aus dem künstlichen Koma, fragte ich fast jeden in meinem Wirkungskreis, ob er gläubig sei. Die Antworten behalte ich für mich, sie waren allesamt sehr interessant, unterschiedlich und immer bereichernd. Im Nachhinein kann ich festhalten, dass der Faktor christlich geprägter Nächstenliebe in der Patientenbetreuung, auch für einen Ungläubigen wie mich, einen sehr hohen Stellenwert im Genesungsprozess eingenommen hatte.

Gleich in welchem Krankenzustand man sich befindet, ich pauschaliere bewusst, liegt der Fokus wohl immer auf der schnellstmöglichen Genesung. Oder man beschäftigt sich damit, wie eine stärkere gesundheitliche Einschränkung stabilisiert werden kann? Ich fragte mich, welche Rolle die sonstigen körperlichen und mentalen Zustände eines Menschen im Umgang mit einer Erkrankung spielen?
Ich bildete meine Hypothese. Welches Medikament, welche medizinische Anwendung, psychologische Unterstützung oder welcher Grad an Spiritualität oder Religiosität eine Rolle während eines Krankenstandes spielt, kann für die Betroffenen ausschlaggebend für den Heilungsprozess sein oder schlicht zum Ertragen der Situation beitragen.

Mein persönliches Fazit war: Egal was der Genesung hilft, man sollte es nutzen!

Zimmer IV – Alles muss raus.

Wie ich bereits einleitend erwähnte, bin ich einige Male operiert und dementsprechend unter Voll- und Kurzzeitnarkosen behandelt worden. Nach jeder Narkose war ich sehr schnell wach und wollte in der Regel sofort aufstehen, was Anästhesisten nicht wirklich Freude bereitete. Bis auf eine Ausnahme gesundete ich nach den Eingriffen schneller, als es die Ärzte prognostiziert hatten. Diese optimistische Einstellung fehlte mir allerdings noch am dritten Tag nach der vierzehntägigen Langzeitnarkose. An diesem Morgen schien mir meine gesundheitliche Lage als eine unüberwindbare Herausforderung und fern jedweder Aussicht auf vollständige Heilung.

Zum Dienstantritt der Frühschicht besuchte mich der Pfleger, welcher regelmäßig meine Beatmungsmaschine pflegte, der Mann, der mich in den großen Stuhl setzte. Für mich gehörte er zu meinen Vertrauten in intimen und allerlei merkwürdig anmutenden Belangen. Nach einer kurzen Begrüßung teilte er mir mit, dass er der Meinung sei, ich könnte ab sofort selbstständig atmen. Seine vorherigen Versuche, mich von der Beatmungsmaschine zu entwöhnen, empfand ich erschütternd und gefährlich. Doch der Pfleger stufte die Entwöhungsmaßnahmen als erfolgreich ein. Ich wollte mir partout nicht vorstellen, ohne die lebensunterstützende Maschine alleine atmen zu können.

Dann ging es sehr schnell. Mein Pfleger drehte oder drückte an dem Beatmungsgerät neben mir diverse Knöpfe, entfernte den Verschluss an meinem Hals, gefolgt von einem klickenden Geräusch und einem kurzen: „So, geht doch. Fertig." Ich atmete selbstständig.

Umgehend machte sich der Pfleger daran das Gerät zu reinigen und für den Abtransport zu rüsten. Konzentriert atmete ich weiter und wartete auf die befürchtete Atemnot. Ich lauschte argwöhnisch einer lapidaren Rücksprache mit einem vorbeischauenden Arzt. Keine Minute später rollte der Pfleger die Beatmungsmaschine auf die Tür zu.

Obwohl ich enorme Angst vor weiteren Atemstörungen hatte, ließ ich mir die Frage nicht nehmen, ob mit Beenden der künstlichen Beatmung nicht auch meine störende Tracheotomie entfernt werden könnte. Die spontane Idee widersprach zwar meinen akuten Befürchtungen, entsprach aber auch meinem Drang, die Station zügig verlassen zu können.

Der diensthabende Oberarzt kam nach einiger Zeit zu mir, schaute mich musternd an. Er empfahl mir den Zugang noch bis Ende der Woche zu behalten, so dass im Falle eines Falles schneller reagiert werden konnte. Ich erwiderte selbstbewusst eigenständig zu atmen und mich stark genug zu fühlen, ohne diesen störenden Zugang weiter leben zu wollen. Der Arzt willigte schmunzelnd ein und bestätigte, im Verlauf der nächsten Stunden den Zugang zu entfernen.

Im Zweifel sei eine neue Tracheotomie schnell wieder gelegt. Meine Freude war riesig, da mich die Plastikkanüle im Hals störte. Ich vermutete eine, durch den Fremdkörper hervorgerufene, Schwellung im Hals. Außerdem machte ich den Zugang für meine Appetitlosigkeit verantwortlich. In meinem allgemeinen verängstigten Zustand fragte ich gerne nach Details, entsprechend drängte mich die Frage, wie er die Tracheotomie entfernen wollte. Die Antwort vom Arzt: „Die ziehe ich ihnen schnell raus, das merken sie gar nicht." Das befriedigte mich überhaupt nicht, denn ich wollte unter keinen Umständen spüren, wie der Fremdkörper aus meinem Hals entfernt würde. Ich bat darum, mit etwas Schlafmilch[39] ruhig gestellt zu werden, um den Vorgang nicht miterleben zu müssen.

Obwohl die Lunge, der Rücken und nun auch noch mein rechter Arm meine schwerwiegenderen Probleme waren, hatte ich vor dem kleinen Loch im Hals den größten Respekt. Dieses Loch konnte ein Zugang für Bakterien sein. Andere Verunreinigung wie Hustensekret oder vorbeiziehendes Essen meiner geringen Mahlzeiten bildeten eine permanente Bedrohung. Wie ein Echo hallte es in mir nach: „Die ziehe ich ihnen schnell raus, das merken sie gar nicht." Beinahe wütend fragte ich den Arzt und den Pfleger, ob ihnen jemals eine Tracheotomie aus dem Hals gezogen wurde, und woher sie wissen wollten, dass es nicht unangenehm sei? Sie ließen mich alleine.

Nach kurzer Zeit kamen der Arzt und der Pfleger wieder zurück und kündigten meine ersehnte Befreiung der Tracheotomie an. Man versicherte mir, dass das Loch in meinem Hals nach wenigen Tagen verheilt sein würde. Allerdings sollte ich beim Husten auf das schützende Pflaster, über dem heilenden Loch drücken. Soweit erhielt ich die ersten Anweisungen für die Zeit nach meiner Luftröhrenpunktion. Meine Nervosität stieg.

39 Propofol ist milchig und wird deshalb gerne so genannt.

Der Arzt setzte sich zu meiner rechten Seite ans Bett, links hantierte der Pfleger vor sich her. Ich hatte Bedenken, der Arzt könnte mir ohne Vorwarnung den Zugang ziehen, wie ein Pflaster, welches man ruckartig entfernt, um den Schmerz nicht unnötig zu verlängern. Ich formulierte es.

Der Arzt und Pfleger belächelten mich und wirkten beruhigend auf mich ein. So etwas mache man nicht, ich sollte mir keine Sorgen machen. Erst da bemerkte ich, dass der Pfleger das Propofol, die Schlafmilch, schon an einen meiner diversen Zugänge befestigt hatte. Ich versuchte noch einen lockeren Spruch zu machen, doch bevor ich etwas sagen konnte, fielen die Augen zu. Diesmal schaffte ich es ohne Träume oder Halluzinationen, zu kurz war der künstliche Schlaf. Ich wachte auf und ein überdimensional anmutendes Pflaster zierte meinen Hals, zumindest fühlte es sich beim Ertasten sehr groß an.

Kaum wurde mir das Mittagsessen serviert, wollte ich es wieder verweigern. Doch dieses Mal bekam ich den nötigen Druck von den Pflegerinnen. Streng und in aller Deutlichkeit wurde mir nahegelegt etwas zu essen, wenn auch nur ein kleines bisschen. Die Frage, ob ich gerne wieder einen Schlauch – eine Magensonde zur künstlichen Ernährung – in den Magen geführt bekommen wollte, verdeutlichte mir den Ernst meiner Lage. Ich wollte zumindest versuchen eine Kleinigkeit zu essen.

Leider schmeckte alles entweder extrem nach Salz oder nach Zucker. Mein Geschmackssinn schien von allen Sinnen verlassen. Es war mir einfach zuwider etwas zu essen. Selbiges empfand ich mit der Aufnahme von Getränken. Mir schmeckte nichts mehr. Wenn ich mal was getrunken oder ein paar Suppenlöffel ausgeschlürft hatte, tat mir der Magen weh. Ein Druck am Mageneingang nahm mir jegliche Lust Nahrung oder Getränke aufzunehmen.

Bei der folgenden Visite beklagte ich die Qualität des Essens und erklärte, dass ich kein Kantinenessen möge. Mir schien dieser Vergleich zutreffend. Ich hoffte auf große Zustimmung der Ärzte, vielleicht lag es in deren Hand mich von der Aufnahme des Kantinenfutters zu befreien. Doch ich lag wieder einmal falsch. Ich sollte unbedingt etwas essen und es gäbe auch diese köstlichen Proteindrinks, damit ich schneller wieder zu Kräften käme.

Ich erwiderte, beinahe sauer, dass auch die Proteindrinks eine pure Zumutung seien. In ihre ratlosen Gesichter blickend, lud ich die Ärzte dazu ein, einen Proteindrink vor mir und allen anderen auszutrinken. Einfach um zu beweisen, wie lecker solch ein klebriger Trunk ist. Danach, versprach ich, würden im Bezug auf das Essen keinerlei Beschwerden mehr von mir zu erwarten sein.

Nicht einer der drei Ärzte wagte es einen Drink vor mir zu kosten. Merkwürdigerweise hatte ich Appetit und Lust auf Pizza und erwähnte es, auch ein wenig zum Trost der engagierten Ärzte. Unter erleichtertem Lachen forderten die Ärzte mich auf eine Pizza zu bestellen. Ein guter Lieferant befand sich um die Ecke, bei welchem sie selbst hin und wieder Pizzen oder Nudeln bestellten. Divenhaft erwiderte ich ausschließlich eine Pizza von meinem sechzehn Kilometer entfernten Italiener zu wollen. Die Mediziner schauten sich ratlos an und überließen mir die Entscheidung. Kaum verließ der letzte Arzt das Zimmer, schämte ich mich für meine fordernde Art und meine ungeschickte Verhandlungsfähigkeit.

Nachmittags besuchte mich meine Ehefrau und wir sprachen wieder und wieder die vergangenen zwei Wochen durch. Sie musste mir alles detailliert erzählen und ich weinte ohne Unterlass, da mir meine gesamte Familie leidtat.

Ich spürte die durchlebten Ängste und Sorgen, welchen Druck meine Ehefrau mit unseren Kindern in der bitteren Zeit meines Komas durchlebt hatte. Zwar war sie nicht alleine, aber ohne meine so oft versprochene Unterstützung. Erschwerend empfand ich die Fragen unserer Tochter, wann ich endlich nach Hause käme oder sie mich mal besuchen dürfte. Meine Ehefrau und unsere Kinder litten seit Tagen an einer Erkältung. Wegen der eindeutigen Warnungen, bloß keinen Keim einzuheimsen, konnten wir uns nicht in den Arm nehmen, nur um uns für ein paar Augenblicke festzuhalten, uns gegenseitig zu trösten. Das war schlimm.

An diesem Tag hatte meine Ehefrau weniger Zeit für mich. Sie brauchte dringend eine Pause und mir ging es bereits besser. Praktischerweise stand die Visite des hausansässigen Chefarztes für Psychologie an und der Besuch einer Psychologin.

Die Visite des psychologischen Primararztes ließ nicht lange auf sich warten und er sprach mich unmittelbar auf meine Angstzustände und meine exzessiven Träume an. Sein klingelndes Mobiltelefon unterbrach unsere frisch begonnene Konversation. Telefonierend deutete er mit einer fragenden Geste an, ob er kurz den den Raum verlassen könne. Kopfnickend und mit ausgestreckter Hand auf die Tür zeigend, bestätigte ich sein Anliegen für vertretbar zu halten.

Tatsächlich irritierte mich sein Verhalten und gefiel mir zunächst nicht. Doch nach kurzer Bedenkzeit entschied ich, keinen weiteren Anstoß an der Situation nehmen zu wollen, schließlich konnte es sich um einen Ernstfall handeln.

Während der Professor für Psychologie vor der Tür telefonierte, trat die avisierte externe Psychologin in mein Zimmer und setzte sich zu mir ans Bett. Wir fingen ein erstes probatorisches[40] Gespräch an und sie verschaffte sich einen ersten Eindruck über meine physische und psychische Verfassung. Der Professor kam nach zehn Minuten zurück und wollte die Psychologin des Raumes verweisen, zu vertraulich sei das Gespräch zwischen ihm und mir. Ich teilte ihm mit, dass die Dame auf meinen Wunsch ausdrücklich bleiben sollte, zumal sie vom gleichen Fach war wie er.

Offensichtlich kannten sich die beiden. Sein Ton änderte sich, freundlich begrüßte er seine fachliche Kollegin. Für ein paar Minuten unterhielten sich die beiden Psychologen angeregt, als sei ich nicht anwesend, über Inhalte, denen ich nicht folgen mochte oder konnte. Ich war für kurze Zeit nicht der Mittelpunkt im Zimmer IV und das war gut so.

Aus meiner Sicht kam es zu einer Art Perfektionsbruch, der sonst überaus professionellen Prozesse und Struk-

40 Gängiger Fachausdruck für Kennenlerngespräche zwischen Psychotherapeuten und Patienten, aus dem lateinischen probare = ausprobieren.

turen meiner intensiven Versorgung. Während sich die Fachärzte in ihrem Jargon unterhielten, fiel mir erstmalig auf, wie glatt die gesamte Betreuung bis zu dem Zeitpunkt um mich herum verlaufen war.

Nach einer Weile wandten sich die beiden Psychologen wieder mir zu. Gemeinsam besprachen wir die Optionen einer medikamentösen Unterstützung mit Psychopharmaka, damit ich nachts zur Ruhe kommen konnte. Der Psychologe empfahl mir ein Mittel zur Beruhigung, welches bei schwerwiegend psychisch erkrankten Patienten eingesetzt wurde. Ich war skeptisch. Er bemerkte, dass die Gabe des Präparates von nur wenigen Tagen vollkommen bedenkenlos sei. Schließlich sollte ich zur Ruhe kommen, damit ich den für meine körperliche Genesung benötigten Schlaf bekäme. Ich stimmte zu, denn ich wollte auf keinen Fall weiter die belastenden Alpträume ertragen müssen. Er versprach mir, das Medikament noch am gleichen Tag für mich bereitzustellen, und verabschiedete sich.

Die Psychologin und ich waren wieder alleine. Ich überlegte sie auf die skurrile Begegnung mit ihrem Kollegen anzusprechen, verwarf jedoch die Idee, da sie das unterbrochene Gespräch wiederbelebte. Behutsam tastete sich die Psychologin weiter an mich heran und versuchte, meine gesamte Situation und akuten Nöte besser kennenzulernen. Ich sprach offen über meine Alpträume und Halluzinationen, den Ängsten im Schlaf nicht mehr atmen zu können, und über ein schuldbeladenes Gefühl gegenüber meiner Angehörigen.

Sie wollte wissen, weshalb ich ein schlechtes Gewissen hatte. Ich erzählte von meinen Wahrnehmungen, der Erleichterung in den Augen meiner Familie, nachdem ich wieder ansprechbar war. In ihren Augen und Worten konnte ich die ganzen Verlustängste ausmachen, die Machtlosigkeit, aber auch die unbändigen Kräfte, die sie für mich aufgebracht hatten.

Ich wollte aber niemanden Angst einjagen und ich fühlte mich verantwortlich dafür, das Leben meiner Angehörigen fürchterlich belastet zu haben. Nach wenigen Worten weinte ich hemmungslos und suchte nach passenden Worten. Kaum beruhigt fuhr ich fort, doch immer wieder überkamen mich Weinkrämpfe. Die Sitzung endete. Ich wünschte mir für die Sitzung am nächsten Tag das Beisein meiner Ehefrau, um sie in die Gespräche einzubeziehen. Die Psychologin plante entsprechend zur Besuchszeit meiner Ehefrau zu kommen. Wir verabschiedeten uns voneinander und ich ruhte mich etwas aus.

Im Verlauf des Tages lernte ich ständig neue Gesichter kennen. Jeder sagte annähernd das Gleiche: „Sie kennen mich nicht, aber ich Sie. Toll, Sie wieder bei uns zu haben.", oder „Sie haben uns wirklich Sorgen bereitet und wir haben um Sie gekämpft.", und „Sie haben eine zauberhafte Familie. Niemand hat Sie im Stich gelassen." Ich dachte viel über die fremden Menschen nach und was um mich herum geschehen war.

Mir wurde immer bewusster, dass ich ohne die intensive medizinische Unterstützung nicht überlebt hätte. Aber es war von immenser Bedeutung, dass ich die Zuneigung meiner Angehörigen im Koma bekam, auch wenn ich mich daran nicht erinnern konnte. Streicheleinheiten, Zuspruch, Stimmen, Musik und der Geruch meiner Angehörigen halfen mir sicherlich, meine schlimmste Lebensphase für mich zwar unbewusst, aber erträglicher zu gestalten, die Genesung voranzutreiben. Schrecklich.

Meine Gedanken kreisten um die permanente, besitzergreifende Furcht meiner Angehörigen, den Ehemann, Sohn und Bruder verlieren zu können. Wie hielten sie die zwei Wochen Warten und Bangen aus? Die Vorstellungen an die durchlebten Ängste meiner Familie machte es mir bei ihren Besuchen oder in Telefongesprächen schwer die Fassung zu bewahren. Es reichte ein kleiner Blick oder eine Geste, gleich welcher Art, und ich brach in Tränen aus. In Gedanken verloren verging der restliche Nachmittag schnell.

Abends erhielt ich das schlaffördernde und gedankenausschaltende Medikament. Die erwünschte Wirkung erreichte es leider nicht. Mühevoll versuchte ich einzuschlafen, doch nach wie vor schaffte ich es aufgrund meiner diffusen Ängste nicht zur Ruhe zu kommen. Die Nachtpflegerin zeigte sich verständnisvoll und versuchte mich zum Schlafen zu bewegen. Nichtsahnend begann bereits eine neue Phase körperlicher Extreme. Das Ausschleichen der Medikamente war im vollen Gange und mit der abendlichen Ruhe, ohne Ablenkung, nahm ich physische wie psychische Schwankungen aller Art extremer wahr. Abwechselnd wurde mir kalt und heiß. Ich schwitzte enorm.

Die Nachtpflegerin hatte zwei weitere Handtücher wärmend auf mich gelegt, doch diese waren nach kurzer Zeit vom Schweiß völlig durchnässt. Ich machte mir große Sorgen eine weitere Erkältung wegen der durchnässten Laken davon tragen zu können. In der Nacht forderte ich etwa zehn Mal die Hilfe von der Nachtschwester ein. Ich bat um neue Leibchen, frische

Decken und immer wieder nach leeren Urinierflaschen. Angenehm ist es nicht, liegend in einer PVC-Flasche seine Notdurft zu vollrichten, aber es ist besser als an dem Schlauch eines Blasenkatheters zu hängen.

In der Nacht konnte ich drei Stunden am Stück schlafen und verbrachte die Zeit bis zum Morgen dösend, begleitet von hektischen Tagträumen oder Halluzinationen.

∞

Ich bin wieder in dieser Höhle von neulich, höre das Knistern des Feuers. Die Umgebung ist mir bekannt und ich brauche sie nicht weiter auf Details zu untersuchen. Der Boden ist weich und mir ist warm. Das Feuer hat die Höhle angenehm aufgewärmt. Es ist in der Grotte leiser und dunkler als bei meinem ersten Besuch. Auch ich scheine innerlich ruhiger zu sein. Mich plagen keine Ängste, das ist deutlich behaglicher.

Mein Blick wandert durch die Dunkelheit und zurück zum Feuer. Im Schein des warmen Lichtes entdecke ich Leben. In einem aus Holz geschnitzten, altertümlichen Königsthron sitzt ein großer dicklicher Mann. Sein Gesicht ist rund, ein ergrauender Vollbart ziert das sonnengegerbte, alte Gesicht. Der Hüne liegt mehr in dem Stuhl und stützt sich mit einer zur Faust geballten Hand das Kinn. Ich beobachte ihn. Seine Kleidung wirkt grau, das Licht ist zu schwach, um Farben auszumachen.

Mit einem Mal erkenne ich Details an seiner Kutte, einem Mantel aus einem Tierfell, wie ich es mir als Kind bei

Wikingern vorgestellt habe. Anstelle einer Mütze oder Krone ragt ein Bärenkopf über sein Gesicht, die Nase des toten Tieres strebt über die Stirn des Mannes hinaus. Jetzt treffen sich unsere Blicke und wir schauen uns lange an.

Der Eindruck ist intensiv und ich empfinde einen gruseligen Schauer über mich ergehen. Der Mann wendet seinen Blick uninteressiert von mir ab und hantiert mit seinen Händen. Vielleicht schnitzt er etwas, ich erkenne es nicht und werde schlagartig aus der Szene gesaugt. Rückwärts, den Blick auf den Mann und das Feuer gerichtet, schwebe ich wieder in eine mich umschließende Dunkelheit.

In der düsteren Schwerelosigkeit erhole ich mich von den überfordernden Reizen. Das tut gut. Abrupt lässt mich etwas Übermächtiges los und ich falle in die Dunkelheit, abwärts. Wobei? Es ist kein Fallen wie von einem Sprungturm oder wie in Albträumen ins Bodenlose. Es ist vielmehr ein Herabgleiten, unbedrohlich und es wandelt sich in ein Gefühl des Fliegens. Vor mir eröffnet sich der Blick auf einen blauen Planeten und ich fliege auf ihn zu. Ich schwebe durch Wolken nach unten, kann gegen die Gravitation beschleunigen und bremsen. Ich habe die Kontrolle über mein Flugvermögen, ja, ich kann fliegen.

Unter den weißen Wolken erahne ich ein hellblaues Meer. Es ist unermesslich groß und wunderschön. Im Meer erahne ich Wohnsiedlungen. Kleine Inseln erheben sich aus dem Indigo-Blau und ich fliege neugierig darauf zu. Aus der Nähe erkenne ich, dass die vermeintlichen Inseln keine üblichen Eilande sind, sondern über dem Wasser schwebende Erd-Parzellen. Ich nehme eine Geräuschkulisse wahr, wie in einem entfernten Freibad oder Rummelplatz. Menschenstimmen und dazwischen Musik von Fahrgeschäften oder anderen, mir nicht einleuchtenden Geräuschquellen. Die Menschen haben sichtlich Spaß und die künstliche Welt besteht aus mehreren Ebenen.

Es könnte auch gut die Welt eines Modellbauers für Eisenbahnen oder einer Kunstausstellung sein, nur dass sich die kleinen bunten Figuren tatsächlich bewegen. Kurz fliege ich an einem luxuriösen mehrstöckigen Haus vorbei. Das Gebäude verfügt über keinerlei Ecken, wirkt rund. Die Etagen sind terrassenförmig angelegt und vollständig verglast, selbst die Balkonbalustraden sind aus durchsichtigem Material. Für einen Moment erhasche einen Menschen in einer der Etagen, kann aber seine Handlung nicht ausmachen und schaue respektvoll weg. Ich will nicht seine Privatsphäre stören.

Mein Flug beschleunigt plötzlich von alleine, ich verliere die Kontrolle und ich fliege immer schneller durch die surreale Szene. Die gerade noch realistische Welt wird immer künstlicher. Die überwiegenden Farben sind Blau, Türkis und Weiß. Ich sause durch die verschiedenen Ebenen der künstlich errichteten Spaßwelt und wie eine zerplatzende Seifenblase erwache ich ruckartig in meiner Realität, im Zimmer IV.

∞

Das Gebrumme der Urinierflaschen-Spülmaschine vor meiner Tür riss mich in der Nacht immer wieder aus den dösenden Phasen, möglicherweise auch aus dem letzten Traum. Wenn mir nicht gerade ein Geräusch Schlafprobleme bereitete, dann war es wieder mein arabischer Arm, der quälend schmerzte. Was mich sehr erstaunte: Unter den gefühlshemmenden Medikamenten funktionierte die verbale Kommunikation mit meinen Extremitäten immer noch. Sollten die Medikamente vom Psychologen solche Wahrnehmungen nicht eher ausschalten?

Am frühen Morgen, gegen vier Uhr, unterhielt ich mich mit meinen nächtlichen Freunden, den frierenden Beinen, und meinem linken Arm, der ständig bedauerte, seinen rechten Bruder-Arm verloren zu haben. Kurz vor dem Schichtwechsel schlief ich dann doch richtig ein, ohne Ängste.

Zimmer IV – von Körperpflege bis zur Pfändung?

Ich erwachte im Morgengrauen erstmalig aus einem echten Schlaf. Es war Winter und ich konnte am Zwielicht ausmachen, die Nacht überstanden zu haben. Die beiden Tage zuvor wachte ich früher auf, wenn ich überhaupt geschlafen hatte. Auf der Intensivstation hatte bereits die Frühschicht ihre Arbeit aufgenommen, den Schichtwechsel musste ich verpasst haben. Ich versuchte den Start in den Tag positiv zu bewerten. Benommen von der Nacht beobachtete ich, wie Krankenhausmitarbeiter in mein Zimmer kamen und selbstverständlich ihrer Arbeit nachgingen. Mal wurden Regale aufgefüllt, dann Medikamente am gegenüberliegenden Tisch vorbereitet und Notizen in das Patientenbuch geschrieben. Ich hatte Hunger, das war neu, aber keinen Appetit. Ich fragte mich, ob ich an diesem Morgen mein Frühstück zu mir nehmen würde.

Ich aß einen Joghurt, mehr nicht. Während der Visite war man sich einig, dass meine Fortschritte schneller als gedacht verliefen. Die entfernte Tracheotomie, die geringeren Entzündungswerte und mein Wille schnell vorwärtszukommen, das stimmte alle zufrieden. Auf die Frage, wie meine Nacht verlaufen sei, antwortete ich, trotz des psychopharmazeutischen Medikamentes nicht besser geschlafen zu haben und vorläufig darauf verzichten zu wollen. Die Träume waren schwammiger, aber nicht verschwunden. Es kam mir vor, als ob ein Teil der Mediziner meine Entscheidung, auf die Medikamente zu verzichten, für gut, der andere Teil für bedenklich hielt. Doch keiner bezog Stellung zu meiner Aussage.
Mir wurde in Aussicht gestellt, bald von der Intensivstation auf die benachbarte, 24-Stunden überwachte,

Station verlegt zu werden. Zuerst mussten allerdings alle Medikamente abgesetzt werden und meine Vitalwerte mindestens so stabil bleiben wie an den beiden Tagen zuvor. Ich ahnte nicht, was auf mich zukommen sollte.

Mein Ziel war klar, alles sollte so schnell wie möglich vorwärtsgehen: Ohne Hilfe laufen können, nach Hause fahren, gesund werden. Die Ärzte stimmten lächelnd zu, betonten ihr Ziel und das damit verbundene Versprechen an meine Ehefrau, mich Weihnachten wieder im Kreise meiner Familie zu sehen.

Nach der Visite überkamen mich Zweifel, so schnell auf eine andere Station verlegt zu werden. Würde ich gesundheitlich dort genauso in Sicherheit sein wie auf der richtigen Intensivstation?

Meine Welt war das Zimmer IV, benachbart mit dem Zimmer III, welches ich durch eine dicke Glasscheibe und einen Vorhang aus Aluminiumlamellen erahnte. Die Schicksale dort waren mir zwar unbekannt, aber nah genug, um zu verstehen, dass eine intensive Überwachung über den Zustand von mir und meinen Mitpatienten gewährleistet war. Wieder und wieder stellte ich mir die Frage, ob eine Verlegung auf eine andere Station sicher genug für mich sei. Angst! Ich hatte blanke Angst davor, qualvoll ersticken zu können, einfach nicht mehr aufzuwachen, weil die intensive Beobachtung fehlen würde.

Später kam die Pflegerin meines Vertrauens in mein Zimmer. Jene, die mich als Erste nach meinem Erwachen so nett begrüßt und welche ich nachts bedauerlicherweise vollgespuckt hatte. Die Frau, welche mir bei meiner Verrichtung von Ausscheidungen so nett geholfen und mir die Scham genommen hatte. Sie kündigte eine neue Etappe in meinem neuen Leben an. Körperpflege.

Behände rollte sie den Rollstuhl, das mobile stille Örtchen, an mein Bett. Ich wollte mich aufrichten, wurde um ein wenig Geduld gebeten. Zuerst wollte sie alle Schläuche an mir verlegen und mich auf einen Reisemodus vorbereiten. Die Reise sollte nicht weit gehen. Unter klappernden Geräuschen wurden alle Verbindungen zwischen mir und den medizinischen Apparaten sortiert. Ein Kabel zur Messung meiner Herzschläge löste sich vom festsitzenden Aufkleber an meiner Brust ab. Der Überwachungsmonitor schlug sofort Alarm und verstummte, als mit einem Klick der Kontakt an dem Brustpflaster wieder hergestellt war. Das stresste mich, aber ich wollte mir nichts anmerken lassen.

Danach durfte ich mich über die rechte Seite meines Bettes aufrichten und in meine bereitgestellten Hausschuhe schlüpfen. Die wenigen Male zuvor, war ich auf der anderen Seite des Krankenbettes ausgestiegen, zum Fenster hin. Jeder neue Eindruck bedeutete gleichsam neue Anstrengungen, auch wenn es nur ein Aufstehen von der anderen Bettseite war.

Als meine Fußsohlen den Boden berührten, entstand ein furchtbares Kribbeln unter meinen Füßen, wie Myriaden von Ameisen, die sich durch mein Fußskelett drängten. Mit erhobenem Ausblick in den Raum, statt aus dem Fenster, konnte ich zur Tür meines Zimmers herausschauen und entdeckte eine Art Vorkammer. In dieser stand die lärmende Urinierflaschenspülmaschine. Gleich dahinter erahnte ich eine große, geöffnete Schiebetür. Draußen erfasste ich einen klinisch-weiß gestrichenen Flur und links wie rechts fühlte ich spürbare Regsamkeit. Aber ich sah niemanden. Wieder konnte ich den Radius meiner neuen Umwelt um einige Eindrücke erweitern. Dann ging es los.

Ich musste zunächst in den Rollstuhl. Wieder half mir meine Pflegerin in den Stuhl, es ging bereits viel leichter als die Male zuvor. Sie entfernte meine Sauerstoffbrille und ich geriet in leichte Panik. Bis dahin schien mir die Zufuhr von Sauerstoff das Überlebenswichtigste zu sein. Eine Sauerstoffbrille ist ein schmaler durchsichtiger Schlauch, mit zwei kleinen nasenlochbreiten Ausgängen, die unterhalb der Nase befestigt werden.

Der Sauerstoff kommt direkt aus einer speziellen Leitung aus der Wand. Die sogenannte Sättigung war, ohne den zusätzlichen Sauerstoff, deutlich zu niedrig. Die Sättigung bedeutet schlicht: Wie hoch ist der Anteil des lebenswichtigen Sauerstoffs im Blut. Diesen holen wir uns per Atmung über die Lunge und tauschen ihn an der gleichen Stelle mit unserem Blut gegen giftigere verbrauchte Luft aus. Als Referenzwert sollte die Sättigung über 95 Prozent liegen. Ohne die Sauerstoffbrille sanken meine Werte bei vorherigen Versuchen direkt unter 80 Prozent.

Ich sollte für den kleinen Zimmerausflug tatsächlich ohne Sauerstoff auskommen. Das befremdete und beängstigte mich. Zu allem Überfluss wurde mir auch noch der fingerhutartige Pulsoximeter von meinem Finger abgenommen, welcher permanent die Sättigung maß. Jegliche Kontrolle über meine Vitalwerte schien verloren. Es dauerte eine gefühlte Ewigkeit, bis ich den vertrauensvollen Worten meiner Pflegerin Glauben schenken wollte. Sie beteuerte mit Engelszungen, wie ausreichend erfahren sie sei und ich mir keine Sorgen machen sollte. Ein paar Minuten würde ich auch mit einer geringeren Sauerstoffversorgung zurechtkommen.

Zwei Meter von meinem Bett entfernt hing ein Waschbecken in der Ecke, links von der Eingangstür. Es war mir die ganzen Tage nicht aufgefallen. Über dem Waschbecken hing ein Spiegel. Die Pflegerin ermutigte mich, endlich wieder ins eigene Spiegelbild schauen zu können. Doch das Sitzen und die kurze Fahrt zum Sanitärbereich überforderten mich bereits. Benommen und schwindelig erfasste ich zunächst ein verschwommenes Bild. Ich entdeckte mich im Spiegelbild. Unrasiert, mit einem großen braunen Pflasterverband, unterkieferbreit, vom Kehlkopf bis über das Brustbein geklebt. Dort, an meinem Hals, lag über Tage ein Zugang zu meiner Lunge, die oft erwähnte Tracheotomie.

Hatte ich abgenommen? Meine Pflegerin unterbrach sanft meine Beobachtungen. Als Erstes sollte ich mir die Zähne putzen. Erneut fehlten mir Informationen aus meinem Leben vor dem Dämmerzustand. Die elektrische Zahnbürste kam mir fremd vor. Ich teilte meine Zweifel mit. Die Pflegerin versicherte mir, dass das meine Zahnbürste sei. Ich erwiderte meine Skepsis, erinnerte mich jedoch daran, ein ähnliches Modell zu besitzen. Aber ich verstand nicht, wieso meine eigene Zahnbürste im Krankenhaus sein sollte. Es machte einfach keinen Sinn. Reizüberflutet fühlte ich mich um die Wahrheit betrogen. Auf meine Frage, woher die Utensilien stammten, antwortete die Pflegerin: „Ihre Ehefrau hat alles mitgebracht. Das sind ihre Sachen, Herr Beule." Ich mochte es zwar immer noch nicht wahrhaben, beließ es aber dabei.

Meine Pflegerin animierte mich die Zähne selbst zu putzen. Als Rechtshänder nahm ich in die linke Hand die Zahncreme und in die rechte die Zahnbürste. Die Zahncreme verließ unkoordiniert und wackelig die Tube, doch der Inhalt landete erstaunlicherweise auf den Borsten der Bürste. Als ich die Zahnbürste in meinen Mund einführen wollte, fehlte jedoch ein Stück zwischen meiner Bürste und meinem Mund. Ich kam nicht nah genug an meine Zähne. Mein schmerzender rechter Arm schien wie gelähmt und ich versuchte mit dem Kopf der Zahnbürste entgegenzukommen. Es gelang nicht.

In Zeitlupe wechselte ich die Hand und versuchte mit der linken Hand die Zähne zu putzen. Ungewohnt, da meine Feinmotorik im linken Arm naturgemäß der Motorik im rechten Arm unterlegen war, versuchte ich meine Zähne richtig mit dem Borsten zu treffen. Nebenbei entsetzte mich der widerliche Geschmack der Zahnpasta. Auf Nachfragen der Pflegerin stellte ich den üblen Geschmack der Krankenhauszahnpasta mit dem mir angebotenem Essen gleich. Sie erwiderte, dass meine Ehefrau meine eigene Zahnpasta von Zuhause mitgebracht hatte. Ich wollte ihr nicht glauben.

Meine von Opiaten beeinflusste Logik kam zu dem Entschluss, dass meine Ehefrau sich beim Kauf der Zahnpasta vertan haben musste. Zu scheußlich schmeckte diese Reinigungspaste, chemisch und besonders salzig.

Anschließend sollten meine Haare gewaschen werden. Ich hatte schwere Bedenken, konnte sie aber nicht formulieren. Wie in aller Welt sollte ich meinen Kopf über das viel zu kleine Waschbecken beugen? Lächelnd stimmt mir die Pflegerin zu und versprach mir eine Überraschung. Sie zeigte mir eine duschhaubenähnliche Mütze, die mit ein wenig Wasser aufgefüllt und über meine Haare gestülpt werden konnte. Das fand ich genial und freute mich auf die anstehende Kopfmassage.

Leider befüllte die Pflegerin die Haube versehentlich mit kaltem, statt mit warmen Wasser. Ich äußerte mein Unbehagen über die kalte Haube und fror am ganzen Körper. Mich beschlich der Gedanke, wegen der kalten, nassen Haare dem Risiko einer fatalen grippalen Erkältung ausgesetzt zu sein. Beängstigt teilte ich meine Sorgen mit, wurde jedoch beschwichtigt, im Anschluss die Haare geföhnt zu bekommen.

Zuerst versuchte ich meine Haare selbst zu trocknen, allerdings fehlte mir die Kraft. Die Pflegerin übernahm den Rest und föhnte meine Haare trocken. Das verschwitzte Leibchen wurde ausgezogen und mit einem Schwamm konnte ich einen Teil meines Oberkörpers selbst waschen, den Rücken übernahm meine Pflegerin.

Der medikamentösen Dusseligkeit geschuldet, musste mir jeder Schritt immer wieder erklärt werden. Zum Schluss wurde ich auf die Hygiene meines Intimbereiches hingewiesen. Vorne herum konnte ich mich prima selbst versorgen, hinten brauchte ich Hilfe. Die Pflegerin sprang ein und säuberte meinen Po, immerhin brauchte ich dabei nicht mehr in Tränen auszubrechen. Ich war froh überall sauber zu sein.

Mit einem frischen Leibchen, sauberen Haaren und frischem Atem ging es zurück zum zwischenzeitlich frisch bezogenen Bett. Eine weitere Pflegekraft hantierte die ganze Zeit im Hintergrund und erledigte ohne meine Kenntnis alle nötigen Arbeiten. Ich lag endlich wieder in meinem Bett und die an mir angeschlossenen Kabel wurden links und rechts von mir aufgeräumt oder angeschlossen. Zuletzt wurde mir die Sauerstoffbrille wieder übergezogen und mit dem einströmenden Sauerstoff ging es mir fast richtig gut.

Stolz berichtete ich meiner Ehefrau am Telefon von meiner morgendlichen Hygieneaktion. Wenig später kam sie auch schon zu Besuch. Wir konnten uns zur Begrüßung nicht küssen, immer noch war ihre Nase verschnupft und ihre Aussprache nasal. Jegliche Berührungen, sogar die unserer Hände vermieden wir, zu groß war meine Angst vor neuen Viren und Bakterien. Das tat uns weh.

Sie versprach mir, dass wir uns bald ganz lange festhalten könnten und die berührungsfreie Zeit vorüberginge. Sie erzählte mir von ihrer Arbeit, wie nett ihre Vorgesetzten auf unseren Fall reagiert hatten und wie sie im Alltag zurechtkam. Wir sprachen wieder über die Tage aus meiner besinnungslosen Zeit.

Obwohl mir meine Ehefrau und meine Mutter mehrfach von den Besuchen von drei meiner vier Schwestern erzählt hatten, kam mir diese Information komplett neu vor. Meine vierte und jüngste Schwester, zu dem Zeitpunkt gerade erst zehn Jahre jung, sollte mich nicht an den ganzen Schläuchen sehen und ihr wurde vorerst nichts von meinem kritischen Zustand erzählt. Dies hielt ich für eine gute Entscheidung.

Meiner Familie gelang es während der zwei wöchigen Krisenzeit einen gewissen Alltag herzustellen. Trotz der ganzen Sorgen konnten sie gleichsam auch mal an sich und nicht nur an mich denken. Das zu hören fand ich unglaublich schön und wichtig. Meine Ehefrau betonte, wie sich jeder meiner Angehörigen ein Bild über die Betreuung auf der Intensivstation machte und, mich in guten Händen wissend, zwischenzeitlich auch mal abschalten konnte. Kraft tanken.

Ich fragte mich, wie es Angehörigen schwer erkrankter Menschen wohl ergeht, die keine Familie haben, die so stark zusammenhält. Bis heute sind das für mich traurige und berührende Gedanken.

Nach einiger Zeit stieß, wie vereinbart, die Psychologin zu uns. Ich hatte meine Ehefrau kurz zuvor eingeweiht, sie im Gespräch dabei haben zu wollen. Wir sprachen zusammen über die vergangenen Wochen. Wie eingangs erläutert, hatte ich meine Ehefrau zwei Jahre zuvor in den Breisgau gelockt. Durch meinen beruflichen Wechsel in die Region, wurde sie regelrecht gegen ihren Willen gezwungen umzuziehen. Die Psychologin ging auf unsere Erzählungen ein und fragte meine Ehefrau, ob sie in der schweren Phase einen Gedanken oder Planungen „im schlimmsten Falle" - unausgesprochen mein Ableben - gehabt hätte.

Darüber hatte ich bis zu dem Zeitpunkt noch nicht mit meiner Ehefrau gesprochen. Und natürlich beschäftigte dieses Szenario meine Ehefrau, in der heißen

Phase zwischen meinem Leben oder meinem Tod. Zu meiner Überraschung kam sie bereits vorher zu dem eindeutigen Entschluss, nicht in ihre alte Heimat zurückkehren zu wollen.

In den letzten Jahren war sie hier so heimisch geworden, der Zuspruch und die Unterstützung unserer Freunde waren immens, dass sie meine Wahlheimat auch als ihre Wahlheimat empfinden konnte. Überglücklich das zu hören, musste ich feststellen, dass sich wieder etwas ohne mein aktives Dazutun zu meinen Gunsten verändert hatte. Sie hatte meinen Lebenstraum, ein Leben in meiner Wahlheimat nicht nur übernommen, nein, sie hatte ihre eigenen Vorzüge, ihre neue Heimat entdeckt.

Nach einer Stunde ging die Psychologin. Meine Ehefrau und ich unterhielten uns über den Tag, was wer erlebt hatte und dass wir beide hofften, Weihnachten zusammen in den eigenen vier Wänden verbringen zu können. Kurz nachdem meine Ehefrau nach Hause fuhr, kam wie jeden Abend meine Mutter zu Besuch. Das Programm der Wiederaufarbeitung fing von vorne an, nun aus der Perspektive meiner Mutter. Es bedeutete mir viel, alles nur Erdenkliche in Erfahrung zu bringen, auch wenn sich vieles wiederholte. Nachdem meine Mutter und ich ein paar Stunden verbracht hatten, musste sie auch wieder mit dem Zug nach Hause zurück. Der wartete schließlich nicht auf sie.

Am späteren Abend kam meine Lieblings-Pflegerin wieder. Sie hatte eine Schicht getauscht und verbrachte die Spätschicht mit mir. Im Schlepptau begleitete sie eine Auszubildende, angehende Gesundheits- und Pflegekraft. Da ich nicht mehr rund um die Uhr versorgt und beobachtet werden musste, kamen die beiden hin und wieder zu mir, richteten auslaufende und piepsende Perfusoren, entnahmen mit einem speziellen Fieberthermometer an meinem Ohr die Körpertemperatur oder schauten einfach nach dem Rechten.

Nachdem alle zu betreuenden Patienten versorgt waren, kamen beide Damen auf einen Besuch zu mir und wir plauderten miteinander. Das tat gut. Mich interessierte die Arbeit der beiden Frauen, wie sie den harten Job täglich leisten konnten. Meine Betreuerin öffnete zur Abwechslung das verriegelte Fenster und setzte sich, mit dem Rücken zur fortgeschrittenen Nacht, auf den Fenstersims, ihre auszubildende Begleitung im Blick.

Die Nachtglocke der Eingangstür klingelte und die Auszubildende verließ den Raum. Es war üblich, dass Angehörige auch später zu „ihren" Patienten konnten und an der Schleuse zur Intensivstation klingelten. Mit weit aufgerissenen Augen kam die Auszubildende zurück und sprach mich verdutzt an. Ein Mann vom Amtsgericht stand vor dem Zimmer und wollte mich unbedingt sprechen. Ich erschrak.

Spontan erinnerte ich mich an eine unangenehme Sachlage mit Gesetzesvertretern. Vor Jahren wurde ich auf einer Autobahn wegen zu dichten Auffahrens gefilmt und sollte ein hohes Bußgeld bezahlen. Aufgrund der damaligen Verkehrssituation und meines jahrelangen Außendienstes, war ich stolz ein punktefreier Verkehrsteilnehmer zu sein. In der angezeigten Situation fuhren bei Tempo achtzig alle Fahrzeuge dicht in einer Kolonne. Ich wollte es damals nach einem Einspruch bis auf das Äußerste ankommen lassen, uneinsichtig, das Bußgeld zu zahlen.

Später lag ein gelber Brief vom Amtsgericht in meinem Briefkasten. Unmissverständlich erhielt ich die Androhung von Vollstreckung durch Pfändung des ordentlich angewachsenen Betrages, wenn ich nicht binnen weniger Tage zahlte. Ich gab auf und bezahlte das knapp dreifach teurere Bußgeld.

In meinem anhaltenden Rausch aus dem Medikamenten-Cocktail fiel mir ein unbezahlter Zeugenbefragungsbogen auf meinem Schreibtisch ein, wegen zu schnellen Fahrens auf einer Autobahn. Sechs Stundenkilometer über dem erlaubten Tempolimit, zwanzig Euro. Mir schoss die Panik in die Glieder. Ich nahm an, dass nun ein Amtsvollstrecker an meinem Bett, vor den beiden anwesenden Damen, das unbezahlte Knöllchen einfordern würde. Mein Stresslevel stieg, doch ich bat die Auszubildende den Herren des Amtsgerichts hereinzulassen.

Meine Pflegerin und ich starrten erst uns, dann die sich öffnende Tür an. Ein Herr, um die fünfzig Jahre, trat ein, eine Mappe in den Händen haltend. Er fragte mich prüfend und mit amtlichen Sprachgebrauch, ob ich Emmanuel Beule sei. Ich erwiderte ein Ja und meine Fassungslosigkeit der Umstände machte mich immer nervöser. Als erfahrener Vertriebsmann ließ ich nach außen keine Regung erkennen. Der Mann schaute in seine Mappe, stellte sich sodann kurz vor, um mir im Beisein der Damen von seinem Auftrag zu erzählen. Mir wurde schlecht. Wollte er etwa wirklich, an meinem Bett, eine vollkommen unnötige Pfändung über 20 Euro durchführen?

Er eröffnete im Auftrag des Amtsgerichts prüfen zu müssen, ob ich mit der gerichtlich verordneten Betreuung durch meine Ehefrau einverstanden sei. Pause. Das Beamtendeutsch wird mir bis heute ein Rätsel bleiben, doch ich verstand, worum es ging. Ich erteilte mein Einverständnis und der Mann verabschiedete sich höflich von uns, mir noch eine gute Besserung wünschend.

Kaum war er aus dem Zimmer, fiel meiner Pflegerin die Fassungslosigkeit aus dem Gesicht. So etwas hatte sie noch nie erlebt. Wir empfanden die Szene als äußerst merkwürdig, wenn auch interessant und abwechslungsreich. Wir sprachen kurz über den Hintergrund und kamen zu dem Ergebnis: Absurd, aber richtig! Theoretisch könnte ja ein arglistig krimineller Akt hinter der übertragenen Verfügung über das Vermögen und Entscheidungen von wichtigen Maßnahmen am Patienten vorliegen.

Letztendlich verstand ich den ganzen Vorgang doch nicht und beließ es dabei. Es würde schon seine Richtigkeit haben. Mit einem charmanten Räuspern machte die Auszubildende auf sich aufmerksam und fragte, ob sie mir ihre Eindrücke schildern dürfte. Ich bejahte ihren Wunsch und war neugierig. Sie beobachtete während der gesamten Szene meinen Puls am Überwachungsmonitor. Sie war über meinen rasend anwachsenden Puls, parallel zur Dramaturgie der Szenerie, erstaunt. Ich verzog über den gesamten Verlauf keine Miene. Ich führte dies auf eine jahrelange Übung in brenzligen Vertriebsphasen zurück. Die Damen lachten herzhaft und immer wieder über die absurde Zwischenszene.

Zimmer IV – Rock 'n Roll.

Unsere Unterhaltung wurde mit einem Paukenschlag unterbrochen. Zwei mir noch unbekannte Pfleger betraten mit tam-tam den Raum und flachsten von der Dienstaufsichtsbehörde zu sein. Die beiden Männer stellten sich in den beiden kommenden Tagen noch als das Dream-Team heraus.

Der eine Pfleger war unglaublich groß, hatte gewaltige Hände wie Baseballhandschuhe und eine tiefe Stimme. Sein Kollege wirkte auf den ersten Blick wie sein Adjutant, etwas kleiner gewachsen und mit einem Dreitagebart, im südländischen Look. Der große Pfleger vermutete mich sichtlich noch im Tiefschlaf. Als er meinen wachen Zustand bemerkte, wurde aus dem lauten geselligen Hünen ein freundlicher, fast kleiner Mann. Er entschuldigte sich bei mir für seinen draufgängerischen Auftritt.

Er erinnerte mich an mich selbst. Ich konnte auch gerne zu laut sein und wollte immer andere zum Lachen bringen. Sein Auftritt gefiel mir sogar äußerst gut, eine willkommene Unterbrechung in meinem bettlägerigen Alltag, obwohl ich schon den Damenbesuch hatte und ein Gerichtsdiener mir den Abend versüßte. Ich vermutete, dass die beiden Herren ein wenig mit den Damen flirten wollten und ich ihnen dabei, nun wach, einen Strich durch die Rechnung machte.

Beide Pfleger stellten sich mir vor und erzählten, sich während meiner Tiefschlafphase auch um mich gekümmert zu haben. Allmählich gewöhnte ich mich an die Tatsache, während meines Komas von fremden

Menschen versorgt worden zu sein. Wir unterhielten uns nicht mehr lange, alle verließen mein Zimmer und ich war nach der Aufregung froh für mich alleine zu sein.
Die Nacht war kaum anders als die Nacht zuvor. Ich verweigerte meine Tabletten, da mir ständig von den Nebenwirkungen schlecht wurde. Ich wusste allerdings nicht, dass es ein Medikament gab, um mir den Entzug der Schmerz- und Beruhigungsmittel zu vereinfachen. Dazu später mehr.

Den gut gemeinten Worten meiner Nachtschwester wollte ich nicht folgen und blieb stoisch bei meiner Verweigerung, die Medikamente einzunehmen. Später kam die Nachtschwester an mein Bett und konterte mit einem ungewöhnlichen Überraschungsmoment. Ich sollte meinen Mund kurz und weit öffnen. Folgsam wie ein kleines Vogelküken, das seinen Schnabel weit öffnet, machte ich brav den Mund auf.

Die Nachtschwester nahm einen kleinen präparierten Plastikbecher mit den verweigerten Tabletten und legte sie mir einfach auf die Zunge. Schnell schob sie noch eine Schnabeltasse mit Tee an meinen Mund und Schluckreflex sei Dank, weg waren die Tabletten. Ich bin mir sicher, dass einige Leser diese Variante unangemessen empfinden. Ich fand es in dem Moment zwar nicht schön, aber der Punkt ging an die Pflegerin. Ich erzählte es am nächsten Tag meinen Angehörigen und wir mussten alle darüber lachen. Sie hatte mit diesem Clou dafür gesorgt, dass ich meine Medizin einnahm.
Die darauffolgende Nacht ging erneut nicht vorbei und zog sich mit Schmerzen und Halluzinationen ewig hin.

Am frühen Morgen begrüßte mich der hünenhafte Pfleger vom Vorabend. Zuerst nahm er mir Blut ab. Dann richtete er das Bett und half mir in einen Rollstuhl. Auf dem Programm stand eine kurze Morgenwäsche und Zähneputzen am Waschbecken. Ein frisches Leibchen gab es auch. Kaum lag ich wieder im Bett, musste mein neuer Betreuer wegen eines Alarms zum Nachbarzimmer. Kurz nachdem er das Zimmer verlassen hatte, meldete sich rege mein Darm. Ich wusste nur noch wenige Minuten Zeit zu haben, um auf das fahrende Klosett zu kommen. Ansonsten drohte es schief zu gehen. Mir tat es leid, den Stuhldrang nicht gleich nach der Körperpflege verspürt zu haben und den Pfleger erneut von seiner Arbeit abhalten zu müssen.

Auf mein Klingeln kam er schnell zurück und rollte die fahrbare Toilette an mein Bett. Meine rechtfertigenden Worte unterbrach er sofort in einer sanften Art, was ich bei seiner äußeren Erscheinung nicht erwartet hatte. Es war für ihn vollkommen in Ordnung. Nachdem ich mich aufgesetzt hatte, stellte er sich mir gegenüber, damit ich mich an ihm hochziehen konnte. Er half mir und griff nach meinen Schultern.

Das Aufstehen fühlte sich sehr leicht an und ich fragte mich ernsthaft, ob er mich angehoben hatte. Er musste den Raum wegen eines erneuten Alarmsignals verlassen und fragte noch, ob dies in Ordnung sei. Ich war eher zufrieden, mein anstehendes Geschäft alleine erledigen zu können. Für den Rest wollte ich einfach auf ihn warten. Zu meinem Erstaunen kam wenig später der Adjutant aus der vorherigen Nacht herein. Ich war gerade mit meinem Stuhlgang fertig und er bot mir seine Hilfe an.

Bei meinem ersten Stuhlgang hoffte ich aus Schamgefühlen auf die Hilfe eines männlichen Pflegers, aber es kam eine Frau. Diese Frau hatte meinen After gereinigt und mir auf ihre Art die Hemmungen genommen. Und doch wollte ich keiner weiteren Personen diese Arbeit zumuten, geschweige mich der Scham ausliefern, einer weiteren Person mich intim zeigen zu müssen. Mist.

Es war mir auch bei ihm peinlich, doch auch er fand die passenden Worte um mich zu beruhigen. Das war sehr wichtig und brachte mich emotional wieder einen Schritt weiter. Vertrauen zu fassen und mich auf die Helfer einzulassen, kostete mich immer wieder Überwindung.

Insgesamt verlief der Tag sehr mühsam. Nach der morgendlichen Visite wurde mir abermals die Verlegung auf die Nachbarstation angekündigt. Mein körperliches und seelisches Befinden wurde ebenfalls erfragt. Mir ging es elend und ich machte die zu kurze Nacht dafür verantwortlich.

Im Verlauf des fortschreitenden Morgens schaute ein Arzt vorbei und erklärte mir, dass der Entzug der Medikamente mir zu schaffen machte, ähnlich wie bei drogenkranken Junkies. Ich fühlte mich zittrig, müde und hatte Lust mich zu übergeben. Auf meine Frage, weshalb ich immer noch auf der Intensivstation läge, erhielt ich die Antwort, dort am besten aufgehoben zu sein. Das beruhigte mich gar nicht, schließlich sprach man schon am Vortag von meiner Verlegung auf eine andere Station. Offensichtlich war ich weiterhin ein Risikopatient.

Ständig dominierten mich Ängste. Ich fragte mich, wie man mich weniger beobachtet, auf der anderen Station, in einem Notfall finden würde. Selbst die Geräte der Intensivstation lösten immer wieder Fehlalarme aus, die nach meiner Einschätzung zu leise waren, um auf dem Flur gehört zu werden. Wie sollte ich mich unter den ganzen Gefahren je erholen?

Zum Glück erfuhr ich, zwischen Tür und Angel, dass meine erfassten Vitalwerte auch an einen zentralen Treffpunkt der Station übertragen und dort permanent von der Belegschaft überwacht wurden. Man versicherte mir, dass die gleiche Technik auf der anderen Station über mich wachte und an einem zentralen Punkt alle Daten zusammenlägen. Das beruhigte mich. Ich schlief für den restlichen Vormittag ein.

Zimmer IV – Außenwelt.

An diesem Tag stand ein echter Höhepunkt auf dem Programm. Eine Physiotherapeutin rollte eine schulterhohe, rollende Gehhilfe in mein Zimmer. Sie wollte mich mobilisieren und ausprobieren, wie lange ich stehen konnte. Ich sollte mit der Gehhilfe eventuell auch noch versuchen durch das Zimmer zu laufen. Sie verfügte über dicke und stabile Rollen.

Das solide Metallgestänge endete mit zwei gepolsterten Lehnen in Brusthöhe, auf welchen ich die Achseln herablassen sollte. Bis zu diesem Zeitpunkt war ich lediglich für den Toilettengang und zum Waschen aufgestanden, doch konnte ich mich da direkt auf den rollenden Stuhl niederlassen. Die letzten beiden Zugänge aus den Perfusoren wurden kurzerhand von den Kanülen abgenommen und die Sauerstoffbrille zur Seite gelegt. Das kannte ich schon.

Nachdem alles vor meinem Bett gerichtet war, setzte ich mich auf die Bettkante, ließ meinem Kreislauf kurz Zeit sich zu sammeln, stand auf und hielt mich an der Gehhilfe fest. Meinen Körper stützte ich mit den Polstern unter meinen Achselhöhlen ab. Erst sollte ich meine Füße leicht anheben und wieder abstellen. Unter meinen Füßen spürte ich ein unangenehmes Stechen, als liefe ich auf kleinen Scherben. Ich wurde motiviert, die Beine etwas mehr anzuheben und auf der Stelle vorsichtig zu laufen.

Trotz der stechenden Schmerzen in den Füßen wollte ich mehr schaffen. Meine Physiotherapeutin ermahnte mich langsamer zu machen, aber ich wollte nicht nur auf der Stelle laufen. Etwas skeptisch löste die Physiotherapeutin die Bremsen meiner Gehhilfe. Wir liefen langsam und vorsichtig zur Zimmertür, von dort wieder zurück zum Bett und nochmals zur Tür und zurück. Erschöpft fiel ich in mein Bett und schwankte zwischen einer wachsenden Verzweiflung, so schlechter Dinge zu sein, und dem Stolz mich kämpferisch zu geben. Ich wollte zurück in mein altes Leben.

Alle Menschen auf der Station beteuerten immer wieder meine ungewöhnlich schnellen Fortschritte, weshalb ich den Drang nach weiteren Fortschritten in mir brennen spürte. Die Gefühle von Mut in starken Phasen und Verzweiflung in den Momenten, in welchen ich meine vielen körperlichen Schwächen erkannte, wechselten sich häufig ab. Es war wichtig, dass die Unterstützung vielseitig und stets professionell war. Scheinbar wuchsen mit zunehmender Mobilität auch die neuen Herausforderungen.

Nachdem die Tracheotomie aus meinem Hals entfernt worden war, und somit das Absaugen meiner Lunge nicht mehr durchgeführt werden konnte, musste der festsitzende Schleim und das Blut in meiner Lunge auf natürlichem Weg abgehustet werden. Immer wieder kam es zu starken Hustenanfällen mit blutigen Auswürfen.

An diesem Tag fing der Husten an mich zu stören und das zunehmende Blut in dem Auswurf bereitete mir Sorgen. Mir schien der Husten mit der Zeit intensiver und schmerzhafter zu werden. Drohte etwa eine Verschlechterung meines Zustandes?
Nein, die Ärzte beteuerten keine Gefahr zu sehen, im Gegenteil. Aus meiner Lunge mussten sämtliche Ablagerungen heraus und mit wachsender körper-

licher Aktivität lösten sie sich immer mehr. Beruhigend war das zunächst nicht, doch ich zwang mich den Ärzten einfach zu vertrauen.

Nach dem Mittagessen, ein paar heruntergequälten Löffeln Gemüsesuppe, besuchte mich erneut eine Physiotherapeutin. Stolz berichtete ich von den ersten Gehversuchen am Vormittag und wünschte mir die Übungen wiederholen zu dürfen. „Warum eigentlich nicht.", erwiderte die Therapeutin und holte das rollende Ungetüm.

Kaum dass ich wieder in der Gehhilfe stand, erhielt ich die gleichen Anweisungen vom Morgen. Erst die Füße anheben und auf der Stelle treten. Das Kribbeln in den Fußsohlen war merklich milder als bei der morgendlichen Übung. Mit Hilfe der Physiotherapeutin lief ich Richtung Tür. Sie fragte mich, ob meine Kraft für einen Gang auf dem Flur reichte. Ich war entsetzt. Sollte ich etwa mein schützendes Zimmer verlassen? Ja, wir liefen gemeinsam durch die erste Tür, an der Urinflaschenspülecke vorbei und nach der Schleusentür bogen wir rechts ab in den Stationsflur. Es war unglaublich aufregend!

∞

Zittrig gehe ich mit meiner Gehhilfe rechts um die Ecke, noch nicht ganz heraus aus meinem Zimmer, hinein in den Alltag meiner ganzen Betreuer. Ich halte mich mit den Händen etwas fester an den Knäufen meiner Gehhilfe fest, ich darf bloß nicht abrutschen. Hier kann ich meine Schleusentür aus unmittelbarer Nähe begutachten. In Gedanken spiele ich das Szenario meiner Einlieferung rückwärts durch. Wie hat man mich wohl auf das Zimmer IV gebracht? Mein Traum von der Überführung aus dem anderen Krankenhaus, die phantasierten Gänge haben nichts mit dem Flur zu tun, in dem ich mich gerade befinde. Offensichtlich habe ich keinerlei Erinnerungen an diese Zeit.

Es ist hier viel heller und größer als in meinem Traum. Zu meiner rechten Seite erstreckt sich ein langer Flur und eine Schleusentür folgt der nächsten. Ach du meine Güte! Wie viele Patienten liegen hier wohl? Ich versuche weiter zu gehen und merke den Widerstand in meinen Beinen. Ich habe keine Kraft mehr. Es fühlt sich an, als ob man im Wasser läuft, die Beine bewegen sich unheimlich schwer.

Wir laufen ein paar Meter und ich wage es nicht, in das benachbarte Zimmer durch die geöffnete Tür zu schauen. Ich will nicht wissen, was dort vor sich geht, ob es um Leben oder Tod geht.

Nach ein paar weiteren Metern mache ich einen Raum mit einem Tresen aus. Dies ist kein Patientenzimmer. Es ist die Überwachungs- und Schaltzentrale der hier fleißig wuselnden Mitarbeiter, so wie sie es mir erzählt hatten. Das beruhigt mich.

Hinter mir bewegen sich Menschen über den Flur, vor mir wechselt eine Person in blauer Kleidung von einem Zimmer in ein anderes. Für mich fühlt sich alles hektisch an. Warum bekomme ich davon auf meinem Zimmer IV nichts mit? Wir biegen nach links ab, gehen auf eine doppelflügelige große Glastür zu. Das Glas ist milchig ein-

gefärbt und ich kann nicht erkennen, was sich dahinter verbirgt. Alles ist so anstrengend.

Laufen, die Bewegung der Beine koordinieren, beobachten. Immer wieder sagt mir die Physiotherapeutin, was ich mit meinen Beinen und meinen Füßen anstellen soll. Wir laufen langsam zurück und drehen links in den Flur. Bis zum Ende des Flures tragen mich die Gehilfe und meine Beine zu einem französischen Fenster[41]*. Ich erfasse im Augenwinkel eine weihnachtliche Dekoration. Mir wird plötzlich klar: Ich bin im Herbst in die Rehabilitationsklinik für mein Rückenleiden gegangen, alles war für Halloween geschmückt. Und jetzt sollte Weihnachten nicht mehr lange auf sich warten? Wie schnell die Zeit vergeht.*

Auf dem Rückweg begegnen wir zwei Ärzten, welche sich freuen mich laufen zu sehen. Sie machen mir mit charmanten Worten Mut weiterzukämpfen. Ich verstehe sie nicht mehr, denn meine Kraft geht langsam aber sicher zuneige. Ich bin von den ganzen Eindrücken überwältigt und will nur noch in mein Bett.

In meinem Zimmer muss ich noch bis zur Bettkante laufen und mich langsam auf mein Gesäß niederlassen, bevor ich mich hinlegen kann. Doch statt der erhofften Erleichterung verspüre ich einen starken Schwindel. Mein Bett dreht sich und mir wird komisch zumute. Ich warte, eine Minute oder zwei vergehen, und der Spuk hat ein Ende. Die Physiotherapeutin ist begeistert und verspricht mir in dem Tempo eine schnelle Genesung. Ich soll trotzdem

[41] Fenster mit einer Verglasung, die bis zum Boden reicht.

geduldiger werden. Mit den mahnenden Worten verabschiedet sie sich von mir. Ich bin wieder alleine.

∞

Die ersten Schritte außerhalb meines Zimmers bewegten mich innerlich sehr. Immer wieder plagte mich der Gedanke, möglicherweise nie wieder richtig laufen zu können. Trotz meiner Bedenken und Ängste berichtete ich am Nachmittag meiner Ehefrau stolz von meinen Fortschritten. Sie sprach mir Mut zu und das tat gut. Wieder konnten wir uns nicht berühren, nur sprechen, was weniger guttat. Die Berührung unserer Hände fehlt mir. Schließlich musste meine Ehefrau nach Hause, sich um die Kinder und um sich selbst kümmern. Der Tag verging nur noch im Schneckentempo.

Die Psychologin konnte erst am späten Abend kommen. Sie kam, als meine Mutter bei mir war. Von den Tagesereignissen lag ich erschöpft in meinem Bett und die Psychologin vertagte kurzerhand den Termin auf den folgenden Vormittag. Eine solche Flexibilität beeindruckte mich. So blieb mehr Zeit, mit meiner Mutter den Tag zu reflektieren und ihr von meinen Sorgen zu erzählen. Das tat wieder gut. Später musste sie wieder nach Hause fahren, was mich betrübte, zu unterhaltsam waren unsere Dialoge. Sie fuhr in mein Zuhause, das meiner Ehefrau und meiner Kinder. Wie verrückt die ganze Situation war! Es war über die Zeit auch ihr Zuhause geworden. Wie schön.

Am späteren Abend wurde mir von einem Pfleger ein weiterer intravenöser Zugang am Unterarm entfernt.

Sein Credo: Jeder Zugang weniger ist gleich eine geringere Infektionsgefahr. Das klang gut, zumal der Verdacht auf meine schwere Krankheit einem Krankenhauskeim geschuldet wurde, wenn auch nur unter der Hand. Es fehlte der letzte Beweis aus einer Petrischale und ließ sich nur anhand von Indizien als Verdacht äußern. Wie heißt es so schön? Im Zweifel für den Angeklagten. Genau so wollte ich auch mit der Tatsache umgehen, denn nichts ist schlimmer, als von etwas Unsichtbarem gefährdet zu werden.

Über den entfernten Zugang wurde bis dahin permanent mein Blutdruck gemessen. Als Ersatz musste eine dauerhaft installierte Blutdruckmanchette um meinen Oberarm gelegt werden. Die Manschette blies sich alle halbe Stunde auf und übertrug die Werte sowohl an meinen Monitor, als auch an die Zentrale der Station. Der Druck der aufgeblähten Manschette war sehr stark, fast schmerzhaft. Hinzu kamen von meinem Monitor öfter Störmeldungen, die allerdings auf Wackelkontakte zurückzuführen waren.

Zunächst wurde, wegen des stabilen Blutdrucks, das halbstündige Intervall der Messungen auf eine ganze Stunde verlängert. Da der Monitor immer wieder Fehlalarme von sich gab, wurde kurzerhand der Ton abgestellt. Ich äußerte meine Beunruhigung und mir wurde nochmals versichert, dass alle Daten meiner Vitalwerte in der Zentrale der Intensivstation zu sehen und zu hören seien, so dass ich mir keinerlei Sorgen zu machen brauchte. Das klang deutlich einfacher, als es sich anfühlte und ich versuchte, mich an meinen ersten Gang auf dem Flur zu erinnern.

Die Nacht verlief nicht besser als die beiden zuvor, der arabische Arm schmerzte ungemein und ich harrte den Großteil der Nacht im Wachzustand aus. Wenn ich vor Erschöpfung doch einschlief, riss mich spätestens die laut brummende und sich selbst aufblasende Blutdruckmanschette aus dem Schlaf. Immer wieder brauchte ich die Hilfe der Nachtschwester. Mal musste die Urinflasche gewechselt werden, mal war ich stark verschwitzt und wünschte mir ein frisches Leibchen. Oder mir wurde, zur Abwechslung, die Körpertemperatur im Ohr gemessen, Schlaf undenkbar.

Die Nachtschwester unterschied sich von ihren Vorgängerinnen. Sie schien genervt. Vielleicht weil ich stündlich den Alarmknopf nutze, denn mir war aufgetragen worden, mich nach jedem Uriniervorgang zu melden. Durch die intravenöse Zugabe von Kochsalzlösungen hatte ich stündlich Harndrang, so musste die Nachtschwester ständig zu mir. Sie befestigte kurzerhand eine zweite Urinierflasche an meinem Bett und bat mich, sie erst nach jeder zweiten Verrichtung zu rufen. Das gefiel mir an ihr. Stets einen Zustand optimieren, das machte in meinen Augen Sinn. Kurz vor dem Schichtwechsel zur Frühschicht schlief ich ein.

Zimmer IV – Tapetenwechsel.

An diesem Morgen hatte meine vertrauteste Pflegerin zwar Frühdienst, war mir jedoch nicht zugeteilt. Sie besuchte mich kurz und erkundigte sich nach meiner Verfassung. Das freute mich und ich bedankte mich bei ihr für den großartigen Einsatz. Direkt nach ihr trat der Hüne, der Rock'n'Roller[42], der große Pfleger aus der Nacht, mit dem Gerichtsdiener in mein Zimmer. Es war so weit, er durfte nach Rücksprache mit den Ärzten mir alle verbleibenden Anschlüsse entfernen, sodass ich im Laufe des Tages oder des folgenden Tages auf die benachbarte Station verlegt werden konnte.

Wir unterhielten uns über seine Hobbys und er berichtete mir von seiner Rockband. Das war sehr unterhaltsam und verkürzte den Morgen. Dabei richtete und arbeitete er unheimlich viel an mir und um mich herum. Ich vermochte nicht richtig zu erkennen, was er alles unternahm. Erst verschwanden die letzten beiden Perfusoren, dann räumte er hier und da etwas auf. Aus meinen beiden Händen entwichen Plastikkanülen. Alles ging plötzlich sehr schnell.

Etwas später kam der südländisch aussehende Pfleger-Kollege, der Adjutant, dazu. Ich wurde von dem Dream-Team auf meine Verlegung für die nächste Etappe vorbereitet. Beiläufig bekam ich noch eine Portion Medikamente aufgetischt. Mir war die Tage zuvor, nach Einnahme der Tabletten, oft komisch zumute und ich versuchte die Tabletten stehen zu lassen.

Für meine Reisetauglichkeit über die Flure, auf die Intensivstation II, musste mir noch ein frischer intravenöser Zugang gelegt werden. Auf meine Nachfrage

[42] Meine Familie und ich tauften ihn „Der Rocker".

doch gerade alle Zugänge aufgegeben zu haben, antworteten mir beide Helfer: „Für eventuelle Notfälle." Ich dachte: „Aha. Für Notfälle?", denn das klang für mich beunruhigender. Und warum mussten alle gelegten Zugänge entfernt werden?

Ich war mir immer noch unsicher, für eine normale Krankenstation tauglich zu sein. Meine Venen waren mangels Bewegung sehr klein. Gleich der erste Einstich ging daneben. Der zweite Versuch traf, eine frische intravenöse Kanüle zierte meine Hand. Erneut wurde links und rechts von mir gewirkt und ich versuchte auf meinem Bett etwas zu entspannen. Der Rocker trat an meine linke Seite, wo noch vor ein paar Tagen das Beatmungsgerät auf meiner Kopfhöhe stand. Er entfernte ein sehr gut festsitzendes Pflaster unterhalb meiner linken Schulter. Er schien mich ablenken zu wollen.

Ein Zugang musste noch entfernt werden. Aber keine nullachtfünfzehn Kanüle, so wie die anderen. Er versprach mir den letzten Zugang zu entfernen, allerdings konnte es sein, dass es beim Herausziehen ein wenig zwicken könnte. Noch verstand ich seine Bedenken nicht. Er bat mich tief einzuatmen und wieder tief und lange auszuatmen. Er bat mich ein zweites Mal und nach der dritten Aufforderung zog er mit einem kräftigen Ruck etwas unterhalb meines Schlüsselbeins heraus.

Mit seiner linken Hand drückte er auf die offene Wunde und in seiner rechten Hand wippte, leicht blutig, ein etwa acht Zentimeter langer dünner gelber Plastikschlauch. Am Ende des Schlauches hing ein frischer, dicker roter Tropfen Blut.

Ich hörte ihn den Fachbegriff dieses Schlauches sagen und er erklärte, dass es auch noch größere Exemplare davon gäbe. Faszinierend begutachtete er das Objekt, was vor wenigen Sekunden noch in mir steckte. Ich musste meinen Blick abwenden. Zu unvorstellbar war mir der Gedanke, einen so großen Plastikschlauch in einer meiner Venen gehabt zu haben. Die vielen Perfusoren und andere Zugaben konnten gleichzeitig über diesen großen Zugang verabreicht werden. Bis heute wanke ich zwischen beeindruckt sein und blankem Entsetzen. Es ist verrückt, was die Medizin alles möglich macht.

Dann verlief es ganz schnell. Die Stationsleiterin kam herein und fragte ihre Kollegen, wann ich transportfähig wäre. Das war das Zeichen, ich sollte tatsächlich jeden Moment die Station verlassen. Die beiden Pfleger gaben einen Statusbericht ab und schätzten, mich in der nächsten dreiviertel Stunde verlegen zu können, vorausgesetzt mein neues Zimmer sei frei. Ich sollte aufstehen und mich auf einem Stuhl umziehen. Umziehen?! Von jetzt auf gleich sollte ich richtige Kleidungsstücke anziehen dürfen und das furchtbare Operationsleibchen für immer loswerden?

Endlich konnte ich meine eigenen Sachen anziehen. Mit Hilfe des Adjutanten zog ich erst Boxershorts, dann eine blaue Jogginghose und ein blaues Poloshirt an. Während ich mir die Zähne am Waschbecken putzte, richteten die beiden Pfleger mein Bett und meine wenigen Habseligkeiten.

Der Rocker bemerkte, dass ich meine Tabletten nicht genommen hatte, und ermahnte mich eindringlich die Einheiten zu nehmen. Ich schluckte widerwillig die

Medikamente direkt aus dem kleinen Plastikbecher. Im gleichen Moment musste ich auf die Toilette und mir wurde der rollende Abort bereitgestellt. Nach meinem Geschäft und der obligatorischen Reinigung wollte ich einfach nur noch auf mein Bett.

Als ich vom Abort aufstand, überkam mich eine starke Übelkeit, aus dem Nichts, und ich musste das bisschen Frühstück erbrechen. Mit letzter Kraft konnte ich rufen: „Ich glaub, ich muss spucken." Der Rocker übergab dem Adjutanten, ganz beiläufig, eine Spucktüte, als sei nichts im Argen. Ich erbrach mit lautem Gebrüll. Meine Beine gaben nach. Die beiden Herren schien das wenig zu beeindrucken, der eine hielt mich fest und der andere machte seine Arbeit einfach weiter.

Als ich fertig schien, folgte eine knappe Frage, ob es mir besser ginge. Ich durfte endlich zurück in mein Bett. Wie gewohnt drehte sich zunächst alles um mich, und ich versuchte zur Ruhe zu kommen. Ohne Pause wurde mein Bett aufgebockt und wir fuhren langsam zur Tür, hinaus aus meinem Zimmer IV, hinein in ein neues Leben.

∞

Nun ist es so weit. Ich habe gerade den schlimmsten Teil meiner Krankheit geschafft, zumindest in Bezug auf die angeschlossenen Systeme und Apparate, jetzt kann ich die Intensivstation endlich verlassen. Mir ist nicht ganz wohl bei dem Gedanken, aber zugleich freue ich mich. An meiner Brust kleben noch die EKG-Fühler, eine frisch gelegte intravenöse Kanüle schaut zur Sicherheit noch aus meiner linken Hand heraus und die Blutdruckmessmanchette hängt lasch an meinem Oberarm.

Wo fahren wir wohl hin? Bin ich an meinem neuen Ziel, der benachbarten Abteilung, auch wirklich sicher? Wir fahren aus meinem Zimmer IV, rechts um die Ecke, auf den Stationsflur, in die gleiche Richtung wie bei meinem gestrigen Spaziergang mit der rollenden Gehhilfe. Wir fahren noch ein paar Meter und ich fange stark an zu frieren. Mein immer wieder einsetzender Schwindel macht mir gerade stark zu schaffen und es ist nicht leicht die Orientierung zu behalten. Ich erfasse viel mehr Eindrücke als gestern, es überfordert mich.

Der Flur ist kalt und ich bin aufgeregt. Bei der morgendlichen Frühvisite erklärten mir die Ärzte eine garantierte medizinische Versorgung und weitere Vorzüge meines neuen Zimmers. Ich würde, so wie auf der Intensivstation, vierundzwanzig Stunden und sieben Tage die Woche, 365 Tage überwacht werden. Sollte sich nur ein Wert verschlechtern, wäre sofort Hilfe da, es bestünde kein Grund zur Sorge. Mit meinem Genesungstempo seien alle im Team sehr zufrieden.

Ich traue ihnen nicht ganz, oder vielmehr habe ich Angst, dass sie meine Stärke falsch einschätzen. Erneut versprachen mir die Ärzte vorhin, dass ich garantiert Entzugserscheinungen bekäme und möglicherweise in der nächsten Zeit unter Flashbacks leiden könnte. Wie sich das wohl auswirken wird? Es geht weiter.

Wir fahren an dem Stationszimmer vorbei. Ich bemerke nun auch weitere Zimmer oder Behandlungsräume zur linken Seite des Flures, welche mir beim gestrigen Ausflug nicht aufgefallen sind. Eine Schleusentür war geschlossen, eine weitere Tür hatte ein Sichtfenster mit Blick auf einen Behandlungstisch. Der Flur scheint sich im Vergleich zu gestern nochmals etwas verändert zu haben. Merkwürdig.
Wie in einem Film oder in einem Traum, wo sich die Szenerie von Geisterhand umbilden kann. Wir müssen kurz warten und ich versuche mich mit meinen Begleitern im Small Talk. Mit meinen Schwindelgefühlen, der einsetzenden Kälte und den Angstgefühlen ist das nicht leicht. Mein Bett setzt sich wieder in Bewegung, hinter und vor mir begrüßen sich die Kollegen oder tauschen Informationen zu ihren Patienten aus.

Mein Gehirn schwillt zu einem Sorgenpool an. Wer kümmert sich nun um mich? Wissen die Kollegen der benachbarten Abteilung überhaupt über mich und mein Krankheitsbild bis ins Detail Bescheid?

Mein Bett schwenkt nach links und wir fahren auf die gestrige Sackgasse mit der doppelflügeligen Milchglas-Tür zu. Sie öffnet sich und ein Pfleger kommt hereingelaufen. Wieder begrüßt mich ein fremdes Gesicht mit meinem Nachnamen und ich werde nett gefragt, ob es wirklich schon soweit mit mir ist. Der Mann sagt mir, ich solle froh sein, alles so toll geschafft zu haben und nun in die andere Station umziehen zu können.

Mittlerweile bin ich es gewohnt, keine Namen erwidern zu können, und es fällt mir schwer, Worte auf die nette Geste zu finden. Ich lächle einfach nett und wir fahren weiter durch die Tür. Ich kann das Ende des nächsten Flures nicht ausmachen, er scheint endlos lang zu sein.

Wir fahren an einem großen, lichtdurchfluteten, zentralen Eckzimmer der neuen Station vorbei. Ist das das hiesige Stationszimmer mit meiner garantierten Überwachung? Ich kann kaum erkennen, was dort vor sich geht, meine Neugierde ist groß, aber ich erhasche nur Betriebsamkeit und kann kein klares Bild erhalten.

Zu meiner rechten Seite ist eine offene, kleine Küche und ich nehme den Geruch von frisch aufgebrühtem Kaffee wahr. Es geht weiter und mein Bett biegt nach links in ein Zimmer ab.

Mein neues Zimmer ist vollkommen anders eingerichtet als mein altes Zimmer IV. Es ist fast wie in einem Hotel, wäre da nicht mein Krankenhausbett. Ein Flachbildschirm ziert die gegenüberliegende Wand, ich habe eigene sanitäre Anlagen auf meinem Zimmer, ein Telefon mit einem kleinen Monitor ist fest an meinem Nachtschrank montiert und zur linken Seite habe ich einen tollen Blick in den Hof des Krankenhauses. In der Mitte des aufgeräumten Hofes erahne ich die Silhouette einer Tanne.

Jetzt erkenne ich den Hof und die Umgebung. Hier war ich schon einmal. Nebenher werde ich an einen neuen Überwachungsmonitor angeschlossen, sprich das EKG und meine Blutdruckmanchette. Ein erster Funktionstest, die

Manschette bläht sich auf, zerdrückt mir den Oberarm, um nach wenigen Sekunden wieder zu erschlaffen. Alle Informationen kommen auch im Stationszimmer an, höre ich jemanden vom Flur rufen. Ich werde zu meiner Zufriedenheit überwacht und schon bin ich alleine in meinem neuen Zimmer.

In der Ruhe vernehme ich ein Stockwerk unter mir ganz leise das Schreien eines Babys. Nach einigen Sekunden kann ich das Wimmern einem neugeborenen Säugling zuordnen. Frischgeborene schreien anders als ältere Babys. Mein neues Zimmer, die Umgebung hinter dem Fenster, der Blick in den Hof und die wimmernden Geräusche unter mir – es fällt mir wie Schuppen von den Augen.

Unser Sohn wurde vor etwas mehr als einem Jahr eine Etage unter mir geboren. Alle Erinnerungen kommen gleichzeitig in mir hoch, wie absurd es doch gewesen wäre: Unser Kleiner erblickte dort unten das Licht der Welt und hier oben hätte ich beinahe den Tod gefunden. Wehmütig den Tränen nah, döse ich erschöpft vor mich hin.

Es klopft an der Tür und ich frage mich, ob ich möglicherweise geschlafen habe. Eine neue diensthabende Pflegerin stellt sich vor und begrüßt mich in der neuen Abteilung. Wir besprechen kurz meine Bedürfnisse, derlei habe ich viele: Meine Kinder sehen, meine Ehefrau drücken und besonders akut wünsche ich mir auf eine richtige Toilette gehen zu können. Sie prüft kurz meinen Blutdruck, fragt mich nach meinem Gemütszustand und bietet mir an, auf die richtige Toilette zu gehen, selbstredend in Begleitung und auf Wunsch auch gerne in einem Rollstuhl. Ich bin sprachlos.

Gestern konnte ich mit der Gehhilfe nur mühsam aus meinem Zimmer schleichen und heute soll ich schon alleine zur Toilette gehen? Hat sie vielleicht nicht mitbekommen, was mir widerfahren ist? Die ruhige Art meiner Pflegerin überzeugt mich, obwohl ich den Verdacht habe, falsch eingeschätzt zu werden. Egal. Ich erkläre bis zur Toilette ohne Rollstuhl auskommen zu wollen, was meine Betreuerin lächelnd bejaht. Ich soll mich zunächst an ihr aufstützen. Einverstanden.

Kurzerhand entfernt Sie meine wenigen Kabel und die Sauerstoffbrille. Über die Seitenlage setzte ich mich auf, bekomme meine Hausschuhe unter die baumelnden Füße gelegt und ich schlüpfe vorsichtig in die filzigen Pantoffeln. Ich stelle mich hin und stehe zum ersten Mal alleine, nur leicht am Ellbogen gestützt, mitten in dem neuen Zimmer.

Nach drei Wochen im Bett stehe ich alleine auf meinen Beinen und mache die ersten Schritte ohne Gehilfe in Richtung Toilette. Die Tür wird von meiner Pflegerin geöffnet. Es ist sehr anstrengend zu laufen und ich bin froh, mich gleich auf der Toilette sitzend ausruhen zu können. Kaum niedergelassen darf ich meine Not alleine verrichten, die Tür wird von außen geschlossen.

Es ist unglaublich. Hier bin ich alleine, in dem weißgefliesten Raum. Ich habe ein erstes Stück Privatsphäre wiedererhalten. Mit einer Hand kann ich mich sogar säu-

bern und mein Selbstwertgefühl meldet sich dankend zurück. Nachdem ich die Spülung ziehe, fragt mich die Stimme von draußen, ob ich Hilfe bräuchte. „Nein, Danke.", antworte ich. Jetzt noch die Hände waschen. Ich richte mich auf und meine Beine geben nach, ich falle fast auf das Waschbecken, aber eine Wand an meiner rechten Schulter fängt mich auf, verhindert Schlimmeres. Das sage ich gleich lieber nicht der wartenden Dame.

Endlich kann ich die Hände waschen. Nach dem Abtrocknen ist es mit den Kräften vorbei, ich rufe durch die Tür, jetzt doch ein wenig Hilfe zu benötigen.

Wir gehen zu meinem Bett und meine Pflegerin beschließt, mich nicht mehr an das EKG anzuschließen. Nun bin ich wirklich nur noch über die Blutdruckmanschette mit einem Gerät verbunden. Die kleine Kanüle in meiner Hand wird mich auch nicht weiter stören. Nun werde ich richtig gesund werden.

∞

Mein Appetit blieb unverändert schlecht und an guten Schlaf war nicht zu denken. Von den Perfusoren getrennt, endete die intravenöse Gabe von den starken Schmerz- und ausschleichenden Schlafmitteln. Ich ahnte noch nicht, was mich die nächsten Stunden erwarten sollte. In meinem Zimmer war es viel stiller als auf der benachbarten Station. Außer dem hin und wieder hörbaren Geschrei von kleinen Babys, drangen kaum Geräuschquellen in das Zimmer ein. Weniger berauscht als die Stunden zuvor, hörte ich in der Ferne das Jaulen eines Martinshorns. In meinem Hals schwoll ein Kloß an.

Auf der Intensivstation war unterhalb meines Zimmers die Ein- und Ausfahrt der Patientenanlieferungen. Bei Noteinsätzen fuhren die Krankenwagen unter Verwendung der lauten Martinshörner das Krankenhaus an. Zudem war die Basisstation eines Rettungsdienstes direkt am Krankenhaus angebunden und entsprechend fuhren Rettungswagen häufiger mit lauten Sirenen davon. In meiner Aufwachphase stressten mich die Notsignale. Das hatte ich vergessen oder verdrängt.

Nun konnte ich mich wieder daran erinnern und die Geräusche schnürten mit die Kehle zu. Mich drängte die Frage, was mit mir geschehen war, als ich von dem ersten Krankenhaus, bereits in ein künstliches Koma versetzt, hierher verlagert wurde. War ich vielleicht mit Blaulicht von dem einen in das hiesige Krankenhaus überführt worden? Wer lag wohl in dem gerade vorbeifahrenden Krankenwagen? Und würde die betroffene Person jetzt auch um ihr Leben kämpfen müssen? Wie würden die Angehörigen von der Situation erfahren? Fragen über Fragen marterten an meiner Moral.

Gerade schien ich noch motiviert, schon schlug die Stimmung durch einen äußeren Impuls um. Mein ganzer Kopf füllte sich mit einer tiefen, dumpfen Traurigkeit, einem Gefühl schlecht dran zu sein. Seit Wochen lag ich nun in diesem Spital und seit meinem Erwachen hatte ich noch kein einziges Mal richtig von Herzen gelacht.

In mir tobte ein emotionaler Sturm. Mein Gemüt fuhr einsam auf hoher stürmischer See und es fühlte sich an, als seien alle meine Rettungsboote besetzt oder gesunken. Es kam mir unwiderruflich vor und ich hatte bittere Angst vor der Zukunft. Die negativen und beängstigenden Gedanken zogen mich in einer Abwärtsspirale in eine tiefe Müdigkeit voller Selbstmitleid.

Nach einem kurzen Schlaf schien mir mein Zustand wieder stabiler. Die Stimmungsschwankungen wurden immer intensiver, das wurde mir klar. Ich war unfähig diese Schwankungen zu beeinflussen. Nichts konnte ich unternehmen, um aus einem Tiefpunkt herauszukommen und das ärgerte mich.

Im Laufe des Tages erhielt ich auf dieser Station kaum noch Besuche und damit Ablenkungen durch die medizinischen Betreuer. Da ich zu wenig trank, bekam ich zwischendurch einen Tropf zum Ausgleich meines Flüssigkeitshaushaltes. Das ermöglichte mir Kontakt zur diensthabenden Pflegerin, aber auch nur kurz. Hier schien die Zeit mit und für den Patienten anders getaktet.

Irgendwann wurde das Mittagessen gebracht. Ich aß keinen Bissen. Die Pflegerinnen waren alle wieder unglaublich nett und zuvorkommend, aber anscheinend hatten sie deutlich weniger Zeit für mich. Zur Ablenkung hätte ich den großen Fernseher anschalten können, aber ich mochte noch immer nicht mit Informationen der Außenwelt konfrontiert werden. Ein Informationsloch von fast vier Wochen wollte nicht aufgefüllt werden. Also versuchte ich mich auf den Nachmittag zu freuen, immerhin stand ein Termin mit der Psychologin an.

Das Gespräch mit der Psychologin tat gut. Ich war nicht alleine und konnte mich über meine Erfahrungen mit einer unbetroffenen Person austauschen. Das war wichtig. Unausgeschlafen, überreizt, voller Ängste und mit einer ungeheuren Verzweiflung, nichts für meine Verwandten tun zu können, flossen bei mir immer wieder Tränen.

Auf meine Weinattacken attestierte mir die Psychologin eine gewisse Dünnhäutigkeit. Diese Überempfindlichkeit erschien vollkommen logisch, aber da war noch mehr. Ich empfand es als mutig, vor einer fremden Person zu weinen, und tat dies durchaus bewusst. Mit anderen Worten unterdrückte ich keine Gefühle und ließ meine Beherrschung einfach ruhen. Merkwürdigerweise mochte ich vor den Pflegerinnen und Ärzten nicht weinen. Bei diesem Personenkreis wollte ich Stärke zeigen. Aber warum wollte ich das, was war mein Antrieb?

Mit diesem Gedanken leuchtete mir meine Haltung ein, mit welcher ich mich die ganze Zeit aus dem körperlichen und seelischen Dilemma herausgezogen hatte. Ich formulierte einen Satz, den ich die nächsten Monate als mein Leitbild für die weiteren Etappen der Gesundung vor mir hertragen wollte. „Ich bin psychisch stabil und nicht labil, obwohl mir etwas Schlimmes widerfahren ist. Ich werde Ziele und Pläne formulieren, ihnen der Reihe nach nachgehen. Alles wird wieder gut."

Durch die Wahrnehmung und Beobachtung meiner Gefühle, meiner Sorgen und Ängste, gepaart mit einem Willen darüber zu sprechen, interpretierte ich meine äußerlich erkennbare Dünnhäutigkeit als eine Stärke.

Ich war bereit meine Schwächen zu erkennen und zu zeigen. Diese konnten körperliche Mängel sein, welche ich wieder aufbauen musste. Oder seelisch schwache Momente, die ich durch die Unterstützung meiner Verwandten, Freunde und mit professioneller Hilfe, wie mit Psychologen, aufdecken musste, um sie zu verändern. Diese Haltung war ein wichtiger Wendepunkt.

Ich konnte wieder ein Stück Stärke in mir fühlen, eine Lust, mich nicht durch schlechte und traurige Gedanken unterkriegen zu lassen. Es war wichtig traurig zu sein, es zuzulassen und mitzuteilen. Es würde so auch noch eine Weile bleiben, aber es war wichtig weiterzumachen und die Ängste anzugehen. Das körperliche Leid war vorhanden, daran sollte ich so schnell nichts ändern können, aber zumindest versuchen es zu dulden und lernen damit umzugehen.

Mein eigentliches Problem, der Rücken, musste noch behandelt werden, aber erst zu seiner Zeit. Eigentlich machte ich ständig Fortschritte und jede auf der Station arbeitende Person teilte mir genau das mit. Wenn ich wieder zu meiner alten Form zurückkommen wollte, dann mussten Geist und Körper ihren Einklang finden.

In Anwesenheit der Psychologin nutzte ich die Gelegenheit, auf die Toilette zu gehen und diesmal den Weg ganz alleine. Es klappte. Wackelig und vorsichtig ging ich von meinem Bett zur Tür der sanitären Anlage. Ob es der Psychologin dabei gut ging, weiß ich bis heute nicht. Ich glaube, ihr wäre die Begleitung durch eine Schwester lieber gewesen.

Ihre Professionalität schien gegen ihr Gefühl zu siegen, sie hielt sich mit Kommentaren zurück. Wieder in meinem Bett wusste ich, dass ich stolz auf jeden Fortschritt sein durfte und mich nicht mehr über die körperlichen Einschränkungen ärgern sollte. Ich war stolz, der Psychologin gezeigt zu haben, dass ich alleine von meinem Bett zur Toilette und zurückgelaufen war. Das tat gewaltig gut.

In den vergangenen zwölf Stunden erfolgten keine Visiten. Die Frequenz von vier Visiten schrumpfte auf eine Visite am Morgen. Lediglich meine Lunge wurde zwischendurch von einem Arzt der Intensivstation abgehört. Meine Ehefrau und meine Mutter besuchten mich wie jeden Tag und wir planten meine Rückkehr nach Hause, sowie die Fortsetzung meiner unterbrochenen Rehabilitationsmaßnahme für den kaputten Rücken. Trotz meiner Appetitlosigkeit schöpfte ich schöne Gedanken bei der Vorstellung, meine Familie an Weihnachten bekochen zu können. In der Nacht hörte ich über Kopfhörer meine Lieblingsmusik und malte mir dabei die verschiedensten Menüs für meine Liebsten aus.

Mit Ausnahme der starken Psychopharmaka nahm ich alle Medikamente ein. Ich wollte einfach keine Präparate einnehmen, von welchen ich mich möglicherweise wieder zu entwöhnen hatte. Das Zimmer war im Nachtlichtbetrieb dunkler, aber immer noch ließen sich die Konturen der Zimmerdecke erkennen. Was hatte sich der Innenarchitekt wohl bei den Entwürfen der Zimmerdeckenplanung gedacht?

Ich schaute auf eine gelochte Zimmerdecke. Ich verlor mich in Gedanken zwischen den verschieden großen

Löchern in diesem merkwürdigen Zimmerdeckenhimmel. Beinahe hypnotisch begleiteten mich wiederkehrende Übergänge vom Schlummern in den Schlaf und zurück in Wachphasen.

Es war auf dem neuen Zimmer viel angenehmer. Dennoch sollte ich keine Tiefschlafphase erreichen. Mal schmerzte mein arabischer Arm oder die Blutdruckmanschette weckte mich auf, durch lautes Brummen der Luftpumpe und dem wachsenden Druck auf meinem Oberarm.

Mehrfach schaute eine Nachtschwester nach mir im Glauben mich schlafend vorzufinden. Zu ihrer Verblüffung sprach ich sie jedes Mal an. Dann maß sie meine Temperatur, denn ich war leider immer noch fiebrig, doch die Nachtschwester schien nicht beunruhigt. Die Körpertemperatur war in meinem Fall völlig normal und diese Aussage beruhigte mich. Sie schien meinen Fall näher zu kennen, weshalb ich ihr vertraute. Die Nacht war lang, aber ich quälte mich wenigstens nicht mehr mit wüsten Träumen oder Halluzinationen.

Bei der morgendlichen Visite wurde meine relativ unauffällige Nacht positiv bewertet. Wegen meiner guten Verfassung wurde mir eine erneute Verlegung in ein weiteres Zimmer angekündigt. Eine vierundzwanzigstündige Überwachung erschien nicht mehr nötig. Skeptisch fragte ich in die Expertenrunde, ob die Entscheidung wirklich richtig sei. „Ja“, erwiderte die ärztliche Mannschaft, ich sollte mir keine Sorgen machen und froh sein, ein normales Krankenzimmer zu beziehen.

Ich war nur noch normal krank. Gut. Wegen des zähen Hustens mit dem unangenehmen, schwer zu lösenden Auswurf fragte ich nach schleimlösenden Mitteln. Zu meiner Überraschung erhielt ich, wortwörtlich und unter Kopfschütteln, die Antwort: „Ich kann Ihnen gerne etwas geben, aber das bringt eh nichts. Bei den Mitteln müssen sie nur feste genug an die Wirkung glauben… Trinken Sie viel!" Da war ich baff.

Nahm ich bei Bronchitiden immer ein hustenlösendes Präparat, bestätigte mir ein Lungenfacharzt, die Medikamente brächten überhaupt nichts. Quasi nicht jammern, abhusten und viel trinken. Innerlich amüsierte es mich, aber ich wollte auch nicht darüber schmunzeln. Die Ärzte schienen mit dem Genesungsverlauf zufrieden und ich wollte versuchen, es auch zu sein.

Nach der Visite informierte mich ein Arzt über eine erforderliche Anschlussheilbehandlung in einer Lungenfachklinik. Er bestand auf einen sofortigen Antritt, sobald ich transportfähig sei, gerne auch per Krankentransport. Das war ein Schock. Ich versuchte auszurechnen, wie lange ich fort sein würde und fragte mich, ob ich Weihnachten tatsächlich mit der Familie verbringen könnte?

Das schien mir vorläufig aussichtslos, ich konnte nicht rechnen und gleichzeitig zuhören, wollte aber auch nicht den Schein der Verunsicherung zeigen. Ich hoffte, die unterbrochene Anschlussheilbehandlung für mein Rückenleiden in eine kombinierte Rehabilitationsmaßnahme für Lungenleiden und Rückenproblemen planen zu können. Der Arzt wiegelte ab, die angeschlagene Lunge habe oberste Priorität. Ich versuchte den

Antrittstermin auf nach Weihnachten zu verhandeln, wieder ohne Erfolg. Der Arzt erzählte mir, dass sich die bevorzugte Rehabilitationsklinik in Bad Dürrheim befände und er die besten Erfahrungen mit dem Kurort gemacht hätte.

Als ich erfuhr, wo Bad Dürrheim liegt, war dies eine niederschmetternde Auskunft. Der Ort befindet sich im östlichen Schwarzwald, etwa neunzig Kilometer von meinem Wohnort entfernt. Ich wusste sofort, dass Besuche meiner Ehefrau und unserer Kinder so gut wie unmöglich waren. Von unserem Wohnort aus führt die Anreise nach Bad Dürrheim durch den Hochschwarzwald, eine in der Jahreszeit schneesichere Umgebung.

Mir dämmerte allmählich weit bis nach Weihnachten im Krankenstand verweilen zu müssen. Hinzu kam die Angst, Heiligabend fernab meiner Familie zu sein. Gelähmt von den Gedanken, meine Arbeit nicht so bald aufnehmen zu können, breitete sich eine zunehmende Exitstenzangst in mir aus. Eine Anschlussheilbehandlung dauert mindestens drei Wochen und wird bei schwereren Fällen gerne auf bis zu sechs Wochen verlängert.

Um Weihnachten wieder bei meiner Familie sein zu können, kam nur eine dreiwöchige Anschlussheilbehandlung in Frage. Es war bereits Ende November und es blieb nicht mehr viel Zeit für einen fristgerechten Antritt in der Rehabilitationsklinik. Rechnerisch hatte ich nur noch wenige Tage Zeit, um die Rehabilitation anzufangen. In Gedanken malte ich mir aus Heiligabend und Silvester alleine im Schwarzwald mit fremden Menschen verbringen zu müssen. Dies entsprach ganz und gar nicht meinen Plänen und ich versank in

Verzweiflung und Selbstmitleid. Der Arzt bemerkte meine Zweifel und sprach mir ein wenig Mut zu, bevor er den Raum verließ. Ich dachte weiter nach.

Allein die Folgebehandlungen meiner kollabierten Lunge versetzen mich in die prekäre Lage, nicht vor Ende Januar des neuen Jahres meine Arbeit wieder aufnehmen zu können. Das erschien mir sicher. Zum Überfluss stand noch die abgebrochene Anschlussheilbehandlung für meinen Rücken aus. So errechnete ich einen frühesten Arbeitsantritt nach weiteren drei Monaten aus. Im Vertrieb, das wusste ich, ist ein so langer Berufsausfall das Aus.

Meine gesamte Lebensplanung rückte in weitere Ferne. Ich überlegte, wie meine Ehefrau die weiteren Rehabilitationsmaßnahmen nervlich aushalten würde. Ihre Doppelbelastung besorgte mich, denn sie hatte nicht nur die Kinder zu versorgen, sondern auch eine neue Arbeitstelle angetreten, die sechsmonatige Probezeit war noch nicht beendet. Sie tat mir leid. Die Zukunftsängste vereinigten sich mit der Wut, das Versprechen meiner Frau gegenüber „immer zu ihrer Seite zu stehen und für sie da zu sein" nicht einhalten zu können.

Für einen Augenblick schien mir ein unbeschwertes Leben für meine Familie aussichtslos. Wegen mir.

Zimmer hinten Links – Normal krank.

Die Stationsleiterin unterbrach meine Trübsal-Bläserei und bereitete den Umzug in das nächste Patientenzimmer vor. Fasziniert schaute ich ihr zu, wie sie den Schrank mit meinen Sachen buchstäblich auseinandernahm. In dem massiv wirkenden Schrank befand sich ein mannshohes mobiles Stahlregal. Unter den Nebenwirkungen der ausschleichenden Medikamente betrachtete ich meine Umwelt teils immer noch mit Kinderaugen. Ich wollte applaudieren und staunend rufen, wie mich diese Konstruktion begeisterte und verzauberte.

Meine Wäsche rollte durch die Tür und verschwand mit der Stationsleiterin im Flur. Die Zimmertür blieb offen stehen und kalte Luft strömte in das Zimmer. Draußen hörte ich das Klappern von Tabletts, die aus einem Küchenwagen gezogen wurden. Das Frühstück wurde verteilt. Ich hörte gut gelaunte Stimmen von Pflegerinnen, die andere Patienten in ihren Zimmern nett begrüßten.

Mit Schwung und bester Laune kehrte die Stationsleiterin zurück. Sie bockte mein Bett auf die Räder und schob mich aus dem Zimmer. Im Flur holten wir die Ärzte und Pfleger der Visite ein. Sie besprachen andächtig den Fall ihrer nächsten Patienten und stellten sich dichter an die Wand, um Platz für mein Bett zu machen. Wir fuhren an der Gruppe vorbei und am Ende des langen kalten Flures bogen wir in das letzte Zimmer nach links ab. Kurz bevor wir im Zimmer verschwanden, konnte ich zu meiner linken Seite das andere Ende des Flures erkennen, bis zur doppelflügeligen Eingangstür der Intensivstation, direkt am Stationszimmer.

Einerseits war ich weit weg von dieser respekteinflößenden Abteilung, auf dem Weg der Besserung, andererseits schien mir der Weg im Falle eines Rückschlags zu weit entfernt. Ich zwang mich an nichts Schlimmeres zu denken. Am Vortag, dem Auszug von der Intensivstation, erkannte ich das hiesige Flurende nicht. Einen Tag später war ich bereits auf dem Weg in ein normales Krankenzimmer.

Immerhin konnte ich bereits aus meinem Bett aussteigen, die Toilette alleine aufsuchen und schien geistig viel klarer zu sein, als sämtliche Tage zuvor. Kaum hatte ich den letzten Gedanken gefasst, wurde ich in das Zimmer geschoben.

∞

Das Zimmer ist ähnlich eingerichtet wie das letzte, nur spiegelverkehrt. Ich schaue nicht mehr links zum Fenster in den Hof, sondern zur rechten Seite von mir. Am Fenster steht ein kleiner, tiefer, weißer Tisch mit einem niedrigen grünen und einladenden Sessel. Ich entdecke erneut den Tannenbaum im Hof. Er ist meinem Zimmer jetzt viel näher, und ich entdecke eine weihnachtlich leuchtende Lichterkette, die um seine nach oben zulaufenden Tannenzweige gewickelt ist. Es ist ein wunderschöner Anblick.

Es ist noch früh und draußen ist es um diese Jahreszeit noch nicht ganz hell. Auf der gegenüberliegenden Seite des, von Gebäuden umschlossenen Hofes entdecke ich Patientenzimmer. Auch dort beginnt der Tag mit Blutentnahmen, der Verteilung von Frühstückstabletts.

In einem Zimmer brennt Licht, in einem anderen ist es noch dunkel. Bei genauerer Betrachtung bemerke ich den älteren Zustand des gegenüberliegenden Gebäudeflügels. Ich frage mich, wie die Zimmer dort wohl eingerichtet sind? Mein modern eingerichtetes Zimmer mit einem Flachbildschirm, einer bis auf den Boden reichenden Fensterfassade, die Fenster in modernen breiten Metallrahmen gefasst, neue, barrierefreie sanitäre Anlagen lassen nichts zu wünschen übrig. Ich fühle mich wie in einem gehobenen Hotel. Drüben sieht es weniger komfortabel aus.

Auch in diesem Zimmer höre ich das Wimmern eines Säuglings von der Station unter mir und ich muss zwangsläufig an meine Kinder denken. Wie lange wir uns nicht mehr gesehen haben. Betrübt kämpfe ich gegen meine Tränen. Eine Pflegerin betritt den Raum und stellt sich mir höflich vor. Wir plaudern kurz und zum ersten Mal kennt jemand meine gesamte Vorgeschichte definitiv nicht. Bis hierher wussten alle von meiner schweren Erkrankung und kannten den Verlauf auf der Intensivstation.

Diese Pflegerin kam gerade aus ihrem Urlaub zurück und war zum Dienstbeginn den Behandlungs- und Medikationsplan ihrer zugewiesenen Patienten durchgegangen. Schließlich bin ich jetzt nur noch ein normaler Patient mit einer abklingenden Lungenentzündung. Ich befinde die Situation als unglaublich erfrischend. Ihr Umgang mit mir ist herzlich, aber nicht mehr beeinflusst von Eindrücken eines beinahe verstorbenen, jungen Patienten, angeschlossen an diversen modernen Maschinen. Ich bin nur noch ein gewöhnlicher Patient.

Diese Normalität tut mir gut. Sie fragt mich, woran ich erkrankt bin, und ich erzähle ihr in Stichpunkten von meinem Aufenthalt auf der Intensivstation. Künstliche Beatmung, ECMO-Maschine, zwei Wochen künstliches Koma und knapp am Ableben vorbei. Auf mein verhältnismäßiges junges Alter hinweisend und staunend, beteuert sie bei Zeiten, vielleicht in der nächsten Nachtschicht, meine Patientenakte lesen zu wollen, denn mein Fall klingt interessant für sie.

Interessant?! Ja natürlich, wie konnte ich das übersehen. Wieder finde ich ihre unbefangene Art erfrischend, denn bis jetzt bewertete ich meine Krankheitsgeschichte nicht als interessant, sondern eher als bedenklich. Hat sie einfach Recht?

Im Prinzip bin ich froh hier in diesem Krankenhaus zu sein. Ohne die volle Aufmerksamkeit und Professionalität der ganzen Truppe, den lebenserhaltenden Maschinen, sprich eben mit genau dem gerade formulierten „Interesse", wäre ich vielleicht nicht mehr hier. Diesen Gedankenansatz will ich in den kommenden Tagen weiter reflektieren, mich dadurch von meinen tragischen Überlegungen entfernen.

Ich schäme mich ein wenig, wegen meines privaten Versichertenstatus ein Einzelzimmer zu belegen, und teile ihr mit, auf keinen Fall Sonderbehandlungen zu wollen. Ich will mich ganz normal einreihen.

Was habe ich da gerade gesagt? Ist das mein Ernst? Das klingt total arrogant und überheblich. Sie unterbricht meine Zweifel und informiert mich, wie wohltuend sie meine Worte empfindet. Nicht alle Patienten, private wie gesetzlich Versicherte, gehen freundlich auf ihre Pfleger ein. Eher bekommen Pfleger von den Patienten Druck, warum der eine Schmerz noch da sei, man mit irgendetwas gerade nicht zufrieden sei oder alles viel zu langsam vorwärts gehe. Sie fügt im ironischen Ton an, dass viele Patienten erstaunlicherweise Ärzten gegenüber zurückhaltender seien und sich während Visiten dezenter bis gar nicht beklagen.

Ich bin entsetzt und frage, ob es hier also doch auch wie in anderen Kliniken sei? Sie lächelt mich an und muss weiter zu den nächsten Patienten gehen. Unser Gespräch wird unterbrochen, lauter Fragen, die ich jetzt stellen möchte, bleiben offen.

Etwas später wird mein Frühstück gebracht und ich bitte höflich darum, das Tablett auf einen kleinen Tisch zu stellen. Ich möchte versuchen am Tisch und nicht mehr in meinem Bett zu essen. Die Nahrungsaufnahme ist immer noch ein großes Problem für mich. Mir schmeckt einfach nichts.

Ich gehe an den Tisch, hebe einen transparenten Schutzdeckel von meinem Frühstücksteller an und begutachte die Auswahl. Man hat es gut mit mir gemeint. Zwei Weiß-

brote, Quark in einer Plastikverpackung, Marmelade, Margarine und einen Tee. Da ich viel trinken soll, teile ich den Tee in die Kategorie Mindestmaß für dieses Frühstück ein. Das Weißbrot ist dünn geschnitten und die beiden Scheiben liegen etwas versetzt aufeinander.

Die helle Oberfläche vom Brot ist so gerade eben angetrocknet. Nur die obersten Krumen des geschnittenen Brotes haben ihre Feuchtigkeit verloren und büßen damit den Geschmack frischen Brotes ein. Ich mag das nicht. Alles riecht komisch, ich nehme weder die Düfte des Brotes auf noch die des Pfefferminztees. Auf das Brot schmiere ich widerwillig den Quark und füge einen Klecks der Marmelade hinzu.

Beim Abbeißen des Brotes bemerke ich wieder den unangenehmen Druck im Hals. Er ist leicht geschwollen und ich habe keine Lust, das Brot an der Wunde meines Luftröhrenschnittes vorbei zu schlucken. Ich habe bedenken, dass sich Speisereste in der Wunde einnisten könnten und sich alles entzünden wird. Einen Bissen schlucke ich für mein inneres Protokoll herunter. Es schmerzt zwar nicht wie erwartet, aber es ist sehr unangenehm. Prompt vergeht mir der Appetit – von dem ich eh nur wenig hatte. Aber es tut gut, auf einem Stuhl an einem Tisch zu sitzen und so zu tun, als esse man wie ein gesunder Mensch.

Irgendetwas ist am heutigen Tag andersartig. Mein Zimmer ist kalt, mir ist kalt. Und ich schwitze stark, hoffe kein höheres Fieber zu haben. Hat mich vielleicht doch ein neuer Keim erwischt und ich bekomme gerade eine Erkäl-

tung, die mich womöglich auf die Intensivstation zurück zwingt?

Ich lasse besorgt die morgendliche Hygiene ausfallen, ziehe mir rasch ein frisches T-Shirt an und lege mich auf mein Bett. Ich muss mich ablenken. Es ist erst kurz nach zehn Uhr morgens und ich will telefonieren. Die meisten meiner im Handy gespeicherten Kontakte arbeiten sicherlich und haben wenig Zeit, mit mir zu sprechen. Wen soll ich anrufen? Mein Vater ist pensioniert und um diese Zeit bestimmt ansprechbar. Gut, ich suche zittrig seinen Eintrag in der Kontaktliste und lasse es läuten.

Mein Vater und ich telefonieren recht lange, uns gehen die Themen nicht aus. Ich frage nach seinen Erlebnissen und Gefühlen, in der Zeit, als ich schlief, wie er mit der gesamten Situation umgegangen ist. Manchmal übermannen ihn während seiner Ausführungen starke Gefühle und er unterdrückt seinen Drang zu weinen, das höre ich durch die Hörmuschel. Das rührt mich und wühlt mich auf.

Er erzählt weiter, von seiner langen Heimreise und verschiedenen Momenten danach. Ich erzähle ihm von meinen Fortschritten und all meinen Bedenken. Es tut gut, mit ihm sprechen zu können und mich abzulenken. Wir beenden das Gespräch und ich bin wieder mit mir alleine. Zwischendurch kommt eine Frau ins Zimmer und nimmt mir Blut zur Kontrolle meiner Entzündungswerte ab.

Seit Tagen habe ich nicht mehr nach diesem ominösen CRP-Wert gefragt und ich bitte sie, mir meinen aktuellen Wert beim nächsten Besuch zu nennen. Sie weiß den letz-

ten auswendig und sagt „...um die fünfzig...". Ich erwidere überrascht und besorgt, mit einem Wert von vierzig in das andere Verbandskrankenhaus eingeliefert worden zu sein. Ob der Wert nicht zu hoch sei, will ich wissen.

Ihre Antwort macht mich sprachlos. „Sie hatten einen Wert von über dreihundertachtzig, als sie bei uns ankamen, das habe ich vorhin in ihrer Patientenakte gelesen. Fünfzig ist jetzt richtig gut." Ich erinnere mich nicht an diesen hohen Wert, will es kaum wahrhaben. „Das war sehr hoch, Herr Beule, und Sie hatten viel Glück.", teilt sie mir noch ernstblickend mit. „Der Wert sinkt nun kontinuierlich und alles ist in Ordnung."

Ich erinnere mich wieder an die orthopädische Kurklinik, an den Start meiner eigentlichen Anschlussheilbehandlung für meine kaputten Bandscheiben. Mir ging es dort bei dem CRP-Wert von vierzig sehr schlecht und nun? Wie geht es mir jetzt im Vergleich? Wahrscheinlich geht es mir gerade nicht wirklich besser, aber verglichen mit dem Tal, aus welchem ich gerade komme, nehme ich meinen jetzigen Zustand eventuell anders wahr. Es ist alles sehr verrückt.

Im Liegen schlage ich mein rechtes Bein über mein linkes, beziehungsweise lege meine Ferse auf mein linkes Knie. Mein Jogginganzug wirkt schlaff an meinen ansonsten kräftigen Waden. Ich ziehe das Hosenbein hoch und entdecke an meinem Unterschenkel nur noch einen festen Schienbeinknochen. Von meiner Wade ist kaum etwas übrig geblieben. Nur noch Haut und Knochen zieren meinen Unterschenkel.

Ich untersuche das andere Bein, meine Arme und stelle mit Entsetzten fest, überall einen sehr starken Muskelschwund erlitten zu haben. Mein Bauch ist viel dünner, mein Po ebenfalls. Ich bin vollkommen erschrocken. Zur Ablenkung höre ich melancholische Musik, schaue aus dem Fenster in den Hof und döse im Selbstmitleid vor mich hin.

Von dem warmen Mittagessen bekomme ich keinen Bissen herunter. Weder Appetit noch Hunger wollen in mir aufkeimen. Den Nachtisch, einen Obstquark, esse ich. Mehr geht heute nicht. Wie jeden Mittag bekomme ich auch noch eine Menge Medikamente, welche ich brav zu mir nehme. Ich habe Durst. Eine Pflegerin sagte mir, dass neben meinem Zimmer eine Getränkeoase eingerichtet sei. Wenn ich möge, könne ich dort jederzeit etwas zu trinken holen.

Um meiner Lethargie zu entkommen, will ich es wagen, weiter als nur bis zu meiner Badezimmertür zu gehen und mein Zimmer alleine zu verlassen. Kurz die Hausschuhe anziehen, ich stehe auf, gehe zielstrebig auf meine Zimmertür zu und verlasse erstmalig und vollkommen alleine das Zimmer.

Zur rechten Seite tut sich der lange helle Flur auf, zur linken geht es direkt in einen Bereich mit drei oder vier kleinen Bistro-Tischen. Mein Zimmer ist das letzte am Ende der Station. An einer Wand stehen zwei silberne Roll-

wagen mit einem Kaffee- und einem Heißwasserspender. Ich entscheide mich für Tee, was mir selbst komisch erscheint, da ich sonst gerne Unmengen an Kaffee getrunken habe. Am Heißwasserspender angekommen, untersuche ich weiter meine Umgebung.

In dieser Ecke des Gebäudes endet der moderne Anbau der Klinik und die bis zum Boden reichenden Fenster lassen den Bereich hell und freundlich erscheinen. An der Seite entdecke ich eine Tür zu einem Treppenhaus, ohne Aufzug. Ich frage mich, warum auch immer, wie ich in einem Notfall dort herunter kommen soll. Die wenigen Meter haben mich bereits geschlaucht. Der Geruch von aufgebrühtem Kaffee steigt mir in die Nase, kommt mir aber falsch vor.

Mir ist wieder kalt, draußen im Hof ist es winterlich. Ich nehme schnell die Teetasse und zittere mich auf mein Zimmer zurück. Mir geht die Kraft aus und ich bin froh, wieder auf meinem Bett zu liegen.

Zimmer hinten Links – Entzug.

Die Zeit wollte nicht vergehen und ich hörte weiter Musik über meine Kopfhörer. Ich legte mich auf die rechte Seite, um aus der großen Fensterfront zu schauen. Mein arabischer Arm schmerzte wieder stärker. Es war ausgeschlossen, mich auf der rechten Seite weiter auszuruhen oder gar einzuschlafen. In mir begann ein Wechselbad der Gefühle. Ich konnte nicht ausmachen, ob es körperliche oder geistig verwirrende Umstände waren, die in mir mal zu kochen und mal zu gefrieren schienen.

Erst wurde mir kalt. Ich drehte die Heizung voll auf und legte mich unter meine Decke. Mal überkamen mich Schauer wie bei einem Schüttelfrost, dann wurde mir wieder sehr heiß und ich schwitzte unter meiner Decke.

Meine Ehefrau kam zu Besuch und wir unterhielten uns zum ersten Mal nur wenig, denn mir ging es nicht gut. Sie besorgte mir am Empfang des Krankenhauses einen Internetzugang und brachte auf meinen Wunsch noch zwei Gemüsesäfte mit.

Zu meinem ganzkörperlichen Unbehagen wurde auch noch der Hustendrang zunehmend stärker. Nach einem starken Hustenanfall schien die Narbe des Luftröhrenschnittes an meinem Hals wieder aufgegangen zu sein. Ich drückte beim Husten nicht feste genug auf die Wunde und mit einem Mal entwich Atemluft aus meinem Pflaster. Nun keuchte ich nicht mehr nur vor Lungenschmerzen, sondern zusätzlich breiteten sich flatulenzartige Geräusche seitlich aus meinem Pflaster.

Für einen kurzen Moment fand ich die Umstände sogar lustig, dann grotesk.

Die Narbe war offen und es schien, als ginge es mit mir gesundheitlich einen Schritt zurück. Mein Leid, sichtlich in mein Gesicht geschrieben, erschütterte meine Ehefrau. Das wollte ich nicht, aber mit meinem Körper passierte etwas. Meine Glieder und Muskeln fühlten sich geschwächt an.

In meiner Lunge und meinen Bronchien sammelte sich immer mehr Flüssigkeit an, und ich hustete blutigen Auswurf in Papiertaschentücher. Mir wurde empfohlen, den Auswurf nicht in mir zu behalten, sondern auszuspucken. Auf meinen eigenen Wunsch hin stand ein Mülleimer nun direkt an meinem Bett, denn so war es einfacher, die zahlreichen, vollgehusteten Taschentücher direkt von meinem Mund hineinfallen zu lassen.

Meine Ehefrau und ich waren beide auf unsere Weise müde und ausgelaugt. Sie hatte die letzten Tage enormen Stress und fuhr auf mein Drängen etwas früher, mit trauriger Miene nach Hause. Ich hoffte, sie würde sich ausruhen, ich machte mir Sorgen um sie. Kaum war meine Ehefrau fort, schlief ich ein.

Etwas später wurde ich durch Geräusche sanft geweckt. Meine Mutter setzte sich gerade in den kleinen grünen Sessel neben meinem Bett. Wir begrüßten uns kurz und ich gab die aktuellen Erlebnisse des Morgens wieder. Mein inneres Unbehagen wurde stärker, ich bekam wieder Angst. Mein Herz raste und unter meiner Bettdecke bemerkte ich einen stechenden Geruch.

Ich entschuldigte mich bei meiner Mutter für den widerlichen Gestank. So einen penetranten Geruch hatte ich noch nie an einem Menschen wahrgenommen, geschweige denn an mir selbst. Säuerlich beißender, giftig anmutender Geruch stieg an mir auf. Meine Mutter wiegelte mit einer Handgeste ab, sie könne nichts riechen. Klar, schließlich riegelte ich meinen Körper hermetisch unter der Bettdecke ab.

Einsetzende Schwindelgefühle, das Herzrasen und eine unendliche Müdigkeit ließen mich von Minute zu Minute nervöser werden. Ich schwitzte unfassbar stark. Mit einem Mal hörten meine Mutter und ich ein metallisch klingendes Geräusch. Es hörte sich an, wie das Musizieren von Segelboten, wenn in einem Hafen der Wind die feinen Drähte an die Segelmasten schlägt.

Das Geräusch wurde durch mich ausgelöst. Ich zitterte. Ich zitterte am ganzen Körper so stark, dass das ganze Bett regelrecht rhythmisch vibrierte. Der dünne Plastikschlauch eines Tropfes klimperte an meinem Bett. Ich drückte den Knopf für Hilfe. Nach einer Weile meldete sich eine Pflegerin über den Zimmerlautsprecher. Es kam niemand mehr sofort, sondern über das zentrale Stationszimmer konnte man per Freisprechanlage den Patienten aus der Ferne erkunden. Tolle Technik. Ich versuchte meine Symptome zu beschreiben und bat um einen Arzt und um einen Föhn.

Eine Pflegerin schaute wenig später durch die Tür und brachte den ersehnten Föhn mit. Als sie mich sah, kam sie der Bitte einen Mediziner zu holen nach. Kurz darauf kam ein Arzt, der mir mitteilte, dass ich gerade den versprochenen Entzug erlebte. Leider sei dies erforderlich, da alle Opiate, Schlafmittel und sonstige

Medikamente, die noch aus meinem künstlichen Koma in mir steckten, ausgeschlichen werden mussten. Die Symptome seien erfahrungsgemäß vergleichbar wie bei Junkies auf kaltem Entzug. Leider konnte er mir keine Zeitangabe der Entzugsdauer machen. Da müsse ich einfach durch, war seine Antwort. Zynisch und verzweifelt dachte ich Prima.

Ich bat ihn, sich noch das Pflaster an meinem Hals anzuschauen, aus Angst die Tracheotomie-Narbe könnte sich entzünden. Er konnte nichts ausrichten und schickte erneut eine Pflegerin zu mir. Die Pflegerin untersuchte das Pflaster ebenfalls und bat mich, vorläufig weiter beim Abhusten auf die Wunde zu drücken. Später wollte sie sich das Pflaster erneut anschauen. Kaum war sie aus dem Zimmer, schauten meine Mutter und ich uns in einer Mischung aus Rat- und Hilflosigkeit an. Sie versprach nicht von meinem Bett zu weichen, bis dieser Entzug vorbei sein würde. Ich muss erbärmlich gewirkt haben, was ich ihr gegenüber jedoch stets zu unterdrücken versuchte. Es ging mir viel schlechter, als ich zugab.

Meine Mutter brachte mir ein frisches T-Shirt und ich wechselte es schnell gegen mein durchgeschwitztes aus. Nach nur wenigen Minuten war auch das neue T-Shirt total durchnässt und ich bat um den Föhn. Sitzend föhnte ich mich zuerst von vorne. Die warme Luft tat gut und trocknete mein Shirt. Von hinten durchdrang mich die Kälte weiterhin. Meine Mutter übernahm auf meine Bitte den Föhn und richtete die wärmende Luft auf meinen Rücken.

Wir wiederholten die Prozedur immer wieder im Wechsel. Mal föhnte ich mich vorne, dann wieder hinten.

Zwischendurch legte ich mich hin, döste ein, wurde zittrig wach und fluchte dann verzweifelt Kraftausdrücke in mein Kissen. Meine Mutter bewahrte die gesamte Zeit über die Ruhe und holte mal Tee, dann Sprudel oder wachte einfach an meinem Bett. Das war sehr wichtig für mich und tat sehr gut. Ich war nicht alleine.

Nach einer Weile richtete ich mich wieder auf und nahm den Föhn zu meiner linken Hand. Die wärmende Luftquelle beruhigte meinen zittrigen Körper für einen Moment. Apathisch ergriff ich das Wasserglas. Ich sah, wie der Föhn durch mein Zittern in meiner Hand hin und her wackelte, in der anderen Hand hielt ich das schwappende Wasserglas und versuchte es an meinen Mund zu führen. Den Föhn hielt ich zähneklappernd weiter von mir weg, den Luftstrahl immer noch auf mich gerichtet.

Meine Mutter saß hinter mir und traute ihren Augen nicht. Hatte ihr Sohn vor ein paar Tagen gerade so die schlimmste gesundheitliche Krise überstanden, schien er sich nun mit einem Glas Wasser und einem Föhn ins Jenseits befördern zu wollen. Die Szene war komisch, regelrecht filmreif. Meine Mutter eilte, ohne ein Geräusch zu machen, um das Bett herum, mit der Angst, jeden Moment das Glas Wasser sich über den Föhn ergießen zu sehen. Ich gab ihr das Wasserglas unter Protest ab, verstand die ganze Aufregung nicht. Meine arme Mutter!

Später kam eine Pflegerin zu uns ins Zimmer und erkundigte sich nach meinem Gemütszustand. Sie fragte nach meinen Wünschen. Es war die gleiche Pflegerin, die mich zu meinem ersten eigenen Toilettengang animiert hatte. Sie hatte mich von meinen EKG-Kabeln befreit und mich als stabil beurteilt. Sie hatte damit Recht behalten und ich vertraute ihr. Ich berichtete von den Entzugsqualen, dem gelösten Pflaster an meinem Hals und meinem ungeheuerlichen Gestank. Wohlwissend durch diesen Entzug zu müssen, bat ich um Unterstützung, im Bett etwas frisch gemacht zu werden.

Zum Erstaunen meiner Mutter und mir fragte sie mich, ob ich nicht duschen wollte. Duschen?! In diesem Zustand duschen? Ich hörte mich antworten: „Ja, gerne."

Für mich gab es zwei Hürden. Einerseits zitterte ich so sehr und fühlte mich geschwächt, andererseits klebte an meinem Hals das Pflaster von meiner Luftröhrenpunktion, welche immer noch nicht verheilt war und somit eine Angriffsfläche für Keime aller Art bot. Wie sollte ich da bitte duschen gehen? Und ich hatte gerade zugestimmt.

Etwas ratlos suchte ich einen Punkt im Raum, um mich wieder zu besinnen. An der Bluse der Pflegerin hing ein gelber Sticker mit einem lächelnden Smiley, ich schaute hoch, und sie ließ keinen Zweifel an ihrem Vorschlag aufkommen. Sie genoss durch ihre Art vom Vortag einen Vertrauensvorschuss. Unter einer Bedingung willigte ich ein: Ich wollte während der Dusche ein Handtuch um meinen Hals gewickelt bekommen, damit keine Feuchtigkeit an meine Wunde drang.

Sie lächelte, warf einen Blick in meine Dusche und stellte das Fehlen eines Duschhockers fest. Mit dem

Versprechen, gleich zurückzukommen, verließ sie das Zimmer.

Meine Mutter und ich schauten uns kurz an, ich wollte gerade meine Zweifel über das Duschen ausdrücken, doch meine Mutter kam mir zuvor. Das sei doch super und mir würde es nach einer Dusche gleich viel besser gehen. Zwei Frauen gegen einen Mann, was sollte ich machen? Ich freute mich ja auch ein wenig auf die körperliche Frische nach einer Dusche. Meine Mutter verabschiedete sich kurzerhand von mir, mich in guten Händen wissend, und machte sich auf den Heimweg. Perplex wartete ich auf die Pflegerin.

∞

Meine Mutter ist gerade gegangen, und ich richte mir kraftlos frische Anziehsachen. Ich zittere immer noch, mein Körpergeruch ist erbärmlich. Jeden Moment muss die Pflegerin in mein Zimmer kommen und mir ist mulmig zumute bei dem Gedanken, gleich duschen zu gehen. Bis gerade eben habe ich noch gar nicht über den eigentlichen Dusch-Akt nachgedacht. Würde ich überhaupt im Stande sein, alleine zu duschen?

Die Tür öffnet sich, die Pflegerin verschwindet mit einem Hocker in der Nasszelle, geht wieder zur Tür hinaus und kommt mit einem rollenden Wagen voller Handtücher zurück in mein Zimmer. „Geht es Herr Beule?", fragt sie mich knapp mit ihrem sympathischen Lächeln und ich nicke zurück.

Ob sie mir helfen solle oder ob ich es alleine bis ins Bad schaffe, fragt sie nach. In meinem Entzug ist alles schwerfällig und ohne Hilfe kaum möglich. Zu viel Kraft habe ich gerade zum Richten meiner Anziehsachen verbraucht. Ich stehe von meiner Bettkante auf und gehe auf meine Pflegerin zu. Die Badezimmertür ist geöffnet und ein weißer Badezimmerhocker steht in der barrierefreien Dusche. Die Pflegerin lächelt mir nett zu. Sie mustert mich und bittet mich auf dem Hocker Platz zu nehmen. Ich sitze und sie fragt, ob ich umfallen könnte, also vom Hocker rutschen. Ich verneine.

Sie schaut sich in dem gefliesten Badezimmer um und bittet mich kurz zu warten. Sie kommt mit einem weiteren Stuhl von meinem Esstisch zurück und breitet ein großes Handtuch auf der Sitzfläche aus. Nun soll ich mich ausziehen. Auf diese Situation war ich mental nicht vorbereitet, obwohl ich es hätte erahnen können. Ich soll mich vor ihr ausziehen, ganz nackt, und sie wird die ganze Duschzeit über bei mir bleiben.

Ach du meine Güte! Hatte ich doch mit fünfzehn Jahren allerlei pubertäre Phantasien, wie beispielsweise mit einer fremden Frau in einer Dusche zu landen, ist die Realität Jahre später durchaus ernüchternder. Mich vor einer fremden Frau auszuziehen behagt mir überhaupt nicht. Ich hatte, ihr sei Dank, meine Privatsphäre, alleine zur Toilette gehen zu können, wiedererlangt. Aber nun soll ich splitterfasernackt vor dieser Frau duschen?

Auf dem Hocker sitzend will ich meine Hose ausziehen, aber ich schaffe es nicht, die Wäsche über meine Füße zu streifen. Meine Pflegerin hilft mir und räumt die Jogginghose beiseite. Bevor es losgehen kann, holt sie meine frische Kleidung ins Badezimmer und legt die frischen Anziehsachen auf eine Ablage oberhalb der Heizung.

Die schmutzige Hose und Socken wirft sie in einen Jutebeutel und mir wird die Situation immer peinlicher. Ich vergesse fast, wie kalt mir ist. Sie hilft mir aus der restlichen Kleidung, sogar aus meiner Unterhose. Mein Körpergeruch ist schrecklich. Die Frau ist sehr nah an mir, muss den Gestank sicherlich wahrnehmen und räumt auch noch meine Wäsche weg. Intimer geht es eigentlich nicht mehr. Dann nimmt sie die Duschbrause zur Hand und stellt das Wasser in einer angenehmen Temperatur an. Nachdem das gewünschte Handtuch um meinen Hals gewickelt ist, übergibt sie mir die Duschbrause.

Das warme Wasser halte ich zuerst auf meine frierenden Waden, dann auf die Oberschenkel. Langsam lasse ich Wasser in meinen geschlossenen Schoß laufen und das warme Wasser fließt durch die Ritzen der weißen Kunststofflamellen des Hockers ab. Der Kunststoff fühlt sich an meinem Gesäß nass, unangenehm klebrig an.

Doch die erste warme Dusche, nach all der langen Zeit, übertrifft alle unangenehmen Gefühle. Ich dusche vorsichtig meine Brust ab, dann den linken Arm. Die Duschbrause wechsele ich in meine linke Hand und brause meinen arabischen Arm ab. Die Wärme auf meinem rechten Arm tut gut, nur in der Schulter bekommt mir die Wärme nicht. Die Pflegerin fragt, ob wir die Haare waschen wollen. Ich willige ein. Den Kopf beuge ich nach hinten, wodurch die verheilende Punktion am Hals ein wenig zieht, dann fließt warmes Wasser meinen Rücken herunter. Es ist herrlich.

Ich seife meinen Kopf selber ein, allerdings fehlt mir die Kraft, bis zum Schluss weiterzumachen. Meine Begleiterin bietet mir wieder ihre Unterstützung an und wäscht mir die Haare zu Ende. Nachdem die Haare ausgespült sind, greife ich zum Duschgel. Mit dem Duschkopf in meinem Schoß verdecke ich nicht nur mein Geschlechtsteil, sondern lasse verschwenderisch, aber ohne schlechtes Gewissen, das warme Wasser weiterlaufen.

Ich sage der Pflegerin, dass ich hier am liebsten noch zwei Stunden sitzen bleiben möchte. Sie lächelt mich wieder an und antwortet: „Dann machen Sie das." Ihr Angebot ist verlockend und sie fragt mich, ob ich alleine sitzen bleiben kann, ob mein Kreislauf das mitmacht. Ich ahne nichts von ihrem Plan, bejahe gerne hier sitzen bleiben zu können und zu wollen. Sie geht hinaus, mein Bett frisch beziehen und lässt zur Sicherheit die Badezimmertür auf.

Ich genieße es alleine unter der Dusche zu sein. Zwischendurch lasse ich warmes Wasser hinter meinem Haaransatz über meinen Rücken laufen, dann über die Arme und wieder über die Beine. Nach einer Weile sind wir wieder zu zweit im Bad.

Ob ich meine Beine und Füße waschen konnte, will meine Betreuerin wissen. Ohne auf meine Antwort zu warten, nimmt sie einen Schwamm zur Hand und wäscht gekonnt meine Beine und meine Füße. Als ich bemerke, ohne ihre

Hilfe weder meine Beine, geschweige denn meine Füße waschen zu können, übermannt mich diese ergreifende Geste und die Unterstützung wird mir plötzlich zu viel. In mir mischt sich Scham, Hilflosigkeit und Traurigkeit, sodass ich weinen muss.

Sie bemerkt meine Traurigkeit und fragt mich vorsichtig, was mit mir sei. Ich erkläre ihr rasch meine Eindrücke und sie tröstet mich mit den mir bereits vertrauten Worten. „Ach, das ist doch nicht schlimm. Sehen Sie, das ist mein Beruf und gehört eben dazu…".

∞

Es war einleuchtend und schließlich hatte ich die Erfahrung bereits auf der Intensivstation gemacht, als ihre nette Kollegin meinen Po säuberte. Vom Badezimmerhocker setzte ich mich in den anderen Stuhl mit Arm- und Rückenlehne, direkt an das Waschbecken. Zwischen Dusche und Stuhl waren keine zwei Ellenlängen Platz, aber der Abstand war weit genug, um den Stuhl von der Duschbrause aus trocken zu halten. Ich konnte mich anlehnen und mich in Ruhe abtrocknen.

Ein Handtuch lag auf dem Boden, damit meine Füße nicht auf den Fliesen frieren mussten. Ich rubbelte mich soweit es ging mit einem Handtuch ab. Meine Pflegerin half mir, mit den Füßen durch die Beinlöcher meiner frischen Unterhose zu gelangen, welche ich selbst über mein Gesäß zog und gefühlt wenigstens in einem textilen Feigenblatt vor ihr saß. Mein Poloshirt konnte ich selbst überziehen. Die nassen Haare föhnte ich auch selbst und meine Betreuerin ließ mich alleine im Badezimmer wirken. Sie wollte wiederkommen oder ich sollte im Zweifel den Notknopf drücken.

Im Spiegel begutachtete ich mich zwar frisch geduscht, jedoch unrasierter als je zuvor in meinem Leben. In meinem Gesicht war die Zeit über ein dichter Bart gewachsen. Das Pflaster an meinem Hals war feucht geworden, und ich fragte mich, wie meine Wunde die Dusche überstanden hatte. Die Situation erinnerte mich an die Zeit auf der Intensivstation vor ein paar Tagen, als mir die Pflegerin dort die Haare mit einer Kappe wusch.

Mein rechter Arm war immer noch lädiert, sodass ich es vorzog, gleich mit der linken Hand die Zähne zu putzen. Als ich fertig war, suchte ich in meinem Kulturbeutel nach Deodorant und meinem Parfüm, trug beides auf und fühlte mich besser.

Die Pflegerin kam sehr schnell zurück und half mir in meine Jogginghose und in meine Socken. Kurzerhand zog ich die Pantoffeln an und ging zu meinem frisch bezogenen Bett zurück. Erst dort bemerkte ich, dass sich meine Entzugserscheinungen beruhigt hatten und ich fast beschwerdefrei war. Nachdem das Badezimmer aufgeräumt war, stand der Wechsel meines Pflasters am Hals an. Die Pflegerin kam mit einem neuen Wagen voller Arzneimittel und Verbandsutensilien an mein Bett.

Das Pflaster ließ sich gut lösen und sie begutachtete die heilende Wunde. Sie äußerte verwundert, dass das kleine Loch noch nicht verschlossen sei. Ich erzählte von meinen starken Hustenanfällen und dass ich einmal vergessen hatte, rechtzeitig auf die richtige Stelle zu drücken. Sie meinte, dies sei völlig normal und ich solle mir keine Sorgen machen . Nachdem die Wunde gesäubert war, erhielt ich ein deutlich kleineres Pflaster mit einem eigenartigen hautfarbenen Pölsterchen. Dieses Pflaster war deutlich komfortabler und ließ sich besser ertragen.

Am frühen Abend telefonierte ich nochmal mit meiner Ehefrau. Ich berichtete ihr von der Dusche und meinen Entzugserscheinungen. Sie weihte mich in ihren Plan ein, mich mit unseren Kindern zu besuchen, da die beiden mich unbedingt wiedersehen wollten. Auch ich sehnte mich nach meinen Kindern und wollte sie wieder in meine Arme nehmen, sie an mich drücken. Einzig die Angst vor ansteckenden Krankheiten hemmte mich, bedingungslos ja zu sagen. Doch meine Ehefrau beruhigte mich.

Die Erkältungen unserer Kinder waren bereits weitestgehend abgeklungen. In zwei Tagen wollte sie mit den Kleinen kommen und bis dahin würden sie auf den Gesundheitszustand der Kinder achtgeben.

Das Abendessen verlief nicht anders als die gesamten Mahlzeiten zuvor. Ich aß fast nichts. Mit etwas Fernsehen versuchte ich mich abzulenken. An dem Abend kam eine Reportage über Krankenhauskeime und Hygiene in Kliniken, speziell ein aktueller Fall eines Mannheimer Krankenhauses. Erst kurz vor Ende der Reportage wurde mir klar, was ich angeschaut hatte. In meinem ängstlichen Zustand gab es sicherlich idealere Sendungen, die weniger bedeutungsschwanger sind und mich vor allem besser abgelenkt hätten. Nach kurzen Überlegungen entschied ich mich für ein schlichtes „Zu spät!", und ein „Irgendwie nicht schlimm, oder?".

Die Nacht sollte zum Tag werden. Es wurde immer später und zum Glück konnte ich meinen Vater zu jeder Tages- und Nachtzeit anrufen. Das machte ich auch und wir telefonierten gegen 23:00 Uhr noch über eine gute Stunde. Im Anschluss versuchte ich mich noch einmal am Fernsehprogramm, schaltete pausenlos um. Eine Nachtschwester kam später vorbei und überprüfte meine Körpertemperatur. Wieder lag ich im fiebrigen, aber unkritischen Bereich. Schlaflos wechselte ich nun ständig zwischen meinem Bett und dem kleinen Sessel an der Fensterfront.

Ich beobachtete den dunklen Hof und suchte in den Ecken nach Silhouetten vorbeigehender Menschen. Ich erinnerte mich an diesen Hof: Meine Ehefrau und ich gingen dort vor eineinhalb Jahren, vor diesem Ereignis, spazieren. Der Grund waren Wehen in zu großen Abständen, unseres sich zur Geburt ankündigenden Sohnes. Mit diesen Erinnerungen verfiel ich wieder in eine Melancholie und fühlte mich unendlich einsam.

Zum Glück kam in der Nacht die Nachtschwester auf einen Besuch vorbei. Sie sprach mich auf meine Eindrücke von der Intensivstation an. Sie war sehr jung und ich kam mir mit meinen vierzig Jahren auf einmal alt vor. Erst schilderte ich ihr ein paar Eindrücke und dann erzählte sie mir, fast schüchtern, dass sie auch mal in die Station zu mir herüber gelaufen sei, während ich „schlief".

Sie habe einen Pfleger gesehen, der an meinem Bett saß und mit mir gesprochen hatte. Sie war sehr beeindruckt von der damaligen Situation, dem Einsatz des Pflegers und den ganzen angeschlossenen Apparaten. Auch für sie war das ein ungewöhnliches und nicht alltägliches Bild.

Dann formte sie aus ihrem Zeigefinger und Daumen einen dicken Kreis, hielt diesen vor ihr Gesicht, um mir mitzuteilen, dass ein Schlauch, in der mit ihren Fingern angedeuteten Stärke, aus meinem Bein heraus schaute. Dieser Schlauch führte dunkles Blut in die ECMOMaschine und führte das gereinigte hellere Blut zurück an einen Zugang an meinen Hals. Dort wurde das sauerstoffangereicherte Blut direkt in meine Halsschlagader zurückgeführt. Sie beschrieb fasziniert all ihre Eindrücke und wollte diese offensichtlich mit mir teilen.

Bis zu diesem Zeitpunkt verdrängte ich alle Bilder und Eindrücke aus der komatösen Zeit, versteckte sogar die Aufklärungsmappe über die Herz-Lungenersatzmaschine. Ich wollte einfach nichts Genaueres darüber wissen. Einfach so, ohne Ankündigung, hatte mir diese nette junge Frau ganz unbefangen, ja regelrecht aufgeregt von ihren Eindrücken erzählt und mir damit ein neues großes Puzzelteil zu meiner intensiven Behandlung geschenkt.

Kurz war ich entsetzt, aber mit ihrer netten naiven Art und ihrer Glaubwürdigkeit war ich auch dankbar für die Informationen. Sie betrachtete die Situation von mir und meiner Familie als emotional Unbeteiligte, neutral in ihrer Darstellung und gleichzeitig ganz in ihrem Element. Wie sollte ich ihr böse sein?

Was für eine verrückte Situation. Sie verließ strahlend das Zimmer und wünschte mir eine gute Nacht.

Zimmer hinten Links – immer weiter.

Die quälend lange Nacht endete für mich im Dunkeln, ohne Schlaf, als ich am gegenüberliegenden Gebäude die ersten Pfleger der Morgenschicht ausmachen konnte. Erst wurde in dem ersten Zimmer das Licht eingeschaltet, dann in dem zweiten Zimmer und so weiter. Auf meinem Flur nahm ich das unüberhörbare Rollen eines mobilen Containers wahr, in welchem entweder das Frühstück oder Medikamente mit sonstigem Material verstaut waren.

Eine Pflegerin kam leise in mein Zimmer, um mich nicht zu wecken. Ich war immer noch wach und wir begrüßten uns freundlich. Sie brachte mir einen Zettel und einen Stift mit und bat mich alle getrunkenen Flüssigkeiten, also Getränke oder Suppen, zu notieren. Ebenso sollte ich ab sofort in Urinierflaschen Harn lassen, da meine Flüssigkeitsaufnahme und entsprechende Abgabe kontrolliert werden mussten.

Etwas später versuchte ich an meinem Tisch zu frühstücken, leider mit dem gleichen trostlosen Erfolg der Vortage. Ich aß nicht. Die Visite fiel kurz aus, es gab nichts Neues zu berichten. Am Vormittag übte ich mit dem merkwürdigen Saugapparat meine Lungenfunktion zu verbessern, und die Kugeln schienen sich mehr anzuheben als bei meinen vorherigen Atemübungen.

An diesem Morgen informierte ich mich im Internet zum ersten Mal über die Nachrichten der vergangenen Wochen. Egal welche Webseite ich besuchte, nichts interessierte mich. Im Bett versuchte ich mich an den Übungen zum Muskelaufbau, doch es überkam mich eine tiefe Müdigkeit und ich konnte ein wenig Schlaf nachholen.

Nach dem Mittagessen kam ein Pfleger zu mir und kündigte eine anstehende Röntgenuntersuchung meiner Lunge an. Er kannte mich noch nicht, weder meinen Fall noch meinen Zustand. Als ein normaler und weniger spektakulärer Patient wahrgenommen zu werden, war ich mittlerweile gewohnt. Er fragte mich, ob ich den Weg zur Radiologie laufen wollte, doch ich bat um zusätzliche Unterstützung durch einen Rollstuhl.

Bis dahin war mein längster gelaufener Weg zur kleinen Tee- und Kaffeeecke neben meinem Zimmer gewesen. Wenige Minuten später stand der junge Mann mit einem Rollstuhl in meinem Zimmer. In mir wuchs die Lust, so weit wie möglich selbst zu laufen und somit ein wenig zu trainieren. Der Pfleger willigte mit aufbauenden Worten ein, mir schien, als sei er zwischendurch über meinen Krankheitsverlauf informiert worden. Er war behutsamer als Minuten zuvor. Wir liefen los.

Rechts aus meinem Zimmer gingen wir in Richtung Stationszimmer auf die doppelflügeligen Türen der Intensivstation zu. Während ich den langen Flur auf diese Tür zulief, stiegen mir die wildesten Gedanken aus der Zeit zu Kopf. „Da lag ich fast drei Wochen.“, dachte ich. Es kam mir surreal vor. Die Anstrengung des Laufens lenkte mich ab. Nach dem großen Stationszimmer liefen wir nach rechts, den Flur weiter entlang. Der sich für mich neu ergebende Kosmos, der Flur, war weniger lang und zu meiner rechten Seite ging das Stationszimmer hinter der gleichen Fensterfront weiter. Es schien mir viel größer als bei meiner Verlegung von der Intensivstation in die hiesige Station.

Das Feuerwerk an neuen Eindrücken hielt an. Zu meiner linken Seite stand eine Schleusentür zur Intensivstation offen und mir dämmerte, den Weg vor fast drei Wochen durch diese Schleuse in die Intensivstation genommen zu haben. Mein Pfleger richtete sich nach meinem Tempo und ich fragte ihn, um wie viel Uhr wir eigentlich in der Röntgenabteilung erwartet wurden. „Jetzt.", war seine nüchterne Antwort. Wir verspäteten uns, das stand fest.

Nach wenigen Metern kamen wir an einem mir vertrauten Treppenhaus an. Es war das Gleiche, um zur Geburtenstation zu gelangen. Wir stellten uns an die verschlossenen Aufzugstüren. Im Treppenhaus wünschte ich im Rollstuhl zu sitzen und war stolz so weit gelaufen zu sein. Das Treppenhaus und der folgende Flur waren fürchterlich kalt. Im Untergeschoß angelangt, wurde ich durch einen Verbindungsgang in das benachbarte Gebäude gefahren. Mein Pfleger und ich unterhielten uns über belanglose Dinge und ich fror am ganzen Körper.

In der Radiologie angekommen, standen in einem Vorraum zwei Betten, jeweils mit Patienten belegt. Eine weißgekleidete Dame kam aus dem Röntgenraum und bat den Pfleger mich einzufahren. Ich durfte aus dem Rollstuhl aufstehen, den Oberkörper frei machen und mich an den kalten Röntgentisch stellen. Die Radiologin bat mich einzuatmen, die Luft anzuhalten, und unter einem Surren schoss der Röntgenapparat das erste Bild meiner Lunge. Im Anschluss die gleiche

Prozedur von hinten und wir waren nach weniger als fünf Minuten fertig.

Nachdem ich mich wieder in den Rollstuhl gesetzt hatte, sagte mir die Radiologin nebenbei, dass da draußen eine Patientin nach einem schweren Autounfall geröntgt werden müsse. Sie würde dafür mindestens zwei Stunden, wenn nicht noch länger, brauchen und deshalb habe sie mich kurz vorgezogen.

Der Satz der Radiologin löste in mir mit Wucht ein großes Mitgefühl für die schwerverletzte Frau aus. Bis zu diesem Zeitpunkt wollte ich mich mit keinen Fällen oder Schicksalen anderer Patienten vergleichen. Auf der Intensivstation hatte ich mich nicht getraut, in die Nachbarzimmer zu schauen, als ich meine ersten Gehversuche unternahm. Mich beschlich der Gedanke, wie lange die Frau nach Ihrem Unfall wohl bräuchte, um wieder gesund zu werden. Was für Beeinträchtigungen von dem Unfall würden übrig bleiben? Und wie lange müsste sie im Krankenhaus bleiben? Ich fragte mich, wo sie Weihnachten verbringen würde. Schreckliche Vorstellungen sausten durch meinen Kopf.

Wieder zurück auf meiner Station, sah ich am Ende des Flures eine blonde Frau zaghaft aus meinem Zimmer kommen und in dem Treppenhaus schräg gegenüber verschwinden. Erst war ich schockiert. Konnte sich eine fremde Person in meinem Zimmer frei bewegen, vielleicht in meinen Sachen nach Wertgegenständen suchen?

Als wir in mein Zimmer einbogen, wartete bereits meine Ehefrau auf mich und empfing mich herzlich. Eigentlich wollte ich ihr ganz aufgeregt von meinem langen Lauf erzählen, doch die fremde Frau warf Fragen auf. Es war die nette Pflegerin meiner Aufwachphase im Zimmer IV. Sie wollte auf ihrem Heimweg kurz nach mir schauen und wissen, wie es mir erging. Sie ließ Grüße ausrichten. Das war wirklich nett.

Meine Ehefrau und ich waren wieder einmal von dem großen Engagement der Menschen dieser Abteilung überwältigt. Schließlich konnte ich meine neue Erfolgsmeldung des ersten großen Ausflugs loswerden und fiel erschöpft auf mein Bett.

Trotz des kleinen Erfolgserlebnisses wollte keine pulsierende Freude in mir aufkommen. Meine unmittelbare Zukunft war noch ungewiss. Es war noch nicht entschieden, wann und wo ich meine Anschlussheilbehandlung beginnen würde. Würde ich Weihnachten wirklich zu Hause bei meiner Familie verbringen können?

Ein Platz, in einer der zur Auswahl stehenden Kliniken in Bad Dürrheim, war noch nicht sicher. Alles schien nicht mehr sicher zu sein. Mein noch ausstehender Krankenhausaufenthalt schien endlos, zumal man mir davon abgeraten hatte nach Hause zu gehen. Aus gesundheitlichen Gründen, immerhin hatte ich noch eine schwere Lungenentzündung, sollte es ohne Umwege in den Kurort gehen. Es war noch nicht klar, wann ich entlassen würde, in welche Klinik ich durfte und nichts wollte nach meinem Gustus funktionieren. Das tatenlose Warten machte mich verrückt.

Um eine Anschlussheilbehandlung zu erhalten, werden nicht nur verschiedene Institutionen benötigt, sondern Informationen aus allen Abteilungen des behandelnden Krankenhauses müssen zusammengetragen werden. Es gilt Prozesse einzuhalten, damit anfallende Kosten nicht von Patienten zu tragen sind. Die verschiedenen behördlichen Apparate waren und sind nicht einfach zu durchschauen.

In diesem Krankenhaus, wie in vielen anderen auch, war die Sozialstation dafür verantwortlich, Patienten in nachfolgende Behandlungen zu überführen. Dafür benötigten die Mitarbeiter der Abteilung diverse Antragsformulare, je nach Versicherung sind diese unterschiedlich, und bürokratischer Hindernislauf will gekonnt sein.

Die Sozialarbeiter prüfen unter anderem bei den entsprechenden Versicherungen die möglichen Rehabilitationskliniken ab. Nicht jede Klinik wird automatisch von einer Versicherung genehmigt. Alleine dieser Zustand führte zu enormen Verzögerungsprozessen. Es gibt bekanntlich viele Versicherungen und in meinem Fall war die Deutsche Rentenversicherung Bund zuständig.

Ich wusste zu genau, wie unflexibel behördliche Prozesse sein konnten und mit welchen Wartezeiten man rechnen konnte. Ich wusste allerdings auch, dass im Rahmen der sonstigen behördlichen Vorurteile über die Arbeitsgeschwindigkeit im Falle von Anträgen auf Anschlussheilbehandlungen die Arbeitswege schneller waren. Es passte nur nicht in mein enges Zeitfenster.

Ich wollte selbst aktiv werden und den Vorgang für die nächste Etappe beschleunigen. Im Laufe des Vormittags hatte ich die Durchwahl meiner zuständigen Sozialarbeiterin ausfindig machen können und ein erstes Gespräch mit ihr geführt. Die Dame kämpfte täglich gegen den Druck, Patienten in Rehabilitationsmaßnahmen zu überführen, damit die Betten in den Abteilungen fristgerecht für die nächsten, medizinisch zu versorgenden und schließlich zahlenden Klienten frei wurden.

Die sogenannte Bettenpauschale zwingt Sozialstationen den Spagat zwischen rentabel und sozial so weit wie möglich auszureizen. Ich versuchte mich am Telefon kollegial zu zeigen und bot mich als Unterstützung an. Die Sozialarbeiterin zeigte sich überrascht, bemerkte, selten so freundliche Worte zu hören und zog meine Akte aus dem Stapel ihrer sonstigen Fälle.

Die empfohlene Klinik der Ärzte wurde nicht von meiner Rentenversicherung übernommen. Also musste eine andere Klinik gefunden werden. Die Dame gab mir am Vormittag den Namen einer Klinik in Bad Dürrheim durch, für welche meine Rentenversicherung Rehabilitationen übernehmen würde. Ich rief direkt dort an, schilderte ausführlich meine Not und meine gesamte Situation von A bis Z. Am anderen Ende der Leitung hörte eine Sachbearbeiterin geduldig zu.

Ich fragte, ob überhaupt ein Platz zeitnah für mich vorhanden sei. Die Dame ging verständnisvoll auf mich ein und reservierte für mich einen Platz in den kommenden Tagen. Um das Verfahren zu beschleunigen, bat sie um eine schriftliche Bestätigung via Fax durch die Sozialstation meines behandelnden Krankenhauses.

Ich kam ein wenig in Wallung und die Aktivitäten lenkten mich zusätzlich von meinen Schmerzen ab. Es folgte die nächste Hürde. Die Sozialarbeiterin arbeitete in Teilzeit nur vormittags und es war bereits Freitagnachmittag. Mir war klar, dass erst am folgenden Montag final mit der verbindlichen Anmeldung in der Reha-Klinik gerechnet werden konnte. Das Zeitfenster für meine Rückkehr vor Weihnachten wurde immer kleiner. Das war ein Schock.

Meiner Ehefrau berichtete ich während ihres Besuchs jedes Detail. Wir waren beide nervös und traurig, die Weihnachtstage möglicherweise nicht zusammen verbringen zu können. In diesem Moment war unsere Sehnsucht nach Berührung, einer warmen, tröstenden Umarmung unermesslich groß. Meine Ehefrau war immer noch erkältet und unsere Angst vor einem Rückfall groß. Not macht bekanntlich erfinderisch.

Wir überlegten unsere Hände gründlich zu desinfizieren, damit wir uns wenigstens an den Händen halten konnten. Danach würde ich meine Hände waschen und erneut desinfizieren. Gesagt, getan, unsere Hände berührten sich nach einer gefühlten Ewigkeit und zum ersten Mal nach dem Koma. Es war so schön, warm und innig. Wir schwiegen für eine Weile. Von den schönen Gefühlen gestärkt, tauschten wir ein paar Gedanken aus, wie wir die Tage bis Weihnachten überbrücken wollten.

Unsere Zweisamkeit wurde von einer Physiotherapeutin unterbrochen, es stand Aufbaugymnastik auf dem Programm. Die Trainingseinheit dauerte knapp zwanzig Minuten.
Stolz berichtete ich von dem weiten Marsch zum Aufzug bis hinter die Stationstür. Die Physiotherapeutin reagierte erstaunt. Die schnellen Fortschritte führte sie

lobend auf meine Willenskraft zurück. Sie wollte den Weg gerne nochmal mit mir ablaufen, sofern ich noch die Kraft dazu hatte. Ich wollte ihr unbedingt meine Fortschritte beweisen. Ich stand auf, schlüpfte in die Pantoffeln und wiederholte in Begleitung der Dame den Weg, hin und zurück.

Wieder gelang mir ein neuer Rekord. Kurz vor meinem Zimmer gingen wir ein paar Meter zurück und verlängerten den Ausflug um weitere Meter. Die Physiotherapeutin konnte die rasche Verbesserung meines Zustandes fast nicht glauben. Auf meinem Zimmer verabschiedete sie sich und ich legte mich nach der Anstrengung hin.

Mein Erfolgsgefühl brach abrupt ab, mir war nicht wohl.

Im Bett überkamen mich Kälteschübe. Mir schien, als ging das Spektakel der Entzugserscheinungen vom Vorabend von vorne los. Meine Ehefrau berichtete von den Eindrücken meiner Mutter, die meinen Entzug am Vorabend ja miterlebt hatte. Sie ergänzte noch, wie sehr sie aus der Ferne mitgelitten habe. Doch zu meinem Glück kam es nicht mehr zu diesen extremen Entzugserscheinungen. Nach wenigen Minuten war der Schub vorbei.

Nachdem sich meine Ehefrau auf den Heimweg begeben hatte, gab es Abendessen. Wie üblich aß ich nichts und Langeweile überkam mich. Ich wollte nur noch nach Hause und ein paar Tage mit meiner Familie verbringen. Zwischen Eintönigkeit und Melancholie vertrieb ich mir die Zeit mit Musik. Ich wartete auf den Besuch meiner Mutter, die sonst am späteren Nachmittag kam, doch sie schien den Zug verpasst zu haben.

Als sie eintraf, war es spät und schon lange dunkel. Sie war sichtlich erleichtert über meinen erkennbar besseren Zustand. Noch am Abend zuvor half sie mir durch den Entzug zu kommen und nun schien ich von den schauerlichen Nebenwirkungen befreit. Ich erzählte ihr von den kurzen, aber intensiven Rückfällen und der Duschprozedur am Vorabend. Danach erzählte sie mir von einer religiösen Gemeinde in unserem Heimatdorf, in welcher sie Rückhalt und Zuwendung über die Zeit meines Komas erhielt. Ihre Erzählungen waren unterhaltsam und ich lauschte den witzigen Ausführungen über ihre Begegnungen in der kirchlichen Gemeinde.

Meine Mutter ist evangelischer Konvertit und blüht seit Jahren in ihrem Gemeindeleben auf. Für sie war Religiosität wichtig, um in schweren Zeiten Halt zu finden. Umso praktischer war es für sie, dass eine Religionsgemeinschaft in unserem Dorf der ihren glich. Meine Mutter nutzte die Gelegenheit, dort ein wenig mit ihren Glaubensbrüdern und -schwestern zu beten, zu singen und sich von ihrem Stress zu befreien.

Trotz meiner skeptischen Einstellung zu Religionen und deren Institutionen, beschlich mich der Gedanke, wie gut es für Gläubige sein kann, durch spirituelle Ansätze Krisenzeiten zu überstehen. Meine Mutter kannte meine Zweifel und Kritiken, was es ihr schwerer machte, über ihre religiösen Erlebnisse frei zu sprechen. Doch ich versuchte sie zu ermuntern und erinnerte sie an meine Begegnung mit der Ordensschwester.

Am Abend zuvor hatte meine Mutter die kleine Glaubensgemeinschaft aufgesucht. In einem Stuhlkreis tauschten die Kirchenanhänger rituell ihre akuten Themen aus, für wen oder was sie beten wollten. Der Priester regte mit animierenden Worten zu Dialogen und Erzählungen an. Mir schien diese Form befremdlich, ein wenig merkwürdig.

Meine Mutter erklärte mir, dass sie bereits zu Zeiten meines Komas dort gewesen und es zu einer ähnlichen Situation gekommen sei. Sie hatte sich bis zu diesem Zeitpunkt nicht getraut davon zu erzählen, wohlwissend, dass ich der Methode wenig abgewinnen konnte.

Während der schweren und bangen Stunden, war sie diejenige, die von ihren Sorgen vor der gesamten Gemeinde berichten sollte. Mein Herz raste, denn ich wollte nicht zum Thema in einer Kirchengemeinde gemacht werden. Es behagte mir zunächst nicht, dass meine Mutter wildfremden Leuten von mir und meiner Krankheit berichtete. Ich wohnte erst seit kurzer Zeit in dem kleinen Dorf, jeder kennt dort jeden und es war mir einfach unangenehm. Angespannt, was mich erwarten sollte, hörte ich zu.

Sie holte weit aus und brachte mich mit ihrer Erzählung ein wenig zum Lachen. Vor ein paar Wochen saß sie in einer Reihe von wildfremden Leuten in dem besagten Gebetshaus. Zur Erinnerung: Meine Mutter ist Französin, spricht hervorragend Deutsch. Dennoch gibt es in unserer deutschen Sprache viel mehr Wortkombinationen als im Französischen, was es für Fremdsprachler nicht immer einfach macht.

Sie wollte den Worten des Priesters lauschen und sich besinnen. Vor ihr hantierte jemand mit einem Plakat herum, sodass sie den Priester nicht richtig verstehen konnte. Sie fragte höflich ihren Sitznachbarn, was der Priester vorne sprach, worum es ging und bekam von dem Mann neben ihr alles erklärt.

Wie schon beschrieben, jeder konnte einen Vorschlag in großer Runde für ein Gebet abgeben. Der Mann fragte höflich nach, was meine Mutter in das Gemeindezentrum trieb, auf welcher Suche sie sei. Sie erklärte, eine Glaubensschwester in einer ähnlichen Gemeinde in Frankreich zu sein. Dann erzählte sie schemenhaft von ihren Sorgen und dem Zustand ihres erkrankten und komatösen Sohnes. Noch ahnte meine Mutter nicht, was passieren würde.

Der Mann kannte wohl kein Pardon, nahm meine Mutter unvorbereitet an die Hand und zog sie regelrecht nach vorne zu dem Priester, vor das Auditorium. Der Mann nahm ein Mikrofon zur Hand und kündigte an, dass die Dame an seiner Seite, die Frau aus Frankreich, etwas Wichtiges zu erzählen habe und ihr bitte alle zuhören mögen.

Meine Mutter spielte die Szene gekonnt nach und taperte dabei durch das ganze Zimmer. Der Mann übergab ihr also das Mikrofon und meine Mutter zitterte vor Nervosität am ganzen Leib. Vor all den fremden Menschen ihr Seelenleid auszusprechen, darauf war sie nicht vorbereitet. Das Mikrofon wackelte vor Aufregung in ihrer Hand hin und her, den Blickkontakt mit den Zuschauern vermeidend.

Sie unterbrach lachend ihre Erzählung und musste an meine unfreiwillige Vorstellung mit dem Föhn und dem Wasserglas vom Vortag denken. Ihr fiel auf, ähnlich ulkig vor der Gemeinde gestanden zu haben. Sie sprach einfach drauf los, Irgendendetwas. Rückblickend erinnerte sie sich nicht mehr an das, was sie gesagt hatte, nur daran, dass sie zitternd vor der Gemeinde gesprochen hatte.

Während meine Mutter mir die Situationskomik weiter schilderte, schüttelte sie sich immer wieder vor Lachen. Obwohl ich immer noch keine Lust oder Freude am Lachen empfand, amüsierte mich die Geschichte sehr. Gleichzeitig verstand ich, dass meine Mutter mit Sorgen und Nöten, in der Gemeinsamkeit des religiösen Kultes, ihre benötigte Ruhe und Kraft fand.

Obwohl ich nicht an die kraftspendenden Fähigkeiten religiöser Einrichtungen glaubte, spürte ich, mich vielleicht in meiner kritischen Einstellung zu irren. Vor mir stand der Beweis, meiner Mutter ging es damit gut.

Ich nahm mir vor, zukünftig weiter über kirchliche Institutionen nachzudenken und über einen von mir unterschätzten Nutzen zu philosophieren. Das würde sicherlich kein einfaches Unterfangen für mich werden. Aber ich hatte bereits die Erfahrung mit der gütigen Ordensschwester gemacht, dass man bei der Suche nach einer guten Lösung für ein Problem auf individuelle Verfahren setzen und besonders eine Toleranz für unterschiedliche Ideale aufbringen sollte.

Kurz nach der unterhaltsamen Aufführung kam die Psychologin. Meine Stimmung war viel besser als die Tage zuvor. Ich bat meine Mutter zu bleiben, um am

Austausch meiner Gedanken mit der Psychologin teilzunehmen, zu verstehen, wie ich die Welt betrachtete, oder etwas beitragen zu können.

Die Psychologin war einverstanden. Sie erkundigte sich nach meinem Tag, ich fasste meine Fortschritte zusammen und erzählte von meinen Bemühungen und Telefonaten für die Anschlussheilbehandlung. Ich war im Planungsmodus mit Zielen und gut drauf. So beschloss und erzählte ich spontan zur Überraschung meiner Mutter, am kommenden Montag nach Hause zu wollen. Ich fühlte mich dazu bereit und wollte mit den Ärzten baldmöglich über meine Entlassung sprechen.

Die Psychologin war von meiner emotionalen Gratwanderung überrascht. Vom weinenden, dünnhäutigen Häufchen Elend am Vorabend schien nichts übrig geblieben zu sein. Ich offenbarte eine motivierte und zielorientierte Seite. Die Psychologin äußerte Zweifel. Sie fasste meine Pläne zusammen und erkundigte sich kritisch nach meinem Wohlbefinden. Mir schien, als wollte sie sich von meinen Vorhaben überzeugen und es mir dabei nicht zu leicht machen. Das fand ich richtig, denn Gegenwind kann stärkende Wirkungen entfalten, Lösungen zu erarbeiten.

Ich erklärte den anstehenden Dienstag in einer Lungenfachklinik mit der Rehabilitation starten zu können, vorausgesetzt alle Dokumente würden rechtzeitig von der Sozialstation bearbeitet werden. Sonst würde es nichts mehr mit Weihnachten in den eigenen vier Wänden. Offensichtlich war ich den beiden Frauen ein wenig zu forsch. Meine Mutter versuchte mich zu bremsen, ich solle mir keine voreiligen Hoffnungen machen. Auch die Psychologin äußerte sich wegen meiner Lage eher besorgt und bat mich, mehr Geduld aufzubringen.

Nach einer kurzen Bedenkzeit, ein paar Atemzügen, gab ich nach und veränderte den Plan in einen Wunsch. Dieses Detail war sehr wichtig für den Erhalt meiner Moral. Die offenen administrativen Hindernisse würden bei Misserfolg nicht gleich ein Scheitern meines Planes bedeuteten. Fortan versuchte ich, mir weitere Erfolge zu wünschen und nicht mehr zu planen. Mir erschien der Trick vielversprechend.

Ich bat meine Mutter die psychologische Unterstützung in Anspruch zu nehmen. Die Stimmung war ruhig, angenehm. Meine Mutter erzählte Auszüge ihrer Erlebnisse während meiner Komazeit und wie glücklich sie war, in dieser Zeit bei mir gewesen zu sein. Sie ließ den mitgeschleppten Ballast ab und zum ersten Mal kamen ihr Tränen in meiner Anwesenheit.

Am Ende der Sitzung wünschte uns die Psychologin einen schönen Abend und ein schönes Wochenende. Sie bot mir für seelische Notfälle am Wochenende ihre telefonische Unterstützung an. Ich dankte ihr und verwies auf die Unterstützung meiner Familie und meinte damit sicherlich gut durch das Wochenende zu kommen. Nach einer Weile musste auch meine Mutter gehen.

Die zweite Nacht machte ich wieder zum Tag. Während ich Musik hörte, starrte ich auf die Uhr. Sie schien, nur um mich zu ärgern, auf der Stelle zu verharren. Mitternacht war in weiter Ferne, im Fernsehen gab es nichts Spannendes oder Unterhaltsames zu sehen, nur Wiederholungen oder alte Serien.

Gegen die Einöde und um zur Abwechslung nicht auf die Uhr schauen zu müssen, holte ich mir Tee in der Getränkeecke. Um zu trainieren und gleichzeitig die Langeweile zu verkürzen, überlegte ich, mir Getränke aus der weiter entfernten Teeküche am Stationszimmer zu holen. Den diensthabenden Nachtschwestern gegenüber empfand ich meine Ausflüge in den Fluren als peinlich. Ich wollte meine Not der Einsamkeit, der Langweile und Schlaflosigkeit nicht zeigen.

Auf dem Weg zur entfernteren Teeküche fiel mir eine sitzende Frau an der Schleuse zur Intensivstation auf. Sie wartete offensichtlich auf jemanden. Es war spät am Abend und Besuche von Angehörigen um die Uhrzeit waren ungewöhnlich. Während ich langsam auf sie zuging, überkamen mich Bilder aus den Erzählungen meiner Ehefrau und meiner Eltern. Auch sie saßen spät abends dort, warteten darauf eingelassen zu werden, um mir im künstlichen Koma beizustehen. Jedes Mal warteten meine Angehörigen auf Neuigkeiten über meinen Zustand. Die Frau am Eingang sah traurig aus, tat dabei gefasst.

Fragen überschlugen sich in meinem Kopf: Auf wen wartete sie wohl? Was war passiert? Ein Unfall, ein Infarkt, eine Lungenentzündung? Am liebsten hätte ich die Frau in den Arm genommen und ihr alles Gute gewünscht, Trost gespendet. Es kam mir unangebracht vor. Ich bog gedankenverloren statt in die Teeküche in den rechts weiterlaufenden Flur ab und ging einfach weiter. Ich fühlte mich beobachtet, in meinen Gedanken ertappt. An der Stationstür machte ich kehrt und lief zurück. Die Frau sah mich nicht an und blickte versteinert zu Boden. In der Teeküche nahm ich etwas heißes Wasser und einen Teebeutel mit auf mein Zimmer. Die Frau und die ganze Situation gingen mir nicht mehr aus dem Kopf.

Den kleinen Spaziergang wiederholte ich in der Nacht zwei oder drei Male. Die Frau traf ich nicht mehr an. Zwischendurch traf ich auf Pflegerinnen, die in einem Raum Medikamente und Spritzen vorbereiteten. Eine flüsterte zur anderen Pflegerin: „Schau, das ist Herr Beule...". Ich wusste nicht, ob sie von meiner Anwesenheit genervt waren oder ob sie vielleicht meinen Einsatz honorierten. Es war mir nicht egal, aber nachzufragen traute ich mich auch nicht.

So lief ich hin und her. Kurz vor meinem Zimmer war die Tür eines mit Frauen belegten Raumes geöffnet. Eine ältere Frau wimmerte jämmerlich und rief nach Hilfe. Aus der Dunkelheit hörte ich die Stimme einer Nachtschwester, beschwichtigende Versuche der älteren Dame die Umstände zu erklären. Sie sei nicht alleine und in einem Krankenhaus, alles sei gut. Was für ein erschreckender Moment.

Wie gut es mir doch eigentlich ging. Bei meinen weiteren nächtlichen Ausflügen war diese Tür immer geöffnet und die Frau rief jedes Mal um Hilfe, wenn sie meine Schritte hörte. Ich beschloss nach dem dritten Stationsausflug besser auf meinem Zimmer zu bleiben, damit die Patientin ihre Ruhe haben konnte.

In meinem Bett drehte ich mich vom Rücken auf die linke Seite und wieder zurück. Mein arabischer Arm erlaubte es nicht auf der rechten Seite zu liegen. Alle fünf bis zehn Minuten schaute ich auf die Uhr und versuchte die Zeit erneut mit Musik zu überbrücken. Zwischendurch setzte ich mich in meine kleine gemütliche Ecke am Fenster und starrte in die Nacht. Meine Musikauswahl war nicht besonders einfalls-, geschweige denn abwechslungsreich. Ich hörte meine Lieblingsalben hoch und runter.

Die Leere in mir, der Umgebung, dem Krankenhaus zu nächtlichen Stunden war bizarr. Drinnen war es warm, ich befand mich in Sicherheit und konnte froh sein, nicht noch kränker ans Bett gefesselt zu sein. Zwischendurch öffnete sich die Zimmertür und eine Pflegerin schaute nach mir. Stets hörte ich die Bemerkung, dass ich unbedingt einen Versuch unternehmen sollte, doch endlich zu schlafen. Das war auch mein Wunsch, aber durchgehend erfolglos.

Weit nach Mitternacht beschloss ich einen Film zu schauen, in der Hoffnung dabei einzuschlafen. Es war ein grauenvoll brutaler Thriller von Luc Besson namens Nikita. Hellwach verfolgte ich den Film. Im Anschluss daran lief eine Reportage und mit Beginn des Frühstückfernsehens wusste ich, dass der Tag bald anbrechen würde. Mein einziger Plan, nein, mein Wunsch war es, nach dem Wochenende in die Anschlussheilbehandlung entlassen zu werden.

Zimmer hinten links – Wiedersehen.

Der Tag brach an und ich motivierte mich dazu, ein halbes Brot zu essen. Es war Wochenende und meine Ehefrau wollte mit unseren Kindern zu mir kommen. Durch die lange, schlaflose Nacht und einen allgemeinen lustlosen und traurigen Gemütszustand mit jeder Menge Selbstmitleid wollte immer noch keine Freude in mir aufkeimen.

Einerseits wollte ich einfach meine Kinder in die Arme schließen und an mich drücken, ihre Wärme an mir fühlen und ihren Geruch einatmen. Andererseits hatte ich immer noch große Bedenken vor den üblichen, saisonalen Kindergartenviren und sorgte mich vor möglichen Ansteckungsgefahren.

Meine Gedanken schwankten zwischen Vorfreude und Skepsis hin und her. Meine Bedenken wurden von einem Anruf meiner Ehefrau unterbrochen. Sie bereitete mich auf den Besuch vor, im Hintergrund hörte ich unsere beiden Kinder mit ihrer französischen Oma spielen, lachend und quietschend vor Freude.

Nachdem wir aufgelegt hatten, lauschte ich dem Treiben auf dem Stationsflur und wartete auf das ersehnte Klopfen an der Zimmertür. Alle Bedenken waren wie weggeblasen und die Zeit bis zum Besuch meiner Kinder verging noch langsamer als in der Nacht zuvor. Die Türklinke fest im Blick, hoffte ich, meine kleine Tochter würde die Tür von außen öffnen und mit ausgebreiteten Armen zu mir laufen. Es war unlogisch. Vielleicht war das Telefongespräch zwei Minuten alt und laut meiner Ehefrau würden sie sich nach dem Zähneputzen noch Schuhe anziehen müssen, die

Jacken anziehen, sich alle im Auto verstauen und noch mindestens fünfundzwanzig Minuten nach Freiburg fahren.

Zum Glück kam eine Pflegerin herein, unterbrach meine anschleichende Lethargie und nahm mir etwas Blut ab. Wie unterhielten uns kurz und mir fiel auf, dass es eine der Pflegerinnen aus dem Intensivstationszimmer II war, das mit der 24-Stunden-Überwachung. Sie verhielt sich mir gegenüber immer ruhig und zurückhaltend. Zum ersten Mal sprachen wir ein bisschen miteinander. Das lenkte mich ab. Im Anschluss richtete ich mich im Bad und wechselte meine Kleidung. Im Spiegel sah mich ein dürrer, bärtiger Mann an. Ich fragte mich, was die Kinder davon halten würden.

Nach ein paar Gymnastikeinheiten legte ich mich zurück ins Bett und wartete. Ich wartete Minute um Minute. Die Zeit verging überhaupt nicht mehr. Ich simulierte in Gedanken den Weg mit dem Auto von unserer Wohnung in das Krankenhaus. Vorbei an einem kleinen Bach, an einer Ampel links, nach zwei Kilometern im Kreisverkehr rechts, nach einiger Zeit wieder rechts und Minuten lang durch ein schönes Weinanbaugebiet. Ich malte mir die Fahrt bis in die Tiefgarage des Krankenhauses aus und versuchte, den Fußweg aus der Tiefgarage durch die Krankenhausflure bis in mein Zimmer zu konstruieren.

All meine aufgebrachte Phantasie, um die Zeit zu überbrücken, half nichts. Ich fing an, mir mögliche Hindernisse auf dem Weg ins Krankenhaus auszumalen. Hier eine Baustelle oder eine Verkehrskontrolle. Egal wie sehr ich in Gedanken den Weg simulierte, die Zeit hatte kein Erbarmen und ließ mich umso länger warten.

Nach einer Ruhephase hörte ich im Flur ein ersehntes Geräusch. Unser Sohn war gerade ein Jahr alt und vergnügte sich daran, jede ihm entgegenkommende Person mit lauten Hallo-Rufen aus seinem Kinderwagen zu begrüßen. Endlich. Unsere Tochter war ein wenig schüchterner, doch ich vernahm auch ihre Stimme. Sie kamen immer näher und durch die Tür hörte ich meine Ehefrau sagen, dass unsere Tochter die Tür öffnen sollte. Unsere kleine Große lief auf mich zu, kam zur rechten Seite meines Bettes und begutachtete mich vorsichtig.

Ein dreiviertel Jahr zuvor lag ich bereits für eine Schmerztherapie stationär in dem anderen Verbandskrankenhaus. Zur Gabe von Schmerzmitteln schaute eine kleine Kanüle aus meinem Arm. Damals saß meine Tochter auf meinem Bett und wollte sich an meinem Arm hochziehen, erwischte dabei den intravenösen Zugang. Ich schrie vor Schreck und Schmerzen auf, was sie offensichtlich nicht vergessen hatte.

Sie stand also vor meinem Bett und untersuchte mich nach möglichen Zugängen in meiner Haut, an welchen sie mich verletzen könnte. Sie wollte auf mein Bett, mit mir kuscheln. Ich bat sie ein wenig Desinfektionsmittel in ihren Händen zu verreiben, um mich nicht mit irgendwelchen Keimen anzustecken. Zu meiner Überraschung machte sie das anstandslos und setzte sich anschließend auf meine Bettkante.

Meine Ehefrau schob unseren Sohn in seinem Kinderwagen und stellte ihn an die linke Seite meines Bettes.

Der Kleine schaute mich mit großen, fragenden Augen an. Er hatte mich bereits über vier Wochen nicht mehr gesehen, was für einen gerade Einjährigen eine sehr lange Zeit sein muss. Er prüfte mich kritisch, mein Gesicht war dünner und behaarter, als er es kannte. Er schien skeptisch zu sein. Ich sprach ihn mit seinem Namen an und in ihm regte sich sichtlich Freude. Hatte er mich wiedererkannt?

Währenddessen kletterte unsere Kleine auf mein Bett und zog sich die Schuhe aus. Unser Sohn beobachtete, wie seine vertraute Schwester auf dem Bett des zotteligen Mannes herumwuselte, und prüfte jede noch so winzige Regung von ihr und von mir. Meine ihm vertraute Stimme passte nicht zu meinem Erscheinungsbild. Zu meiner Erleichterung beugte er sich über den Kinderwagenbügel und streckte seine Hand nach mir aus. Er lächelte schüchtern, vielleicht noch verunsichert das Richtige zu tun, aber immerhin kam er auf mich zu.

Meine Ehefrau und ich hielten unsere Hände, was bis dahin keine Selbstverständlichkeit war. Die Anspannung fiel von mir ab und ich war froh, meine Lieben bei mir zu haben. Dennoch schien ich nach außen lethargisch, fast depressiv. Meine Freude löste sich wie ein Zuckerstück in einem warmen Getränk auf. Je mehr ich meine Kinder herbeisehnte, umso deutlicher wurde mir, sie die kommenden Wochen nicht sehen zu können. Meine Kinder zu trösten, wenn sie Trost brauchten, mit ihnen zu schmusen, wenn uns danach war, all meine Versprechen für meine Familie da zu sein, waren nicht einlösbar. Mir war zum Heulen zumute.

Unsere Tochter lenkte mich ein wenig mit ihrer kindlichen Neugierde und weiteren Untersuchungen an mir ab. Sie bemerkte das Pflaster an meinem Hals. Kaum wollte ich etwas dazu sagen, entdeckte sie auf dem kleinen Tisch am Fenster ihre für mich gemalten Bilder. Ich kam nicht mit, offensichtlich waren meine Gedanken noch nicht flüssig genug. Jeden Tag hatte meine Ehefrau Bilder mitgebracht, die Sammlung war beachtlich. Zwischendurch bekamen die beiden Kleinen etwas zu essen und waren für ein paar Minuten anderweitig beschäftigt.

Meine Ehefrau und ich unterhielten uns über unsere Erlebnisse aus der vergangenen Nacht. Ich erzählte von der Frau, die vor der Intensivstation gewartet und mich emotional tief berührt hatte,von meiner Schlaf- und allgemeinen Lustlosigkeit. Meine Ehefrau berichtete von den Schlafritualen mit den Kindern. Sie waren während meiner Komazeit in das Elternzimmer eingezogen, hatten Platz für den Familienbesuch gemacht. Dadurch war meine Ehefrau nicht alleine in unserem Ehebett und die Kinder schliefen praktischerweise die Nächte fast durch.

Die Besuchszeit verging viel zu schnell und die Kleinen mussten nach Hause, da unser Sohn noch seinen Mittagsschlaf brauchte. Meine Mutter plante, an diesem Tag etwas früher zu mir zu kommen. Außerdem hatten sich Freunde von uns angekündigt, die mich am Nachmittag oder tags darauf besuchen wollten. Meine Ehefrau war sichtlich traurig und enttäuscht, dass meine Gedanken und meine Stimmung von Traurigkeit bestimmt waren. Sie hatte sich so sehr auf die Begegnung mit den Kindern gefreut und gehofft, dass ihr

Besuch mir Kraft spenden würde. Ich beteuerte, nicht anders zu können.

Es war mir in der Tat nicht möglich, zu lachen oder Freude zu empfinden. Die einzigen Gefühle waren Mitleid für meine Ehefrau und unsere Kinder, gepaart mit meinem Selbstmitleid. Vermutlich förderten einige Medikamente meine getrübte Stimmung, solche Nebenwirkungen sind bekannt. Wir verabschiedeten uns. Bevor die Tür zuging, traf mich der traurige Blick meiner Ehefrau mitten ins Herz.

Als ich wieder alleine war, fühlte ich mich schlecht und unglücklich. Das Mittagessen kam und ich brach immerhin meinen Rekord von acht verspeisten Suppenlöffeln vom Vortag und aß zum ersten Mal etwas von den Kartoffeln. Den Nachtisch konnte ich unproblematisch, wenn auch lustlos, essen. Das war neu. Nach dem opulenten Essen versuchte ich mein Tablett zum Wagen auf den Flur zu bringen. Ich wollte wieder eine neue Etappe schaffen, doch meine Arme und Beine waren immer noch zu schwach, um das Gewicht des Tabletts bis nach draußen vor die Tür zu tragen. Nach zweieinhalb Metern stellte ich das Tablett an das Waschbecken neben meinen Spind ab und verzog mich in mein Bett.

Zu meiner Überraschung, denn es war Wochenende, kam die Physiotherapeutin vom Vortag vorbei und ließ mich erst gar nicht in meine Gefühlsduselei zurückkehren. Nach ein paar Stabilisierungsübungen von Beinen und Rumpf berichtete ich ihr von meinen starken Arm- und Schulterschmerzen. Ich verschwieg ihr allerdings den Kosenamen des betroffenen Arms. Sie versprach mir eine schmerzlindernde Übung.

Ich sollte mich seitwärts mit dem gesunden Arm an der metallenen Stange meines Bettfußendes festhalten. Im Ausfallschritt und mit geradem Rücken sollte ich den schmerzenden Arm vor und rückwärts, hin und her pendeln lassen. Doch es half nichts. Der Schmerz wurde unangenehmer. Alternativ sollte ich eine weitere Übung ausprobieren und mich vorwärtsgerichtet an eine Zimmerwand stellen, meine Unterarme gewinkelt, auf Brusthöhe an die Wand drücken. Die Handinnenflächen musste ich dabei flach an die Wand pressen.

Mit krabbelnden Fingerbewegungen sollte ich versuchen die Wand hochzukommen und meine Schultern entsprechend nachziehen. Es war unvorstellbar schmerzhaft. Je mehr ich versuchte den rechten Arm zu mobilisieren, desto schmerzhafter wurde es. Die Physiotherapeutin vermutete einen gereizten Nerv und empfahl mir, die Schulter regelmäßig zu kühlen.

Zum Abschluss sind wir den Flur bis zum Stationseingang gelaufen und ich erntete wieder große Komplimente für meine Fortschritte und meinen Willen, mein Ziel zu erreichen: Die Entlassung aus dem Krankenhaus. Die Therapie endete und ich legte mich erschöpft auf mein Bett. Die letzte Nacht hatte ich nicht geschlafen und das zeigte nun seine Wirkung.

Der Tag schlich im Kriechtempo vor sich hin und ich wusste nicht, wie ich die Zeit herumbekommen sollte. Das Warten mit den Schmerzen, die Ungewissheit der nächsten Tage und ein zunehmender Husten gaben mir vorläufig den Rest. Mein Auswurf bestand fast nur noch aus Blut, die Hustenanfälle wurden immer stärker, anstrengender und häufiger aufeinanderfolgend. Als meine Mutter kam, lag ich zusammengekauert in meinem Bett. Ich war sehr traurig über den, aus meiner Sicht schlecht verlaufenen Besuch meiner Liebsten. Dazu machte mir der stark blutige Auswurf Sorgen, eine bleibende Schädigung meiner Lunge davon getragen zu haben.

Ich bat meine Mutter, einen kleinen Mülleimer an die linke Bettseite zu stellen. Anfänglich hustete ich in Umwelt-Papiertücher, welche aus einem Papierspender am Waschbecken stammten und eigentlich zum Abtrocknen der Hände gedacht waren. Die Papiertücher waren in der Mitte gefaltet, rechteckig, deutlich größer als Taschentücher und ausgefaltet quadratisch. Es waren diese Tücher, die aus recyceltem Papier fest und eng in einem Spender verstaut werden, sodass man in der Regel nicht ein Tuch herausziehen kann, sondern immer eine gefühlte halbe Ladung. Außerdem ist die Oberfläche dieser Tücher mit kleinen Noppen strukturiert und der Geruch des Umweltpapiers ist auch nicht besonders reizvoll. Ich fand, dass das Papier so roch, wie der anzuleckende Klebestreifen von Briefhüllen schmeckte, einfach ekelerregend.

Bei jeder Hustenattacke war ich gezwungen, mehrere der einlagigen Papiere an meinen Mund zu pressen, während ich mit der anderen Hand auf die unverheilte Narbe am Hals drückte. Es kamen Unmengen an Sputum und Blut aus mir heraus. Meine Mutter behagte mein Zustand nicht und sie bemerkte meine wachsende innere Unruhe. Sie fragte mich, ob ich nicht einen Arzt zu Rate ziehen wollte, was ich zunächst ablehnte.

Es war Wochenende und die Stationen mit weniger Personal besetzt. Der diensthabende Arzt erklärte mir während der morgendlichen Visite, einen erkrankten Kollegen in der pulmologischen[43] Abteilung, auf der anderen Seite des Gebäudekomplexes, zu vertreten. Daher würde er etwas länger brauchen, wenn ich ihn riefe. Ich wollte ihn nicht unnötig belasten und nur wegen einer Frage zu meinem blutigen Auswurf herbitten. Eigentlich kannte ich die Effekte bereits.

Wie so oft kam zwischendurch eine Pflegerin in das Zimmer und erkundigte sich nach meinem Wohlbefinden. Meine Mutter stupste mich auffordernd an. Ich fragte die Pflegerin, ob es normal sei, so viel Blut auszuhusten. Sie wollte gleich den Arzt kontaktieren, um lieber ihn die Lage beurteilen zu lassen. Nach erstaunlich kurzer Zeit kam der Arzt vorbei, erkundigte sich nach weiteren Symptomen und riet mir zur Ruhe.

Zum Erstaunen meiner Mutter und mir nahm er keine Untersuchungen vor, hörte mich nicht ab. Es sei völlig normal, dass sich bei der großen Schädigung beziehungsweise dem eingefallenen Lungengewebe viele Stellen mit Blut gefüllt hätten, was nun mühsam heraus müsse. Die Antwort war mir zu dünn, denn ich wünschte mir, der Arzt hätte mir in die Lunge schauen und genauestens feststellen können, was so viel Blut absondert.

Er versprach mir, nach einer Anamnese meine Situation beurteilen zu können, und äußerte sein Mitgefühl. Für einen Moment verharrte er, was mich kurz an eine Verunsicherung oder Zweifel seiner gestellten Diagnose glauben ließ. Er sprach mich auf den schweren Grad meiner Erkrankung an und fragte, wie es mir mental

[43] Pulmologie = Lungenheilkunde

damit ginge. Ihn beschäftigte mein Fall besonders, weil wir etwa des gleichen Jahrgangs waren. Das war eine gute Frage. Ich konnte ihm nicht richtig antworten, mir fehlten die passenden Worte.

Mitgefühl eines Arztes nahm ich sonst nie wahr. Die Situation war für mich im wahrsten Sinne des Wortes komisch. Mir schossen in Millisekunden Gedanken durch den Kopf. Bis dahin hatten zwar alle Ärzte angenehme und motivierende Eindrücke hinterlassen, aber immer mit dieser unnahbaren Professionalität, dem Götter-in-Weiß-Pathos, der eine spezielle Distanz zu Patienten aufrechterhält. Das fand ich nicht schlimm, im Gegenteil. Ich fand es als normal.

Doch der vor mir stehende Arzt entnahm meinen Fall rein aus der Patientenakte. Er musste sich am Morgen, vor der Visite, ein Bild von seinem fremden Patienten verschaffen. Vermutlich konnte er die Gewichtung meines Falles nur über die Einträge und Beschreibungen der medizinischen Maßnahmen einschätzen. Prinzipiell sollte dieses Routineverfahren Grund genug sein, einen besonders großen Abstand zu mir zu behalten. Aber was stand in dieser Akte? Waren die Maßnahmen so ungewöhnlich? Reflektierte er möglicherweise den umfassenden Einsatz, und als er mich da liegen sah, fühlte er spontan mit mir mit? Weiter kam ich nicht mit meinen Gedanken, denn er musste zu seinem nächsten Einsatz und verabschiedete sich freundlich.

In der Tür drehte er sich zu mir um, beteuerte nochmals, ich sollte nicht zögern und bei Bedenken gerne nach ihm verlangen.

Halb beruhigt überkam mich ein Hustenanfall. Danach unterhielten meine Mutter und ich uns über die letzte Szenerie, waren froh um die Ehrlichkeit und Empathie des unbekannten Arztes. Als wir über die kommende Zeit sprachen, offenbarte meine Mutter, bald nach Hause fahren zu müssen. Schließlich sei sie bereits über drei Wochen in Deutschland. Drei Wochen!

Die Zahl verdeutlichte mir, dass ich bereits über drei Wochen in diesem Krankenhaus lag, die Aufenthalte in einem anderen Krankenhaus und der Rehaklinik zuvor nicht miteingerechnet. Es war verblüffend, denn seit dem Erwachen aus dem Koma konnte ich mit meinem Zeitgefühl wenig anfangen. Langsam begann ich, die Dimensionen um meine Erkrankung erst richtig zu erkennen.

Nachdem meine Mutter gegangen war, fragte ich mich, wie es die Angehörigen schaffen, so viel Zeit für ihre erkrankten Partner, Kinder und Freunde aufzubringen. Draußen ging das Leben normal weiter. Wie halten sie dem Stress und den Belastungen Stand, wer kümmert sich um sie? Ich wollte dieser Frage unbedingt nachgehen, sobald ich gesundheitlich in der Lage sein würde.

Am späten Nachmittag besuchte mich meine Ehefrau ein zweites Mal, ohne Kinder. Sie brachte mir eine meiner Lieblingsfrüchte mit, eine Pitahaya. Die Drachenfrucht ist ein Kakteengewächs, ovalförmig und pinkfarben. An der Schale sind kleine laschenförmige und gummiartige Blätter, welche wie die Schuppen eines Drachens aussehen. Das Fruchtfleisch erinnert optisch an Stracciatella Eis und der Geschmack ist wässrig, leicht süß und erfrischend. Die Frucht legte ich beiseite und wollte mich voll auf meine Ehefrau konzentrieren.

Wir malten meine Vorstellung aus, wie ich am kommenden Montag um eine Entlassung bitten wollte, sofern die Anschlussheilbehandlung sicher war. Zwar stand die Idee im Widerspruch zu meinem blutigen Husten, aber ich wollte nur noch nach Hause.

Vor der Rehabilitation wollte ich nochmal meine Kinder drücken und mit ihnen schmusen, meine Ehefrau im Arm halten. Wir waren motiviert und hofften, bald wieder in unseren Alltag zu finden. Mir ging es mental sichtlich besser als am Morgen und wir verbrachten ein paar nette Stunden. Dann fuhr sie nach Hause, denn ihre Eltern waren zu Besuch. Gemeinsam wollten sie noch mit den Kindern in unser weihnachtlich geschmücktes Dorf laufen.

Den restlichen Nachmittag verbrachte ich mit zahlreichen Telefongesprächen. Meine Ehefrau hatte einige Freunde bereits zu Beginn meines künstlichen Komas in Kenntnis gesetzt. In den Telefongesprächen erfuhr ich, welches Mitgefühl unsere Freunde verspürten und was ihnen in der Zeit durch den Kopf ging. Viele sagten mir offen, wie froh sie waren meine Stimme zu hören.

Das war schön und tat gut. Immer wieder erzählte ich meine Geschichten und versuchte bei manchen Fragen die Fassung zu wahren. Ich schämte mich nicht, wenn es mir vor Tränendrang die Sprache verschlug und ich eine kleine Atempause brauchte.

Es war schön einen Zuspruch von außen zu bekommen und es war noch schöner zu wissen, dass Menschen in der schweren Zeit in Gedanken bei meiner Ehefrau und mir waren. Eine Vorahnung beschlich mich, aus der Erfahrung heraus etwas Gutes ableiten zu wollen und mich für Menschen in Not einzusetzen. Aber noch war ich weit davon entfernt, konkrete Gedanken fassen zu können. Mir war noch nicht bewusst genug, welch großes Glück ich hatte, ausgerechnet in diesem Krankenhaus gelandet zu sein.

Abends kämpfte ich wie gewohnt mit meinem Abendessen und versuchte mich an einer Banane. Das Obst gab mir Lust auf mehr und ich schnitt meine Pitahaya auf. In einer andächtigen Prozedur bereitete ich die Frucht zu. Das exotische Obst in zwei Hälften zu schneiden, die Haptik der natürlich gummierten Oberfläche, der ausströmende Geruch des Fruchtfleisches, all diese Eindrücke bereiteten mir Lust genüsslich zu essen. Das war neu.

Das Abendessen empfand ich als eine Art Pflicht, quälte mich geradezu, ein halbes Brot und die Banane zu essen. Aber mit der außergewöhnlichen Frucht war es ganz anders. Mit einem Löffel schabte ich das Fruchtfleisch auf eine Löffelspitze und führte es vorsichtig in meinen Mund. Das sich verbreitende Aroma war mir bekannt. Es schmeckte gut. Zum ersten Mal aß ich etwas mit Lust und vermochte den Geschmack zu erkennen. Ich wusste, mein Geschmackssinn kam zurück.

Am Abend duschte ich erneut, die Pflegerin mit dem Smiley wusste mir den Abend zu versüßen. Die verspeiste Frucht, eine Dusche und die Kinder am Morgen gesehen zu haben, ließen mich den Tag zum Ende positiv abschließen. Ich beschloss mich nicht mehr von meiner Traurigkeit bestimmen zu lassen, sondern an die Genesung zu glauben. In der Tat ging es mir an diesem Abend psychisch wesentlich besser als alle Nächte zuvor. Ich wollte versuchen zu schlafen.

Zimmer hinten links – Perspektivwechsel.

In der heranbrechenden Nacht hörte ich mir über Kopfhörer eine Liveaufnahme meines Lieblingskünstlers an. Ich träumte davon selbst auf der Bühne zu stehen, zu singen und die Botschaften aus den Liedern zu verbreiten. Als Achtzehnjähriger war ich Mitbegründer einer kleinen Musikgruppe und sang französische Chansons und politisch-satirische Lieder von deutschen Liedermachern. Genau das wollte ich wiederbeleben. Was hatte ich alles in den Jahren auf der Strecke gelassen, nur um einen guten Job zu machen. Wie viele meiner Bekannten hatten Hobbys und verbrachten neben ihrer Arbeit und Familie viel Zeit mit ihren Leidenschaften. Der Gedanke ließ mich zusammenzucken.

Wie oft las ich in Zeitungen von Menschen, die einen Unfall oder eine Krankheit überlebt hatten und ihr Leben komplett neu ausrichteten. Sollte ich etwa zu dieser Gruppe gehören? Mir war nicht wohl bei dem Gedanken, denn eigentlich mochte ich meine Arbeit. Zeitgleich bemerkte ich in meinem Innersten eine tiefe Leere, in einem über Jahre verschlossenem Bereich. Spannend. Die Musik schien in mir alte Sehnsüchte zu erwecken. Ich suchte in meinem Telefon nach weiteren Musiktiteln verschiedener Künstler und erstellte die Programmabfolge eines imaginären Konzertes.

Meine Phantasien wurden von der nächtlichen Pflegeviste unterbrochen. Es war dunkel und die vermeintlich eintretende Nachtschwester entpuppte sich als Pfleger. Zum ersten Mal hatte ein Mann Nachtdienst und maß die Körpertemperatur an meinem Ohr. Ich hatte ihn einige Male auf dem langen Flur gesehen und mir schien, als gehörte er zu dem Personenkreis, welcher mich zwischen Tür und Angel mit den Worten „Ich kenne Sie, Sie mich aber nicht... Ich habe auch mal auf Sie aufgepasst..." angesprochen hatte. Aber ich vermochte es nicht, den Mann einer greifbaren Erinnerung zuzuordnen.

Während seiner Untersuchungen erzählte er mir nebenher, dass er mit dem behandelnden Arzt das Herzlungenersatzgerät etwa vor drei Wochen an mir angeschlossen hatte. Ich war baff. Der Pfleger erkundigte sich nach meinem Zustand und ob ich etwas von der Komazeit mitbekommen hätte. Ich antwortete, mich an nichts erinnern zu können, aber eine schwere Aufwachphase erlebt zu haben. Ich erzählte ihm Teile meines wüsten Traums und ergänzte, seitdem nachts nicht mehr schlafen zu können. Wir schauten uns an und der Pfleger fragte, ob er nochmal wieder kommen dürfe, er habe ein paar Fragen an mich. Ich willigte natürlich ein, schließlich war ich für jede Abwechslung dankbar. Erst recht, wenn die zu besprechenden Themen spannend wurden.

Ich vertrat mir noch einige Male die Beine und schlich den Stationsflur drei oder vier Mal auf und ab. Gegen zwei Uhr nachts lag ich erschöpft im Halbschlaf auf meinem Bett. Der Fernseher lief nebenher, ohne dass mich der Inhalt interessierte, als sich die Zimmertür leise öffnete. Der Nachtpfleger stand in der Tür, prüfte ob ich schlief und ich winkte ihm zu. Er erkundigte sich, ob ich bereits schlafen konnte, was ich jedoch verneinte. Der gute Mann trat in mein Zimmer und ließ die Tür geöffnet stehen. Er fragte, ob er sich kurz zu mir gesellen dürfte, die Nacht sei ungewöhnlich ruhig und alle Patienten waren versorgt. Ich bat ihn Platz zu nehmen. Er setzte sich auf den kleinen Esstisch, schräg unterhalb des Fernsehers.

Zunächst offenbarte er mir einer der Spezialisten für die Herzlungenersatzmaschine zu sein. Dann schilderte er meine Ankunft im Krankenhaus und wie es zu der Entscheidung kam, mich an die Herzlungenersatzmaschine anzuschließen.

Die ECMO-Technologie war neu in diesem Krankenhaus, gerade erst eingeführt und ich war erst der vierte Patient an dem Gerät. Er und ein Teil der diensthabenden Ärzte kamen aus der Universitätsklinik und hatten dort entsprechende Erfahrungen gesammelt. Er erinnerte sich, wie er meine Ehefrau das erste Mal gesehen hatte und ihr zumute war. Das Team der Intensivstation erklärte meinen Angehörigen genaustens sämtlich Befunde, meinen Zustand, die Prozeduren, die Maschinen, die Geräusche.

Mein Fall war auch für einige Mitarbeiter der Intensivstation schwerer zu ertragen. Aus deren Perspektive behandelten sie einen jungen Patienten mit einem ungewöhnlichen Krankheitsbild. Auf meine Nachfrage erklärte er mir, welche Patienten sonst mit einem Lungenversagen auf dieser Station beziehungsweise in Spezialkliniken behandelt werden. In meinem Fall gab es, außer der starken Lungenentzündung, keine ergründbare Quelle.

Die Ereignisse meines Krankheitsverlaufes waren äußerst selten und in der Form noch keinem der Ärzte begegnet, außer bei bekannten Grippeerkrankungen wie mit dem H5N1-Virus. Das größte Problem der Ärzte war die fehlende Kenntnis über die Ursache. Man behandelte mich auf Basis von akuten Diagnosen, ohne zu wissen, gegen was oder wen man eigentlich vorgehen musste. Das erschwerte anfänglich die Behandlung.

Aus einem distanzierten Blickwinkel entpuppte sich mein Fall als eine Bereicherung für die Abteilung, so absurd das klingen mochte. Die überdurchschnittliche Motivation seiner Kolleginnen und Kollegen veränderte die Abteilung, den kollegialen Zusammenhalt und deckte auch gewisse Schwachstellen auf. Schließlich wurde die intensive Betreuung mit meiner Genesung belohnt[44]. Die Zusammenarbeit und Widrigkeiten aus drei Abteilungen, sprich Anästhesisten, Pulmologen und Internisten konnten geschärft werden. Es war nicht immer einfach, denn wer trug wann welche Verantwortung für den Patienten?

Der intensive Umgang mit meinen Angehörigen entwickelte sich zu einer weiteren Bereicherung an Erkenntnissen, die man nicht an Fakultäten oder in Ausbildungen lernen kann. Summa summarum, so die Sichtweise des Pflegers, war der medizinische Fall interessant für die Entwicklung des Krankenhauses. Die Erzählungen waren für mich von wesentlicher Bedeutung, denn bis dahin kannte ich lediglich die Eindrücke meiner Verwandten und der begeisterten jungen Nachtschwester. Ich fand die Schilderungen bemerkenswert ehrlich und wichtig für mein nervliches Korsett. Für mich gesprochen, war diese Art der Aufklärung von großer Bedeutung.

Wir waren uns auf Anhieb sympathisch und unterhielten uns über unsere Berufe. Kaum begonnen, entdeckten wir Gemeinsamkeiten. Ich berichtete von meinen

[44] Ich wollte erst pathetisch Lebensrettung schreiben.

allgemeinen, relativ breit aufgestellten Branchenkenntnissen und über Projekte im Klinikumfeld. Wir sprachen über die organisatorischen Abläufe in Krankenhäusern im Vergleich zu anderen Unternehmen, insbesondere darüber, was man alles verbessern könnte. Aus unserem Gespräch wurde ein regelrechtes Brainstorming.

Wir sprachen über die Möglichkeiten im Gesundheitssektor durch wichtige Veränderungsprozesse wesentlich effektivere Organisationsmöglichkeiten zu kennen, um einerseits Kosten zu sparen und gleichzeitig Profite gerechtfertigt zu erhöhen, Stichwort Bettenpauschale. Wir unterhielten uns über ungenutzte Möglichkeiten mittels Planungssoftware, bekannte Medienbrüche im Gesundheitswesen zu überwinden und damit, aus theoretischen Lösungsansätzen, für Angestellte eines Krankenhauses die Arbeit zu verbessern, zum Wohle der Patienten.

Wir ergänzten unsere Ideen, nahmen vier gedankliche Stufen auf einmal, wir lagen im gleichen Tempo und im Rausch, die Welt ein wenig verbessern zu können. Mich interessierte noch viel mehr, doch zu knapp war unsere Zeit, selbst wenn wir die ganze Nacht hätten weiter sprechen können. Ich ahnte, dass er nicht lange bei mir bleiben konnte und meine Fragen alle ungestellt bleiben würden.

Wie vermutet, musste mein nächtlicher Gesprächspartner leider weiter seinen dienstlichen Pflichten nachkommen, doch er versprach mich wieder zu besuchen. Wir wollten in der Sache unbedingt weitere Unterhaltungen führen. Der Pfleger ließ mich noch wissen, nebenher Betriebswirtschaft zu studieren und dass er sich Planungen für organisatorische Tätigkeiten in seiner beruflichen Zukunft ausmalte. Witzelnd bot er mir an, in Zukunft gemeinsam Lösungen zu erarbeiten. Ich lächelte ihn an und versprach ihm, in einem Jahr so weit zu sein und unser Gespräch bestimmt nicht vergessen würde.

In meiner Abteilung, bei meinem Arbeitgeber, gab es ein eineinhalb Frau-Mann starkes Team, speziell für die Branche der Krankenhäuser. Mit Hilfe einer Branchenstrukturanalyse und internen Recherchearbeiten über Bedürfnisse der besagten Branche, kannte ich sowohl die akuten Nöte und Probleme als auch die diversen Herausforderungen, denen Krankenhäuser überwiegend ausgesetzt sind. Mein nächtlicher Ansprechpartner und Lebensretter – wie verrückt! – war scheinbar von unseren gemeinsamen Interessen begeistert.

Wir sponnen noch wenige Minuten eine zukünftige Zusammenarbeit aus. Dann läutete eine Notglocke aus einem benachbarten Zimmer. Er versprach mir seine Visitenkarte vorbeizubringen und bat mich, mit ihm im Kontakt zu bleiben.

Als er das Zimmer verlassen hatte, raste mein Herz vor Aufregung. Ich war wieder da. Meine Gedanken, mein Engagement und meine umtriebige Neugierde waren wieder zurück. Es war ein herrlicher Moment und am liebsten hätte ich um Viertel vor drei in der Nacht meine Ehefrau angerufen.

In meinem Kopf liefen scheinbar wieder alle Synapsen zusammen. Ich dachte über dutzende oder vielleicht hunderte Möglichkeiten nach, aus meiner Situation Profit für Menschen in meiner Lage schlagen zu können. Diese Nacht verlief aufregend und ich tigerte zwischen meinem Bett und der kleinen Sitzecke hin und her. Der Pfleger versprach wieder zu kommen und ich modellierte in meinem Kopf immer komplexere Geschäftsmodelle. Wie könnte man die Unternehmenskommunikation vereinfachen, um eine Entlastung für die Mitarbeiter zu schaffen und mithilfe von Wissenstransfers die Klüfte zwischen Patienten und Krankenhausangestellten zu überwinden? Das klang spannend.

Wie in vielen Unternehmen müsste man sich auf die Suche nach dunklen Geschäftsprozessen machen, all jene Abläufe aufdecken, die so funktionieren, weil es seit Jahren nicht anders gemacht wurde. Doch war dieser Weg auch richtig? Fragen über Fragen und Ideen über Ideen fielen über mich hinein.

Ich spürte in dieser Nacht eine kleine Erleuchtung. Vor mir glühte bildlich das Licht in all den dunklen Gassen unbekannter Organisationsabläufe und Verbesserungspotentiale in der Planung von Krankenhäusern. Ich wollte gleich los, die Welt verbessern. Ob ich in der Sache inhaltlich Recht behalten würde, vermochte ich nicht vorauszusagen, aber in meiner Phantasie hatte ich grenzenlose Lösungsansätze parat. Nicht an all meine Malaisen zu denken, tat gut.

Die Nacht verstrich schneller als sämtliche Nächte zuvor. In den frühen Morgenstunden kam der Pfleger zurück und brachte auf leisen Sohlen seine Visitenkarte herein. Er wollte mich nicht wecken, aber ich begrüßte ihn freundlich, wenn auch etwas durchnächtigt. Ob ich wenigstens den Rest der Nacht geschlafen hatte, wollte er wissen und ich verneinte abermals. Er musste die Übergabe an die nächste Schicht vorbereiten und bat mich erneut darum in Kontakt zu bleiben. Leider war es bis zu meiner Entlassung aus dem Krankenhaus, vorläufig, unsere letzte Begegnung.

Zimmer hinten links –

Organisation, Enttäuschung und Entlassung.

Nach dem Wochenende erhielt ich erstmals den angekündigten Besuch von Freunden, einem Ehepärchen aus unserem Dorf und in ähnlicher familiärer Situation wie wir. Die beiden hatten ebenfalls keine Verwandten in unmittelbarer Nähe und zwei Kinder im gleichen Alter wie die unsrigen.

Unser Freund war vor einigen Monaten bei einem Mountainbike-Ausflug schwer gestürzt und kam völlig orientierungslos, unter Schock und mit einem Blackout zurück nach Hause. Sichtlich benommen und ohne Erinnerung an den Unfall, wurde er mit einem Krankenwagen in ein Krankenhaus gebracht. Der Unfall verursachte zum Glück nur eine starke Gehirnerschütterung und einige Schürfwunden, sowie eine kleine Amnesie[45].

Rückblickend fehlten ihm etwa neun Stunden seines Lebens und er sprach mich offen auf mein künstliches Koma an. Er wollte gerne wissen, wie es mir ergangen war, ob ich Erinnerungen aus der Phase hatte. Die Zeit ohne Erinnerungen an die Unfallereignisse, den Krankentransport oder den nachfolgenden Behandlungen empfand er als sehr unangenehm und teilweise verstörend. Seine Eindrücke konnte ich zu einhundert Prozent bestätigten.

Ohne genauer über meine Worte nachzudenken, verglich ich meine zweiwöchige künstliche Schlafenszeit mit der Länge eines Urlaubes. Bei dem Gedanken so lange nichts mitbekommen zu haben, wurde mir rich-

[45] Verlust der Erinnerung

tig bange. Mehr noch, wieder einmal wurde mir bewusst, dass ich hätte sterben können, noch dazu ohne es mitzubekommen.

Seine Ehefrau berichtete mir davon, wie sie von meiner Situation erfuhr. Als ich ins künstliche Koma versetzt wurde, flog sie gerade mit ein paar Freundinnen für ein paar Tage in einen „Mutterurlaub". Die Damen, alle mit Kindern im gleichen Alter, wollten sich eine kleine Auszeit gönnen. Während unsere Freundin versuchte ihre Erzählungen weiter auszuführen, versuchte sie die Kontenance zu wahren.

Mit geröteten Augen und Tränen auf den Wangen, erzählte sie mir, wann und wie ihr Mann sie von meinem Vorfall in Kenntnis gesetzt hatte. Das Schlimmste für sie war die Vorstellung, welches Leid meine Ehefrau in der Zeit ertragen musste. Sichtlich beeindruckt schilderte sie die Tatsache, dass meine Ehefrau unseren Freund gebeten hatte, seiner Ehefrau während ihrer kleinen Auszeit nichts zu erzählen. Sie sollte ihren Urlaub genießen können.

Wieder erfuhr ich etwas über meine starke, selbstlose Ehefrau, die sich sogar in ihren schweren Stunden Gedanken zum Wohle ihrer Freundin machte. In mir schwoll ein Kloß, Tränen schossen in meine Augen und ich versuchte, nicht hemmungslos zu weinen. Unsere Freundin erzählte rührend von ihren Eindrücken, ihren Erinnerungen an den Unfall ihres verunglückten Ehemannes und von ihren damaligen Ängsten. Beide beteuerten immer wieder, wie sie meiner Ehefrau beistehen und helfen wollten. Doch das schien unmöglich. Niemand konnte ihr in dieser Situation wirklich helfen und meine Familie schirmte sich auf eine gewisse Weise, unerklärlich für Dritte, vom Tagesgeschehen ab.

Während ich weiter zuhörte, schoss mir ein interessanter Gedanke in den Kopf, den ich allerdings für mich behielt. Ich vermutete, dass durch meine Krankengeschichte einigen meiner Freunde die Angst vor dem eigenen Tod oder einer geliebten Person ins Bewusstsein gerückt war. Die eigene Sterblichkeit und die ungerechte Option, einen geliebten Menschen verlieren zu können, sind ein verbindendes Thema, das im Alltag jedoch gerne tabuisiert wird. Doch wir sprachen über genau diese Furcht, den Wert des Lebens und des Liebens. Das tat gut.

Gleichzeitig störte es mich, nichts gegen diese Ängste ausrichten zu können, weder gegen meine eigenen noch die meiner Freunde. Umso mehr freute ich mich über den Besuch und versuchte mich mit tröstenden Worten einzubringen. Es war gut zu wissen, dass meine Ehefrau nicht nur die Unterstützung von meinen Eltern erhielt, sondern auch jederzeit von vielen unserer Freunde erhalten konnte. Wir unterhielten uns noch eine Weile weiter und ich genoss den Besuch.

Wir wurden unterbrochen, es klopfte an der Tür. Eine Pflegerin informierte mich über eine anstehende Ultraschalluntersuchung meines Brustkorbes. Wir sollten sofort los, da ich bereits in der Abteilung erwartet wurde. Mir war es unangenehm ad hoc gehen zu müssen, doch meine Freunde zeigten sich verständnisvoll und wünschten mir eine gute Besserung. Ich verabschiedete mich eilig und verließ das Zimmer. Diese Untersuchung, vielleicht die Ursache für meinen blutigen Auswurf zu finden, war für mich die beste Nachricht des Morgens.

Die Pflegerin fragte mich, ob ich den gesamten Weg laufen wollte. Ich erkundigte mich, wo genau die Untersuchung stattfinden sollte. Die Abteilung für Ultraschall lag gegenüber der Radiologie, sprich genauso weit wie der Weg vor ein paar Tagen. Die schlaflosen Nächte und das wenige Essen nagten an meiner Substanz, ich fühlte mich ganzheitlich schwach.

Von mir selbst enttäuscht, müde und erschöpft, bat ich um einen Rollstuhl und ließ mich den ganzen Weg lang schieben. Zunächst ging es zum Aufzug, dann fuhren wir ein paar Etagen abwärts, um durch die kühlen Flure in das Nachbargebäude zu gelangen. In einer Aufnahmestation angekommen, gegenüber der Radiologie, sollte ich mich auf einen Stuhl im Wartebereich setzen.

Bei meinem Röntgentermin, einige Tage zuvor, kam es zu keiner Wartezeit. Zum ersten Mal saß ich, außerhalb meiner Isolation, unter anderen kranken Menschen. Der kalten Jahreszeit geschuldet, husteten und niesten überall Besucher und Patienten, sowie vorbeihuschende Angestellte des Krankenhauses. Ich versuchte den Trubel der Abteilung zu erfassen, lauschte den Unterhaltungen von Patienten in Begleitung ihrer Angehörigen.

In der Ferne hörte ich nahende Geräusche von dicken Gummirollen, welche über einen glatten PVC-Boden glitten. Die Laute kamen auf mich zu und neben mir wurde eine ältere Frau von zwei Rettungswagenfahrern auf einer Trage hereingerollt. Offensichtlich kamen sie von draußen und schoben eine winterliche Kälte vor sich her, die sich im Wartezimmer verteilte. Ein Sanitäter suchte ein Büro auf, der andere Sanitäter richtete mitgebrachte Taschen der Dame. Mir fiel auf, dass die Dame in einem Krankenhausleibchen transportiert wurde. Sie machte einen verwirrten Eindruck und wiederholte mehrfach die gleichen Fragen. Ich hatte Mitleid mit ihr und versuchte mich durch weiteres Umherschauen abzulenken.

Überall in dem Wartebereich saßen kranke Menschen in Begleitung von Angehörigen oder professionellen Helfern. Ich bildete mir ein, von Myriaden, Bakterien und Viren umgeben zu sein, die nur darauf warteten über mich herzufallen und mich in den Alptraum zurückzuschicken. Das gefiel mir überhaupt nicht und ich versuchte flach zu atmen, als hätte ich mich damit vor Krankheiten schützen können. Nach zwanzig Minuten wurde ich aufgerufen und durfte vor dem Behandlungsraum Platz nehmen. Nicht mehr im Zentrum der anderen kranken Menschen zu sitzen, fühlte sich wie eine Erlösung an.

Mich plagte immer noch der starke Husten und ich hatte in der Eile vergessen, Tücher für den Auswurf mitzunehmen. Es blieb mir nichts anderes übrig, als ihn herunterzuschlucken. Glücklicherweise kam seit den Morgenstunden weniger Blut im Sputum mit und der Hustenschleim ähnelte dem einer starken Bronchitis. Nach weiteren zehn Minuten ging die Tür des Behandlungszimmers auf und eine junge Frau bat mich herein.

Der fensterlose Raum war quadratisch und klein. Schräg gegenüber der Eingangstür stand, gerade eineinhalb Schritte entfernt, ein größeres Ultraschallgerät. Links daneben führte eine blaue Tür in einen weiteren Raum. Links von dieser Tür stand eine Liege, welche keine zwei Meter lang an dem Ende der nächsten Wand anstieß. Kurz, der Raum war wirklich sehr klein.

Ich sollte meinen Oberkörper freimachen. Die Dame stellte sich mir als Internistin vor. „So jung und bereits promovierte Ärztin?“, dachte ich. Sie war sehr zierlich und der blaue Kittel hing beinahe schlaff an ihr herunter. Ich wollte kaum glauben, dass diese junge Frau mich untersuchen sollte. Ich fragte mich, ob sie in meinem Fall über genügend Erfahrungen verfügte.

Noch dazu hörte ich aus dem benachbarten Raum laut lachende Menschen. Sie erzählten sich Zoten und hauten dabei, amüsiert und hörbar ausgelassen immer wieder auf einen Tisch. Dann klopfte es an der Eingangstür, durch welche ich in das Zimmer gelangt war. Eine Pflegerin trat unmittelbar, ohne auf ein Zeichen zu warten, ein. Ich stand nun, oberkörperfrei, neben der anderen Tür, zwischen Liege und Ultraschallgerät, als die Frau mich bat, kurz an mir vorbei zu dürfen. Halb auf der Liege sitzend und mit einem Bein auf einem Stuhl, versuchte ich Platz zu machen. Die Dame verschwand hinter der Tür. Kurz hielt ich die gesamte Szenerie für einen schlechten Scherz.

Die Ärztin bedauerte den Vorfall leicht beschämt und bat um Entschuldigung, da nebenan ein Dienstzimmer anschloss. Zwar amüsierte mich die Situation, dennoch empfand ich es befremdlich in einem Durchgangszimmer behandelt zu werden, möglicherweise voll mit bösartigen Keimen. Die Ärztin untersuchte mich und fragte, mit welchem Krankheitsbefund ich eigentlich im Krankenhaus lag. Die Frage traf mich.

Erneut, nach der einen Krankenschwester aus meiner Station, war da jemand, der mein Krankheitsbild nicht kannte. Ich war für sie einer von vielen. Mit wenigen Sätzen schilderte ich meinen Fall. Stichwortartig nannte ich Lungenversagen, Sepsis, mehrere Tage Herzlungenersatzmaschine und vierzehn Tage künstliches Koma mit Beatmung.

Sie äußerte ihr blankes Erstaunen, wie es möglich sein konnte, dass ein junger Mann wie ich so schwer erkrankte. Sie ergänzte in einem Nebensatz, dass wir schließlich gleichaltrig seien, was ich mir bei ihrem jungen Aussehen nicht vorstellen wollte. Ich nannte mein Geburtsjahr und sie errötete, da sie mich tatsächlich für gleichaltrig hielt. Uns trennten über zehn Jahre. Den Tag hätte sie mir bis dahin nicht schöner gestalten können. Meine kleinen Eitelkeiten kehrten zurück, das bemerkte ich, denn ich mochte es gerne, jünger geschätzt zu werden. Soweit war ich mit der Situation ganz zufrieden.

Das Ergebnis meiner Untersuchung wollte sie dem diensthabenden Arzt überlassen. Ich drängte darauf, ihre Diagnose persönlich zu erfahren und nicht auf die nächste Visite warten zu wollen. Sie willigte ein. Erst nannte sie mir ihre spontane Diagnose. Unterhalb meiner Lunge hatte sich ein großer wässriger Erguss zwischen Rippenfell und Lungenflügel gebildet. Sie wollte den Stationsärzten eine wichtige Behandlung für mich empfehlen. Auf meine Frage hin, was das für eine Bedeutung habe, erwiderte sie eine Punktion zu meinen, da sie sich nicht sicher sei, ob ich mit der großen Menge an Flüssigkeit in eine Anschlussheilbehandlung fahren könne.

Eine Punktion schien mir ausgeschlossen. Wochenlang hing ich an diversen Schläuchen und war gerade alle Zugänge losgeworden. Jetzt sollte mir eine dünne Nadel in die Bauchhöhle gestochen werden? Damit der Erguss schneller abfließen konnte? Nein! Selbst die sehr geringen Restrisiken einer Punktion schienen mir zu groß, erneut in einen Schlamassel gezogen zu werden. Ich bat die Ärztin eindringlich die Punktion zu überdenken und eine andere Lösung zu suchen. Ich schlug ernsthaft vor, sie möge keinem der mich behandelnden Ärzte von der Diagnose berichten, geschweige denn ein gezieltes Setzen einer Nadel zu empfehlen.

Wie aberwitzig von mir, die Ärztin von ihrem Job abhalten zu wollen. Ich versuchte ihr den Sachverhalt zu schildern, stellte mich dabei jedoch recht ungeschickt an. Sie erkannte offensichtlich meine Not und gab mir ihr Wort, für die Rücksprache mit ihren Kollegen eine andere Lösung zu überlegen. Ich sollte gehen und auf meinem Zimmer auf das endgültige Ergebnis warten.

Das war ein Schock. Es sollte auf keinen Fall ein metallener hohler Spieß, an meinen Rippen vorbei, in meine Bauchhöhle eingeführt werden, um das angelagerte Wasser abzulassen. Ich setzte mich in den Wartebereich zurück und bat darum, von einer Pflegerin abgeholt zu werden. Meine Gedanken überschlugen sich und endeten im Stakkato zweisilbig mit: Punktion. Punktion. Punktion. Immer wieder Punktion.

Mir schien, als drängte immer mehr Kälte in den Wartebereich. Das bereitete mir Sorgen. Gedanklich ging ich den Weg zurück zu meiner Station und überlegte, vielleicht ohne den Rollstuhl auf mein Zimmer zurückkehren zu können. Einen so weiten Weg war ich bis dahin noch nie unbeaufsichtigt gelaufen. Das Risiko, zu stürzen oder schwach zu werden, war latent vorhanden. Doch meine Gedanken und die Kälte nervten mich so sehr, dass ich beschloss den Weg auszuprobieren. Ohne Bescheid zu geben, stand ich auf und lief die langen Flure zurück zu meiner Station.

Unterwegs machte ich einem Krankentransport Platz, was ich als Herausforderung wahrnahm. Ausweichen bedeutete für mich einen erhöhten Bedarf an Konzentration und damit an Kraft. Am Aufzug im Gebäudetrakt meiner Station begegnete ich dem Chefarzt. Er erkannte mich in meiner zivilen Kleidung und aufrecht gehend nicht auf Anhieb. Später, bei einer zweiten Begegnung am Tag auf der Station, sprach er mich auf die verpasste Zusammenkunft an. Er konnte nicht glauben, dass ich alleine durch die Flure des Krankenhauses schlich. Schnell nahm ich den Aufzug nach oben und erreichte meine Etage. Von der Eingangstür bis zu meinem Zimmer war es noch weit, den Weg kannte ich von meinen nächtlichen Ausflügen. Ich war fest entschlossen den Weg bis zum Schluss zu schaffen. Erschöpft kam ich in meinem Zimmer an und informierte eine Pflegerin, den Rollstuhl unten stehengelassen zu haben.

Zu meiner Überraschung kam wenig später der Arzt vom Vortag zu mir ins Zimmer, er brachte eine mobile Apparatur mit. Er berichtete von dem Gespräch mit seiner Kollegin, der Internistin, und dass er mit dem mitgebrachten mobilen Ultraschallgerät erneut den Erguss untersuchen wollte. Er kannte meine Bedenken und wollte sich sicherheitshalber von dem Erguss selbst überzeugen. Nach wenigen Minuten Untersuchungszeit befand er den Erguss zwar als grenzwertig, wenn ich jedoch beschwerdefrei sei, so könne er ein Unterlassen einer Punktion verantworten. Mir fiel ein großer Stein vom Herzen und ich schöpfte Mut schnell entlassen werden zu können.

Kurz darauf versuchte ich die Lungen-Fachklinik in Bad Dürrheim telefonisch zu erreichen. Eine freundliche Dame am anderen Ende der Leitung versprach mir einen Platz vom 04. bis zum 25. Dezember freihalten zu können, sofern schnellstmöglich das erwartete Fax von der Sozialstation meines behandelnden Krankenhauses eintreffen würde. Sofort rief ich in der Sozialstation an. Meine zuständige Sozialberaterin war von meinem Tempo und Engagement etwas überrascht. Sie zeigte sich verständnisvoll und faxte die Unterlagen der Klinik zu.

Ich war in meinem Element und organisierte telefonisch meine unmittelbare Zukunft. Nach wenigen Stunden erhielt ich die verbindliche Zusage, in drei Tagen, einem Donnerstag, die Anschlussheilbehandlung antreten zu können. Vielleicht habe ich alle genervt, schließlich habe ich mich unglaublich in die vorgegebenen Krankenhausprozesse eingemischt, doch ich wollte lieber am gleichen Tag in die Reha-Klinik fahren, als noch weitere Tage warten zu müssen. Es fehlte nur noch ein Parameter: Die Unbedenklichkeitserklärung meiner Ärzte.

Der Oberarzt untersuchte mich am frühen Nachmittag erneut. Er erkundigte sich nach dem Stand eines verfügbaren Reha-Platzes und ich erzählte ihm, in drei Tagen eine Anschlussheilbehandlung antreten zu können. Von meinem Wunsch, noch am gleichen Tag entlassen zu werden, riet er mir eindringlich ab. Er war selbst zweifacher Familienvater und konnte meine Sehnsucht nachvollziehen.

Er bot mir an, eine Nacht vor der Überführung in die Rehaklinik zuhause übernachten zu können, vorausgesetzt ich sei sehr vorsichtig. Ich willigte natürlich ein, ohne mir meine Enttäuschung und Traurigkeit anmerken zu lassen. Er fragte mich, wie ich in die entfernte Klinik kommen würde. Das war eine gute Frage. Schließlich sollte ich zwischen 10:00 Uhr und 12:00 Uhr anreisen, denn dort standen zeitlich eingeplante Voruntersuchungen für die Aufstellung von Therapieplänen an.

Ich wusste nicht, wie ich den langen Weg durch den Schwarzwald reisen sollte. Selbst fahren war undenkbar. Der Oberarzt bot mir den Transport mit einem Krankenwagen an, doch ich wiegelte ab und wollte eine andere Möglichkeit finden.

Kurzerhand rief ich meinen Vater an und erzählte ihm, Weihnachten zum Teil in der Rehaklinik verbringen zu müssen. Ich fragte ihn, ob er sich vorstellen könnte, mich in die Berge zu fahren. Bevor ich mein Anliegen ganz ausgesprochen hatte, bejahte er meinen Wunsch. Ich versprach ihm in der Zielumgebung ein Hotel ausfindig zu machen. Schließlich musste mein Vater erst über sechshundert Kilometer zu mir reisen, um am nächsten Tag mit mir quer durch den Schwarzwald zur Klinik zu fahren.

Praktischerweise bot die Rehaklinik Gästezimmer mit Vollpension an. Mich beruhigte es, anfänglich nicht alleine sein zu müssen und Zeit für Gespräche mit meinem Vater zu haben, über seine Erlebnisse der vergangenen Zeit sprechen zu können. Nun ging es aufwärts und ich war bereit, das Krankenhaus zu verlassen.

Am selben Tag bekam ich einen weiteren Besuch von einem sehr guten, langjährigen Freund. Er erzählte mir von seinem Besuch in der orthopädischen Rehaklinik, in welcher meine Lungenentzündung ausbrach. Ich erinnerte mich weder an seinen Besuch noch an unsere Unterhaltung. Offensichtlich fehlten mir auch Fragmente aus der Zeit vor meinem gesamten Zusammenbruch. Er erzählte mir, wie wir über die Sterblichkeitsraten bei Lungenentzündungen vor hundert Jahren nachdachten und grotesk über mich witzelten.

Mich schockierte es, keinerlei Erinnerungen aufbringen zu können. Bis dahin dachte ich, lediglich einige Erinnerungslücken vom vorherigen Krankenhaus behalten zu haben. Doch offensichtlich war durch das künstliche Koma einiges mehr in meinem Erinnerungsvermögen lahmgelegt worden. Wir unterhielten uns sehr gut, wie alte Freunde es eben machen, und er lenkte mich ein wenig von meinen Erlebnissen und Sorgen ab.

Wir kehrten zwar immer wieder zu meiner Krankengeschichte zurück, schafften es aber auch immer wieder über andere Dinge zu sprechen. Es war erfrischend und schön, mit einem alten Freund zusammen zu sein, zeitgleich spürte ich eine Überforderung in mir wachsen. Der Tag war körperlich und seelisch bereits sehr anstrengend gewesen und ich war definitiv zu schwach für mehr Aktivitäten. Trotzdem war das Zusammensein mit meinem Studienfreund schön und Balsam für meine Seele.

Nachdem er gegangen war, dachte ich viel über die lückenhaften Erinnerungen und meine Zukunft nach. Welche Projekte waren bei meiner Arbeit noch offen und mit welchen Kollegen arbeitete ich eigentlich wie zusammen? Ich bemerkte, dass mir Namen von Kollegen entfallen waren. Ich sah vor mir teilweise nicht einmal mehr deren Gesichter, ich wusste nur, an gewissen Themen gearbeitet zu haben. Vor meinem geistigen Auge ging ich bei meinem Arbeitgeber Etage für Etage und Arbeitsplatz für Arbeitsplatz durch. Auf diese Weise kamen mir die Gesichter zu den entsprechenden Arbeitsplätzen wieder, wobei ich verzweifelt an den fehlenden Namen mancher Kollegen scheiterte.

Von diesem Zustand verschreckt, machte ich denselben Versuch mit Verwandten und Freunden. Immer wieder taten sich Lücken auf. Dieser Moment war niederschmetternd, da ich diese dementen Auswirkungen als anhaltend und damit bedrohlich für meine Zukunft befürchtete. Es war schlimm.

Am Nachmittag kamen meine Ehefrau und meine Mutter gemeinsam zu mir. Natürlich berichtete ich von den vielen Geschehnissen, meinem neuen Fortschritt so weit gelaufen zu sein, aber auch Gedächtnislücken ausgemacht zu haben. Beide redeten tröstend auf mich ein und versicherten, dass bald alles geschafft sei.

Sie ließen keine Zweifel zu, dass ich bald wieder zu Hause sein würde und die Namen alle zurückkämen. Wir resümierten die letzten Tage, denn meine Mutter musste an diesem Tag Abschied von mir nehmen.

Nun war sie über drei Wochen in Deutschland und hatte mein Wunschleben nicht mit mir, sondern mit ihrer Schwiegertochter verbracht. In dieser Zeit hat sie mit meinem Vater und meiner Schwiegermutter unter einem Dach gelebt und eine sehr intensive Phase ihres Lebens durchgemacht.

Meine medizinischen Werte waren wieder stabil und es war toll, meine Mutter jeden Abend zu Besuch gehabt zu haben. Meine Ehefrau und meine Mutter lachten herzlich über ihre Erlebnisse und ich war froh. Zwar war ich noch immer unfähig zu lachen, aber zufrieden mit der Situation. Am kommenden Tag würde meine Mutter nach Frankreich zurückfahren, dafür kam die Schwester meiner Ehefrau, samt Schwager und Kindern angereist.

Meine Mutter und ich verabschiedeten uns unter Tränen, die Tür ging hinter ihr und meiner Ehefrau leise zu. Ich lag alleine in meinem dunkeln Zimmer, schaute aus dem Fenster in den Hof und weinte.

Es war Montagabend und am Mittwoch sollte ich entlassen werden. Es waren die längsten und auch gleichzeitig die langweiligsten Tage in dem Krankenhaus. Die Nächte waren schlaflos und der Dienstag schien nicht vergehen zu wollen. Ich kam mir vor wie ein Tier im Zoo, das immer wieder seine Routen im Käfig ablief und an Hospitalismus litt.

Am Mittwoch erhielt ich nach einer Abschlussuntersuchung meine vorläufigen Entlassungspapiere. Der Arzt mit dem Ultraschallgerät, der vor ein paar Tagen kurz unsicher schien, überreichte mir die Papiere. Er bat mich erneut, etwas sehr Persönliches fragen zu dürfen. Er wollte wissen, wie ich mit der gesamten Situation zurechtkäme. Er selbst fragte sich seit unserem ersten Treffen, wie er mit der Krankheit und den ganzen Eindrücken umgegangen wäre. Wir sprachen ein paar Minuten über meine Ängste und Zukunftssorgen und ich gab zu verstehen, wie wesentlich die Mithilfe des ganzen Krankenhaus-Teams und die Unterstützung meiner Familie für mein Durchhaltevermögen waren. Wir verabschiedeten uns und ich wartete auf meinen Schwager, der mich abholen wollte.

Als es soweit war, ich abgeholt wurde und mein Zimmer zum letzten Mal verließ, liefen wir langsam den langen Flur in Richtung Ausgang. In der Mitte traf ich das Team der morgendlichen Visite an. Ich bat den Oberarzt, Grüße an die Kollegen der Intensivstation auszurichten. Er hielt kurz inne, schaute seine Kollegen an und fragte mich, ob ich kurz Zeit hätte. Er würde gerne mit mir auf die Intensivstation gehen und mich den Kollegen zeigen. Dies sei für die Motivation der Mitarbeiter wichtig zu sehen, wie sehr es sich gelohnt hatte, so hart für mich zu kämpfen.

Mein Schwager deutete mir an, gerne warten zu wollen und ich verschwand mit dem Oberarzt hinter der doppelflügeligen Tür auf der Intensivstation. Der Oberarzt entfernte sich in ein Zimmer und kam wenige Sekunden später mit drei Kollegen zurück. Alle waren begeistert mich aufrecht gehen zu sehen. Sie sagten lachend, mich viel kleiner in Erinnerung zu haben.

Mir ging es ähnlich, schließlich kannte ich alle nur aus meiner Liegeposition. Der Oberarzt bat mich, nach der Anschlussheilbehandlung auf einen Besuch wiederzukommen und von mir hören zu lassen. Ich versprach mit einem kleinen Präsent und in einer besseren Verfassung die Abteilung wieder besuchen zu wollen.

Dann verließ ich auf eigenen Beinen die Station. Wer hätte das vier Wochen zuvor gedacht?

Kurz Zuhause – wahr oder falsch?

Die Fahrt nach Hause war anstrengend und ich musste mich konzentrieren. Immer wieder überfiel mich ein kleiner Schwindel und die Eindrücke der Außenwelt überforderten mich. Gleichzeitig wollte ich mir so wenig Schwäche wie möglich anmerken lassen. Zuhause angekommen musste ich ein paar Stufen im Treppenhaus meistern, auch das hatte ich am vorletzten Tag mit einer Physiotherapeutin im Krankenhaus geübt.

Unsere Kinder waren in ihren Kindergärten und meine Ehefrau arbeitete noch. Meine Schwägerin nahm mich Zuhause in Empfang und ich legte mich auf unsere Couch. Wir unterhielten uns ein wenig, doch ich war zu müde und legte mich kurzerhand ins Bett.

Da lag ich nun im eigenen Bett, auf der eigenen Matratze und es roch nach frisch bezogenen Betttüchern. Meine Ehefrau hatte extra am frühen Morgen die Betten frisch bezogen, dass bloß keine Kinderviren auf mich lauern konnten. Dankbar schlief ich ein.

Von den lauten Rufen meiner Kinder wachte ich auf. Meine Tochter kam in das Schlafzimmer gestürmt und sprang direkt zu mir ins Bett, kuscheln. Unser Sohn war zu klein, konnte noch nicht selbst laufen und kam wenig später mit meiner Ehefrau nach. Ein unglaublich schönes Gefühl breitete sich in mir aus. Das Schlimmste war bereits geschafft.

Später legte ich mich wieder auf die Couch, um mich herum war viel los. Die vier anwesenden Kinder waren laut, doch das störte mich nicht. Am späten Nachmittag kam mein Vater an und wir überlegten uns, was wir zu Abend essen wollten. Obwohl ich sehr gerne sehr gut esse, war mir nach einem Yufka.

Yufka ist eine türkische Speise und gleicht einem Döner Kebab, nur dass das typische Fleisch mit Salat und Knoblauchsoße in einen Teigmantel eingewickelt wird. Unsere Kinder mögen ausschließlich diese Fastfood Variante, alle anderen Anbieter lehnen sie zum Glück kategorisch ab.

Wir aßen abends in großer Runde das türkische Schnellgericht. Normalerweise koche ich immer für unsere Gäste und umso unangenehmer war mir die Situation, als Gastgeber Junkfood zu essen. Der Tisch war mit neun Leuten voll besetzt und ich war nach gerade mal drei Bissen satt.

Erschöpft von den Tagesereignissen legte ich mich zurück auf die Couch.

∞

Es ist herrlich wieder in den eigenen vier Wänden zu sein. Ich beobachte das Treiben an unserem Esstisch. Draußen ist es Nacht und sehr kalt geworden, der Winter ist da. In der Luft schweben Essensgerüche, die Geräuschkulisse meiner Verwandten ist beachtlich laut. Mein Alltag im Krankenhaus war anders. Meine Unterhaltung nach Besuchen war entweder die Musik aus meinem Telefon oder langweilige Berichte im Fernseher.

Mein Leben ist seit vier Wochen ein totaler Ausnahmezustand, auf der einen Seite drehte sich alles um mich, auf der anderen Seite musste meine Familie das Leben ohne mich organisieren und kam damit glücklicherweise gut zurecht.

Jetzt liege ich hier auf unserer Couch und schaue euch zu. Ihr unterhaltet euch und lasst mich in Ruhe hier liegen. Mir ist, als sei ich nicht da und für euch unsichtbar. Bin ich vielleicht gar nicht wirklich hier? Was wäre denn, wenn ich doch tot wäre und mir die ganzen letzten Tage nur vorgestellt hätte?

Über meiner Couch ist ein großes Fenster und der Frost von draußen fällt durch die gedämmten Fenster trotzdem zu mir herab. Mit einer Tagesdecke versuche ich mich vor diesem Hauch von Kälte zu schützen. Immer noch beachtet mich keiner. Gerade war ich noch am Tisch und kaum liege ich auf der Couch, bin ich wie ausgeblendet. Das fühlt sich intensiv an.

Mein Vater unterhält sich mit meinem Schwager und beide verhandeln über den Verbleib des zu viel eingekauften Fleisches. Mein Schwager kann Berge an Fleisch essen und mein Vater ist satt. Höflich versucht mein Schwager meinem Vater eine übriggebliebene Portion anzubieten, mit der heimlichen Intention die Portion für sich zu beanspruchen. Beide tänzeln mit ihren Worten höflich umeinander herum, das amüsiert mich. Mein Vater scheint nicht zu ahnen, um was es geht und mein Schwager will höflich bleiben. Witzig.

Meine Schwägerin kümmert sich um ihre beiden Kinder und versucht abwechselnd dafür zu sorgen, dass jeder ihrer Söhne etwas isst. Meine Ehefrau sitzt ebenfalls mit unseren Kindern am Tisch und sieht sehr erschöpft aus. Und sie sieht gut aus. Eine wunderbare Ehefrau, zwar ausgelaugt von den letzten Wochen, aber glücklich in der Runde mit ihrer Familie am Tisch zu sitzen. Warum muss ich erschöpft hier liegen?

Ich bin so müde und schwach, dass ich es nicht einmal schaffe gegen die Lautstärke anzusprechen. Morgen fahren mein Vater und ich nach Bad Dürrheim und für ein paar Sekunden möchte ich mit meinen Kindern und meiner Ehefrau alleine sein. Am Tisch wird in aller Ruhe zu Ende gegessen und ich liege hier alleine wie in meinem Krankenhausbett. Ich bin wohl gerade etwas lethargisch.

Mein Vater schweift mit seinem Blick an meinem Schwager vorbei zu mir und ich winke ihn heran. Er wischt sich den Mund ab und setzt sich zu mir. Ich berichte ihm von meinen Eindrücken und komme mir dabei verrückt vor, ihm meine Gefühle zu schildern. Er hört einfach nur zu. Ich verstehe nicht, was er mir antwortet, aber es macht mir Mut. Ich bin völlig überreizt und überfordert. Jetzt begreife ich erst, warum die Ärzte mich im Krankenhaus behalten wollten. Das Essen endet und die Mütter bringen die Kinder in das Badezimmer. Mir wird schwarz vor Augen.

Bin ich gerade eingeschlafen?

Die Zeit vergeht jetzt in Sprüngen. Mal ist der Tisch in vollem Betrieb und einen Augenblick später ist der Tisch fast leer und aufgeräumt. Mein Vater verschwindet auf dem Balkon und geht seinem Laster nach. Ich bin empört, habe selbst mal geraucht. Hat mein Ereignis nicht genug vor Lungenschädigungen gewarnt?

Mein Schwager setzt sich auf die andere Couch und stellt mir Fragen zu meinen Erlebnissen. Ich antworte wie in Trance und bekomme mich selbst kaum noch mit. Unser Kater kommt von seinen Ausflügen zur Balkontür herein, entdeckt mich und kommt freudig zu mir auf den Schoß. Ich will ihn kraulen und er schnuppert an meinem Arm. Er zuckt zusammen und läuft von mir weg. Ich vermute weitere Düfte von der Entgiftung von mir zu geben und bin ein wenig enttäuscht, von meinem Kater verschmäht zu werden.

Die Kinder verabschieden sich in ihre Betten und es kehrt Ruhe ein.

Morgen werde ich also nach Bad Dürrheim fahren und drei Wochen lang weg sein. In den Nachrichten kündigen Meteorologen Schneefälle an. Ich bin mir sicher, meine Liebsten die nächsten drei Wochen nicht sehen zu können. Das macht mich traurig. Gefasst bereite ich mich auf die Nacht vor und höre den Unterhaltungen meiner Familie zu. Immer wieder wird es vor meinen Augen dunkel und ich vermische die Geräusche um mich herum mit Träumen.

∞

Anschlussheilbehandlung – weit weg.

Erstes Zimmer OG II hinten rechts

Am nächsten Morgen sind mein Vater und ich nach Bad Dürrheim gefahren. Der Kurort ist unter Atemwegserkrankten bekannt und liegt am östlichen Rand des Schwarzwaldes, nahe Donaueschingen, dem Ort der Donauquelle. Von unserem Dorf mussten wir über eine Stunde den Schwarzwald durchqueren. Wir fuhren zunächst am Fuße des Hochschwarzwaldes der badischen Weinstraße entlang nach Freiburg.

Freiburg ist eine traumhaft schöne Stadt und ich lotste meinen Vater durch ein paar Schleichwege, quer durch ein Villenviertel mit wunderschönen Bauten aus der Gründer- und Jungendstilzeit. Von dort aus erreichten wir das östlich gelegene Dreisamtal, ein Plateau hinter Freiburg, umgeben von Bergen. Vor Jahren wohnte ich selbst in einem schönen Dorf des Tarodunum, so nennt man diese Gegend auch. In dieser Umgebung kenne ich jeden kleinen Schleichweg und die Bundesstraße Richtung Konstanz, quer durch den Schwarzwald, war wegen Bauarbeiten teilweise nur einspurig befahrbar. Also lotste ich meinen Vater erneut durch kleine Nebenstraßen hoch in den Schwarzwald.

Ich fragte meinen Vater nach seinen Eindrücken in der schlimmsten Zeit meines Zustandes ein paar Wochen zuvor. Schließlich waren wir in dem Auto zum ersten Mal unter uns. Er bemühte sich, meine persönlichen Fragen zunächst pragmatisch zu beantworten. Nach einigen seiner Ausführungen bemerkte ich seine tiefsitzende Traurigkeit und seine durchlebten Ängste um mein Leben. Seine Stimme setzte aus und jeder Versuch, die Schilderungen fortzuführen, wurde durch glucksende Geräusche unterbunden. Er bemühte sich nicht vor mir zu weinen und hatte dadurch Mühe auf den Straßenverkehr und -verlauf zu achten.

In den engen und schnell an Höhemetern gewinnenden Straßen beschloss ich weitere Fragen zu vertagen, um zunächst unser Ziel heile zu erreichen. Die Fahrt durch die zahlreichen kleinen Serpentinen lenkte mich von der Schwermütigkeit ab, meine Familie drei Wochen lang nicht sehen zu können.

Nach einer Stunde Fahrt fuhren wir an den Donauquellen in Donaueschingen vorbei, um nach weiteren fünfzehn Minuten am Ortseingang von Bad Dürrheim anzukommen. Ich wollte am liebsten umdrehen, zurück nach Hause fahren, versuchte aber meine aufsteigende Nervosität verborgen zu halten. Mit Hilfe eines Navigationssystems kamen wir rasch an der Kurklinik an.

Das Wetter war vorwinterlich, nass und trübe, keine Spur von Schnee und es war sehr kalt. Wir kamen exakt um zwölf Uhr an. Von außen sah die Klinik wenig einladend aus, dafür glich das Foyer einem älteren, feudalen Hotel. In der Luft hing der Geruch von einer Solequelle, gemischt mit einem unterschwelligen Chlorgeruch.

Die Rezeption war nicht besetzt. Da wir relativ spät ankamen, geplant war zwischen 10:00 Uhr und 12:00 Uhr, sorgte ich mich bereits, mit der gesamten Rehabilitation in Rückstand zu geraten, bevor die Anschlussheilbehandlung angefangen hatte. Ich wollte auf keinen Fall länger in der Klinik bleiben müssen als bis zum ersten Weihnachtstag. Mein Vater und ich warteten und inspizierten währenddessen die Einrichtung.

Derweil zeigte eine Stationsschwester einem älteren Ehepaar, auch Neuankömmlinge, die Anstalt. Als sie aus einer kleinen Bibliothek in unsere Richtung kamen, fragte ich die Pflegerin mit aufgeregtem Blick, ob ich noch am selben Tag einchecken könnte. Sie schmunzelte und wirkte beruhigend auf mich ein, dass ich mir keine Sorgen machen sollte und alles im Plan sei.

Schließlich kam eine Dame aus einer Tür hinter der Rezeption. Mein Vater und ich checkten ein, bekamen unsere Zimmerschlüssel und durften, bevor wir die Koffer in die Zimmer bringen konnten, direkt in den Speisesaal zum Mittagessen gehen.

Wir bekamen unseren eigenen festen Tisch zugewiesen und wurden freundlich von Servicekräften bedient. Zum Essen gab es Stoffservietten und alles war hochwertig ausgestattet. Allerdings sollte man die Servietten in eigens dafür hergestellte Umschläge stecken und drei Tage lang benutzen. Reflexartig regte sich in mir Widerstand und ich vermutete in den Umschlägen einen Brutkasten für Keime. Gleich am ersten Tag wollte ich nicht mit meinen Ängsten auffallen, doch das Thema war mir zu heiß.

Ich erklärte einer Servicekraft umständlich von den mahnenden Worten meiner Ärzte, bloß keinen Keim zu erwischen, sonst drohte alles von vorne loszugehen, und fragte höflich nach Papierservietten. Mir war meine gestammelte und nach Worten ringende Erklärung peinlich, doch mein Vater zeigte Verständnis für meine Angst. Die Servicedamen waren feenhaft nett, zeigten Verständnis für meine Bedenken und brachten mir einen großen Vorrat Papierservietten für die nächsten Tage.

Dann wurde das Mittagessen an die Tische gebracht. Es gab einen Hackbraten mit in Butter geschwenkten Prinzessbohnen und frischen Bratkartoffeln. Das Essen war wie in einem Restaurant angerichtet und ein opulentes Salatbuffet lud auf gesunde Beilagen ein. Wir waren sichtlich von der gehobenen Qualität beeindruckt. Zum ersten Mal nach Wochen aß ich mein Essen bis auf den letzten Bissen auf.

Gesättigt und zufrieden bezogen wir unsere Unterkünfte. Mein Zimmer war im zweiten Stockwerk und das meines Vaters im Nachbargebäude. Mein Zimmer war mit einem Einbauschrank, einer Nasszelle, einem Bett und einem passgenauen Schreibtisch am Fenster eingerichtet. Auf der Höhe des Einzelbettes war ein kleiner runder Tisch aufgestellt, mit einem Sessel zum Ausruhen. Das Zimmer war erstaunlich kalt und ich drehte als erstes die Heizung auf. Zum Glück erwärmte sich das Zimmer schnell und ich ließ meinen Koffer auf dem Boden liegen. Ich war zu schwach meine Kleidung in den Schrank zu räumen.

Es folgte unmittelbar die Eingangsuntersuchung, in Form einer Blutentnahme zur Messung des Sauerstoffgehaltes in meinem Blut, sowie eines Lungenfunktionstests. Beiläufig informierte mich eine Klinikmitarbeiterin über einen am nächsten Tag anstehenden Termin mit dem Chefarzt des Hauses. Die Aufnahmeprozedur verlief schnell und ich sollte am Abend in einen für mich zugewiesenen Briefkasten schauen.

Dort befanden sich die Trainingseinheiten und Anwendungen in gedruckter Form, welche man in einem Heft abheftete und zu jeder Sitzung mitnahm. Jeden Abend sollte ich im Briefkasten nach neuen Unterlagen schauen, denn täglich wurden Termine verschoben oder ersetzt.

Zurück auf meinem Zimmer fiel mir ein, dass in den Klinikunterlagen ausdrücklich stand, einen Föhn mitzubringen. Den hatte ich ärgerlicherweise vergessen. Da die Getränkeversorgung den Patienten oblag, fuhren mein Vater und ich kurzentschlossen zurück nach Donaueschingen. In einem größeren Supermarkt kauften wir einen Föhn und Getränke für ein paar Tage ein. Zurück in der Klinik, ließen wir die Einkäufe vorerst im Auto liegen. Wir wollten uns ein wenig auf unseren Zimmern ausruhen.

Nach etlichen Wochen ohne einen Frisörbesuch sah ich etwas wüst aus. Ich hatte mich lange nicht mehr rasiert, zu groß war meine Angst die offene Wunde meines Luftröhrenschnittes mit Wasser oder anderen Substanzen, wie Rasierschaum, zu verunreinigen. In den wenigen Wochen hatte ich fast zwanzig Kilogramm abgenommen, was mich weniger störte. Allerdings störten mich meine struppigen Haare neben dem unerwünschten Vollbart. Ich wünschte mir zum Frisör zu gehen, damit eine Art Normalität Einzug erhielt.

Per Haustelefon rief ich meinen Vater an, berichtete von meiner Idee und wir fuhren spontan in die Dorfmitte. Es war vollständig dunkel und wir parkten am Anfang der Einkaufsstraße. Die ersten beiden Frisörsalons hatten keinen Termin am Abend frei. Im dritten

Anlauf bot mir eine Frisörin an, meine Haare etwas später zu schneiden. Ich stimmte zu und überlegte, was wir in der Zeit machen konnten. Gegenüber dem Frisörgeschäft befand sich ein kleines Café, eine Konditorei mit einem angeschlossenen Restaurant, wo wir zur Überbrückung der Wartezeit einkehrten.

Beim Betreten der Lokalität stand für mich fest: Dieses Café würde die nächsten Wochen zu meinem Stammcafé werden, sofern ich die Strecke laufen konnte. Dank der Weihnachtszeit gab es Gebäck mit Zimt und Lebkuchen, welcher mit seiner typischen Duftnote besonders aromatisch aus der Masse der üppigen Tortenangebote herausstach. Mein Vater trank einen Kaffee und ich bestellte mir meinen Lieblingstee, Earl Grey.

Durch die fortgeschrittene Entgiftung aller mir zugeführten Medikamente konnte ich endlich wieder alle Gerüche wahrnehmen. Und auch mein Tee und ein Stück Apfelkuchen schmeckten wieder vorzüglich. Ich erzählte meinem Vater von meinen Eindrücken und was ich in den letzten Wochen durchlebt hatte. Obwohl wir zuvor täglich telefonierten und ich ihm bereits viel erzählt hatte, hörte er mir geduldig zu. Das tat gut.

Zurück beim Frisör nahm mich eine andere Dame in ihre Obhut. Sie sah gleich mein weiß schimmerndes Pflaster an meinem Hals und fragte mich, ob ich als Kurgast da sei. Ich bejahte ihre Frage und schilderte in Kürze den Grund für meinen Aufenthalt in Bad Dürrheim. Über den Spiegel konnte ich ihre einfühlsamen und überraschten Reaktionen erkennen. Sie fragte mich, welche Frisur ich mir wünschte. Meine Haare trug ich oft sehr kurz, doch es drängte mich eine Frage bezüglich meiner Haare.

An meinem Hinterkopf hatte sich zwei Tage zuvor eine größere Kruste gelöst. Seitdem konnte ich auf meinem Hinterkopf eine freie Stelle ertasten, Haut ohne Haare. Sie begutachtete die beschriebene Stelle und empfahl mir, das Haar nicht so kurz zu schneiden. Sie wollte die Stelle überwachsen lassen, das sähe besser aus und würde keine Blicke auf mich ziehen. Das fand ich einleuchtend und gut.

Während die Frisörin meine Haare schnitt, erzählte sie mir von einem Koma-Fall in ihrer Familie. Sie kannte sich sichtlich gut mit den Folgen aus. Das beeindruckte mich und so realisierte ich, dass es auch andere Menschen gab, denen es wie mir erging. Das mag komisch klingen, doch man ist in einer solchen Situation auch extremen und teils merkwürdigen Gedanken ausgeliefert. Ich erinnerte mich an die Aufwachphase im Zimmer IV und wie ich schemenhaft durch ein Fenster im benachbarten Zimmer hektische Maßnahmen beobachten konnte. Ich sah nicht den Patienten, nur die Ärzte und Pfleger, die beschäftigt waren. Dann war da noch die alte Dame, die nachts um Hilfe flehte, obwohl eine Pflegerin bei ihr war.

Ich verdrängte bis zu dieser Stunde die Nöte anderer Menschen, mein Schicksal kam mir, unausgesprochen, am schwersten vor. Die schicksalhaften Erzählungen der Frisörin rüttelten mich wach. Meine Ignoranz beschäftigte mich und ich nahm mir vor, die Welt mit anderen Augen zu sehen.

Endlich war ich frisiert. Mein Vater und ich mussten ein kleines Stück zum geparkten Auto zurücklaufen. Der Tag war der absolut anstrengendste seit Wochen. Zum Überfluss traf mich die winterliche Kälte und ich fror bitterlich. Ich kannte das Gefühl von dem Entzug. Ich zitterte am ganzen Körper. Im Auto bat ich meinen Vater lauthals so schnell wie möglich die Autoheizung anzumachen.

In der Klinik angekommen, setzten wir uns trotz meiner Erschöpfung noch in den Empfangsbereich und unterhielten uns über eine Stunde lang. Ich wollte einfach nicht alleine sein.

Mein Vater holte die Flaschen und den Föhn aus dem Auto und begleitete mich auf mein Zimmer. Dort angekommen, staunte er über die Größe meines Zimmers, welches ich für klein hielt. Und er staunte über die Größe meiner Nasszelle, welche ich für viel zu klein hielt, denn seine war noch kleiner. Ich lachte ein wenig, nicht viel, aber immerhin kurz auf. Mein Zimmer war kalt und die vollaufgedrehte Heizung nur noch lauwarm. Wir überlegten, ob die Heizung möglicherweise zentral reduziert wurde, und trennten uns mit gute Nachtwünschen voneinander.

Ich rief meine Ehefrau an und wir unterhielten uns über eine Stunde. Die Kinder hatten unser Schlafzimmer zurückerobert und meine Ehefrau genoss die Ruhe. Vom Tag erschöpft verabschiedeten wir uns voneinander und verblieben dabei, am nächsten Tag via Skype[46] mit den Kindern zu telefonieren.

Mein Zimmer schien mehr und mehr kälter zu werden und ich wickelte mich fester in meine Bettdecke ein. Im Fernseher verfolgte ich erstmals seit Wochen die Tagesnachrichten.

[46] Ein Computerprogramm u.a. zur Kommunikation via Videoübertragung.

Mit der einkehrenden Nachtruhe trat mein Schulterproblem wieder auf. Trotz starker Schmerzmittel spürte ich meine Schulter und meinen schmerzenden Arm immer stärker. Dieser Schmerz war verhext, je nach Position unterschiedlich stark. Nach einiger Zeit schlief ich erschöpft vor dem laufenden Fernseher ein.

∞

Ich wache vollkommen nassgeschwitzt auf. Mein arabischer Arm schmerzt und es pocht in meiner Schulter. Mein rechtes Schultergelenk und mein rechter Arm stehen unter Feuer. Der Fernseher erhellt mein Zimmer und ich winde mich stöhnend umher. Wie lange habe ich geschlafen? Warum bin ich so nassgeschwitzt?

Mein blaues Poloshirt ist am Rücken und auf der Brust komplett nass. Und warum herrscht eine unverschämte und beängstigende Kälte in meinem Zimmer? Habe ich etwa einen Flashback, Entzugserscheinungen, wovor mich die Ärzte gewarnt haben? Nein. Es ist etwas anderes.

Ich spüre meine verleugnete, aber omnipräsente Todesangst. Ich friere bis auf die Knochen. Der Raum ist schlichtweg zu kalt. Draußen mag es minus fünf Grad kalt sein und mich trennt nur eine alte wärmedämmende Scheibe von der klirrenden Winterkälte. Wer weiß, wie lange ich in dem kalten Zimmer geschlafen habe und eine Verschlechterung der Lungenentzündung riskiere. Immer noch huste ich Blut und der Auswurf ist nach wie vor enorm. Ich spüre Panik in mir aufsteigen und suche nach einer Lösung.

Die Heizung ist voll aufgedreht und hat die Temperatur des eisigen Raumes angenommen. Sie wird, egal wie ich an dem Thermostat drehe, nicht warm. Zum Glück habe ich den Föhn gekauft. Ich schließe ihn an die Steckdose neben meinem Bett an, wickle mich in die Bettdecke ein und versuche mich trocken zu föhnen. Mein Poloshirt ist immer noch nass, schnell verlasse ich meine Bettdecke und ziehe ein frisches T-Shirt an. Wieder rieche ich diesen beißenden Geruch, den meiner Entgiftung. Er hat nicht nachgelassen. Es ist nur noch furchtbar. Ich bin alleine in diesem trostlosen, kalten Zimmer und habe schreckliche Ängste. Was soll ich machen?

Am liebsten würde ich jetzt zu meinen Vater laufen, mich zu ihm ins Bett legen, so wie früher als Kind. Verrückt, ich habe nicht einmal seine Zimmernummer, nur seine Durchwahl vom Telefon. Gut. Diese Idee verwerfe ich. Schlecht. Ich werde hier wohl bis zum Morgengrauen ausharren müssen.

Ich prüfe die Heizung erneut, doch es ist nichts zu machen. Nur die Heizung im kleinen Badezimmer funktioniert und ich drehe sie voll auf. Die Badezimmertür lasse ich geöffnet, doch der kleine Heizkörper kommt nicht gegen die klirrende Kälte an. Ich bin verzweifelt und den Tränen nah.
Der Schmerz auf meiner rechten Seite wird unerträglich und ich nehme die erlaubte Höchstdosis an Medikamenten ein. In einer halben Stunde werden die Tabletten erst wirken. Das öde nächtliche Fernsehprogramm kann mich derweil nicht ablenken, zu groß ist meine Angst vor einer stärkeren Lungenentzündung.

Mir wird immer kälter und ich durchsuche den Schrank an der Eingangstür. Ich finde alte Stoffdecken, welche nicht sonderlich hygienisch erscheinen. Aber was ist besser? Kältebedingt die abklingende Lungenentzündung erneut zu entfachen oder wegen unbekannter Keime auf der Steppdecke in das gleiche Chaos zurückzustürzen? Die Kälte überzeugt mich und ich entscheide mich dafür, zusätzlich die Decken um mich zu wickeln.

Ich liege wach auf meinem Bett und kann nicht schlafen. Ich wache über jeden Keim und mein arabischer Arm gibt keine Ruhe. Mir fallen akut Fäkalworte ein und ich benutze sie alle innerlich im Chor. Die Nacht vergeht und ich warte auf das Eintreffen meiner vertrauten Schwester vom Vortag oder zumindest auf die aufgehende Sonne. Das bin ich von meinem Krankenhausaufenthalt ja bereits gewohnt.

∞

Es war wirklich eine grauenvolle Nacht. Am nächsten Morgen bin ich vor dem Frühstück zum Schwesternzimmer gelaufen und schilderte das Heizungsproblem. Die Stationsverantwortliche schien sichtlich entsetzt und bat mich um Entschuldigung. Kurzerhand maß sie meine Körpertemperatur und prüfte die Wunde unter dem Pflaster an meinem Hals. Die Krankenschwester fragte mich, ob ich die noch nicht ganz verschlossene Narbe am Hals sehen wollte. Ich lehnte dankend ab. Sie versprach mir den Hausmeister sofort zu bestellen, damit ich mich auf eine wärmere Nacht freuen durfte.

An diesem Tag standen erste Anwendungen auf meinem Programm und zwei weitere, tiefergehende Untersuchungen durch meinen betreuenden Arzt, sowie der angekündigte Besuch beim Chefarzt. Vor dem Frühstück erhielt ich eine Atemanwendung mit salz- und sauerstoffangereicherter Luft. Zwölf Minuten saß ich auf einem niedrigen Hocker in einem weiß gefliesten Raum, um mich herum lauter lungengeschädigte Patienten. Die Anwendung ist simpel.

Über einem Waschbecken waren Vorrichtungen installiert, an welche man ein steriles Mundstück anschloss. Die Aufsichtsperson prüfte auf dem Begleitschein, welche Atemtherapie verschrieben wurde und stellte die Sauerstoff- und Medikamentenzufuhr ein. Zwölf Minuten später beendete die Apparatur die Anwendung und man reinigte mit Desinfektionstüchern seinen Platz, legte die Mundstücke in einen Korb für eine industrielle Spülmaschine und verließ den Raum.

Anschließend traf ich meinem Vater im Foyer. Ich zeigte ihm meinen ausgedruckten vorläufigen Anwendungsplan. Vor den Untersuchungen bei den Ärzten stand für mich noch eine Ergometer-Anwendung auf dem Programm und eine Einheit Atemgymnastik in einer Turnhalle. Alles war neu und ich wusste nicht, wo ich welche Räumlichkeiten auffinden konnte.

Gestärkt vom Frühstück fand ich den Ergometer-Raum, wo acht Geräte in einem Halbkreis aufgestellt waren. Ich setzte mich auf ein ergometrisches Fahrrad, welches umfangreicher ausgestattet war als die gewöhnlichen Heimtrainer. An den Standfahrrädern konnte der Widerstand der Trittleistung elektronisch eingestellt werden. Die Trittfrequenz und der Widerstand wurden in Watt umgerechnet und an einem Display angezeigt.

Für die Überwachung der Vitalwerte wurde die Sauerstoffsättigung mit einem Pulsoximeter an einem Finger, der Pulsmesser mittels mehrerer Saugnäpfe am Oberkörper befestigt. Eine Physiotherapeutin bediente hinter einem Tresen einen Computer und rief die Daten ihrer Patienten auf. Ich saß außen am Fenster und kam als erster an die Reihe. Ich sollte kurz meinen Aufenthaltsgrund nennen und mein Befinden beschreiben. Die Therapeutin erklärte, dass sie alle Vitalwerte der Patienten während der Trainingseinheit an ihrem Monitor überwachte.

Sie stellte für mich die niedrigste, zu tretende Wattleistung ein. Auf meinen Protest mehr leisten zu können, bat sie mich um mehr Geduld, schließlich sollte ich langsam zu Kräften kommen. Eine ältere kräftigere Dame neben mir durfte die fünffache Leistung treten und ich fühlte mich fürchterlich missverstanden, ungerecht behandelt.

Nachdem alle Patienten eingestellt waren, fingen wir gemeinsam an, in die Pedalen zu treten. Ich schaute beleidigt zum Fenster raus auf den verglasten Verbindungsgang zum Nachbarhaus. Durchlaufende Patienten schauten fragend in ihre Anwendungspapiere und suchten ihre nächste Behandlungsstation. Das Treiben amüsierte mich, entdeckte ich doch meine Reaktionen auch bei anderen.

Bereits nach zwei Minuten merkte ich die Belastung, trotz der niedrigen Einstellung, und hatte Mühe die Übung durchzuhalten. Aus meiner kurzen Gelassenheit entwickelte sich erneut Frust. Am Ende war ich erschöpft und musste der Physiotherapeutin kleinlaut Recht geben.

Bis zur nächsten Anwendung hatte ich Zeit und freute mich auf mein warmes Zimmer. Treppensteigen war noch nicht möglich und ich musste bis ins Foyer laufen, um den Aufzug zu nehmen. Der Weg schien mir weit, besonders nach der ersten Übung am Morgen. Die Klinik war eigentlich nicht groß, aber in meinem Zustand konnten ein paar dutzend Meter schwer werden. Zu meiner Freude fand ich einen weiteren kleinen Aufzug nur wenige Schritte vom Therapieraum entfernt. Auf dem Hinweg schien ich den Lift übersehen zu haben.

Ich fuhr in meine Etage, ging auf mein Zimmer und erfreute mich an dem warmen Zimmer. Die Heizung war repariert, ich hatte keine Schäden von der Nacht davongetragen und alles schien gut zu verlaufen. Von meinem Bett aus rief ich meinen Vater an und wir verabredeten uns zum Mittagessen. Zuvor musste ich drei Termine wahrnehmen. Erst folgten die umfangreicheren ärztlichen Untersuchungen und eine halbe Stunde vor der Mittagszeit stand eine Atemübung in der Turnhalle an. Ich entspannte auf meinem Bett und stellte den Wecker bis zum nächsten Termin, einer erforderlichen medizinischen Eingangsuntersuchung.

Der erste Arzt, mein medizinischer Hauptansprechpartner für die drei Wochen, wirkte schlecht gelaunt und unfreundlich. Zur Begrüßung gab er mir nicht die Hand, zu groß war ihm das Risiko mit einer Erkältung angesteckt zu werden. An seinem Schreibtisch erzählte ich von meinem Krankenhausaufenthalt und dem Verlauf der Krankheit. Parallel überflog er die Entlassungspapiere des Krankenhauses und seine nonverbale Kommunikation verunsicherte mich.

Unterkühlt fragte er schließlich nach meinen Erwartungen und Zielen der Anschlussheilbehandlung, kreuzte die vorgegebenen Antworten auf einem vorgefertigten Formular an. Danach bat er mich, den Oberkörper frei zu machen und hörte mich ab. Kurzerhand erklärte er mir den weiteren Verlauf meines Aufenthaltes. Ich bat ihn, meine Entzündungswerte im Blut zu messen, da diese seit drei Tagen nicht mehr überprüft worden waren. Mein letzter Kenntnisstand war ein CRP-Wert von über fünfzig, normal sollte er unter fünf liegen.

Mir schien, als zeigte er keinerlei Verständnis für meine Krankengeschichte, dem künstlichen Koma und den daraus resultierenden, permanenten Angstgefühlen. Ich war mehr als irritiert und wusste nicht, ob ich sauer oder enttäuscht sein sollte. Mürrisch stimmte er einer Blutuntersuchung zu. In Sachen meines arabischen Armes und meiner Bandscheibenprobleme verwies er auf einen externen Orthopäden, da die Kurklinik nicht auf solche Probleme eingestellt war. Den Facharzt sollte ich außerhalb der Anwendungszeiten aufsuchen, die Klinik würde mich auf Wunsch zur orthopädischen Praxis fahren.

Ich war enttäuscht, da mein Arm akut mehr Probleme bereitete als meine körperlich schwache Verfassung. Der Arzt versprach mir einen Termin beim Orthopäden zu organisieren. Mutig erwähnte ich den Status einer privaten Krankenversicherung. Oft bekam ich dadurch bei Fachärzten schneller Termine, als normale Kassenpatienten. Das wusste ich aus den Erfahrungen meiner Ehefrau, die gesetzlich versichert war. Der Arzt kommentierte meinen Versicherungsstatus, er fände das System entsetzlich und sei selbst in einer gesetzlichen Krankenkasse versichert. Die Situation wurde mir peinlich.

Der Arzt studierte weitere Werte und Angaben aus den Unterlagen, als er auf die psychologische Betreuung im Krankenhaus stieß. Er fragte, ob ich eine derartige Betreuung weiterhin benötigen würde, was ich bejahte. Er konnte mir nicht versprechen, einen freien Termin bei den Hauspsychologen zu bekommen, der Andrang sei enorm. Zum Schluss seiner Anamnese kündigte er eine erforderliche Sonographie zur Überprüfung meines Pleuraergusses[47] an.

In den Papieren des Krankenhauses stand, dass eine Punktion zur Beseitigung der Wassereinlagerungen vertagt wurde, da ich keine bedenklichen Symptome zeigte. Es sollte jedoch penibel auf die wässrigen Einlagerungen geachtet werden. Der gesamte Status der vermeintlich detaillierten Untersuchung verunsicherte mich, denn ich wollte weder punktiert noch als überängstlicher Mann verstanden werden.

Ich will die unbehagliche Situation mit meinem betreuenden Arzt aufklären, ohne den dramaturgischen Verlauf der folgenden drei Wochen zu beeinflussen. Der Arzt hatte sich erkältet und litt unter den typischen Erschöpfungserscheinungen grippaler Infekte. Am nächsten Tag war er zunächst für eine Woche krankgeschrieben, eine weitere Woche würde er weiter fehlen. Später erwiesen sich seine Leistungen und

47 Ansammlung von Flüssigkeit zwischen innerer Wand des Brustkorbs und der Lunge

besonders seine menschliche Kompetenz als außergewöhnlich gut, doch zum gegebenen Zeitpunkt dazu mehr.

Nichtsahnend von den Gründen seiner schlechten Laune schilderte ich meinem Vater von der barschen Art der Untersuchung. Ich zeigte mich besorgt über den weiteren Aufenthalt in der Klinik, fühlte mich nicht richtig behandelt. Das kalte Zimmer, die Abgeschiedenheit und meine Unlust, mich einem Kur-Spaß hinzugeben! Einige Patienten benötigten eine gesundheitliche Rehabilitation nicht nur als Auszeit ihres Alltages, sondern nutzen die Zeit zum Feiern und suchten sich ihren passenden Kurschatten. Es blieb wenig Zeit zu klagen, der nächste Termin ließ nicht auf sich warten.

Eine Etage tiefer empfing mich der Chefarzt. Nach Sichtung der Unterlagen, einem kurzen Gespräch über meine Gesamtlage, sprach er mich auf die Möglichkeit an, die Rehabilitationsmaßnahme per se um eine Woche verlängern zu können. Sicherlich hätte ich es gebrauchen können, meinen Körper eine Woche länger auf den Alltag vorzubereiten.

Andererseits wartete auf mich noch die unterbrochene Anschlussheilbehandlung meiner Bandscheibenvorfälle. Und am wichtigsten war mein Wunsch, Weihnachten mit meiner Familie zu verbringen. Er fragte mich, was er mir an Behandlungen Gutes tun könnte und ich bat um psychologische Unterstützung, da noch nicht sicher war, ob ich eine Betreuung erhalten würde. Der Chefarzt versprach mir, sofort in das Programm für Einzelgespräche und Gruppensitzungen aufgenommen zu werden.

Ich fragte vorsichtig an, wie er die Aussichten auf eine Entlassung einen Tag vor Heiligabend einschätzte. Streng wies er meine Anfrage zurück und betonte, dass eine Anschlussheilbehandlung bei vorzeitiger Entlassung unter Umständen nicht vollständig bei der Rentenversicherung abrechenbar sei und wie ein Abbruch gewertet werden konnte. Ich sollte mich gedulden und in zweieinhalb Wochen prüfen, wie es mir gehen würde.

Vor dem Mittagessen folgte in der Turnhalle die Gruppenanwendung mit der Atmungsgymnastik. Vor der kleinen Halle, innerhalb des Gebäudes, traf ich Patienten aus demselben Kurs. Eine Dame mittleren Alters stand für mich von einem der vier oder fünf Sessel im Wartebereich auf. Mir war es unangenehm, zumal ich eindeutig der jüngste Patient auf dem Gang war und meine körperlichen Gebrechen nicht zeigen wollte. Ich lehnte zunächst ab und bat die Dame, sie möge sich wieder hinsetzen. Aber alle Patienten sprachen wild auf mich ein, ich sollte mich bloß schnell hinsetzen. Ich muss zugeben, dass ich unglaublich froh war, sitzen zu können.

Die aufmerksame Dame und ich unterhielten uns bis zum Anfang des anstehenden Kurses. Sie kam aus einem Dorf im Dreisamtal, in der Nähe von Freiburg, wo ich sechs Jahre gelebt hatte. Wir fanden es merkwürdig, uns nie auf Festen begegnet zu sein. Doch es kam noch verrückter.

Sie lag schwer erkrankt im selben Krankenhaus und zur gleichen Zeit wie ich. Sie arbeitete in der pulmologischen Abteilung einer anderen Klinik und kannte etliche Kollegen in dem Krankenhaus, wo wir behandelt worden waren. Sie wurde wegen einer schweren Lungenentzündung stationär behandelt und erfuhr von einem Patienten an einer neu gekauften ECMO-Maschine auf der Intensivstation. Man unterhielt sich unter Kollegen, schließlich war man vom Fach. Dieser Patient war ich.

Irgendwie verbanden uns die Gemeinsamkeiten. Als ich ihr von meinem Dorf erzählte, bat sie mich ihren ehemaligen Kollegen aus ihrer Abteilung zu grüßen. Er hatte sich in meinem Dorf als Allgemeinmediziner und Lungenfacharzt niedergelassen und ich beteuerte, ihn nach meinem Aufenthalt in Bad Dürrheim mehrfach besuchen zu müssen und die Grüße nicht zu vergessen.

Die Atemgymnastik hatte etwas Skurriles. Der Physiotherapeut schien nicht nur ein Staatsexamen für körperliche Anwendungen gemacht zu haben, nein, er beherrschte auch eine sonderbare Betonung seiner Übungsanleitungen. Seine Übungsanweisungen klangen wie die gelangweilten Durchsagen der im letzten Jahrhundert lebenden Bahnhofsvorsteher, die monoton den unveränderten Fahrplan über die Lautsprecher vorlasen. Alternativ malte ich mir während der Übungen aus, wie der Therapeut seine Nächte in Diskotheken und Bars verbrachte und nur widerwillig zur Arbeit ging. Die Übungen waren dafür umso besser.
Meine beschädigte Lunge wurde durch Streck- und Atemübungen belüftet. Durch die Dehnung passierte etwas mit meinem Atmungsorgan. Es war unangenehm, da sich in mir irgendetwas bewegte und spürbar veränderte. Recht laienhaft erklärt, dehnten sich meine linken eingefallenen Lungenlappen wieder aus.

Mit den Übungen und mit meiner zunehmenden körperlichen Fitness fanden die Lungenbläschen und anderes Gewebe wieder ihren richtigen Platz. Auch die weichende Wassereinlagerung zwischen Lunge und Rippenbogen gaben meinem Innenleben den Raum, sich weiter auszubreiten. Das war ein unfassbar merkwürdiges, zum Teil beängstigendes und nicht kontrollierbares Gefühl. Aber es war auch gut und wichtig, denn nur so konnte ich die Lungenfunktion im vollen Umfang zurückerhalten. Die nächsten Wochen sollten mich diese unangenehmen Effekte in der Lungengegend begleiten und immer wieder für Verunsicherung sorgen.

Am Nachmittag wagten mein Vater und ich einen Spaziergang in die Dorfmitte. Unser Ziel war die Dorfbäckerei vom Vortag. Der Hinweg am späten, dämmernden Nachmittag erwies sich als mühelos. Ich war motiviert und der Kuchen vom Vortag war so lecker, dass ich unbedingt das ausgelobte Ziel erreichen wollte. Ich kam nur langsam voran, fühlte mich zwar schwach, doch gleichzeitig war ich stolz auf den ersten richtigen Spaziergang. Gegen die winterliche Kälte hatte ich mich warm eingepackt und wir erreichten gemächlich unser ersehntes Ziel. In der warmen Backstube roch es einladend nach Weihnachten. Wir bestellten uns die gleichen Getränke wie am Vortag, dazu genoss ich erneut einen Apfelkuchen und fühlte mich großartig.

Allerdings hatte ich den Rückweg unterschätzt. Mit dem Einbruch der Dunkelheit sanken die Temperaturen und der Weg zurück in die Klinik verlief leicht ansteigend. Auf dem Hinweg fiel uns das nicht auf, umso beschwerlicher wurde der Rückweg. Von hinten hörte ich schnaufende und stampfende Schritte näher kommen. Ich kämpfte mit jedem Schritt. Eine kleine Dame, vielleicht eineinhalb Köpfe kleiner als ich, schob einen Rollator vor sich her und überholte mich.

Heute lache ich über diese Situation, doch damals empfand ich diesen Moment als Demütigung. Mein Vater lachte leise auf, doch er schien meine Frustration und meine Traurigkeit wahrzunehmen. Wir verloren kein Wort über die Szene und liefen langsam zurück.

In der Klinik warteten ein gutes Abendessen und anschließend ein Vortrag auf uns. Der fakultative Vortrag versprach über den Klinikalltag, den medizinischen Behandlungskompetenzen und Zusatzangeboten therapeutischer Maßnahmen zu informieren. Wir nahmen das Angebot wahr und gingen in ein Auditorium, das Referat hielt der Chefarzt. Es war aufschlussreich und veranschaulichte in einer Stunde den Sinn der Einrichtung. Er erläuterte die Leistungen aus Sicht der Versicherungen und einer sozialgesellschaftlichen Rechtfertigung, Kuren überhaupt sinnvoll und rentabel anbieten zu können.

Seine Ausführungen maßgeschneiderter, medizinischer Maßnahmen hielt er in einer sehr verständlichen Sprache und alle im Auditorium folgten ihm aufmerksam. Am Ende konnten alle Patienten Fragen an ihn richten. Besser hätte der erste Tag nicht enden können, abgesehen vom Überholmanöver der flotten Rollator-Dame.

Ich bat meinen Vater, leicht verschämt, um Hilfe meine Wäsche aus dem Koffer in den Schrank zu räumen. Dieser lag immer noch auf dem Boden. Lediglich ein paar T-Shirts hatte ich in den Schrank gelegt, der Rest war zu anstrengend für mich. Mein Vater war entsetzt, dass ich mich noch nicht gemeldet hatte. Wir liefen zu meinem Zimmer und ich versuchte mich im Witzeln über die defekte Heizung vom Vorabend. Ich wollte meine Ängste vor einer weiteren kalten Nacht überspielen. Auf dem Zimmer angekommen, empfing uns eine angenehme Wärme und ich war zufrieden.

Mein Vater räumte den Kofferinhalt in den Schrank ein. Danach setzte er sich in den Sessel und wir unterhielten uns eine Weile. Gegen 22:00 Uhr verließ er mein Zimmer, er wollte noch eine Zigarette rauchen, bevor die Kliniktüren um 22:30 Uhr verschlossen wurden. Ich rümpfte unzufrieden die Nase, da der Chefarzt in seinem Vortrag auch über die neue Raucherkrankheit COPD[48] berichtet hatte, die laienhaft bezeichnete Raucherlunge.

Die Krankheit wurde bei meinem Vater diagnostiziert und ich wünschte mir sehnlichst, dass er mit dem Rauchen aufhören würde. Leider konnte man eher einem Hund das Sprechen beibringen, als dass mein Vater die fürchterlichen Zigaretten wegließ. Wir wünschten uns eine gute Nacht und er ging. Meine Ehefrau und ich telefonierten kurz, es war zu spät für ein Gespräch mit den Kindern geworden und wir verabredeten uns für den Folgetag, um mit den Kindern zu skypen.

Leider fiel in dieser Nacht die Heizung erneut aus und das Programm der vorherigen Nacht wiederholte sich bis auf das kleinste Detail. Die Kälte, die Ängste und die steigenden Schmerzen in meinem arabischen Arm, der laufende Föhn und eine schlaflose Nacht brachten mich an den Rand der Verzweiflung. Am nächsten

[48] Heißt: Chronic Obstructive Pulmonary Disease, zu Deutsch chronisch-obstruktive Bronchitis (COB) mit oder ohne Lungenemphysem.

Morgen wartete ich schon vor dem Dienstantritt der Krankenschwester auf den Stühlen im Wartebereich des Behandlungszimmers. Immerhin war es dort wärmer. Als sie ankam, ahnte sie schon, welches Anliegen ich hatte.

Statt einer Begrüßung bat ich sie freundlich aber bestimmt um ein anderes Zimmer. Wieder entschuldigte sie sich und erbat einige Minuten Zeit, währenddessen ich am Frühstücksbuffet Kraft tanken sollte.

Nach dem Frühstück erhielt ich ein neues Zimmer. Mein Vater half mir den Koffer mit meinen Sachen zu packen und diese in dem neuen Zimmer wieder in den Schrank zu räumen. Ich empfand seine Hilfe erneut als erniedrigend. Meiner Meinung nach sollte sich in solchen Angelegenheiten die jüngere Generation um die älteren Menschen helfend kümmern, nicht andersherum.

Klinikalltag.

Nachdem wir das neue Zimmer bezogen und eingerichtet hatten, musste mein Vater seine Heimreise antreten. Wir sprachen noch eine Weile über die kommenden Wochen, was auf mich zukäme. Ich war ihm unendlich dankbar, dass er mit mir hergefahren und bei mir geblieben war.

Im Moment des Abschiedes wurde mir bewusst, die nächsten zweieinhalb Wochen auf mich allein gestellt zu sein. Seine Nähe tat mir gut und er würde mir fehlen. Sensibler denn je, kamen nur noch selbstbemitleidende Gedanken in mir hoch. Ich konnte meine Frau nicht in den Arm nehmen, nicht mit meinen Kindern kuscheln und kein vertrauter Mensch war für mich da, um mich zu drücken, mir seine starke Schulter anzubieten.

Eingangs behauptete ich, bis heute keine Minute um mich geweint zu haben. Vielleicht tat ich das in diesem Abschiedsmoment doch. Ich saß auf meiner Bettkante und dachte nach. Mit einer ungeahnten Wucht überkam mich ein Weinkrampf und ich jaulte laut, wie ein verlassener Hund.

Ich drückte mein Gesicht tief in mein Kissen und weinte minutenlang. Mal fiel alles von mir ab, dann brach das Selbstmitleid schonungslos über mich herein. Ich weinte so laut, dass es theoretisch der halbe Wohnkomplex hören musste. Doch das war mir egal, Weinen können ist eine Stärke. Nach ein paar Minuten drehte ich mich auf den Rücken und dachte: „Laut jaulen wie ein Hund, das muss man erst einmal schaffen." Ich musste über mich selbst ein wenig lachen.

Zum Abendessen wurde ich an einen neuen Tisch gesetzt. Eigentlich wäre ich lieber an meinem Platz geblieben, denn ich hatte keine Lust mit anderen Patienten über Krankheiten zu sprechen. So wurde ich gezwungen, mit anderen Rehabilitationsgästen in Kontakt zu treten, denn durch die Begleitung meines Vaters hatte ich mich aus den privaten Geschehnissen anderer Mitkranker ferngehalten. Ich kannte die feste Tischordnung von der Klinik der orthopädischen Anschlussheilbehandlungen in der Nähe meiner Heimat. Das Begrüßungsritual war immer das gleiche. Man hatte ein gemeinsames Thema, sprach über seine Erkrankung, den Grund dafür und welche medizinischen Maßnahmen bereits vorgenommen wurden.

An meinem neuen Tisch saßen zwei COPD-Erkrankte, einer davon im vierten Stadium. Es ging ihm sichtlich schlecht und er bekam kaum Luft, japste bei der kleinsten Anstrengung. Der andere COPD-Patient kam direkt von einem Krankenhausaufenthalt, in welchem man die obstruktiven Lungenbereiche, also das erkrankte Lungengewebe, operativ verklebt hatte.

Der Mann hatte eine mehrstündige Operation hinter sich, bei welcher man seitwärts, unterhalb der Achselhöhlen einen Schnitt bis auf den Rücken vollzogen hatte. Über diesen, für mich spektakulären Weg, waren die Heilungsaussichten des aufgeschnittenen Körpers schneller und aussichtsreicher. Andere Operationsverfahren öffnen den Brustkorb und alleine der Heilungsprozess kostete sehr viel Kraft. Der dritte Tischnachbar war Asthmatiker und nutze einen vierjährigen gesponserten Rhythmus seiner Krankenversicherung für eine Kur, um seinen Atemwegen Ruhe und Erholung zu gönnen.

Meine drei neuen Bekanntschaften kannten sämtliche Erkrankungen um uns herum und klärten mich über die Personen auf. Genau das wollte ich verhindern, aber mir blieb nichts anderes übrig, als den Herren zuzuhören. Mir wurde bewusst, dass an den Tischen lungenkrebskranke Menschen, COPD-Kranke, Asthmatiker und zig andere Atemwegserkrankte um mich herum aßen. Viele der Anwesenden würden vielleicht nie wieder gesund werden. Schlimmer, sie würden an ihren Krankheiten sterben. Mich schockierte diese Erkenntnis, rüttelte mich gleichzeitig wach und ich beschloss spontan, mich mehr in den Klinikalltag einzubringen.

Am Vormittag stand eine Ultraschalluntersuchung des Pleuraergusses in meinem Rippenbogen auf dem Programm. In einem umgebauten Patientenzimmer stand ein Ultraschallgerät bereit. Die Einrichtung mutete skurril an. Ein Krankenhausbett und eine Liege standen dicht nebeneinander. Es war kalt. Der Behandlungsraum lag eine Etage unter meinem ersten, frostigen Zimmer und ich malte mir technische Störungen am Heizungssystem in dem Trakt der Klinik aus.

Der Arzt war sehr wortkarg, wirkte übermüdet. Er bat mich, den Oberkörper frei zu machen und mich auf die Liege zu legen. Während das Ultraschallgerät startete, las er in meiner Patientenakte. Es kamen gutturale Laute aus ihm, ohne Worte, eine Art „Hmm.". Immer wieder hörte ich den Laut. Nachdem das Gerät einsatzbereit war, deutete er mir an mich hinzulegen. Aus einer Tube presste er eine Art Kontakt- und Gleitflüssigkeit für den Ultraschallkopf auf meinen Bauch aus und verrieb mit dem Messkopf das kalte Gel. Er fand die Flüssigkeit in meiner rechten Körperhälfte und stieß immer wieder den gleichen Laut aus. Dann nannte er mir beiläufig seine Diagnose.

Die Flüssigkeit sollte mit einer Punktion abgelassen werden, das sei besser. Ich bat ihn, mir konkreter mitzuteilen, was er sah, warum er auf die Diagnose kam und welche Optionen es noch geben könnte. Er war über meine energischen Bitten überrascht und attestierte mir eine hohe Wissbegierde. Für mich hörte es sich eher nach einem „Bitte nicht stören" an und ich war leicht enttäuscht. Schließlich gab er sich Mühe meine Fragen zu beantworten. Ich betonte, auf keinen Fall eine Punktion über mich ergehen lassen zu wollen, worauf er anmerkte, Entwässerungstabletten gingen auch. Was für ein skurriler Moment.

In den darauf folgenden Tagen hörte ich viel über die Schicksale anderer Patienten. In einer Gruppentherapie konnte man über seine Ängste sprechen, was einen täglich bewegte, oder sich mit einem frei gewählten Thema beteiligen. In der Regel waren sechs bis acht Teilnehmer in einer Gesprächstherapie und jedes Treffen war anders. Nicht jeder konnte frei über seine Probleme sprechen.

Manche Patienten gaben an, sich mit dem Leid und den Schicksalen der anderen Patienten zu trösten. Ich fand das zunächst entsetzlich und unverschämt. Ohne es in der Runde kundzutun, verurteilte ich solche Reaktionen. Vielleicht lag es an der Abgeschiedenheit des Kurortes und der permanenten Konfrontation schwerer Krankheitsverläufe, die für viele in der Klinik eine Extremsituation darstellte. Noch dazu litt eine Vielzahl der Patienten unter ihrem eigenen Krankheitsbild. Doch Zustände zu vergleichen machte für mich keinen Sinn.

Nach weiteren Gesprächen kam ich jedoch zum Ergebnis, dass es durchaus nachvollziehbar war, dass erkrankte Menschen sich in einer vergleichbaren intensiven Umgebung mit dem Leid anderer zu trösten versuchten. Man sollte es nur nicht in großen Runden mitteilen, weder am Essenstisch, noch in Gruppentherapien und auch nicht im Foyer. Es gab genügend Rückzugsorte, um es in kleineren Runden sensibler zu besprechen. Ich wollte als gutes Beispiel vorangehen und mit schlechter gestellten Mitpatienten reden, für sie einfach nur da sein, ihnen zuhören. Nach wenigen Gesprächen wurde mir klar, dass man sich nicht schämen brauchte gesünder zu sein.

Mit der Zeit kam ich mit immer mehr Patienten in Gespräche. Allerdings hielt ich mich von abendlichen Zusammenkünften im Foyer fern. Zu sehr hatte ich Befürchtungen, mich an einer Erkältung anstecken zu können.

Eine junge alleinerziehende Mutter von zwei Kindern war zum x-ten Male in der Lungenfachklinik. Sie war zum Tode verurteilt. Krebs. Nicht eine Ausprägung, nein, viele verschiedene Krebsarten zerrten an ihrem Leben. Sie lebte zwischen Chemotherapien, Isolationszimmern in Krankenhäusern, immer wieder getrennt von ihren Kindern und ständig folgten Anschlussheilbehandlungen. Sie lebte in einer völlig anderen Welt, als ich es mir vorzustellen vermochte. Sie wollte auch etwas über meine Krankengeschichte wissen.

Anfänglich fiel es mir schwer von meinen Erlebnissen und meiner Krankheit zu erzählen, wohlwissend, vollständig gesund zu werden. Ich hatte plötzlich Hemmungen frei über die letzten Wochen zu sprechen. Teilweise versuchte ich Wörter zu vermeiden, um mein Gegenüber zu schonen und das machte mich befangen. Es fühlte sich nicht richtig an, ich empfand mich unehrlich.

Mein innerer Freischlag für ein unverkrampftes Gespräch kostete mich große Überwindung. Ich fragte, wie es für sie sei, wenn Patienten ihr die eigenen Geschichten erzählten und dabei litten. Wie fühlte es sich für sie an, wenn die Menschen offensichtlich gesund in ihren Alltag zurückkehrten? Die Antwort war verblüffend. Sie freute sich einfach für jeden, der gesund werden durfte. Befreit erzählte ich weiter von meinen Belastungen, besonders davon, meiner Familie große Ängste bereitet zu haben. Die Frau war beeindruckend stark, voller Mitgefühl für meine Ehefrau, unseren Kindern und meinen Eltern. Sie erzählte von ihrer familiären Situation.

Sie würde sterben und hatte bereits alles minutiös geplant. Die eigene Beerdigung und wie es mit ihren Kindern weitergehen sollte, alles war durchdacht. Obwohl es nur noch eine Frage von Monaten war, kämpfte diese Frau um jeden Tag ihres Lebens und gegen jeden Schmerz. Sie stellte sich allen Herausforderungen und plante in Dimensionen, die man sich als junger Mensch normalerweise nicht vorstellen kann. Vom Verbleib ihrer Kinder bis zu ihrer Beerdigung und ihrem letzten Willen hatte sie alles akribisch niedergeschrieben. Das hat mich tief beeindruckt, berührt und sehr nachdenklich gestimmt.

Die erste Woche verging schneller, als ich dachte. Ich folgte täglich meinem Rehabilitations-Programm. Regelmäßig telefonierte ich mit meiner Ehefrau und meinen Kindern. Leider konnten wir aus technischen Gründen in unserer Wohnung nicht skypen. Wieder sah ich meine Kinder nicht und sie mich auch nicht. Das war furchtbar. Mit meiner Mutter sprach ich täglich via Skype-Videokonferenzen. An den Nachmittagen lief ich zu meinem Stammkaffee und trainierte, den Rückweg immer schneller zu bewerkstelligen. Nochmals wollte ich mich nicht von einer Dame mit Gehhilfe überholen lassen.

Ab Ende der ersten Woche erhielt ich von einem sehr guten Orthopäden erste Anwendungen für meinen arabischen Arm. Dreimal die Woche erhielt ich Kortisonspritzen direkt an die Quelle des Problems injiziert. Der Orthopäde kannte sich zu meiner Begeisterung auch bestens mit Lungenproblemen aus, da er selbst jahrelang als internistischer Chirurg gearbeitet hatte. Er war meine große Rettung, das medizinische Multitalent. Für meine Ängste brachte er Verständnis auf und desinfizierte stets gründlich die Einstichstellen der Spritzen. Nach nur wenigen Tagen war das Problem gebannt, und die Schmerzen in meinem rechten Arm nahezu gestillt.

Der Arzt erklärte mir, dass das Phänomen in meinem Arm Medizinern bekannt sei und er fragte mich, ob nicht ähnliche Störungen in meinem rechten Bein zu spüren seien. Man spricht von einer Fehllagerung im Koma, die zu Quetschungen von Nerven führen kann. Je nach Ausprägung der verletzten Bereiche kann es zu Muskelschwund kommen und der Zug auf Knochen und Sehnen verursachte bei mir diese ungeheuerlichen

Schmerzen. Der Orthopäde untersuchte meine rechte Hüfte und mein rechtes Bein, und es stellte sich eine ähnliche Schädigung der unteren rechten Extremität heraus. Das war ernüchternd.

Fehllagerung. Das klang abstrakt und nach einem Fehler der Ärzte, Pfleger oder Physiotherapeuten auf der Intensivstation. Mir war klar, dass dies der Fachausdruck ist und ich niemanden einen Vorwurf machen wollte. Lediglich Patienten mit den beschriebenen Symptomen sollte man früher darüber in Kenntnis setzen, Unterstützung bieten. Der Hintergrund war klar, Krankenversicherungen betrachten solche Lagerungsschäden als Fehlleistungen der Krankenhäuser.

Das müsste man dringend ändern, damit Leistungserbringer freier arbeiten können und keine Angst vor Repressalien zu haben brauchen. Das war mein Resümee. Ein Freund fragte mich, ob ich nicht das Krankenhaus verklagen wollte. Ich verneinte es, schließlich wurde mir das Leben gerettet. Es ist einfach sehr schwer, einen schlaffen Körper so zu drehen, dass es zu keinen Schäden kommt. Je länger das Koma, umso größer das Risiko für Probleme. Oder, dachte ich, man muss die Kirche einfach mal im Dorf lassen.

Das zweite Wochenende war nahezu anwendungsfrei. Morgens konnte man freiwillig an der Atmungsgymnastik teilnehmen, welche ich aus Trägheit verpasste. Ich wollte am Wochenende so tun, als hätte mein Körper ebenfalls frei. Die meisten Klinikgäste erhielten am Samstag und Sonntag Familienbesuch. Ich war froh, dass meine Ehefrau zuhause blieb und sich ausruhte. Die Kinder kosteten bereits im Alltag genug Kraft. Ich fand genügend Beschäftigung und plante, ein Weihnachtskonzert im Kurhaus zu besuchen. Es ging bergauf mit mir.

Am Morgen vergaß ich meine Schmerztabletten zu nehmen. Zum Mittagessen setzten keine Schmerzen ein, also probierte ich, auch die zweite Dosis der Medizin wegzulassen. Am Nachmittag entfernte eine Pflegerin das Pflaster an meinem Hals, das Loch war immer noch nicht vollständig zugewachsen, aber es war nur noch eine Frage von Tagen. Mutig wagte ich im Schwesterzimmer einen ersten Blick auf die Narbe.

Zuerst war ich enttäuscht, denn ich sah einen lediglich eineinhalb Zentimeter kurzen, waagerechten und verkrusteten Strich unterhalb meines Kehlkopfs. Natürlich war es absurd enttäuscht zu sein, doch in den letzten Wochen dachte ich an ein klaffendes Loch an meinem Hals. Das, was ich sah, war eine lächerliche, kleine Narbe. Ich musste lachen.

Die Pflegerin freute sich über meinen Mut und meine gute Laune und fragte mich, ob es mir beim Anblick der Narbe besser ginge. Ich bejahte die Frage und äußerte zwei konkrete Wünsche. Ich wollte endlich ausgiebig duschen, ohne auf die Narbe aufpassen zu müssen, und mich endlich von meinem Bart befreien. Die Pflegerin drückte mir kleine wasserdichte Pflaster in die Hand und forderte mich auf, meinen Wünschen nachzugehen.

„Warum eigentlich nicht?“, dachte ich und lief zu meinem Zimmer.

∞

Duschen, Rasieren, Joker, Aussetzer.

Wie recht die Stationspflegerin hat, ich muss einfach machen, worauf ich Lust habe. Heute werde ich Bäume ausreißen gehen! Mein arabischer Arm hat mich die letzten Nächte nicht mehr belästigt, ich kann kurze Strecken spazieren gehen, alles wird wieder gut. Und gestern habe ich den Tag genutzt und mit Freunden telefoniert, ein wenig von meinem Alltag erzählt. Das war schön und ich bin richtig motiviert etwas zu verändern.

Die ausgiebige Dusche, Haare waschen, warmes Wasser an mir herunterlaufen lassen, das hat mir gefehlt. Ich fühle mich beinahe unbekümmert. Meine Narbe am Hals ist fast zugewachsen und ich kann mich jetzt nach Wochen rasieren. Schnell klebe ich ein neues wasserfestes Pflaster über die kleine Narbe.

Das blaue Rasiergel in meiner Hand ist kühl und mein Bart ist noch feucht genug, um das Gel durch Reiben an meinen behaarten Wangen in Schaum zu verwandeln. Die Poren meiner Haut sind nach der warmen Dusche weit geöffnet, eine wichtige Voraussetzung für verletzungsfreie Nassrasuren. Der minzige Geruch des aufschäumenden Rasiergels breitet sich in dem kleinen Badezimmer aus und ich nehme tiefe Atemzüge dieses wohltuenden Duftes auf. Wer hätte gedacht, dass ein Rasierschaumaroma nach normalem Leben riecht. Ich will den Schaum ein paar Minuten einwirken lassen, die langen Barthaare sollen am Haaransatz weich werden.

Noch nie hatte ich derartig lange Haare im Gesicht und ich bin gespannt, wie sich die Pracht entfernen lässt. Ich setzte unterhalb meiner Nase den Nassrasierer an, mit leichtem Druck entferne ich die ersten Haare. Der 5-Klingen Rasierer verstopft nach zwei Zügen.

Durch das Ausklopfen im Waschbecken werden die Klingen wieder frei und ich setze zum nächsten Zug an. Kaum sind die langen Barstoppeln unterhalb meiner Nase, rechts am Mund entfernt, entdecke ich eine frische Narbe im Mundwinkel. Dieses Wundmal kenne ich nicht und ich erinnere mich an die Worte meiner Ehefrau, als ich aus dem Koma aufwachte. Ich nestelte im Halbschlaf an einer Kruste herum, genau an dieser Stelle, und meine Ehefrau verwies darauf, dass mir die Pfleger alles erklären würden. Ich erinnere mich nicht, eine Antwort erhalten zu haben.

Der Joker! Ich sehe aus wie der Joker[49] *im Batman Film. Ich kann es nicht fassen! Kann es wirklich sein, dass man mir für den Zugang der Beatmungsmaschine den Mund aufgeschnitten hatte? Mit nacktem Oberkörper stürme ich aus meinem Zimmer, laufe voller Rasierschaum im Gesicht zum Stationszimmer. Die Krankenschwester von vorhin schließt gerade die Tür ab und ich stelle mich ihr in den Weg. Mit dem Zeigefinger deute ich auf die Narbe und frage laut: „Ist das normal, haben die mich echt aufgeschnitten?"*

Die Dame ist sichtlich irritiert. Kein Wunder, denn ich stehe auch ein wenig merkwürdig vor ihr. Sie schaut mir in die Augen, auf die Narbe und wieder in meine Augen. Sie versucht ihr Lachen zu unterdrücken. Beschwichtigend antwortet sie: „Nein Herr Beule, niemand hat sie auf-

49 Eine fiktive Figur aus einem Comic und einem Science-Fiction-Film. Ein psychopathischer Verbrecher mit vernarbten Mundwinkeln.

geschnitten. Das ist eine typische Narbe nach künstlichen Beatmungen. Man fixiert einen kleinen Schlauch abwechselnd in den Mundwinkeln. In ihrem Zustand, mit den ganzen Medikamenten und der ECMO-Maschine begünstigt ein solcher Zugang Lippenreißen. Machen sie sich keine Sorgen."

Meine Schultern sinken leicht ein und ich denke, wie der größte Trottel in dem Flur zu stehen. Ich bedanke mich und verschwinde schnell in meinem Zimmer. Kaum habe ich die Tür hinter mir geschlossen, beginne ich leicht zu lachen.

∞

Die Situation war wirklich peinlich und meine Reaktion mangelte nicht an Übertreibung. Es blieb mir nichts anderes übrig, als mich weiter zu rasieren. Es dauerte lange den Bart zu entfernen und nach über einer halben Stunde war es soweit. Frisch rasiert strahlte ich in den Spiegel.

Wenig später erzählte ich meiner Ehefrau von meiner übertriebenen Aktion auf dem Stationsflur. Sie lachte. Bestens gelaunt berichtete ich stolz, keine Tabletten mehr zu benötigen. Dem Zufall sei Dank, hatte ich morgens versehentlich meine Ration vergessen und seitdem keine Schmerzsymptome verspürt. Sie war ein wenig besorgt, ob ich ohne Absprache mit den Ärzten die Medikation beenden sollte.

Beschwichtigend versprach ich meiner Ehefrau, ohne Tabletten dem normalen Leben einen weiteren Schritt näherzukommen. Wir hielten das Telefongespräch kurz, ich wollte noch meinen täglichen Spaziergang verrichten, bevor es dunkel wurde.

Warm gekleidet lief ich in die Dorfmitte. Der Weg kam mir beschwerlicher vor als die Tage zuvor. In meiner Stammbäckerei bestellte ich das Übliche und las ein wenig in der lokalen Zeitung. Der heiße Tee schien Hitzewallungen in mir zu verursachen. Schweiß stand auf meiner Stirn und ich fühlte mich unwohl. Ich zahlte, aß auf und ging zurück in meine Klinik. Die kalte Luft tat mir gut. Ähnlich wie bei Trinkwasser, das über kein Aroma verfügt und man dennoch von einem guten Geschmack spricht, roch die saubere Luft angenehm. Besser formuliert roch sie nach nichts. Der Odem des Lebens fühlte sich rein an und ich nahm davon tiefe, konzentrierte Atemzüge.

In der Straße zur Lungenfachklinik leuchteten bereits die Straßenlaternen. Die verkehrsberuhigte Sackgasse war menschenleer, nur am Ende sah ich aufglühende Punkte von Zigaretten, der sich versteckenden Raucher. Die Schritte fielen mir schwerer, je weiter ich mich der Klinik näherte. Die Raucher ärgerten mich, ich verstand nicht, wie man sich in einer Lungenheilkur mit dem todbringenden Qualm weiter verseuchen konnte.

Noch dazu hatte der Chefarzt eindringlich darum gebeten, das Rauchen in unmittelbarer Nähe der Klinik zu unterlassen. Gehorsam war nicht unbedingt meine Stärke, aber Anstand schon. Bevor ich mich weiter aufregen konnte, fing ein leichtes Zittern in meinen Händen und Beinen an. Der Weg schien mir an diesem Abend zu viel und ich beeilte mich, in mein Zimmer zu gelangen. Auf meinem Bett ruhte ich mich aus, schlief oberflächlich ein paar Minuten ein.

Der Wecker meines Mobiltelefons weckte mich zum Abendessen. Mittlerweile fühlte ich mich immer unwohler, entkräftet und überanstrengt. Langsam ging ich zum Aufzug, fuhr ins Erdgeschoss und suchte meinen Platz im Speisesaal auf. Ich war als erster am Tisch. Ich gab mir einen Ruck zum Buffet zu laufen und holte mir eine Suppe mit einem Stück Brot. Zwei der Tischnachbarn erschienen nicht zum Essen, der letzte im Bunde kam, während ich auf das Abkühlen meiner zu heißen Suppe wartete. Er holte sich direkt etwas vom Buffet und setzte sich zu mir. Er fragte mich, ob es mir gut ginge, er empfand mich blässlich. Ja, ich fühlte mich unwohl und versuchte, mich mit der Suppe zu stärken.

Mein arabischer Arm zitterte und ich befürchtete einen Rückfall der geschädigten Sehnen zu erleiden. Unmöglich mit der rechten Hand zu essen, versuchte ich es mit der anderen Hand. Doch auch mit dieser war es kaum möglich, die Flüssigkeit auf dem Löffel zu halten. Auch die Seite vibrierte stark. Mir wurde schlecht und ich teilte meinem neuen Bekannten mit, mich auf mein Zimmer zurückziehen zu wollen.

Er schaute mich besorgt an und bat mich, bei einer Nachtschwester unbedingt Hilfe zu suchen. Ich erwiderte, dass um diese Zeit wahrscheinlich nur eine Pflegerin für zwei oder drei Etagen eingeteilt sei, er sich aber keine Sorgen um mich machen sollte. Kurzerhand entschied er, mich auf die Station zu begleiten. Als ich aufstand, zitterte mein ganzer Körper.

Mein Begleiter, frisch an der Lunge operiert und noch mit Fäden in seinen Narben, schob seinen Arm unter meine Achsel. Ich wies ihn barsch zurück. Mein

Zustand verschlechterte sich zunehmend und ich konnte ihm meine Befürchtung nicht erklären, denn ich hatte Angst auf den guten Mann zu stürzen und ihn dabei an seiner Operationsnarbe schwer zu verletzen. In Panik fuhr ich ihn an, sollte ich kollabieren und hinfallen, dürfe er nur seinen Fuß zum Schutz unter meinen Kopf halten. Ich bildete mir ein, dass er dadurch mögliche Kopfverletzungen verhindern konnte, ohne sich selbst großartige Schäden zuzufügen.

Auf meiner Station angekommen, war keine Nachtschwester vorzufinden. Vor dem Behandlungszimmer standen Stühle und mein freiwilliger Aufpasser suchte auf den benachbarten Etagen nach der Pflegerin. Als die beiden zurückkamen, war ich heilfroh über die spontane Hilfe. Sie bat mich in das Zimmer, maß meine Körpertemperatur und fragte nach Auffälligkeiten während meines Tages. Ich erzählte, doch nichts schien Auslöser für den Anfall zu sein. Beiläufig fragte sie mich, ob ich meine Medikamente eingenommen hätte, was ich verneinen musste.

Unerwartet streng, vielleicht auch erschrocken, erhob die Frau ihre Stimme und ermahnte mich bloß nicht auf die Tabletten zu verzichten, schon gar nicht von jetzt auf gleich abzusetzen. Ich litt nach ihrer Diagnose sehr sicher unter Entzugserscheinungen. Auf meinem Zimmer sollte ich Ruhe bewahren, eine normale Ration meiner Medikamente nehmen und mich nach spätestens einer Dreiviertelstunde bei ihr melden. Gesagt, getan, legte ich mich auf mein Bett, nachdem ich die Tabletten geschluckt hatte.

Entzugserscheinungen. Das war eine der frustrierenden Erfahrungen im Krankenhaus. Ich rief verzweifelt meine Ehefrau an. Sie erwiderte, bereits am Nachmittag ihre Zweifel geäußert zu haben und in Sorge um mich zu sein. Genau das wollte ich eigentlich verhindern, aber ich konnte nicht anders als ihr die unschöne Wahrheit zu beichten. Sie erzählte mir von ihrem Tag, dem Wochenende und dass sie sich mit Freunden getroffen hätte.

Nach einer halben Stunde, wir unterhielten uns noch, stand die Pflegerin plötzlich neben mir. Ich hatte das Klopfen an der Tür überhört. Die Dame wurde misstrauisch, verschaffte sich Zugang in mein Zimmer, das war Teil ihrer Aufsichtspflicht. Auf ihre Frage, wie es mir ging, fiel mir auf, dass alle Symptome verschwunden waren. Tatsächlich litt ich unter Entzugserscheinungen und musste über die kommenden Wochen die Wirkstoffe der Medikamente langsam ausschleichen lassen.

Meine Frau und ich waren beruhigt und ich versprach keine Experimente mehr durchzuführen. Ich kehrte zurück in den Speisesaal und beendete mein Abendessen. Meine Tischnachbarn waren bereits fertig und ich aß alleine. Zum Glück, denn ich wollte diese Dusseligkeit gerne für mich behalten.

Sonnenschein und keine Verhandlungen.

Mit der Zeit wurde ich immer leistungsfähiger. Täglich trainierte ich unterschiedliche Muskelpartien und arbeitete an meiner körperlichen Ausdauer. An einem Nachmittag war der Aufzug hoch zu meiner Etage überfüllt. Ich entschied mich spontan die Treppen zu steigen.

Vorsichtig tastete ich mich die erste halbe Etage hoch, achtete dabei penibel auf meine Atmung und meinen Kreislauf. Mit Hilfe einer Lippenbremse, man presst dabei die Lippen zusammen und atmet langsam gegen den Widerstand der Lippen aus, hatte ich meinen Kreislauf unter Kontrolle. Die Pressatmung verursachte merkwürdige Geräusche, half mir jedoch den Sauerstoff im Blut optimal auszunutzen und das Kohlendioxid besser auszuatmen. Der Zweck dieser Atemtechnik half, die Muskeln im Körper mit dem richtigen Gasgemisch zu versorgen und letztendlich die Treppen bis in meine Etage hochsteigen zu können.

Auf meiner Etage angekommen, platze ich vor Stolz. Mir ging es immer besser und ich ließ mich nicht mehr unterkriegen. Ich hatte die Wahl: An meiner Schwäche leiden oder mich an jedem Fortschritt erfreuen. Letzteres lag mir näher und ich legte mich zufrieden auf mein Bett. Draußen schien einladend die Sonne und der Himmel strahlte tiefblau. Das besiegte Treppenhaus war ein Zeichen und ich wollte raus in die Natur. Ich zog mich warm an, packte Handschuhe, Schal und Mütze ein und beschloss, den Kurpark zu erkunden. Am Ausgang der Klinik legte ich die restlichen Kleidungsstücke an, steckte mir Kopfhörer in die Ohren und versuchte im Takt eines Musikstückes die Straße herunterzulaufen.

Der nasse Asphalt spiegelte die Sonne unangenehm in meine Richtung, aber nichts konnte mich aufhalten. Ich wollte einen neuen Rekord brechen, weit laufen und die Umgebung erkunden. Der Kurpark war ebenerdig. Die Parkanlage verfügte in der Mitte über einen großen Wasserspielbrunnen, der um die Jahreszeit ausgeschaltet, aber nicht ausgetrocknet war. Ich lief auf den entfernten Brunnen zu und entdeckte dahinter eine noch viel größere Fläche mit Rasen, Fitnesswegen und Hecken, die kleine Rückzugsorte boten. Die Sonne schien mir ins Gesicht, die Musik auf meinen Ohren bereitete mir gute Laune und ich marschierte in Richtung Parkende.

In meiner seemannsähnlichen Kluft, blaue Jeans, blaue Seemannsjacke, eine runde Mütze, dazu eine dunkel gefärbte Sonnenbrille, sah ich nicht gerade wie ein Chorknabe aus. Ich lief immer schneller, es ging leicht abschüssig. Mit jedem Schritt und jeder lauten Note in meinem Ohr vergrößerte sich das Lächeln in meinem Gesicht.

Mein Erscheinungsbild wurde mir erst bewusst, als eine junge Frau ihre beiden Kinder, viele Meter vor mir, an die Hand fasste und mich sehr genau, prüfend anblickte und sich schützend vor ihren Nachwuchs stellte. Natürlich musste sie das. Ich trat kräftig und schnaufend auf den Boden, spürte das pralle Leben in mir. Dabei lief ich breitgrinsend durch den Kurpark und sah wie ein Lude oder Geldeintreiber aus. Sehr gerne hätte ich der Frau beruhigende Worte zugesprochen, doch für den Moment war es mir egal. Wenige Sekunden später hielt ich es nicht mehr aus und lachte laut und herzhaft über die cineastische Situationskomik.

Am Ende des Parks angekommen, verlief ein kleiner Bach in Richtung einer überregional bekannten Soletherme, welche direkt an den Kurpark angrenzte. Das Wasser des Rinnsals war blutrot gefärbt. Ich versuchte der Färbung auf den Grund zu gehen, untersuchte die Böschungen, jedoch ohne Erfolg. Nach einer kurzen Verschnaufpause drehte ich mich um, schaute in den großen Park und entdeckte etwas weiter entfernt die verängstigte Mutter mit ihren beiden Kindern davonlaufen. Mein gewählter Eingang zum Kurpark lag gefühlt eine halbe Ewigkeit entfernt. Wie hatte ich es nur so weit geschafft? Meine Beine gaben leicht nach, meine Kraft schaltete in den Reservemodus. Ich verfluchte mich soweit hinausgelaufen zu sein.

Der Rückweg, soweit ich das einschätzen konnte, würde zum Problem werden. Zum Glück hielten die positiven Gefühle an und ich überzeugte mich im Selbstgespräch nicht aufzugeben. Auf der anderen Längsseite des Parks, zwar weiter von meinem ausgewählten Einstiegspunkt in den Park und damit zur Klinik entfernt, machte ich in regelmäßigen Abständen Sitzbänke am Wegesrand aus. Ich plante den längeren Rückweg mit den Pausemöglichkeiten durch, schätzte die Abstände zwischen den Bänken ein und lief los.

Ein direkt an den Park angrenzendes Solebad befand sich auf der Hälfte des Weges. Daneben, auf der Seite des Parks, befanden sich zwei Salinen im Aufbau. In den großen Holzkonstruktionen lief bereits Solewasser durch und sorgte für eine natürlich heilende Luft. In der Saline hielt ich inne, nahm ein paar Atemzüge, doch ich war zu erschöpft, um an diesem Ort zu verweilen. Zu groß waren meine Bedenken, es nicht mehr bis in die Klinik zu schaffen.

Ich gab mir einen Ruck und lief weiter Richtung meines Ausgangs. Dort angekommen, konnte ich nach wenigen Metern in die Straße zu meiner Klinik abbiegen. Das letzte Teilstück wurde immer anstrengender und ich zitterte am ganzen Körper vor Erschöpfung. In der Klinik angekommen, ruhte ich mich im Foyer auf einer Sitzbank aus. Nach der Pause wollte ich zuerst die Treppen wieder hochsteigen, doch mir fehlte die Kraft dazu. Ich rief den Aufzug. Zurück in meinem Zimmer ließ ich mich völlig erledigt auf mein Bett fallen und schlief sofort ein.

Einige Zeit später wurde ich wach. Mit dem Blick auf die Uhr fiel mir ein, dass ich mich auf eine Liste der Selbstwäscher eingetragen hatte. Mein Waschgang war unmittelbar dran und ich hatte ihn fast verschlafen. Die Erfahrung aus einer anderen Kurklinik war weniger gut, denn die Waschmaschinen in Kurkliniken sind rar und heiß begehrte Objekte. Nicht jeder Gast hielt sich an die laschen Regeln einer Reihenfolge aus einem Bucheintrag, es galt das Sprichwort „Wer zuerst kommt, malt zuerst."

Auf meiner Etage befanden sich im anderen Trakt eine industrielle Waschmaschine und ein Wäschetrockner. Ich nahm die schmutzige Wäsche in meinem Koffer auf Rollen mit. Ich kam wenige Minuten zu spät und jemand hatte sich vorgedrängelt, die Waschmaschine lief seit ein paar Minuten. Man sollte sich auch hier in einem Buch eintragen und die etwaige Uhrzeit für den Waschgang notieren. Ein Herr betrat den Waschraum und schaute mich düpiert an. Er fuhr mich an bereits zweieinhalb Stunden gewartet zu haben und das nach mir auch noch andere Patienten mit Schmutzwäsche dran seien.

Ich entschuldigte mich und nannte ihm meinen Namen, bat um seinen und zeigte auf die Reservierungsliste in dem Buch. Er war in dem Heft die Person vor mir und offensichtlich hatte sich ein unbekanntes drittes Individuum an uns vorbeigeschlichen. Der Mann entschuldigte sich ebenfalls höflich bei mir und sprach erneut seinen Frust über die Dreistigkeit anderer Mitpatienten aus. Wir unterhielten uns eine Weile in dem kalten Waschraum, tauschten unsere Meinungen über die Klinik aus. Der Kälte geschuldet beschlossen wir uns etwas später im Foyer zu treffen und uns weiter unterhalten zu wollen. Meinen Koffer ließ ich demonstrativ vor der Waschmaschine liegen und ging direkt zum Foyer.

Die Unterhaltung war umfangreich und wir schafften es, nicht nur über unsere Krankheiten zu sprechen. Nach einer Stunde gingen wir zurück zum Waschzimmer und belegten den Standort. Die Waschmaschine war durchgelaufen und immer noch mit der Wäsche des unbekannten Dritten gefüllt. Wir entluden die Maschine, packten die Wäsche in eine große Plastiktüte und ich durfte vor meiner neuen Bekanntschaft meinen Waschgang starten. Er fühlte sich in einer besseren Verfassung als ich aussah, und er bat mich als erster die Maschine zu nutzen. Nach wenigen Stunden war die Wäsche sauber und im Trockner getrocknet. Die unbekannte vordrängelnde Person überführte ich nicht mehr, und es war mir auch unwichtig jemanden zur Rede zu stellen. Schließlich tat es einfach nur gut frische Wäsche zu haben.

Die Tage und Nächte vergingen schneller und mir ging es von Tag zu Tag besser. In der letzten Woche kam mein zugewiesener Arzt aus dem Krankenstand zurück. Gleich montags hatte ich einen Termin bei ihm. Als er mich in sein Behandlungszimmer rief, war er wie ausgetauscht. Der Mann sah frisch aus, seine Stimme klang fester und er gab mir sogar die Hand. Er berichtete kurz von seiner Erkältung und bat um Entschuldigung, nicht für mich da gewesen zu sein.

Ich war perplex, denn ich hatte ihn abweisend und uninteressiert in Erinnerung. Freundlich befragte er mich über meinen Aufenthalt, befand mein äußeres Erscheinungsbild besser als bei seiner Eingangsuntersuchung. Wir gingen gemeinsam eine Checkliste durch und er wollte wissen, ob ich einen Teil der vordefinierten Ziele erreicht hatte. Zum Abschluss fragte er mich, ob ich einen besonderen Wunsch hätte. Mir fiel der für meinen Geschmack zu späte Entlassungstermin ein und ich sagte ihm, dass ich sehnsüchtig Weihnachten mit meinen Kindern und meiner Ehefrau verbringen wollte.

Erst hob er eine Augenbraue, dann schaute er in meine Patientenakte. Ich wollte hinzufügen, dass ich gerne die Differenz der abzurechnenden Leistungen mit der Rentenversicherung zahlen wollte. Aber er gab mir unmissverständlich grünes Licht für eine vorzeitige Abreise. Die betroffene Versicherung sollte sich nicht anstellen, so seine Worte, er würde alles für mich regeln. Beinahe verstand ich seine Worte nicht. Ich durfte zwei Tage früher nach Hause als geplant. Es war ein großartiges Gefühl.

Zurück auf meinem Zimmer versuchte ich ungeduldig meine Ehefrau anzurufen. Ich konnte in wenigen Tagen nach Hause. Doch es gab einen Haken. Wie sollte ich in mein weitentferntes Dorf kommen? Aus dem Kurort fuhr nur ein Bus nach Freiburg, von wo ich mit dem Zug nach Hause hätte fahren müssen. Davon riet mir nicht nur mein Arzt ab, auch ich war dagegen.

Kurzerhand rief ich meinen Freund an, der mich in der Rehaklinik und im Krankenhaus besucht hatte. Er bot mir seine Hilfe an und ich hoffte, von ihm abgeholt werden zu können. Ich rief ihn auf seinem Mobiltelefon an und er stimmte ohne zu zögern zu. Ich konnte mein Glück kaum fassen und freute mich auf die gemeinsame Fahrt mit ihm nach Hause. Kaum dass ich aufgelegt hatte, rief meine Ehefrau zurück. Sie freute sich über die guten Nachrichten und wir beschlossen die letzten Tage, jeder für sich, gut über die Runden zu bringen.

Die restlichen Tage vergingen wie im Flug. Mit den meisten Rehabilitationsgästen war ich bekannt und am letzten Abend gesellte ich mich zu einer großen Sitzgruppe im Foyer. Einige brachten alkoholische Getränke mit. Wegen der starken Schmerzmittel traute ich mich nicht auch nur einen Schluck Alkohol zu trinken. Die meisten blieben über die Feiertage in der Klinik und ich war einer der wenigen Glücklichen, die nach Hause durften. Ich behielt es in der großen Runde für mich, denn ich wollte niemanden verletzen. Speziell mit vier Kurgästen führte ich noch eine angeregte

Unterhaltung und lachte endlich seit Wochen ausgiebig.

Ein österreichischer Mann und eine Frau aus Zwiefalten[50] unterhielten sich über ihre familiäre Situation. Der Clou waren die beiden phonetisch ähnlich klingenden Dialekte der beiden. Nur führte genau das zu einem inhaltlichen Verwirrspiel, welches ich versuchen will wiederzugeben. Er kam aus der Vorarlberger Ecke und sprach eine Mischung aus Bayrisch, Schwäbisch und typisch Österreichisch. Sie sprach in einem schwäbischen Dialekt, gemischt mit alemannischen Ausdrücken, wie ich sie nur aus der Freiburger Gegend kannte. Es war einfach herrlich.

Er fragte sie, wie ihre Kinder sie nennen würden und sagte in etwa: „Geh, wie nenna dei Kinda di eigentlich? Mamaa oder Mamo?" Ich habe keine Ahnung, was schief gelaufen war, aber sie schien den Einstieg verpasst zu haben und antwortete: „Mei Mo saget net Mamo zu mir, der sprechet mich onnas o." Er erwiderte: „Net dei Mo, dei Kinnda." „Die saget Papo zu ir'n Papa." Er wieder: „Na, i mein net dei Mo, nur die Kinnda. Sag'n die Mamo?!" Wieder returnierte sie mit: „Was mei Mo saget?" Das Dialekt-Ping-Pong ging noch drei oder vier Runden weiter, und ich konnte vor lauter Lachen kaum noch gerade sitzen. Als die beiden das dialektische[51] Missverständnis bemerkten, mich dazu lachen sahen, brachen auch sie in gellendes Gelächter aus. Man soll Momente beenden, wenn sie am schönsten sind, und so verließ ich den geselligen Tisch, verzog mich auf mein Zimmer.

50 Gemeinde in Baden-Württemberg
51 Kleines Wortspiel

Die Zeit in der Lungenfachklinik hatte ihr Ende gefunden, und ich war von meiner Lungenentzündung befreit. Weihnachten würde ich mit meiner Familie verbringen, mein Vater kam mit Anhang zu Besuch vorbei und er wollte eine traditionelle Weihnachtsgans zubereiten.

Auf meinem Bett dachte ich über das Weihnachtsfest nach. Eigentlich war ich Zuhause der Chefkoch, doch die Rolle musste ich in der kommenden Zeit abgeben. Ich dachte an das Krankenhaus zurück und an die Nächte, in denen ich mir zur Ablenkung Gerichte ausgedacht hatte. Endlich konnte ich in der Vergangenheitsform über meine letzten Wochen nachdenken. Entspannt schaute ich am letzten Abend Fernsehen, lenkte mich von der ungewissen Zukunft ab und freute mich auf den nächsten Tag.

Früh morgens ging ich zum Frühstücksbuffet, genoss noch einmal den letzten Morgen. Dann nahm ich Abschied von den Mitarbeitern des Hauses und meinen Mitpatienten, um im Foyer mit gepackten Koffern auf meinen Freund zu warten. Er kam früher als geplant an, lud meinen Koffer in den Kofferraum seines Autos und wir fuhren los.

Den gesamten Heimweg unterhielten wir uns über Gott und die Welt. Es war schön und vertraut, und doch war ich nicht mehr der Alte. Ich fragte mich insgeheim, ob ich meine alte Lebenslust und Freude zurückgewinnen würde. Zuhause angekommen verabschiedeten wir uns kurz, auch er wollte mit seiner Familie das Weihnachtsfest vorbereiten.

Weihnachten – Wiedersehen.

Meine Kinder und meine Ehefrau begrüßten mich herzlich, es war wunderschön wieder in den eigenen vier Wänden zu sein. Die Wohnung war warm, es roch nach Zuhause. Ich legte mich mit den Kindern auf das Ehebett und wir kuschelten eine Weile.

Den Tag über erhielt ich Anrufe von Verwandten und Freunden und erzählte immer wieder von meiner Krankengeschichte, meinen Erlebnissen. Jeder wünschte mir eine gute Besserung und drückte mir die Daumen für die kommende Zeit. Ich dankte jedes Mal und brachte mit Ironie zum Ausdruck keine weiteren Vorfälle zu benötigen. Das Jahr war fast zu Ende und auch für die kommenden Jahre betrachtete ich zynisch das Krankheitskontingent aufgebraucht zu haben. Für alle in meinem Umfeld.

Am Abend unterhielten meine Ehefrau und ich uns bis spät in die Nacht. Ich berichtete ausführlich von der letzten Einrichtung, den Leuten und meinen Erkenntnissen. Wir arbeiteten nochmals die Komazeit auf und ich erfuhr immer wieder neue Details aus der Zeit. Hin und wieder musste ich weinen, um im nächsten Moment mein Glück kaum fassen zu können.

Am nächsten Tag, Heiligabend, sollte mein Vater nachmittags mit seiner Partnerin und seinen beiden Töchtern, meinen beiden deutschen Schwestern, bei uns eintreffen. Unsere Kinder waren bereits seit dem Morgen aufgeregt und wir entschieden uns zur Überbrückung der Zeit für einen kleinen Spaziergang in die Dorfmitte. Ich hatte das gesamte weihnachtliche Spektakel in unserem Dorf verpasst. Überall, wie jedes Jahr, standen viele kleine und große Weihnachtsbäume verteilt in den Straßen und in der Fußgängerzone unserer Gemeinde. Die Tannen wurden in der Vorweihnachtszeit von Kindergärten, Schulen und Vereinen geschmückt und jede erhielt damit ihr eigenes Flair.

Das Wetter war trocken kalt und wir nahmen einen Umweg über den Spielplatz an unserer Dorfkirche. Wir waren um die kalte Zeit natürlich die Einzigen auf dem Kinderspielplatz und es hielt uns nicht lange. Bevor es dunkel wurde und unsere Verwandtschaft eintraf, wollten wir Zuhause sein.

Kaum dass wir uns auf den Weg machten, lud die katholische Kirche mit Glockenläuten zur Abendmesse ein. Wir liefen am Haupteingang des katholischen Gotteshauses vorbei, als gerade der große Andrang zur Messe auf dem Vorplatz begann. Wir trafen eine Familie, ebenfalls Eltern mit Kindern in unserem Alter, und hielten einen Small Talk. Ich war sichtlich abgemagert und meine Kleidung hing schlaff an mir herunter. Die Begegnung entwickelte sich zu einem komischen Moment.

Meine Erkrankung war im Kreis einiger Eltern gleichaltriger Kinder unseres Dorfes bekannt. Erstaunlicherweise verloren wir in der kurzen Unterhaltung keinen Ton über meinen Zustand. Das Elternpaar schien der Situation nicht gewachsen und versuchte lächelnd das Thema nicht anschneiden zu wollen. Wie oft fällt bei Begegnungen die Floskel „Wie geht es Euch?". Offensichtlich war der Umstand, eine konkrete Antwort zu erhalten, nicht erwünscht. Vielleicht wollten sie mich auch nicht unnötig belasten, oder sich selbst. Zu gerne hätte ich gesagt: „Sprecht mich bitte an, ich will gerne klarstellen, warum ich so aussehe. Schließlich ist Weihnachten, das Stellvertreterfest der Nächstenliebe." Doch es wurde keine Silbe über das Thema gesprochen. Wir wünschten uns die üblichen guten Weihnachtswünsche, verabschiedeten uns höflich und jeder ging seines Weges.

Den gesamten Heimweg beschäftigte uns die Begegnung und die Ratlosigkeit oder Distanziertheit unserer Bekannten. Wir stellten verschiedene Thesen auf, warum man sich in kritischen Zeiten nicht traut, konkrete Fragen über den Gemütszustand seines Gegenübers zu stellen. Erst recht, wenn man sich kannte. Oder lag es an einem unausgesprochenen dörflichen Verhaltenskodex? Sicher waren wir uns nicht. Wir waren uns einig, dass es keine Standardantwort geben kann und es wahrscheinlich keine Empfehlung gibt, wie man es besser machen kann. Für mich hielt ich fest, durchaus gerne angesprochen zu werden.

Vorwurfsfrei überlegte ich, wie man das Tabu Krankheiten und seine Folgen in der Gesellschaft aufweichen könnte. Als wir nach Hause kamen, ließ der Besuch nicht mehr lange auf sich warten und die Gedankenspielerei musste verschoben werden.

Zuerst bescherten wir die Kinder und ließen es uns bei einem einfachen Essen gut gehen, denn erst am nächsten Tag, dem ersten Weihnachtstag, wollten wir die Weihnachtsgans zubereiten. Nach dem Essen bat ich meine größere Schwester ihre Sicht aus der dramatischen Zeit zu schildern, wie sie von meiner Erkrankung erfuhr, wie sie mich im Koma vorfand und wie es ihr mit den Eindrücken erging. Sie tat gefasst und versuchte laufend die Fassung zu bewahren, nicht vor mir zu weinen. Das fand ich schade, doch versuchte ich ihre Hemmungen nicht anzusprechen.

Ich fragte mich, warum eigentlich meine Angehörigen keinen professionellen, seelischen Beistand erhielten. Immerhin konnten solche Eindrücke, dachte ich, bleibende Traumen hinterlassen.

Meine kleinere Schwester, gerade zehn Jahre jung, stellte mir etliche Fragen zum Thema meines Komas, der Krankheit, schließlich wurde sie in der kritischen Phase nicht einbezogen. Für sie waren die Informationen relativ neu. Ich wollte sie nicht schonen und möglichst die Wahrheit berichten, aber gleichzeitig nicht verängstigen.

Der Umgang mit jungen Kindern erschien mir in kritischen Momenten zwiegespalten, auch ich hatte kein Patentrezept parat. Ich dachte über das Verhalten meiner Verwandten nach, ihre Entscheidung meine kleine Schwester von den ernsten Ereignissen nichts zu erzählen. Einerseits hätte sie keine Chance gehabt, sich von mir zu verabschieden, wenn ich es nicht geschafft hätte. Andererseits war es richtig sie in der akuten Phase nicht unnötig zu belasten.

Wieder fand ich keine Standardantwort auf die Frage, wie man mit Kindern richtig umgehen sollte. Ähnlich wie in der Tabuisierung von Problemen oder von unangenehmen Fakten, scheinen wir Menschen eher die Vermeidung zu wählen als die Konfrontation. Warum verhielten sich Menschen so? Ich wollte diese Annahme zukünftig tiefer ergründen.

Etwas später telefonierte ich mit meiner ältesten Schwester aus Frankreich, mütterlicherseits. Wir weinten gemeinsam am Telefon und auch uns gingen die Themen nicht aus. Ihr Vater starb mit zweiundvierzig Jahren aus heiterem Himmel an Herzversagen und es blieb ihr damals keine Zeit, sich von ihm zu verabschieden. Für ihn war es ein schmerzfreier und schneller Tod. Für uns hinterließ er zu früh eine klaffende schmerzvolle Lücke. Und wieder begegnete ich einer Tabuzone, doch diesmal war ich es, der nicht ehrlich sprach. Ich vermied es über ihren Vater zu sprechen.

Meine Schwester berichtete davon, während meines Komas unbedingt bei mir sein zu wollen. Trotz der großen Distanz hatte sie tief in sich gespürt, dass ich um Leben und Tod kämpfte. Gleich in dem Moment, in dem sie erfuhr, wie schlimm es um mich stand, wollte sie einfach nur bei mir sein. Sie sagte mir treffender wie kein anderer vor ihr, dass man manchmal vergisst einem Menschen zu sagen, wie sehr man ihn liebt. Ihre Worte berührten mich zutiefst und ich weinte hemmungslos. Aber es war nicht der einzige Grund.

Auch ich war zu feige oder vielleicht zu anständig, sie nach dem Tod ihres Vaters[52] zu fragen, schließlich war ich gerade im gleichen Alter wie er damals, als er starb. Später besprach ich diesen Punkt mit unserer Mutter. Sie hatte das Detail übersehen und wollte sich um ihre Tochter kümmern. Wieder überlegte ich, warum wir Menschen von so vielen Schicksalen umgeben sind und im Alltag relativ wenig darüber sprechen. Ich kam zum vorläufigen Ergebnis, dass es gut ist, sich im Alltag nicht von Ängsten bestimmen zu lassen, sich auf die alltäglichen Herausforderungen, Probleme und Glücksmomente einzulassen. Ich ahnte noch nicht, wie sehr

52 Nur zur Erinnerung: meine Halbschwester.

ich mit dieser Thematik in Schwierigkeiten geraten würde. Dazu später mehr.

Der restliche Abend ging rasch vorüber. Wir, der Familienbesuch, meine Ehefrau und ich, unterhielten uns eine Weile, naschten dabei Weihnachtsgebäck und freuten uns auf den nächsten Tag. Zwischendurch telefonierte mein Vater mit seinen Geschwistern und überreichte mir stets zum Ende des Gespräches das Telefon, damit ich ein paar Worte mit meinen Tanten und Onkel wechselte. Schließlich zitterten meine Verwandten noch Wochen zuvor mit meinem Vater um mein Leben. Das war nett.

Ich lebte seit langer Zeit weit von meiner deutschen Familie entfernt und hatte mich auch ein wenig emotional von meinen Verwandten gelöst, was mir unter den Umständen ein wenig unangenehm war. Bei jedem Gespräch fielen mir die Worte meiner französischen Schwester über die Liebe ein, und dass man manchmal nicht erkennt, wer einem im Leben wichtig ist.

Tags drauf ließen wir alles sehr gelassen angehen. Wir machten uns keinerlei Stress und frühstückten gemütlich über mehrere Stunden in frankophiler Genussmanier. Wir waren in Pyjamalaune und nur langsam zog sich einer nach dem anderen an. Mein Vater bereitete in der Küche gemächlich die Weihnachtsgans vor und hatte mehrere Stunden Arbeit vor sich. In den letzten Jahren halfen wir uns gegenseitig bei der Zubereitung des Weihnachtsessens, doch ich war für umfangreiche Kochaktivitäten zu schwach. Ich ruhte mich den gesamten Vormittag aus und genoss es, mit einem Teil meiner Familie zusammen sein zu können.

Nach einem casse-croûte[53] gingen wir mit unseren Kindern spazieren, mein Vater hielt in der Küche die Stellung. Das Wetter zeigte sich eher herbstlich und grau, statt weihnachtlich und schneereich. Unsere Tochter hatte zwischenzeitlich Laufradfahren gelernt und beherrschte zu meiner Überraschung alle Geschwindigkeiten und meisterte die unterschiedlichsten Straßenbeläge.

Unser Sohn ließ sich in seinem Kinderwagen schieben und zeigte uns mit Lauten und ausgestreckter Hand, was er alles am Wegesrand entdeckte. Wir liefen von unserem Haus über Aschewege, durch ein kleines Weinanbaugebiet in Richtung eines nahegelegenen Freibads, direkt am Fuße des Schwarzwaldes. Von dort aus wollten wir entlang eines kleinen Baches, von großen Bäumen alleenartig bewachsen, zurück in Richtung unseres Dorfes laufen.

Vor dem Schwimmbad befand sich ein großer Parkplatz mit unbefestigtem Boden. Er war tiefer gelegen als unser Spazierweg. Am Ende des Parkplatzes befindet sich eine Brücke und man kann auf der anderen Seite des Baches wunderbar auf festem, lehmigem Boden spazieren gehen. Unsere Tochter wollte mir zeigen, wie schnell sie den abschüssigen Weg hinuntersausen konnte und vor uns an der Brücke sein würde. Sie ließ sich rollen, hob die Füße hoch und nahm auf der noch asphaltierten Straße Geschwindigkeit auf.

Als der Untergrund wechselte, stellte sich das vordere Rad quer und unsere Tochter stürzte auf ihr Gesicht. Unmittelbar fing sie an zu schreien. Ich lief zu ihr, drehte sie vorsichtig um und aus ihrer Nase und Mund

53 Französisch für Imbiss.

quoll Blut. Die Schürfwunden an den Händen und Beinen ließ ich zunächst außer Acht und untersuchte sie auf mögliche Knochenbrüche.

Auf den ersten Blick konnte ich keine erkennbaren Verletzungen ausmachen und nahm unsere Kleine in den Arm, trug sie vorsichtig zur Seite des Parkplatzes. Auf einem kleinen Bretterzaun nahm ich Platz und versuchte unsere schreiende Tochter, halb im Schoß und halb im Arm, zu beruhigen.

Meiner Ehefrau kamen die Tränen, nach der schrecklichen Zeit mit mir, schien sich unsere Tochter vielleicht schwerer verletzt zu haben. Sie schrie, hielt sich mal die rechte Hand und abwechselnd den Kopf. Wir konnten unmöglich den Weg zurücklaufen und baten meinen Vater telefonisch mit unserem Auto zur Unfallstelle zu kommen. Die gesamte Wartezeit schrie unsere Tochter vor Schmerzen. Als mein Vater eintraf, schnallten wir unsere Tochter in ihrem Kindersitz an und fuhren in das nächstgelegene Krankenhaus. Unser kleiner Sohn verhielt sich zum Glück ruhig und blieb bei seinem Großvater und seiner Partnerin.

Auf dem Weg ins Krankenhaus wimmerte unsere Tochter vor Schmerzen und ließ sich nur schwer beruhigen. Ich drehte mich zu ihr und versuchte sie anzusprechen, als sich ihre Augen nach oben verdrehten und sie einzuschlafen schien. Das war uns suspekt. Wir hatten große Sorgen vor inneren Verletzungen, obwohl die Blutungen aus Nase und Mund nur von kurzer Dauer waren. Unserer Tochter fielen die Augen zu. Ich stupste sie und sprach sie laut an, bitte nicht einzuschlafen. Und es schien mir, als kämpfte sie dagegen an. Ich war mir nicht sicher, ob es sich um eine Ohnmacht handelte und verfiel fast in Panik.

Meine Frau und ich redeten laut auf unsere Tochter ein und versuchten alles gegen ihren Einschlafwillen zu unternehmen. Auf dem Parkplatz des Krankenhauses nahm ich unsere Süße in den Arm und sie blieb, zu meiner Erleichterung, wach.

In dem kleinen Krankenhaus wurden wir sofort drangenommen und die Kleine auf unterschiedliche Verletzungen untersucht. Zur Sicherheit sollte die Hand geröntgt werden. Die Prozedur erwies sich als kompliziert, da sie ihr Handgelenk verdreht auf einer Bleiplatte ablegen musste. Noch dazu wirkte das große Röntgengerät nicht gerade einladend und wir erhielten Bleischürzen zum Schutz gegen die Strahlen. Dann verließen meine Ehefrau und die Fachkraft den Raum. Im Nachbarzimmer hörte ich, wie meine Ehefrau gänzlich zusammenbrach und bitterlich zu weinen anfing. Nach all der schlimmen Zeit wünschten wir uns einfach keine Probleme mehr. Und nun wussten wir nicht, ob sich unsere Tochter eventuell schwerer verletzt hatte.

Zum Glück konnte die diensthabende Ärztin keinen Bruch in der Hand feststellen. Doch der schwere Sturz auf das Gesicht, Schürfwunden und das Einschlafen im Auto deuteten auf eine Gehirnerschütterung hin. Die Ärztin, Mutter einer gleichaltrigen Tochter, bestand auf die Überführung in das nächstgelegene Krankenhaus mit einer Kinderstation. Sie bereitete uns auch gleich auf die Möglichkeit einer anstehenden Übernachtung zur Beobachtung vor.

Je nach Schwere eines Schlages oder traumatischen Einwirkung auf den Kopf, können innere Blutungen die Folge sein und zu einer Ohnmacht führen. In dem Fall zählt jede Minute und es ist sicherer in einem Krankenhaus zu sein, so ihre Begründung. Der Verdacht auf eine schlimmere Verletzung brachte uns an den Rand unserer Kräfte. Die Ärztin redete beruhigend auf uns ein und bat uns, die Entscheidung von Kinderfachärzten treffen zu lassen.

In Freiburg standen für uns zwei Krankenhäuser zur Auswahl. Die Universitätsklinik oder das Krankenhaus, in welchem ich die letzten Wochen lag. Wir entschieden uns für Letzteres, zumal in dem Krankenhaus auch eine Notfall-Kinderarztpraxis eingerichtet war. Ohne Umwege fuhren wir in die Klinik. Für meine Ehefrau war es schrecklich. Ich konnte noch nicht fahren, da ich zu schwach war. Sie kannte den Weg, schließlich kämpfte und bangte sie im gleichen Hospital zwei Wochen lang um mein Leben.

Jetzt war unsere Tochter verletzt und einer von uns musste in dem Krankenhaus mit ihr übernachten. Da meine Ehefrau noch den Kleinen nachts stillte, war klar, dass ich mit unserer Tochter in der Klinik bleiben würde. Ich hatte keine Nachtwäsche dabei und mir graute bereits vor einem Krankenhausleibchen. Doch das wollte ich gerne in Kauf nehmen, solange unserer Tochter nichts Schlimmeres passiert war.

Zum Glück plapperte unsere Tochter den gesamten Weg mit uns und erzählte ununterbrochen von verschiedenen Ideen und Eindrücken um sie herum. Das beruhigte uns. Im Krankenhaus angekommen wurden wir in die Notfallpraxis gebeten. Wir kannten das

Procedere, da nachts und an Wochenenden diese Praxis regional für kranke Kinder zuständig war. Unsere Tochter machte nicht mehr den Anschein ein Notfall zu sein und wir wollten wie alle anderen Eltern warten. Uns wurde eine Wartezeit von etwa einer halben Stunde in Aussicht gestellt. Spontan entschied ich einen Besuch auf der Intensivstation zu wagen. Meine Ehefrau war sichtlich beruhigter und fand die Idee meines Besuches gut.

Ich folgte den Fluren und lief zum Aufzug auf die Intensivstation. Etliche Erinnerungen kamen in mir hoch. Die Wege in den benachbarten Gebäudetrakt, sogar die Aufnahme mit meiner Ehefrau eineinhalb Jahre zuvor, zur Geburt unseres zweiten Kindes. Ich fuhr mit dem Aufzug hoch, vorbei an der Entbindungsstation, ein Stockwerk höher, auf die Station der inneren Medizin mit der angebundenen Intensivstation.

Durch die Stationstür lief ich den Gang zum verglasten Stationszimmer entlang und stand vor der doppelflügeligen Glastür zur Intensivstation. Ich holte kurz Luft, hielt inne und drückte die Klingel. Nach wenigen Sekunden meldete sich eine Frauenstimme in einem Lautsprecher. Ich nannte meinen Namen und mein Anliegen, kurz einen Besuch für die Angestellten der Station abhalten zu wollen. Die Frauenstimme bat mich zu warten.

Nach ein paar Minuten öffnete sich die große Tür und die mir so vertraute Pflegerin stand vor mir. Es war die Pflegerin, welche ich als Erstes sehen konnte, die ich peinlicherweise vollgespuckt hatte, die mir die Haare gewaschen und die ich auf meinem normalen Zimmer verpasst hatte. Sie freute sich, mich zu sehen, und war von meiner Größe überrascht. Sie hätte mich beinahe nicht erkannt und wir nahmen uns in die Arme. Damit nicht genug.

Eine weitere Pflegerin hatte Dienst und stellte sich dazu. Kaum dass wir einen Small Talk anfingen, kam ein Mann über den Flur, fragte mich, ob ich ihn erkennen würde. Ich verneinte. Er war der Arzt, der mich in dem anderen Verbandskrankenhaus in die Intensivstation überführt und mich in das zweiwöchige künstliche Koma versetzt hatte. Es war ein skurriles und gleichsam schönes Wiedersehen.

Ich erzählte von den vergangenen Wochen in der Rehabilitationsklinik, und weshalb ich gerade in dem Krankenhaus zu Besuch war. Dann fragte mich der Arzt aus der anderen Klinik, ob ich mich an etwas erinnern könnte. Ich erzählte, wie sie mich aus dem Zimmer fuhren und für mich bereits in dem Moment alles dunkel wurde. Kaum dass ich das Wort dunkel ausgesprochen hatte, dimmte das Stationslicht automatisch in den Nachtmodus herunter. Ein merkwürdiges Gefühl für uns alle.

Meine Lieblingspflegerin und ich schauten uns kurz an und schüttelten uns die gefühlten Schauer vom Leibe. Alle waren wieder so nett zu mir. Wir wünschten uns frohe Weihnachten, und ich versprach im nächsten Jahr mit einem kleinen Präsent für alle Mitarbeiter zurückkommen zu wollen. Wir verabschiedeten uns und ich wollte zurück zur behandelnden Station meiner Tochter laufen.

Auf dem Weg zur Stationstür lief ich an einem Dienstzimmer vorbei und traf auf die Stationsleiterin, welche unter anderem meinen Schrank so zauberhaft auseinandergebaut hatte. Sie nahm mich von der Intensivstation in der Abteilung für innere Medizin in Empfang. Daneben saß der Pfleger aus der langen Nacht, von dem ich die Visitenkarte erhalten hatte. Wir versprachen uns, uns wiedersehen zu wollen und ich lief zurück zu meiner Ehefrau und meiner Tochter.

Kaum kam ich zurück, wurden wir auch schon zur Untersuchung aufgerufen. Unserer Tochter ging es sichtlich besser. Wir wurden zunächst von der Ärztin befragt, was vorgefallen sei. Ich erzählte ihr von dem Unfall, aber auch von meinem Vorfall, dem Aufenthalt auf der Intensivstation im gleichen Krankenhaus, und dass wir ein wenig gezeichnet waren. Ich wollte prophylaktisch versuchen, ein Einzelzimmer mit meiner Tochter zu bekommen, bevor es überhaupt zur Untersuchung kam. Zu sehr fühlte ich mich traumatisiert und hatte Bedenken, ja Angst vor der nächsten Nacht. Doch es kam anders.

Die Ärztin untersuchte unsere Tochter und kam zu dem Ergebnis, dass wir Glück im Unglück hatten und keine ernstere Verletzung vorlag. Der Fahrradhelm tat seinen Dienst und schützte den Kopf vor schlimmeren Blessuren. Die Kleine sollte die nächsten vierundzwanzig Stunden nicht unbeaufsichtigt bleiben, sprich sie durfte auch in unserem Bett schlafen. Uns fiel ein großer Stein vom Herzen und wir fuhren entspannt zurück nach Hause.

Es war spät geworden. Unser kleiner Sohn spielte vergnügt mit seinen Tanten und der Partnerin meines Vaters. Der wiederum behielt bis zu unserer Rückkehr die gegarte Weihnachtsgans unter Beobachtung und trank sicherheitshalber ein paar Rotwein in der Wartezeit. Am Ende des Tages aßen wir zufrieden unser traditionelles Weihnachtsgericht und ließen den Abend gemütlich ausklingen.

Zur Nacht legten meine Ehefrau und ich uns zusammen mit den Kindern ins Ehebett und wir kuschelten uns alle Vier gemeinsam in den Schlaf. Wir hielten uns fest und waren einfach nur froh, einander zu haben.

Wir konnten uns nun aussuchen, ob wir vom Pech verfolgt wurden oder einfach nur Glück hatten. Wir entschieden uns für die Variante einer günstigen Fügung des Schicksals, gleich welche Herausforderungen oder Probleme noch auf uns warten sollten. Zu Leben ist keine Selbstverständlichkeit und manchmal erkennen wir erst in aufregenden Stunden seinen wahren Wert.

Ende.

Epilog

Die Folgen.

Der Übergang in das neue Jahr verlief ruhig. Meine Zukunft stand jedoch noch in den Sternen. Wie sollte es mit meiner Arbeit und meinem Einkommen weitergehen? Wie lange würde ich noch arbeitsunfähig sein? Ich machte mir zunehmend über meine Fehlzeiten bei meinem Arbeitgeber Sorgen. Ich stand in einem befristeten Arbeitsverhältnis und der geschäftsführende Gesellschafter meines Arbeitgebers verstarb kurz vor Weihnachten. Und dann stand die abzuschließende Anschlussheilbehandlung für meine Bandscheibenvorfälle aus, welche wichtig war, und mich weiter von einer Wiederaufnahme meiner Arbeit entfernte. Alles schien ungeregelt und im Chaos zu versinken.

Den Zustand der Ungewissheit wollte ich nicht weiter ertragen und so wurde ich aktiv. Ich kreierte einen Plan, um zurück in mein altes beziehungsweise in mein neues Leben zu finden. Zuerst rief ich die Oberärztin der orthopädischen Rehabilitationsklinik in meinem Nachbarort an. Sie war es, die mich mit den hohen Entzündungswerten ein paar Monate zuvor in ein Krankenhaus eingewiesen hatte.

Nur zur Erinnerung, es war das Krankenhaus, in welchem ich ins künstliche Koma versetzt wurde, bevor ich in das Verbandskrankenhaus ins Zimmer IV verlegt wurde. Zu meinem Glück war die Oberärztin gerade in der Verwaltung zugegen und nahm, als sie meinen Namen hörte, sofort meinen Anruf entgegen. Sie freute sich von mir zu hören und erzählte mir, dass, als ich im Koma lag, sie täglich in Kontakt mit ihren Kollegen stand. Sie erkundigte sich stets nach meinem Zustand und erfuhr nun durch meinen Anruf, wie ich alles überstanden hatte. Das Gespräch war herzlich und sehr aufrichtig.

Schließlich fragte ich nach der Option, wann ich die unterbrochene Anschlussheilbehandlung fortführen könnte. Die Antwort war ernüchternd. Die begonnene Rehabilitationsmaßnahme fortzuführen war nicht mehr möglich, da die Klinik meinen Fall bei der Deutschen Rentenversicherung Bund abschließen und für beendet erklären musste. Für einen kurzen Moment geriet ich in Stress. Die Bandscheibenvorfälle mussten behoben werden und meine ganzheitliche körperliche Konstitution, nach dem künstlichen Koma, war immer noch labil. In der Lungenfachklinik legte mein betreuender Arzt mir nah, unbedingt die Fortführung der unterbrochenen Anschlussheilbehandlung ernst zu nehmen. Und nun schien die Option einer Wiederaufnahme der wichtigen Behandlungen in weite Ferne gerückt. Ich drückte meinen Unmut und meine Sorgen aus.

Die Oberärztin beschwichtigte meine Bedenken. Sie versprach mir, sich persönlich für die Wiederaufnahme meiner ausstehenden Heilverfahren einzusetzen. Unterstützend sollte ich bei meiner Rentenversicherung ein paar Nachfragen zum abgeschlossenen Verfahren stellen. Direkt nach unserem Gespräch rief ich bei meiner zuständigen Versicherung an. Nun sollte es kompliziert werden.

Es stellte sich heraus, dass ich bei der Rentenversicherung Bund mit zwei offenen Fällen geführt wurde. Der orthopädische Fall, geführt unter einer speziellen Kennziffer, war nach Aktenlage noch nicht abgeschlossen. Die Behörde wartete auf den Abschlussbericht der orthopädischen Klinik. Gleichzeitig hing die Anschlussheilbehandlung meiner Lunge, geführt unter einer anderen Kennziffer, in der Schwebe.

Auch von der Lungenfachklinik fehlte der Abschlussbericht meiner Anschlussheilbehandlung. Letzteres erschien mir logisch, da ich zwei Tage vor Weihnachten entlassen wurde und die Kliniken sicherlich urlaubsbedingt bürokratische Angelegenheiten nach hinten schoben. Aber warum war der orthopädische Fall noch nicht abgeschlossen? Mir war sofort bewusst, dass es nicht leicht würde, die behördlichen Vorgaben, insbesondere die Prozesse zur Bearbeitung meiner Fälle, zu beschleunigen. Es kam, vorerst, noch schlimmer und meine Ansprechpartnerin am anderen Ende der Telefonleitung wurde in ihrem Ton ungehaltener. Sie schien mit den Fällen überfordert.

Es sei vorab angemerkt, dass ich versuche, mich stets höflich und freundlich auszudrücken. Das gelingt mir natürlich nicht immer. Zumindest fremden Menschen gegenüber halte ich mich strikt an diese Regel, die ich von der Kettenreaktion der Gütigkeit[54] ableite. Nach dieser Haltung bekommt man nicht nur freundliche Reaktionen zurück, nein, man provoziert gleichzeitig bei seinem Gegenüber ähnlich nett zu anderen zu sein. Gerade in schwierigen Gesprächssituationen ist diese innere Haltung gleichsam eine Methode, zielorientiert und konfliktfrei mit seinen Anliegen weiterzukommen.

Auf meine Fragen wann, wie und ob ich die abgebrochene Anschlussheilbehandlung für mein Rückenleiden fortführen könnte, erfuhr ich „sicherlich keine weitere Rehabilitationsmaßnahme geduldet“ zu

[54] Nach Paul Watzlawick, Philosoph und Psychologe

bekommen. Die Sachbearbeiterin betonte im strengen Tonfall, dass ich „bereits am Anfang des vergangenen Jahres eine Anschlussheilbehandlung nach einer Bandscheibenoperation" erhalten hatte. Es sei unüblich, in einem Jahr zwei Maßnahmen genehmigt zu bekommen. Und eigentlich würden mir nur alle vier Jahre Rehabilitationen zustehen, und das auch nur dann, wenn ein Arzt dies ordentlich begründen würde.

Außerdem verstand sie nicht, weshalb zwei offene Behandlungen in ihrem Softwaresystem eingetragen waren. Offensichtlich brachten meine unterschiedlichen Fälle die standardisierten Prozesse in dem Apparat erst durcheinander und dann zum Erliegen. Die Dame am Telefon schien mir überstrapaziert und wies jegliche weitere Fragen von mir ab. Sie forderte mich in einem imperativischen Ton auf, zunächst dafür zu sorgen, dass alle Unterlagen bei ihr oder ihren Kollegen einträfen. Das war ein Schock. Ich fühlte mich kurz macht- und sprachlos. In meiner Wahrnehmung wälzte sie gerade die Probleme auf mich ab. Aber nichts für ungut dachte ich, dann werde ich das auch machen.

Ich erklärte ihr, körperlich bei weitem nicht in der Lage zu sein, bald wieder arbeiten zu gehen, wollte aber gerne alles Erdenkliche unternehmen, um schnellstmöglich wieder an meinen Schreibtisch zurückzukehren. Nachdrücklich betonte ich meine Bedenken, nach der Befristung meines Arbeitsvertrages, nicht übernommen zu werden, und dass ich auf ihre Hilfe angewiesen sei. Ungewisses Warten auf die Ergebnisse behördlicher Statuten erschien mir undenkbar. Ich hakte freundlich nach und fragte, an welchen Stellen es denn zu Verzögerungen kommen konnte.

Die Sachbearbeiterin erkannte den Ernst meiner Lage, änderte schlagartig ihren Ton und weihte mich ein, dass Briefe zwischen 2 und 6 Wochen bearbeitet würden, da sie eingescannt und den Sachbearbeitern digital zur Verfügung gestellt wurden.

Oft schickten Kliniken ihre Abschlussberichte wegen hoher Datenschutzauflagen noch auf Papier. Digitalisierte Unterlagen in Zeiten von potentiellen Hackerangriffen und einer übertriebenen Datenschutz-Lobby, nötigte Leistungserbringer, hohe Kosten auf sich zu nehmen, wenn sie patientenbezogene Berichte digital verschicken wollten. Aus diesem Grund trafen ärztliche Befunde immer noch per Post ein. Auf meine Frage, wie schnell digitalisierte Unterlagen bearbeitet würden, antwortete die Dame in ein bis zwei Tagen.

Gut dachte ich, und beschloss die Abschlussberichte in den beiden Kliniken anzufordern. Ich hoffte auf eigenen Wunsch die Unterlagen digital erhalten und weiterleiten zu können.

In der orthopädischen Fachklinik versprach mir die Oberärztin die Unterlagen schnellstens möglich auf elektronischem Weg an mich zu versenden. Es dauerte einen Tag und ich hatte den Abschlussbericht in meinem Emailpostfach, welchen ich sofort an die Rentenversicherung weiterleitete.

Auch in der Lungenfachklinik traf ich mit meinem Anliegen auf Unterstützung. Mein damaliger, betreuender Arzt, welchen ich anfänglich für mürrisch hielt, half mir. Er beschleunigte das Verfahren und versicherte mir, dass meine Unterlagen nicht per Post, sondern eingescannt und direkt an die Deutsche

Rentenversicherung geschickt würden. Wenige Tage später erhielt ich die Information, dass die Unterlagen digitalisiert versendet wurden.

Doch ein weiteres Problem tat sich auf und erschwerte die schnelle Bearbeitung meiner Fälle. In Berlin, dem Standort der Rentenversicherung, arbeiteten hunderte Sachbearbeiter. Über eine Hotline wurde man bei jedem Anruf an eine freie, meist neue Person vermittelt und durfte unter Nennung seiner Rentennummer und Fallkennziffer seine Anliegen vortragen. Eine Software half den jeweiligen Sachbearbeitern den letzten Stand der Dinge beziehungsweise der letzten Gespräche einzusehen.

In meiner Angelegenheit gab es zwei offene Fälle und den Wunsch, eine Behandlung fortzuführen. Ich telefonierte täglich mit den Sachbearbeitern und erfragte, ob die Unterlagen eingetroffen wären. Nichts schien sich zu bewegen.

Nach zehn Tagen verlor ich die Geduld. Ich rief erneut die Hotline an und trug meine Schwierigkeiten der neuen unbekannten Sachbearbeiterin vor. Die Dame am anderen Ende der Telefonleitung, so kam es mir vor, wollte mich zunächst mit geschulten Textbausteinen abwimmeln. Ich ließ nicht locker und sie stellte sich wenig später als mein Glücksfall heraus.

Ich erklärte ihr von meinen Sorgen, meine Arbeit zu verlieren, wenn nicht bald etwas vorwärtsgehen würde. Ich musste meinen Arbeitgeber schließlich informieren, wann ich voraussichtlich zurückkehren würde. Die Sachbearbeiterin verstand meine Situation und gab zu, dass ihr System am Bildschirm nur einen

Fall vorschlug, an welchem entsprechende Handlungsanweisungen hingen. Ich merkte an, dass es sicherlich ein Problem mit den Prozessen in ihrer Behörde gäbe und ich seit Tagen auf Ergebnisse wartete. Die Frau versprach mir, sich ad hoc Zeit zu nehmen und meine Akte suchen zu wollen, bat mich, in der Leitung zu warten.

Es gab also nicht nur digitale Unterlagen, sondern auch herkömmliche Akten. Das war mir neu. Ich wartete gespannt am Telefon. Nach nur wenigen Minuten erklärte mir meine Ansprechpartnerin, dass sie dem Fehler auf die Schliche gekommen sei. Meine Unterlagen, also die Entlassungspapiere aus den Kliniken, waren eingegangen, wurden jedoch einer falschen Fallnummer zugewiesen. Das erklärte einiges.

Nachdem sich die technische oder menschliche Panne aufklärte, erhielt ich binnen weniger Tage und völlig unkompliziert die mündliche Zusage für eine weitere Anschlussheilbehandlung beziehungsweise einer Rehabilitationsmaßnahme. Ich sollte nur noch auf die schriftliche Bestätigung warten. Alles hing demnach nur an technischen Widrigkeiten und dunklen Geschäftsprozessen der Behörde. Niemand konnte eine Entscheidung fällen oder mir helfen, weil etwas außerhalb der Norm verlief, was mich Wochen an Wartezeit kostete.

Ich wollte mir nicht ausmalen, wie lange ich wohl gewartet hätte, hätte ich mich nur auf die Prozesse verlassen. Im gleichen Atemzug dachte ich, wie viele Menschen wohl den Abläufen blind vertrauten und unter Umständen Monate auf neue Ergebnisse warteten. Und wie hoch mochte der wirtschaftliche Schaden sein, wenn man die Krankenstände künstlich verlängerte,

Unternehmen auf ihre Mitarbeiter warteten etc. pp.? Nichts für ungut dachte ich, das breite Thema würde ich später vertiefen, und mich zunächst um meine eigenen Herausforderungen kümmern.

Umgehend telefonierte ich mit der Oberärztin der orthopädischen Klinik und berichtete von der mündlichen Zusage einer Rehabilitationsmaßnahme. Es war organisatorisch jedoch wichtig, dass nicht nur ein Platz für mich frei war, sondern auch der Bescheid der Versicherung bei mir eintraf. Nach etwa zehn Tagen sollte ich endlich die letzte Rehabilitationsmaßnahme antreten dürfen, ein Platz wurde ausnahmsweise und unter der Ansammlung aller Widrigkeiten reserviert.

In der Zwischenzeit nutze ich die Gelegenheit, um meine Arbeitskollegen zu besuchen. Am Empfang stand ein Bild unseres verstorbenen Chefs. Ich musste schwer schlucken, zu gerne hätte ich mich von ihm verabschiedet. Meine Ehefrau erzählte mir, dass ich kurz nach Erwachen aus meinem Koma als erstes nach ihm und seinem Zustand gefragt hatte. In meiner Erinnerung fragte ich als Erstes nach unserer Tochter, aber ich schien mich zu irren. Mir gingen bei seinem Bildnis zwei Gedanken durch den Kopf.

Eigentlich standen wir uns nicht nahe, unser Verhältnis war auf die Arbeit beschränkt. Ich bewunderte ihn für sein Charisma und seine Kompetenz. Ich hatte das Gefühl, meinen Verbündeten verloren zu haben, und wusste, dass die Verhandlungen mit der neuen eingesetzten Geschäftsführerin um meine Stelle hart würden. Vielleicht hatte ich diese auch schon verloren, zu offenkundig kritisch ging ich mit der stellvertretenden Unternehmensleiterin in der Zeit vor meiner Erkrankung ins Gericht.

Als Zweites musste ich an die Hinterbliebenen meines Chefs denken. Er hatte den Kampf gegen seine Krankheit verloren, für die Angehörigen begann ein neuer Lebensabschnitt ohne ihn. Mir ging es bei dem Gedanken unbeschreiblich schlecht, dass der eine sterben musste und ich weiterleben durfte. Demütig hielt ich vor seinem Bild inne.

Auf der gleichen Etage des Empfangs befanden sich Konferenz- und Schulungsräume, sowie eine modern eingerichtete Küche mit einer Pausenecke. Der Bereich war Treffpunkt für alle Kollegen und es wurde gerne gesehen, wenn sich Mitarbeiter aus anderen Abteilungen an diesem Ort austauschten. Zufällig kamen Kollegen aus meiner Abteilung vorbei. Der Empfang war herzlich und die wenigsten wussten von meiner schweren Erkrankung. Mein äußerliches Erscheinungsbild ließ erahnen, dass ich eine schwerere Krankheit überstanden hatte, worauf mich meine Kollegen direkt ansprachen. Ich erzählte ihnen bei einer Tasse Kaffee von meinen letzten Wochen.

Etwas später nahm ich spontan an einem Meeting teil. Ich wollte meinen Arbeitswillen untermauern und mich zurückmelden, nicht wissend, wann ich den Dienst wieder vollständig antreten würde. Im Anschluss daran sprach ich mit meiner Vorgesetzten über meinen Willen, schnellstmöglich wieder mit der Arbeit anzufangen, jedoch noch nicht genau wusste, wann die letzte Rehabilitation stattfinden würde. Ich wartete ja noch auf den Bescheid der Versicherung. Ebenso weihte ich sie in meine Sorgen ein, dass ich meine angehäuften Krankentage als Nachteil für meine Übernahme erachtete. Ich bat sie höflich um ihre Meinung.

Sie gab mir Recht und beauftragte mich ein Eigenprofil und einen Grund für meine Fortbeschäftigung aufzuschreiben und ihr per Email zukommen zu lassen. An dieser Stelle kürze ich die Geschichte ab: Ich wurde nicht übernommen, auch wenn das im Widerspruch zu den Aussagen stand, dass meine Leistungen als überragend gewertet worden waren. Meine unbequeme Art, auf strukturelle oder organisatorische Probleme hinzuweisen, gleichsam Lösungen dazu anzubieten, überwog hin und wieder meine eingeräumten Kompetenzen. Oder anders formuliert, es gab keinen politischen Rückhalt mehr für mich. Das war furchtbar und demütigend. Besorgt verließ ich das Büro und fuhr wieder nach Hause.

Von Zuhause rief ich demotiviert und frustriert erneut die Oberärztin der Kurklinik an. Erfreulicherweise war die Kostenübernahme der Rehabilitation eingetroffen. Immerhin konnte ich in den nächsten Tagen eine ambulante Rehabilitation beginnen, was meine Stimmung ein wenig hob. Eine weitere positive Nachricht ließ mich aufatmen und wieder an das Gute glauben. Meine Mutter bot an, wieder aus Frankreich zu uns zu kommen und meine Ehefrau während meiner erneuten Abwesenheit zu unterstützen. Wir nahmen das Angebot dankend an und wenige Tage später traf meine Mutter mit dem Zug bei uns ein, zeitgleich mit dem Beginn meiner Rehabilitationsmaßnahme.

Aufgrund meines geschwächten Zustandes wurde gleich zu Beginn eine Woche Verlängerung beantragt.

Die Anwendungen waren mir von meiner ersten Anschlussheilbehandlung vor einem Jahr vertraut und auch das Personal kannte ich bereits. Wenn möglich, versuchte ich mit dem Fahrrad zur Kurklinik zu fahren, um mich weiter zu mobilisieren. Ich ahnte noch nicht, wie viel Zeit ich noch für die vollständige Genesung bis zur Arbeitsfähigkeit benötigen würde. So nahm ich meine Sache ernst und ging von einer Anwendung zur nächsten. Zwischendurch verbrachte ich meine Pausen in dem Klinikcafé. Dieser Ort sollte ein großer Glücksfall für mich werden.

Die Zukunft.

Zunächst ist ein kleiner Rückblick nötig. Während der ein Jahr zuvor absolvierten Anschlussheilbehandlung schlossen fünf Mitpatienten und ich uns zu einer Gruppe zusammen. Wir wurden zu einer eingeschworenen Leidensgemeinschaft und trafen uns abends gerne zu Gesprächen an dazu bereitgestellten Tischen in den Gängen der Klinik. Zum Abendessen zog ich mich in der Regel um und trug zivile Kleidung, wie ich es auch sonst in meiner Freizeit tat, im Business Casual Stil: schwarze Schnürschuhe mit Ledersohlen, blaue Jeans und stets ein Hemd. Die meisten Kurgäste trugen eher sportlichere Outfits und so fiel ich im Speisesaal ungewollt auf.

Die Kurklinik war in zwei Gebäude geteilt und durch verglaste Gänge verbunden. Mein Zimmer lag in dem Gebäudeteil mit der Cafeteria, welche abends Gästen ebenfalls Platz für Treffen anbot. Ich musste, wenn ich auf mein Zimmer wollte, von dem Sit-in mit meiner kleinen Kur-Gilde im anderen Gebäudetrakt zwangsläufig an dem Café vorbei. Eines Abends fiel mir eine Gruppe von sichtlich alkoholisierten und angeheiterten Kurgästen bereits aus weiterer Ferne durch ihre Lautstärke auf.

Ich blickte beim Vorbeilaufen zur Gruppe, worauf mir ein älterer Herr in seiner beschwipsten Laune, provozierend etwas Unverständliches hinterherrief. Ich hielt an und zögerte nicht auf den Mann zuzugehen. Er schien der Unterhalter der Gruppe seines Tisches zu sein und versuchte mich mit lockeren Sprüchen aus der Reserve zu locken. Alkohol macht bekanntlich hemmungsloser und mutig. Er fragte unter anderem, weshalb ich wie ein „Schnösel" verkleidet sei. Mich amüsierte seine Ausdrucksweise, obwohl ich mich immer so kleidete.

Nun bot die Klinik orthopädischen und kardiologischen Patienten Rehabilitationsmaßnahmen an. Jeder Patient erhielt eine Anwendungsmappe, in welcher die Trainingseinheiten, Bäder, Massagen und Vorträge abgeheftet wurden. Die Mappen, und damit die Patienten, unterschieden sich in der Farbe. Gelbe Hefter standen für orthopädische Patienten, grüne für kardiologische. Der mich provozierende Mann hatte ein grünes Heft vor sich liegen. Ich dachte mir: „Größer kann die Chance nicht werden, das wird gleich ein Riesenspaß."

Autoritär schaute ich in die versammelte Runde und fragte, ob der abendliche Alkoholkonsum nicht allmählich ausreichen würde. Der Agent Provokateur, etwa Ende fünfzig, fragte mich, was mir einfiele eine solche Frage zu stellen. Wie in einem Theaterstück war dies mein Stichwort, und ich antwortete in einem strengen Ton: „Entschuldigen sie bitte, wie ich sehe, führen sie ein grünes Heft mit sich, und sind demnach ein Patient der Kardiologie? Mein Name ist Emmanuel Beule und ich arbeite für die Rentenversicherung, um genau solche Personen wie sie ausfindig zu machen. Sie werden morgen einen Termin mit mir und dem Chefarzt der Station zugeteilt bekommen." Pause.

Schlagartig war der Tisch ruhig. Ich kniff einer älteren Dame am Tisch ein Auge zu, was ihre Sitznachbarin in etwa meinem Alter ebenfalls bemerkte.

Der gerade noch laute auffällige Mann sackte leicht zusammen. Ich dachte, er habe die Situation durchschaut, der Spaß sei vorüber. Die anderen Kurgäste verkniffen sich das Lachen und warteten sichtlich auf meinen nächsten Coup. Der gute Mann riss sich zusammen und unternahm einen Versuch mich der Täuschung zu überführen. „Wie wollen Sie das eigentlich machen? Sie sind doch mit uns immer in den Kursen, im Speisesaal, in der Therme und schlafen hier...", bemerkte er schnippig an. Ich erwiderte im gleichen Ton wie zuvor: „Wir sind ein Team aus drei Mitarbeitern, lösen uns alle drei Wochen ab, damit wir Rehabilitationsverweigerer wie Sie ausfindig machen können." Der Mann verstummte und sank in sich zusammen. Am liebsten hätte ich laut losgelacht, doch die anderen Patienten forderten mich stumm auf, den Schein aufrechtzuerhalten.

Ich hatte ein wenig Bedenken, mit meiner Einlage eine kardiologische Krise bei dem Mann auslösen zu können. Er schien sichtlich verunsichert und kleinlaut zog er sich zurück. Der Spaß war einfach zu groß. Dieser Elfmeter wurde auf die Torlinie verkürzt und der Torwart lag angetrunken hinter dem Netz. Ich konnte einfach nicht anders. Ich verabschiedete mich mit den Worten noch bürokratische Arbeit vollrichten zu müssen, und die gesellige Gruppe grinste mir breit zu. Nur einer blieb verunsichert zurück, begriff nicht mehr die Lage.

Zurück zur eigentlichen Geschichte.

Wie angekündigt, begann mein Glück für meinen weiteren Lebensverlauf bereits ein Jahr zuvor, genau an diesem Tisch. Die jüngere Frau, die meinen Scherz direkt durchschaute, traf ich in meiner neuen Rehabilitationsmaßnahme in genau der gleichen Cafeteria wieder.

Wir hatten das Jahr zuvor keinerlei Berührungspunkte und uns auch nie unterhalten. Sie blieb mir durch eine auffällige Frisur in Erinnerung, welche sich bis dato nicht verändert hatte. Ihr Gesicht strahlte allerdings farbiger, lebendiger, zufriedener. Ich holte mir einen Milchkaffee und wir standen in der gleichen Schlange. Sie sprach mich direkt an und fragte mich, ob ich auch ein Umschüler sei, worauf ich erwiderte, leider wieder als Patient da zu sein. Ich fragte sie nach ihrem Grund, ausgerechnet einen Kaffee in dieser Cafeteria zu holen, worauf sie antwortete im Nachbargebäude an einer Umschulung teilzunehmen.

Wir stellten uns ein paar Minuten an die Seite und tauschten uns aus. Sie erinnerte sich an das amüsante Ereignis mit dem betrunkenen Herrn und fragte mich nach meinen Zukunftsplänen. Ich wusste keine Antwort und erklärte meine Nöte.

Sie hörte aufmerksam zu und bat mich, unbedingt einen Termin bei den Sozialarbeitern der Kurklinik zu vereinbaren. Ich wiegelte ab und merkte an, dass ich mir eine Umschulung aus finanziellen Gründen nicht leisten konnte. Sie erwiderte, dass es ein Übergangsgeld gäbe, ähnlich wie Arbeitslosengeld. Meine Antwort ließ nicht auf sich warten, und ich gab zu bedenken, dass sicherlich nur ein Bruchteil meines Gehaltes ausgezahlt würde, mit dem sich die Lebensplanung meiner Familie nicht aufrechterhalten ließe. Die junge Frau versicherte mir, dass es keine Begrenzung des Übergangsgeldes gäbe und nur ein Bruchteil des alten Gehaltes nicht ausbezahlt würde.

Die Kommentare zum Übergangsgeld, also einer nahezu gleichen Fortzahlung des alten Lohns, machten mich stutzig. Ich versprach ihr, mich bei einem Sozialarbeiter zu melden und mich wenigstens nach Umschulungsmöglichkeiten zu erkundigen. Gesagt, getan, zwei Tage später hatte ich einen Termin bei einem der beiden Sozialarbeiter der Klinik.

Ich trug meine Fragen über eventuelle Umschulungsmaßnahmen vor. Im Behördendeutsch spricht man von Willigen und Fähigen, die ihre erlernte oder ausgeübte Tätigkeit wegen einer Verletzung oder Erkrankung nicht weiter ausüben können, ohne weiter daran zu erkranken. Der Fachbegriff lautet „Leistungen zur Teilnahme am Arbeitsleben", kurz LTA.

Man stellt zunächst einen Antrag auf eine LTA und wartet, ob diese bewilligt wird. Erst danach überlegt man sich die Umschulungsmaßnahme. Menschen mit körperlich belastenden Berufen schulen beispielsweise oft auf Büroausbildungen um und stehen weiterhin als Arbeitskraft zur Verfügung. Doch was sollte bei mir Sinn machen? Ich hatte bereits eine kaufmännische Ausbildung absolviert.

Der Sozialarbeiter fragte mich, was für eine Umschulung mir vorschweben würde, welchen Wunsch ich hätte. Mir war es von der ersten Sekunde klar: Ich wollte mein unbeendetes Studium abschließen, am liebsten im Fach der Wirtschaftspsychologie.

Doch die Antwort auf meine wichtigste Frage, also nach der Finanzierung und der Lohnfortzahlung während einer LTA, überraschte mich am meisten. Während der Umschulung erhielt man ungedeckelt etwa 80%

seines alten Nettolohnes als Übergangsgeld, zuzüglich der Finanzierung der Umschulung selbst.

Diese Voraussetzungen änderten alles. Ich dachte nicht, dass ich mehr als den Höchstsatz des Arbeitslosengeldes erhalten würde, welcher deutlich unter meinem Einkommen lag. Zwar hatte ich bei meinem neuen Arbeitgeber einem vorläufig niedrigeren Lohn zugestimmt, da sich durch einen variablen Anteil das gesamte Gehalt steigern sollte.

Die Qualität meines Arbeitgebers, respektive des Charismas meines verstorbenen Chefs, war so überzeugend, dass ich damals dem Arbeitsverhältnis zustimmte. Nun verdiente ich weniger als zuvor, was sich auf die 80% der Lohnfortzahlung zusätzlich negativ auswirkte. Das Angebot war großzügig und ich wollte nicht jammern. Ich musste die finanziellen Möglichkeiten in Ruhe genauer überprüfen.

Meine Ehefrau und ich rechneten unsere Auskommen durch und kamen zu dem Ergebnis, dass es knapp, aber nicht undenkbar würde. Ich besorgte außerdem von mehreren Fernuniversitäten Angebote und stellte mein Vorhaben erneut dem Sozialarbeiter vor. Er war begeistert von meinem Engagement und meiner Motivation.

Mich drängte die Zeit, da ich mich entscheiden wollte: Eine neue Arbeit suchen oder ein Studium mit über vierzig Jahren beginnen. Der Sozialarbeiter hielt kurz inne und verriet mir, dass alle vier Wochen eine Sonderkommission der Deutschen Rentenversicherung Bund, also der Kostenträger einer solchen LTA, in der

Klinik tagte und sich Sonderfälle anhörte. Er wollte mich, wenn ich zustimmte, der Kommission vorstellen.

Aufgeregt bereitete ich mich auf den Termin vor. Ich sprach mit meinen Ärzten aus der Orthopädie und der Kardiologie[55]. Ebenso sprach ich mit einer Psychologin und erkundigte mich nach den nötigen Einflussmöglichkeiten bezüglich der angestrebten Umschulung. Ich wollte gerne Wirtschaftspsychologie studieren, um der Gesellschaft dauerhaft einen Dienst erweisen zu können, etwas durch eine solidarische Leistung wie die Finanzierung einer Umschulung entsprechend zurückgeben zu können.

Veränderungen von Unternehmenskulturen und Geschäftsmodellen zu begleiten, dabei die Mitarbeiter nicht zu vergessen, war eine mir auf den Leib zugeschnittene Ausbildungsvariante. Oder die Betreuung von erkrankten Mitarbeitern schwebte mir vor, ohne dass ich eine konkrete Lösung vor Augen hatte. Alle Ärzte pflichteten mir bei und wollten kurzfristig einen Bericht über meine gesundheitliche Lage aufschreiben. Ärztliche Berichte sind die Voraussetzung für den Antrag der LTA, welche zentral in Berlin in einem Gremium von Sachbearbeitern, Ärzten und anderer Entscheidungsträgern getroffen werden.

Ich trat den Besuch der Sonderkommission im Büro meines Sozialarbeiters an. Zu meiner Überraschung empfing mich nur ein Herr der Rentenversicherung und nicht ein größeres Gremium, was ich zunächst vermutete. Der Mann hörte sich meine Anliegen an. Ich trug meine Idee vor, meinen akademischen Grad an einer Fernuniversität nachholen zu wollen. Die erste Reaktion war ernüchternd.

[55] Welche meine Herzaktivitäten nach dem Koma beobachteten.

„Das kann ja jeder wollen." Antwortete der Herr der Rentenversicherung und fügte hinterher: „Dann könnte ich mich ja auch bewerben und eine Umschulung für einen höheren Berufsabschluss beantragen." Ich erwiderte, dass ich gerne mit ihm tauschen würde und er dafür meine körperlichen Malaisen von Rücken angefangen, über zwei kaputte Knie und nun noch einer lädierten Schulter, sowie unbekannte Folgen des Lungenversagens übernehmen könnte.

Das war frech, keine Frage. Doch ich empfand seine Reaktion ebenfalls als unangebracht. Ich sollte meinen Willen, eine Umschulung ernsthaft durchzuführen, unter Beweis stellen. Und das tat ich in meinen Augen ziemlich genau.

Ich betonte, mich durch einen höheren Abschluss in einem neuen beruflichen Umfeld besser etablieren zu können. Weg vom Vertrieb und Außendienst zu kommen, wo ich zwar enorme Stärken vorwies, aber die Reisebelastungen sich negativ auf meine Gesundheit auswirkten. Die Ärzte der Klinik attestierten mir klar und unmissverständlich den Beruf zu wechseln. Und eines war gewiss: Es ist sehr schwierig, aus der Vertriebstätigkeit in eine andere Position zu wechseln.

In meinem Redefluss fügte ich das Argument hinzu, dass sich durch einen akademischen Grad die Aussichten auf einen höheren Lohn ergaben, und sich dadurch automatisch meine Rentenbeiträge erhöhen würden. So ließen sich nicht nur die Kosten meiner LTA wieder einspielen, sondern mir würde das neue Wissen ermöglichen, wie mir vorschwebte, der Gesellschaft etwas zurückgeben zu können. Ich steigerte mich regelrecht in ein flammendes Plädoyer und brannte für den Wunsch, exakt diese eine Umschulung zu erhalten.

Dem Sozialarbeiter verschlug es die Sprache und er schaute mich mit geweiteten Augen an. Hatte ich mich wirklich so weit aus dem Fenster gelehnt? Für einen Moment dachte ich, es mit meiner Ausdruckslust deutlich übertrieben zu haben. Der Mann von der Rentenversicherung schnappte nach Luft, denn mit meiner Reaktion schien er nicht gerechnet zu haben. Ich will hier klar stellen: Ich hatte meine Reaktion selbst nicht erwartet.

Ich unterbrach die Stille mit der Frage, wie hoch die Wahrscheinlichkeit gegeben sei, eine LTA mit meinem Fortbildungswunsch zu erhalten. Mein Ansprechpartner sagte weniger als 0,1 Prozent. Ich gab zurück, dass ich im Vertrieb erklärungsbedürftiger Software und Hardware jahrelang unterwegs war und ich bei 0,0 Prozent keinen Versuch gestartet hätte, doch ein Quäntchen Chance mich erst Recht motivierte mich zu bewerben. Man soll an seine Visionen glauben.

Das Gespräch veränderte sich schlagartig. Der Mann erklärte mir, sehr freundlich, dass es eine Möglichkeit an einer Präsenzuniversität in Heidelberg gäbe, welche die Versicherung unterstützte. Fernuniversitäten würden bedauerlicherweise nicht angeboten, da sich die Leistungen der Studenten nicht messen ließen. Das war ein Wort. Aber wir sollten die Prozesse der Reihe nach einhalten und zunächst die Bewilligung des LTA-Antrages abwarten und danach die nächsten Schritte besprechen.

Das Verfahren dauerte in der Regel zwischen vier und zwölf Wochen. Wir verabschiedeten uns voneinander und ich führte bis zum Schluss meine Rehabilitationsbehandlungen durch.

Wenige Tage nach Beendigung meines Klinikaufenthaltes erhielt ich die Zusage für die LTA und einen Vorstellungstermin in der Vertretung der Deutschen Rentenversicherung Bund in Freiburg.

Ich fuhr zu dem Termin, beladen mit Fragen und Material für meine Ansprechpartnerin. Ich wartete nur wenige Minuten in der Empfangshalle des modernen Gebäudes, als eine zierliche Frau mich abholte. Sie blickte mich grimmig an und forderte mich kurz angebunden auf ihr zu folgen. Ich musste an die Situation mit dem betrunkenen Herren in der Kurklinik denken. Jenen, den ich ein Jahr zuvor so bitterböse aufs Korn genommen hatte. Nun war es ernst und ich fühlte mich etwas unwohl.

Die Dame und ich fuhren mit einem Aufzug einige Etagen aufwärts und schwiegen uns an. Ihre Erscheinung und ihre Ausstrahlung ließen mein Vorhaben wie eine Seifenblase zerplatzen. Ich dachte: „Eigentlich kannst du gleich wieder gehen." In einem Besprechungszimmer angekommen, durfte ich mich setzen. Ich legte, leicht verunsichert, meinen Aktenordner mit den gesamten Befunden aus den letzten Monaten auf den Tisch, die Unterlagen der Fernuniversitäten, sowie meine letzten Gehaltszettel legte ich lose daneben. Die Frau setzte sich auf ihre Seite des Besprechungstisches, holte tief Luft, schaute mich mit ihren hellblauen Augen an und lächelte plötzlich freundlich.

Sie fragte mich nach meinem Anliegen und bat mich ihr meine Zukunftswünsche vorzustellen. Meine vorverurteilenden Eindrücke über meine Ansprechpartnerin irrten sich auf ganzer Linie. Sie war unglaublich kompetent, nett und sehr engagiert, meine Interessen genauestens zu verstehen. Und sie hatte Recht. Schließlich musste sie für ihren Arbeitgeber eine schwere und kostspielige Entscheidung beeinflussen.

Die Konversation verlief wie in einem Bewerbungsgespräch. Nach einer Stunde war alles vorbei und ich sollte mein Anliegen der Rentenversicherung in Berlin schicken. Sie fühlte sich von meinen Argumenten überzeugt und wollte wohlwollend ein Statement verschicken. Allerdings, so merkte sie an, lag die Entscheidung nicht bei ihr und ich sollte ein paar Wochen warten. Beeindruckt von ihren Worten fuhr ich nach Hause.

Zuhause setzte ich mich umgehend an meinen Computer und schrieb einen Begleitbrief zu meinen Umschulungsantrag. Dies war zwar nicht vorgesehen, doch ich wollte unbedingt jeden Skeptiker davon überzeugen, dass diese Umschulung genau die Richtige für mich sei. Auf zwei Seiten brachte ich meine Argumente zusammen und verschickte am nächsten Tag den Antrag für die Umschulung nach Berlin. Nach wenigen Wochen kam der Bescheid zurück und ich durfte das Studium der Wirtschaftswissenschaften und Wirtschaftspsychologie in Hamburg beginnen. Was für ein Glück, oder?

Verabschiedung und Kontakt.

An dieser Stelle will ich den Epilog schließen. Ich möchte mich für Ihr Interesse an meiner autobiografischen Geschichte bedanken und das Buch mit einem Versprechen beenden. Es folgt ein zweiter Teil, allerdings etwas anders aufgebaut.

Das neue angeeignete Wissen durch mein Studium bringt mich auf völlig neue Ideen, auf eine Zukunftsvision. Bereits während der Entstehung dieses Buches habe ich eine große Menge Material über unser Gesundheitswesen, Unternehmensführung, Patientenbedürfnisse und verbesserungsbedürftige Unterstützung für Angehörige gesammelt. Die einzelnen Themengebiete sind unwahrscheinlich komplex, aufregend, aktuell stark in Bewegung und es läuft leider nicht immer alles so glatt, wie es bei mir gelaufen ist. Und es fehlen dokumentierte Probleme zwischen den verschiedenen Interessensgruppen, sodass es schwierig ist, etwas zu verändern.

Ich schreibe deshalb bereits an einem Essay, in welchem ich eine kritische Würdigung und Verbesserungspotentiale unserer gesellschaftlichen Strukturen in Bezug auf den Umgang mit Erkrankungen ausarbeite. Dafür suche ich nach weiteren Beiträgen und Co-Autoren.

Über Ihr weiteres Interesse an diesen komplexen Themen freue ich mich und lade Sie ein, sich an dem Thema direkt zu beteiligen. Das Essay könnte mit Ihren Artikeln ergänzt und bereichert werden. Vielleicht finden sich Leser aus unterschiedlichen Milieus, mit verschiedenen Ansichten und unterschiedlichen Erfahrungen. Schreiben Sie mich gerne an, vielleicht finden sich Ansätze, neue oder unbekannte Lösungswege für bestehende Probleme zwischen den vier Säulen: Unternehmen, Leistungserbringer, Patienten und Angehörige. Zu diesem Anschauungsmodell finden Sie im Internet eine Erläuterung von mir.

Oder Sie wollen Ihre eigene Geschichte aufschreiben und suchen einen Sparringspartner? Ich biete mich gerne für ein solches Vorhaben an. Zu gerne möchte ich etwas über Ihre Geschichte erfahren, Ihre Einstellungen kennenlernen, die Sorgen und Anregungen aus Ihren Erfahrungen mit Ihnen teilen. Und wenn Sie Lust bekommen haben, Ihre Erkenntnisse zu teilen, dann lassen Sie uns doch ein Expertennetzwerk gründen, in dem jeder eine Stimme bekommen soll. Denn wenn es gelingt, die Lücken kritischer Situationen weiter zu erfassen, kann man sich erst anstrengen, diese auch zu schließen. Auf Dauer, davon bin ich überzeugt, profitieren wir davon gemeinsam.

Treten Sie in Kontakt mit mir, Sie finden mich in den verschiedenen, einschlägig bekannten Sozialen und Business Netzwerken, sowie auf der Webseite www.irgendwo-ist-oben.de. Schreiben Sie mich einfach an, ich antworte bestimmt.

Aufgeregt die Zukunft mitgestalten zu wollen, hoffentlich mit Ihnen, verabschiede ich mich nun.

Bitte bleiben Sie gesund und bis bald.

Anhänge

Der Titel des Buches ist durch das Chanson „Irgendwo ist oben.", von Anna Depenbusch (2012), inspiriert worden.

Das Lied beschreibt treffend den in meinem Zustand erhaltenen Zuspruch aller beteiligten Personen in den zwei Wochen des Tiefschlafs. Meine Ehefrau, meine Eltern, die MitarbeiterInnen der Intensivstation, alle forderten mich auf, nicht aufzugeben.

Wir haben das Lied schon länger in unserem Repertoire, aber erst während der Anschlussheilbehandlung in Bad Dürrheim, ist uns die Tragweite, die Schwere und die spürbare Erleichterung dieser Verse bewusst geworden.

Irgendwo ist oben.

Komm schwimm' weiter halt nicht an,
Irgendwo ist oben,
Du musst weiter schwimmen,
immer weiter schwimmen.
Komm schwimm' weiter halt nicht an,
sonst gehst Du verloren,
Du musst weiter schwimmen,
immer weiter schwimmen.

Komm schwimm' weiter halt nicht an,
weg vom Meeresboden,
Du musst weiter schwimmen,
immer weiter schwimmen.
Komm schwimm weiter halt nicht an,
wo die Winde toben,

musst Du weiter schwimmen,
einfach weiter schwimmen.

Erst durch Schwarz, dann durch Grau.
Nach 1000 Metern langsam durch Blau.
Und Du siehst es schimmert Türkis.

Komm schwimm' weiter halt nicht an,
Irgendwo ist oben,
Du musst weiter schwimmen,
immer weiter schwimmen.
Komm schwimm weiter halt nicht an,
schon bald wirst Du gezogen,
Du musst weiter schwimmen,
noch etwas weiter schwimmen.

Erst durch Feuer, dann durch Eis.
Durch alles was war, als letzten Beweis.
Und auf einmal ist es hell und klar.

Quellenverzeichnis

Depenbusch, A. (2012). Irgendwo ist oben [Aufgezeichnet von A. Depenbusch]. Hamburg.

Herpertz, S. C. (2017). *neurologen-und-psychiater-im-netz.org*. (M. -Ä. GmbH, Herausgeber) Abgerufen am 27. 07 2017 von https://www.neurologen-und-psychiater-im-netz.org/psychiatrie-psychosomatik-psychotherapie/stoerungen-erkrankungen/borderline-stoerung/was-ist-eine-borderline-persoenlichkeitsstoerung-bps/